# A GUERRA LONGA

**Outros títulos de Terry Pratchett publicados pelo Grupo Editorial Record:**

*Good Omens: Belas maldições*

**Série Tiffany Dolorida:**
*Os pequenos homens livres*
*Um chapéu cheio de céu*

**Série A terra longa:**
*A terra longa*

**Livros da série Discworld® publicados no Brasil:**
*A cor da magia*
*A luz fantástica*
*Direitos iguais, rituais iguais*
*O fabuloso Maurício e seus roedores letrados*
*O aprendiz de morte*
*O oitavo mago*
*Estranhas irmãs*
*Pirâmides*
*Guardas! Guardas!*
*Eric*
*A magia de Holy Wood*
*O senhor da foice*
*Quando as bruxas viajam*
*Pequenos deuses*
*Lordes e damas*

# TERRY PRATCHETT
# STEPHEN BAXTER

# A GUERRA LONGA

*Tradução*
Ronaldo Sérgio de Biasi

1ª edição

Rio de Janeiro | 2022

Copyright © Terry Pratchett e Stephen Baxter, 2013
Publicado originalmente como The Long War por Transworld Publishers

Título original: *The Long War*

Texto revisado segundo o novo
Acordo Ortográfico da Língua Portuguesa

---

CIP-BRASIL. CATALOGAÇÃO NA PUBLICAÇÃO
SINDICATO NACIONAL DOS EDITORES DE LIVROS, RJ

P924g  Pratchett, Terry, 1948-2015
    A guerra longa / Terry Pratchett, Stephen Baxter; tradução Ronaldo Sergio de Biasi. – 1ª ed. – Rio de Janeiro: Bertrand Brasil.
    (A terra longa; 2)

Tradução de: The Long War
Sequência de: A terra longa
ISBN 978-85-286-1804-4

1. Ficção inglesa. 2. Ficção científica inglesa. I. Baxter, Stephen. II. Biasi, Ronaldo Sergio de. III. Título. IV. Série.

CDD: 823
CDU: 82-3(410)

22-77782

Gabriela Faray Ferreira Lopes – Bibliotecária – CRB-7/6643

---

Todos os direitos reservados. Os direitos morais dos autores foram assegurados. Não é permitida a reprodução total ou parcial desta obra, por quaisquer meios, sem a prévia autorização por escrito da Editora.

Direitos exclusivos de publicação em língua portuguesa somente para o Brasil adquiridos pela:
EDITORA BERTRAND BRASIL LTDA.
Rua Argentina, 171 – 3º andar – São Cristóvão
20921-380 – Rio de Janeiro – RJ
Tel.: (21) 2585-2000,
que se reserva a propriedade literária desta tradução.

Seja um leitor preferencial.
Cadastre-se no site www.record.com.br e
receba informações sobre nossos lançamentos
e nossas promoções.

Atendimento e venda direta ao leitor:
sac@record.com.br

*Para Lyn e Rhianna, como sempre*
T. P.


*Para Sandra*
S. B.

# NÃO CONFIDENCIAL

Desenhos originais do protótipo de dirigível militar nos quais se baseou o USS *Benjamin Franklin*, reproduzidos por cortesia da TDD (Twain Design Division) do consórcio entre United Technologies, General Electric, Long Earth Trading Company e Black Corporation.

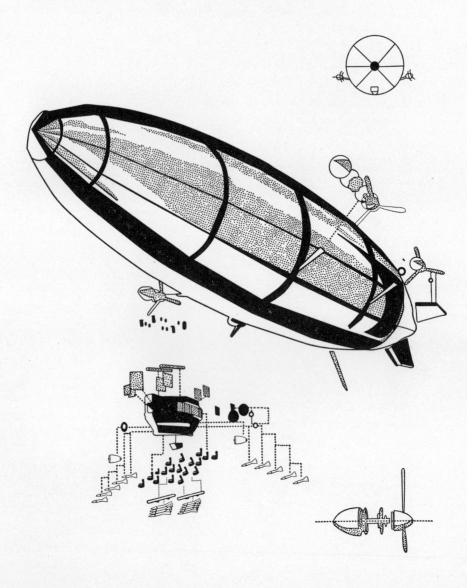

# 1

EM UM MUNDO ALTERNATIVO, A DOIS milhões de passos da Terra: Os cuidadores chamavam a troll fêmea de Mary, Monica Jansson leu na legenda do vídeo. Ninguém sabia qual era o verdadeiro nome da troll. Agora, dois cuidadores, ambos homens, um deles usando um tipo de traje espacial, estavam diante de Mary, que se encolhia de medo em um canto de um laboratório com tecnologia de ponta — se é que podia-se dizer que um animal do tamanho de uma parede de tijolo com pelos pretos sentia medo — e segurava o filhote na altura de seu largo peito. O filhote, um pedacinho de músculo, também estava usando um traje espacial prateado, com fios pendendo dos sensores acoplados em seu crânio achatado.

— Devolva o filhote, Mary — dizia um dos homens. — Colabore. Estamos planejando este teste há muito tempo. Meu amigo George vai conduzi-lo até o Vazio, ele vai pairar no vácuo por uma hora e vai voltar para cá sã e salvo. Aposto que vai até se divertir.

O silêncio do outro homem pareceu um mau sinal.

O primeiro homem se aproximou de Mary, aos pouquinhos.

— Não vai ganhar sorvete se continuar resistindo.

As mãos grandes e humanas de Mary fizeram gestos, sinais, um borrão. Rápidos, difíceis de acompanhar, mas decisivos.

O incidente foi assistido diversas vezes, e houve muitas especulações relacionadas ao porquê de Mary não ter saltado naquele instante. Provavelmente porque ela estava no subsolo: não era possível saltar para dentro ou para fora de um porão, saltar para o solo que você encontraria no outro mundo. Além disso, Jansson, que se aposentou como tenente do Departamento de Polícia de Madison, sabia que havia várias formas de impedir um troll de saltar, se você conseguisse pôr as mãos no animal.

O que os dois homens estavam tentando fazer também foi motivo de muito debate. Eles estavam em um mundo próximo do Vazio — a um salto de distância do vácuo, do espaço, de um buraco onde devia haver uma Terra. Faziam parte de um programa espacial e queriam descobrir se o trabalho dos trolls, que era muito útil na Terra Longa, também podia ser aproveitado no Vazio. Como era de esperar, os trolls adultos tinham muito medo de saltar para o vácuo, então os pesquisadores do GapSpace estavam tentando acostumá-los desde novos. Como aquele filhote.

— Não temos tempo para isso — disse o segundo homem. Ele sacou um bastão de metal, uma arma de choque, e aproximou-o do peito de Mary. — Está na hora da mamãe tirar uma soneca.

A troll arrancou o bastão da mão do homem, partiu-o ao meio e cravou uma das pontas no olho direito do segundo homem.

Assistir àquela cena era sempre chocante.

O homem recuou gritando de dor, o sangue jorrando, um vermelho muito vivo. O primeiro homem puxou-o para longe da troll.

— Ai, meu Deus! Ai, meu Deus!

Mary, segurando seu filhote e com o sangue do homem respingado em seu pelo, repetia os mesmos gestos sem parar.

Depois disso, tudo aconteceu muito rápido. Os cadetes espaciais queriam matar esta troll, esta mãe, pelo que ela tinha feito. Chegaram a apontar uma arma para ela, mas foram impedidos por um homem mais velho, mais digno, que, aos olhos de Jansson, parecia ser um astronauta aposentado.

E agora punições estavam em suspenso, por causa da repercussão que o caso teve.

O vazamento do vídeo do laboratório viralizou na outernet e suscitou uma avalanche de relatos semelhantes. Casos de maus-tratos a animais, principalmente com trolls, por toda a Terra Longa. A internet e a outernet estavam pegando fogo com o embate entre os que defendiam o direito da humanidade de fazer o que quisesse com os habitantes da Terra Longa, inclusive abatê-los caso fosse conveniente — alguns citavam até o relato da Bíblia segundo o qual Deus conferira aos seres humanos o direito sobre peixes, aves, gado e seres rastejantes —, e outros que esperavam que a humanidade não levasse *todos* os seus defeitos para os novos mundos. O incidente no Vazio, justamente porque havia ocorrido no coração de um emergente programa espacial, uma expressão das mais altas aspirações da humanidade — e, embora revelasse certa insensibilidade, pensou Jansson, mais que pura e simples crueldade —, se tornara um caso emblemático. Uma minoria vociferante exigia que o governo federal da Terra Padrão tomasse uma providência.

Outros queriam saber o que os trolls pensavam a respeito, já que eles tinham seus meios de se comunicar.

Monica Jansson, assistindo ao vídeo no seu apartamento em Madison Oeste 5, tentou entender os sinais que Mary fazia com as mãos. Ela sabia que a linguagem ensinada aos trolls em estabelecimentos experimentais como aquele era baseada em uma linguagem humana, a Língua de Sinais Americana. Jansson tinha aprendido um pouco do idioma durante sua carreira na polícia. Não era fluente, mas podia entender o que a troll estava dizendo. Assim como, imaginou ela, milhões de outros habitantes da Terra Longa, onde quer que o vídeo estivesse sendo acessado.

*Eu não quero.*

*Eu não quero.*

*Eu não quero.*

Não se tratava de um animal irracional, e sim de uma mãe tentando proteger seu filho.

Não se envolva, disse Jansson a si mesma. Você está aposentada e doente. Seus dias de defensora da lei e da ordem ficaram para trás.

Naturalmente, ela não tinha escolha. Desligou o monitor, tomou outro remédio e começou a fazer ligações.

***

Em um mundo quase tão distante quanto o Vazio:

Uma criatura que não era exatamente humana estava diante de uma criatura que não era exatamente um cachorro.

As pessoas chamavam, um pouco imprecisamente, as criaturas humanoides de "kobolds". Kobold é um antigo termo alemão que era usado para designar os espíritos auxiliares que ajudavam nas minas. Este kobold, curiosamente viciado em músicas humanas — principalmente no rock da década de 1960 —, nunca passara nem perto de uma mina.

As pessoas chamavam as criaturas caninas de "beagles", também de forma imprecisa. Eles não eram beagles nem se pareciam com nenhum animal que Darwin vira viajando no *Beagle* mais famoso da história.

Nem os kobolds nem os beagles se incomodavam com os nomes que os humanos haviam escolhido para eles. Eles se incomodavam com os humanos. Na verdade, sentiam desprezo por eles, embora, no caso do kobold, houvesse também certo fascínio pelos humanos e por sua cultura.

— Trollsss dessscontentes em toda parte — sibilou o kobold.

— Ótimo — rosnou a beagle. Ela era uma cobra. Estava usando um anel de ouro cravejado de safiras em uma corda pendurada no pescoço. — Ótimo. Sinto um fedorrr tomarrr conta do mundo.

A fala do kobold era parecida com a dos humanos. A da beagle era uma série de rosnados, gestos, posturas, passadas de pata no chão. Mesmo assim, eles se entendiam, usando uma língua semi-humana como um dialeto.

Além disso, compartilhavam da mesma causa.

— Levar o fedorrr de volta para a toca.

A beagle se pôs de pé, empinou a cabeça lobanesca e uivou. Logo chegaram respostas de todos os lados da paisagem úmida.

O kobold manifestou grande alegria com a possibilidade de aumentar o patrimônio em consequência de toda aquela confusão, alguns bens para si mesmo e outros que poderia vender ou trocar. Mas tinha de se esforçar para disfarçar o receio que tinha da princesa beagle, sua improvável freguesa e aliada.

Em uma base militar no Havaí Padrão, a comandante Maggie Kauffman, da marinha dos Estados Unidos, olhava fascinada para o USS *Benjamin Franklin*, um dirigível do tamanho do *Hindenburg*, a nave que pilotaria em breve.

Em uma pacata aldeia inglesa, o reverendo Nelson Azikiwe refletia sobre o lugar de sua pequena paróquia no contexto da Terra Longa, uma preciosidade em meio a uma imensidão desconhecida, e pensava no próprio futuro.

Em uma cidade agitada, a mais de um milhão de saltos da Terra Padrão, um pioneiro chamado Jack Green redigia um apelo de liberdade e dignidade para a Terra Longa.

E no Yellowstone Park, na Terra Padrão:
Era apenas o segundo dia do vigia Herb Lewis. Ele não sabia o que fazer com a queixa raivosa do Sr. e da Sra. Virgil Davies, de Los Angeles, de como a filha de nove anos deles, Virgilia, tinha ficado chateada e do papel de *mentiroso* que o pai fizera no dia do *aniversário* da menina. Herb não tinha culpa se o Old Faithful tinha se recusado a entrar em erupção. Não serviu de consolo o fato de, mais tarde naquele dia, a família aparecer em todos os canais e sites de notícias reclamando do comportamento do gêiser, levando o ocorrido às manchetes.

Em um hospital da Black Corporation, em uma das Terras Próximas:
— Irmã Agnes? Preciso te acordar de novo por um instantinho, só para ver uma coisa.
Agnes achou ter ouvido uma música.
— Estou acordada. Eu acho.
— Bem-vinda de volta.
— De volta? Quem é você? E que canto é esse?
— São as centenas de monges tibetanos. Faz quarenta e nove dias que você...

— E essa música triste?

— Ah. *Isso* é culpa de John Lennon. A letra foi escrita com trechos do *Livro dos Mortos*.

— Que barulheira...

— Agnes, vai demorar um pouco para você se acostumar, mas acho que já dá para se ver no espelho. Vai ser rápido.

Ela não sabia dizer *quão* rápido, mas, enfim, avistou uma luz. A princípio era meio fraca, mas foi ficando mais intensa.

— Você vai sentir uma leve pressão quando se levantar. Não podemos trabalhar em suas habilidades de locomoção até que esteja mais forte, mas logo vai se adaptar ao seu corpo novo. Vai por mim, eu também já passei por isso várias vezes. Você pode se ver... agora.

A irmã Agnes se olhou no espelho. Um corpo rosado, nu, um pouco dolorido e *muito* feminino. Sem sentir os lábios se mexendo — na verdade, sem sentir os lábios de jeito nenhum —, Agnes perguntou:

— Quem escolheu aqueles *dois* ali?

# 2

Sally Linsay chegou rapidamente a Onde-o-Vento-Faz-a--Curva. Mas desde quando *isso* era novidade?

Joshua Valienté ouviu a voz dela vindo da casa quando voltava, depois de ter passado a tarde inteira trabalhando em sua forja. Neste mundo, como em todos os mundos da Terra Longa, era fim de março e estava anoitecendo. Desde o dia do casamento de Joshua, há nove anos, visitas da amiga de longa data tornaram-se raras e, em geral, elas significavam que havia alguma coisa errada — muito errada. Como Helen, sua esposa, também sabia muito bem. Sentindo um frio na barriga, Joshua apertou o passo.

Ele encontrou Sally sentada à mesa da cozinha, tomando café em uma caneca de cerâmica. Ela estava olhando para outra direção, não notou sua presença, e ele parou à porta para observá-la, analisar a cena, pensar no que faria em seguida.

Helen estava no depósito, e Joshua viu que ela estava pegando sal, pimenta e fósforos. Enquanto isso, Sally tinha colocado na mesa peças de carne que durariam por semanas. Este era o protocolo dos pioneiros. Os Valienté não precisavam da carne, é claro, mas não importava. O trato era que a visita levasse a carne e o dono da casa retribuísse o presente não só com uma refeição, a presa devidamente cozida e preparada, mas também com os luxos que eram difíceis de encontrar no mato, como sal, pimenta, uma boa noite de sono em uma cama macia. Joshua sorriu. Sally tinha orgulho do fato de Daniel Boone e o Capitão Nemo juntos não darem uma dela, mas sem dúvida até Daniel Boone — como Sally — devia ter desejo de pimenta.

Sally estava com quarenta e três anos. Era alguns anos mais velha que Joshua — e dezesseis anos mais velha que Helen, o que não facilitava o relacionamento entre as duas. O cabelo grisalho estava preso, e ela usava o mesmo traje jeans de sempre e o colete cheio de bolsos. Não mudou nada, estava magra, esguia, estranhamente quieta — e atenta.

No momento, observava um objeto na parede: um anel de ouro cravejado de safiras, preso a uma corda pendurada em um prego de ferro forjado. Era um dos poucos troféus que Joshua havia guardado da viagem de exploração da Terra Longa que eles haviam feito com Lobsang. Ou *A Viagem*, como o mundo a batizaria dez anos depois. Era um objeto espalhafatoso, muito mais largo que um dedo humano, o que era normal, pois Sally se lembrava de que não havia sido feito por seres humanos. Logo abaixo do anel estava pendurada outra joia, uma pulseira de macaco feita de plástico: um acessório infantil, chamativo, bobo. Joshua tinha certeza de que Sally também se lembraria do significado dela.

Ele entrou no cômodo, empurrando a porta para fazê-la ranger de propósito. Ela se virou e o inspecionou, crítica, sem sorrir.

Joshua disse:

— Ouvi sua voz.

— Você engordou.

— Legal te ver também, Sally. Creio que tenha um motivo para ter vindo até aqui. Você sempre tem um motivo.

— É verdade.

Será que Jane Calamidade era assim? Joshua se perguntou enquanto se sentava com certa relutância. Como uma explosão de pólvora acontecendo de tempos em tempos na sua vida. Talvez, apesar de Sally ter um pouco mais de afinidade com artigos de banho.

Helen estava agora na cozinha, e Joshua sentiu o cheiro da carne na grelha. Quando seus olhares se cruzaram, ela recusou com um gesto a oferta silenciosa dele de ajuda. Ele reconheceu o tato que ela estava tendo. Tentando dar um espaço a eles. Mas ele temia que aquilo fosse o início de um dos gelos da esposa. Afinal de contas, Sally era uma mulher que tivera um longo, complicado e *famoso* relacionamento com Joshua antes de ele conhecer Helen. Inclusive, Sally estava com ele quando eles se viram pela primeira vez. Na época, Helen era uma pioneira de dezessete anos em uma nova colônia da Terra Longa. Sua jovem mulher nunca pularia de alegria ao ver Sally.

Ele suspirou.

— Então me diga. O que te traz aqui dessa vez?

— Outro idiota matou um troll.

Ele soltou um resmungo. Houve uma enxurrada de notícias sobre incidentes como este na outernet — incidentes ocorridos por toda a Terra Longa, da Terra Padrão a Valhalla, e inclusive no Vazio, a julgar pelos recentes relatos sensacionalistas de um caso bizarro envolvendo um filhote em um traje espacial da década de 1950.

— Esquartejou — disse Sally. — Digo, literalmente. O caso foi comunicado a um escritório da administração da égide em Plumbline, bem ali no início das Terras Al...

— Sei onde fica.

— Foi um troll filhote dessa vez. Vários órgãos foram removidos para uso em algum tipo de medicina popular. Pra variar, o cara foi preso, acusado de maus-tratos. Mas a família entrou com um recurso, porque, afinal de contas, é só um animal, né?

Joshua balançou a cabeça.

— Estamos todos sujeitos à égide dos Estados Unidos. Qual é o argumento? As leis de maus-tratos a animais da Terra Padrão não se aplicam às outras Terras?

— Está tudo uma bagunça, Joshua, leis a níveis federal e estadual sendo aplicadas de forma diferente, e debates a respeito dessa aplicação a toda a Terra Longa. Sem contar com a falta de recursos para policiar isso.

— Não acompanho a política da Terra Padrão, mas aqui protegemos os trolls, estendendo a eles nossos direitos de cidadania.

— Sério?

Ele sorriu.

— Parece surpresa. Não é a única pessoa consciente, sabia? E os trolls são muito úteis para não os querermos por perto.

— Bem, é lógico que nem todos os lugares são tão civilizados como aqui. Você deve se lembrar, Joshua, de que a égide é liderada por políticos da Terra Padrão, ou seja, por bundões. Eles não sabem de nada! *Não* são o tipo de pessoa disposta a sujar de lama seus sapatos impecáveis longe de um parque em Oeste 3. Eles não fazem ideia do quão importante é que a humanidade conviva em harmonia com os trolls. Logo as notícias dessas atrocidades vão se espalhar por todas as Terras.

"O problema é que, antes do Dia do Salto, o conhecimento dos trolls a respeito da humanidade foi majoritariamente baseado na experiência que tiveram em lugares como Boa Viagem, onde conviviam pacífica e construtivamente com os humanos."

— Mesmo que ficassem um pouco assustados.

— Bem, sim. Agora os trolls estão tendo contato com o restante da humanidade, ou seja, gente burra.

Receoso, Joshua perguntou:

— Sally, por que está aqui? O que quer que eu faça?

— Seu trabalho, Joshua.

Joshua sabia o que Sally queria dizer. Que ele devia viajar com ela pela Terra Longa para salvar os mundos mais uma vez.

Os mundos que se danem, pensou. Eram outros tempos. Ele havia mudado. Seu dever era ficar *ali*, em sua casa, com sua família, na comunidade que, talvez imprudentemente, o elegera prefeito.

Joshua havia se apaixonado pelo lugar antes mesmo de conhecê-lo, assim que soube o nome que os primeiros colonos tinham escolhido para ele. Isso só podia significar que eram pessoas legais e bem-humoradas, o que pôde constatar pessoalmente. Quanto a Helen, que havia viajado com a família quando era mais nova a fim de achar uma nova comunidade para morar, era o único estilo de vida que conhecia. Neste lugar, uma versão do vale do Rio Mississípi a um milhão de saltos da Terra Padrão, o ar era puro, o rio, cheio de peixes, um lugar rico em animais para caça e repleto de recursos, como chumbo e veios de minério de ferro. Graças a duas varreduras por espectrometria de massa das formações próximas — o que Joshua conseguiu como uma troca de favor —, tinham até uma mina de cobre. Além disso, o clima era um pouquinho mais frio que na Terra Padrão, e, no inverno, a cópia do Rio Mississipi sempre congelava — um show à parte, embora todo ano causasse alguns acidentes.

Quando chegaram ali, Joshua, mesmo ao lado da esposa mais nova, era tido como novato, apesar de todas as viagens que fizera pela Terra Longa. Hoje, porém, era considerado um exímio caçador, açougueiro, ceramista e, nos últimos tempos, um razoável ferreiro e fundidor. Sem contar que era o prefeito da comunidade, pelo menos até a próxima eleição. Helen, por sua vez, era uma parteira experiente e uma fitoterapeuta de primeira.

Naturalmente, havia sempre muito trabalho a fazer. Uma família de pioneiros não tinha acesso a supermercados e precisava assar o pão, curar o presunto, fazer banha de porco e fermentar a cerveja. Na verdade, eles passavam o tempo todo trabalhando. Mas era gratificante. E a vida de Joshua era o trabalho agora.

Às vezes, ele sentia saudade de ficar sozinho. De seu momento sabático, segundo ele. Da sensação de vazio quando estava totalmente sozinho em um mundo. Da ausência da pressão de outras mentes, uma pressão que sentia mesmo ali, embora fosse muito menor que a que sentia na Terra Padrão. Da estranha sensação do *outro* que sempre chamara de Silêncio, como algumas mentes vastas, ou uma coleção delas, em um lugar muito distante. Certa vez ele encontrara uma daquelas poderosas mentes remotas na Primeira Pessoa do Singular, mas sabia que havia outras. Podia ouvi-las, como gongos soando em montanhas longínquas. Tudo isso ficara para trás, mas o que tinha agora era muito mais precioso: a mulher, o filho, quem sabe mais um filho no futuro.

No momento, tentava ignorar o que estava acontecendo fora dos limites da cidade. Afinal de contas, não era como se estivesse em dívida com a Terra Longa. Ele havia salvado muitas vidas em vários mundos no

Dia do Salto e, mais tarde, visitara metade desses mundos com Lobsang. Tinha feito sua parte naquela nova era, não tinha?

Mas ali estava Sally, uma encarnação do passado, sentada à mesa de sua cozinha, à espera de uma resposta. Ele não se apressaria para responder. Mesmo em circunstâncias normais, Joshua levava certo tempo para tomar decisões. Ele partia do princípio de que devagar se vai ao longe.

Ficaram entreolhando-se em silêncio.

Para alívio de Joshua, Helen apareceu com a cerveja e os hambúrgueres: cerveja artesanal, carne de boi criado no quintal e pão assado no forno. Ela se sentou com eles e iniciou uma conversa descontraída, perguntando a Sally por onde tinha andado. Quando terminaram de comer, Helen recolheu os pratos, recusando de novo a oferta de ajuda do marido.

Durante todo esse tempo, havia outro diálogo sendo travado de forma implícita. Todo casal tem um jeito de se comunicar que só ele entende. Helen sabia muito bem por que Sally tinha ido visitá-los, e, depois de nove anos de casamento, Joshua podia ouvir o pressentimento dela de que logo ficaria sem ele como se estivesse sendo transmitido pelo rádio.

Se Sally captou essa conversa no ar, pareceu não se importar. Depois que Helen os deixou sozinhos à mesa de novo, ela voltou ao assunto:

— Você sabe muito bem que esse não é o único caso.

— Do que está falando?

— A chacina de Plumbline.

— Está antenada, hein.

— Nem é o caso mais notório. Quer uma lista?

— Não.

— Você precisa entender o que está acontecendo, Joshua. Com a Terra Longa, a humanidade teve uma nova chance. Um recomeço, uma oportunidade de ir embora da Terra Padrão, um mundo que a gente já tinha estragado.

— Eu sei o que você vai dizer — interrompeu Joshua, que já tinha ouvido aquele discurso um milhão de vezes. — Vamos desperdiçar nossa segunda chance de chegar ao Paraíso antes mesmo da tinta secar.

Helen depositou uma grande tigela de sorvete na mesa, fazendo um sonoro *tum*.

Sally olhou para a tigela como um cachorro olhava para um osso de brontossauro.

— Vocês fazem *sorvete*? Aqui?

Helen sentou-se.

— No ano passado, Joshua resolveu construir uma casa do sorvete. Não foi tão difícil como ele imaginava. Os trolls adoram sorvete. E faz muito calor aqui no verão. É bom termos algo para nos refrescar enquanto fazemos uma troca com os vizinhos.

Ao contrário de Sally, Joshua conseguia ler nas entrelinhas. *Não estou falando de sorvete. Estou falando da nossa vida. Da qual, Sally, você não faz parte.*

— Pode pegar, fique à vontade. Temos de sobra. Está ficando tarde. Você pode dormir aqui. Quer ir com a gente ver a peça de Dan na escola hoje à noite?

Joshua notou a expressão de terror no rosto de Sally. Como um ato de caridade, interveio:

— Relaxa. Não vai ser tão ruim quanto está pensando. Temos crianças inteligentes, pais decentes e participativos, professores bons. Eu que o diga, sou um deles, Helen também.

— Escola comunitária?

— Isso. Nós ensinamos estratégias de sobrevivência, metalurgia, flora medicinal, fauna da Terra Longa, trabalhos manuais, como cerâmica, fabricação de vidro.

— Mas não ensinamos só coisas de pioneiro — disse Helen. — Tem as disciplinas tradicionais também. As crianças têm até aula de grego.

— Com o Sr. Johansen — disse Joshua. — Ele é um professor itinerante. Vem de Valhalla duas vezes por mês para ensinar nossas crianças. — Ele sorriu e apontou para o sorvete. — Coma antes que derreta.

Sally deu uma boa colherada no sorvete.

— Uau. Pioneiros com sorvete.

Joshua sentiu-se motivado a defender sua comunidade.

— Não *precisamos* ser como a Caravana Donner, Sally...

— Pioneiros com celular também, não é mesmo?

Era verdade que a vida ali era um pouco mais fácil do que para os pioneiros em outros mundos da Terra Longa. Naquela Terra, Oeste 1.397.426, eles tinham até comunicação via satélite — e apenas Joshua, Helen e outros poucos habitantes sabiam por que a Black Corporation tinha decidido usar *aquele mundo* para testar uma nova tecnologia, colocando em órbita vinte e quatro nanossatélites a partir de um pequeno lançador portátil. Um favor de um velho amigo, digamos assim.

Entre os demais que sabiam, obviamente, estava Sally.

Joshua voltou-se para ela:

— Você sabe que sim, Sally. Os navegadores por satélite e o restante estão aqui por minha causa. Eu sei. Meus amigos sabem.

Helen sorriu.

— Um dos engenheiros que vieram montar o sistema disse a Joshua que a Black Corporation o considera um "investimento valioso a longo prazo". Que vale a pena investir, acredito eu. Que vale a pena agradar com presentinhos.

Sally torceu o nariz.

— Então é assim que Lobsang te vê. Que vergonha...

Joshua ignorou o comentário, como geralmente ignorava qualquer menção a Lobsang.

— Além disso, sei que algumas pessoas vieram para cá *por causa* de mim.

— O famoso Joshua Valienté.

— O que é que tem? É melhor que fazer anúncios para atrair pessoas boas. E, se não gostarem do lugar, podem ir embora quando quiserem.

Sally abriu a boca, pronta para fazer outras observações cortantes, mas Helen estava visivelmente cansada. Ela se levantou.

— Sally, se quiser descansar um pouco, temos um quarto de hóspedes no fim do corredor. A peça é daqui a uma hora. Dan, o nosso filho, você deve se lembrar dele, já está lá na Prefeitura ajudando, o que na prática significa dar ordens aos outros meninos. Pode levar um pouco de sorvete para comer no caminho, se quiser. Não que seja longe daqui.

Joshua deu um sorriso forçado.

— Nada aqui é longe.

Helen olhou para o lado de fora, pelo vidro não refinado da janela.

— Pelo visto vai fazer outro fim de tarde lindo.

# 3

O CAIR DA NOITE, NAQUELE INÍCIO de primavera, estava realmente lindo.

É claro que aquele mundo não era mais incorrupto, pensou Joshua, enquanto os três caminhavam em direção à Prefeitura para assistir à peça. Dava para ver as clareiras na floresta ao longo da margem do rio e a fumaça das forjas e oficinas. Mesmo assim, o destaque era a paisagem, a curva daquela cópia do Rio Mississippi e as árvores que se estendiam até sumir de vista. Onde-o-Vento-Faz-a-Curva se parecia muito com a cidade-irmã na Terra Padrão — Hannibal, Missouri — no século XIX, época em que viveu Mark Twain. Na opinião dele, aquilo era a perfeição.

O dirigível estava sendo descarregado por meio de cabos, mala por mala, fardo por fardo. À luz do crepúsculo, o casco com um brilho tom de bronze parecia uma nave de outro mundo, o que, de certa forma, correspondia à realidade. Embora a peça estivesse para começar, havia alguns estudantes do lado de fora olhando para o céu, e os meninos estavam com os olhos brilhando — dariam tudo para dirigir um twain um dia.

O twain simbolizava muitas coisas, pensou Joshua. Começando pela realidade da própria Terra Longa.

*A Terra Longa*: de repente, no Dia do Salto, vinte e cinco anos antes, a humanidade adquirira a capacidade de saltar, de percorrer um corredor infinito de planetas Terra, um atrás do outro. Não havia necessidade de naves espaciais: as Terras estavam apenas a um salto de distância.

Toda Terra era mais ou menos como a Terra original, exceto por uma curiosa falta de seres humanos e suas peripécias. Havia mundos para dar e vender, bilhões de mundos, se as teorias recentes estivessem corretas.

Havia pessoas que, diante dessa perspectiva, trancavam a porta e não saíam mais de casa. Outras faziam a mesma coisa dentro de suas mentes. Mas havia também quem prosperava. Para essas pessoas, em suas colônias nos novos mundos, após um quarto de século, os twains estavam se tornando uma presença essencial.

Depois da primeira viagem de exploração há dez anos, realizada por Joshua e Lobsang no *Mark Twain* — o dirigível que tinha sido um protótipo, a primeira nave capaz de transportar cargas e passageiros para outras Terras —, Douglas Black, dono da Black Corporation, que havia construído o *Mark Twain*, e acionista majoritário da subsidiária que sustentava Lobsang e suas diversas atividades, havia anunciado que a tecnologia seria um presente para o mundo. Um gesto típico de Black, que, embora frequentemente questionado a respeito de sua verdadeira intenção, todo mundo recebeu de braços abertos. Agora, uma década depois, os twains faziam pela colonização da Terra Longa o que a carroça Conestoga e o Pony Express fizeram pelo Velho Oeste. Os twains voavam e voavam, ligando os mundos paralelos em contínua expansão. Além disso, estimularam a criação de novas indústrias. O hélio usado para sua sustentação, escasso na Terra Padrão, agora estava sendo extraído em cópias do Kansas, de Oklahoma e do Texas em outros mundos.

No momento, até as notícias eram disseminadas nos mundos da Terra Longa por frotas de dirigíveis. Um tipo de internet multimundial, conhecida como "outernet", ganhava espaço. Em todos os mundos que visitavam, os dirigíveis baixavam mensagens, e-mails e pacotes de atualização para polos locais, que eram propagados lateralmente por aquele mundo. Quando dois dirigíveis se encontravam, longe do grande eixo Padrão-Valhalla, um "gam" acontecia — termo que vinha do tempo das frotas baleeiras —, no qual trocavam notícias e mensagens. O processo era informal, mas isso também se aplicava à internet da época antes do Dia do Salto. A informalidade tornava o sistema mais robusto; contanto que a mensagem tivesse o endereço correto, chegaria ao destino pelo caminho mais rápido.

Naturalmente, havia lugares, como Onde-o-Vento-Faz-a-Curva, que se incomodavam com a presença desses intrusos, porque os twains, querendo ou não, representavam a influência do governo da Terra Padrão, influência esta que nem sempre era bem-vista. A política do governo em relação às colônias da Terra Longa tinha variado ao longo dos anos, desde hostilidade e exclusão até cooperação e legislação. No momento, a regra era que todas as colônias com mais de cem habitantes deviam se registrar no governo federal da Terra Padrão para tornar "oficial" sua existência. Logo essas colônias começavam a aparecer nos mapas e ser visitadas pelos twains, que chegavam com pessoas, gado, matérias-primas, remédios, e partiam com os produtos que as colônias se dispunham a exportar para grandes polos de distribuição como Valhalla.

Enquanto viajavam pelo antigo Estados Unidos e pelos mundos de sua égide — que iam até Valhalla, a quase um milhão e meio de saltos de distância da Terra Padrão —, os twains serviam como uma ponte entre os inúmeros Estados Unidos, dando a impressão apaziguadora de que todos eram iguais. Isso a despeito do fato de que muitos habitantes dos mundos paralelos não sabiam que igualdade era essa, pois sua prioridade era eles mesmos e seus vizinhos. Apesar das visitas frequentes dos twains, a Terra Padrão e suas políticas, seus regulamentos e impostos eram vistos como uma abstração remota.

Naquele instante, duas pessoas estavam olhando com curiosidade para um dirigível no céu.

— Você acha que *ele* está a bordo? — perguntou Sally.

— Pelo menos uma iteração está — respondeu Joshua. — Os twains não podem saltar sem uma inteligência artificial a bordo. Sabe como ele é; ama suas iterações. Gosta de estar onde as coisas estão acontecendo, e hoje em dia as coisas estão acontecendo em *todos* os lugares.

Estavam falando de Lobsang, obviamente. Mesmo agora, Joshua teria dificuldade para explicar exatamente quem era Lobsang. Ou o que era. *Imagine Deus dentro do seu computador, dentro do seu celular, dentro do computador de todo mundo. Imagine alguém que praticamente é a Black Corporation, com todo o seu poder, a sua fortuna, a sua abrangência. Que, apesar disso tudo, parece mais razoável e tolerante que a maioria dos deuses. Ah, e que às vezes pragueja em tibetano.*

— Por falar nisso — disse Joshua —, existem boatos de que uma iteração dele está a bordo de uma sonda espacial que vai sair do sistema solar. Sabe como ele é, sempre está mil passos à frente, e é sempre bom fazer backup.

— Ele já deve saber o que fazer para sobreviver quando o Sol explodir — disse Sally. — Bom saber. Tem falado com ele?

— Não. Faz dez anos que não falo com Lobsang. Desde que ele, ou sua versão que mora na Terra Padrão, deixou Madison ser destruída por uma bomba nuclear. Logo minha cidade natal, Sally. De que adianta termos um robô como Lobsang se ele não é capaz de impedir um desastre como aquele? Se ele *podia* ter impedido o desastre, por que não fez alguma coisa?

Sally deu de ombros. Naquela ocasião, havia percorrido as ruínas de Madison ao lado dele. Não sabia o que responder.

Joshua notou que Helen estava caminhando um pouco à frente dos dois, cercada por vizinhos, com aquela sua expressão no rosto que Joshua, um veterano com nove anos de casado, chamava de "socializando". Um tanto alarmado, apertou o passo para alcançá-la.

Ele sentiu que todos ficaram aliviados quando chegaram ao prédio da Prefeitura. Sally leu o título da peça em um cartaz pendurado na parede:

— *A vingança de Moby Dick*. Só pode ser brincadeira.

Joshua não conseguiu conter o sorriso.

— É uma história interessante. Espere só pra ver a cena em que a frota ilegal de baleeiros tem o castigo que merece. As crianças aprenderam algumas palavras em japonês só para essa cena. Vamos, temos lugares reservados na primeira fila.

Foi realmente um espetáculo marcante, a começar pela cena de abertura, em que um narrador usando um casaco impermeável manchado de sal caminhou até a frente do palco.

— Meu nome é Ishmael.
— Olá, Ishmael!
— Olá, meninos e meninas!

Quando a lula cantante bisou três vezes a música do número final, "Arpão do amor", até Sally caiu na gargalhada.

Na festa que se seguiu à peça, pais e crianças interagiam no salão. Sally ficou ali no meio, com uma bebida na mão. Entretanto, pensou Joshua, enquanto ela olhava os adultos conversando, o semblante feliz das crianças, sua expressão demonstrava que ela ficava cada vez mais amargurada.

Joshua arriscou a seguinte pergunta:
— Está pensando em quê?
— Aqui é tudo tão *perfeitinho*.
— E você não é muito chegada à perfeição, não é, Sally?
— Não posso deixar de pensar que vocês estão correndo um risco.
— Que risco?
— Se eu fosse cética, pensaria que mais cedo ou mais tarde algum filho da puta carismático apareceria e acabaria com essa alegria toda. — Ela olhou de relance para Helen. — Foi mal falar "filho da puta" na frente das crianças.

Para surpresa de Joshua, e aparentemente de Sally, Helen riu.
— Você não mudou nada, hein, Sally. Mas garanto que isso não vai acontecer. Nada vai acabar com nosso estilo de vida. Temos certa fortaleza aqui. Física e intelectualmente falando. Para começar, não falamos em Deus. Os habitantes de Onde-o-Vento-Faz-a-Curva são quase todos ateus, ou, pelo menos, agnósticos. Pessoas simples, que levam a vida sem esperar ajuda do além. Ensinamos a regra áurea a nossas crianças.
— Não faça com os outros o que não gostaria que fizessem com você.
— Essa é uma das lições. Tem outras mais básicas para a vida em comunidade. Nós nos damos bem. Trabalhamos em equipe. Acho que educamos bem as crianças. Elas aprendem porque tornamos o ensino uma diversão. Está vendo Michael, aquele menino na cadeira de rodas? Foi ele que escreveu o roteiro da peça, e também compôs a música cantada por Ahab.

— Qual delas? "Eu trocaria minha outra perna pelo seu coração"?
— Essa mesmo. Ele tem só dezessete anos, e seria injusto se não tivesse a chance de desenvolver seu talento musical.
Sally parecia atipicamente pensativa.
— Com pessoas como vocês dois por perto, isso não vai acontecer.
Helen franziu a testa.
— Está sendo irônica?
Joshua se preparou para o pior, mas Sally se limitou a dizer:
— Não conte a ninguém, mas tenho inveja de você, Helen Valienté *née* Green. Só um pouquinho. Mas *não* de Joshua. Aliás, esse drinque está muito bom. É de quê?
— Tem uma árvore aqui, uma espécie de bordo. Posso te mostrar, se quiser. — Ela levantou o copo para fazer um brinde. — A você, Sally.
— Por quê?
— Por manter Joshua vivo até ele me conhecer.
— É verdade.
— Pode ficar aqui como nossa convidada por quanto tempo você quiser, mas, seja sincera, veio até aqui para levar Joshua para algum lugar, não é?
Sally olhou para o copo e disse com calma:
— Sim. Me desculpa.
— É por causa dos trolls, não é? — disse Joshua. — Sally, o que você quer que eu faça exatamente?
— Acompanhe os debates sobre as leis de proteção aos animais. Estude os processos em curso, em Plumbline, no Vazio e em outros lugares. Assegure que uma diretriz de proteção aos trolls seja formulada e implementada.
— Para isso, eu teria que voltar à Terra Padrão.
Ela sorriu.
— Faça como David Crockett, Joshua. Saia do sertão e vá ao Congresso. Você é um dos poucos pioneiros da Terra Longa que são famosos na Terra Padrão. Você e alguns serial killers.
— Obrigado.

— O que você acha?

Joshua olhou para Helen.

— Vou pensar.

Helen desviou o olhar.

— Vamos procurar Dan. Depois desse dia agitado, vai ser difícil fazê-lo dormir.

Helen teve de se levantar duas vezes naquela noite antes de Dan aquietar-se.

Quando voltou pela segunda vez, sacudiu Joshua.

— Está acordado?

— Agora, estou.

— Estava pensando aqui... Se aceitar a proposta de Sally, Dan e eu vamos com você, pelo menos até Valhalla. E gostaria que ele conhecesse a Terra Padrão.

— Ele vai gostar — murmurou Joshua.

— Até descobrir que estamos querendo que ele estude em Valhalla. — Apesar dos elogios à escola da comunidade que fizera para Sally Linsay, Helen queria que Dan passasse um tempo em uma cidade grande para que pudesse abrir seus horizontes e ter outras experiências, para que, assim, tomasse decisões conscientes sobre seu futuro. — Sally não é de todo mal quando não está bancando a Annie Oakley.

— Ela é uma pessoa boa — murmurou Joshua. — Quando se exalta, é porque a pessoa mereceu.

— Você parece... preocupado.

Ele rolou na cama para encará-la.

— Dei uma olhada nas novidades da outernet que o twain trouxe. Sally não estava exagerando sobre os incidentes com os trolls.

Helen segurou a mão dele.

— Isso tudo faz parte de um esquema. Não é só o fato de Sally aparecer do nada. Tenho a sensação de que seu motorista está te esperando lá no céu.

— Seria *mesmo* muita coincidência um twain aparecer logo agora.

— Lobsang não pode resolver isso sozinho?

— Não é assim que as coisas funcionam, querida. Não é assim que *Lobsang* funciona. — Joshua bocejou, inclinou o corpo, beijou a bochecha dela e se virou de novo. — Gostou da peça?

Helen estava sem sono. Depois de alguns instantes, perguntou:

— Tem mesmo que ir?

Mas Joshua já estava roncando.

# 4

Joshua não ficou surpreso quando Sally não apareceu para o café da manhã.

Nem quando descobriu que ela já tinha ido embora. Sally era assim. Àquela altura, pensou, devia estar longe, nos confins da Terra Longa. Ele deu uma volta pela casa, à procura de sinais de sua presença. Sally viajava com pouca bagagem e fazia questão de arrumar tudo antes de partir. Tinha chegado, partido e virado sua vida de cabeça para baixo. De novo.

Deixou um bilhete que dizia apenas: "Obrigada."

Depois do café da manhã, Joshua foi até a Prefeitura, para exercer seu cargo de prefeito. Entretanto, aquele dirigível no céu fazia sombra na única janela de sua sala, uma distração que atrapalhava muito a concentração nas atividades do dia a dia.

Ele se pegou olhando para o grande cartaz pendurado na parede, a famosa "Declaração Samaritana", escrita em um momento de irritação por um pioneiro em apuros, que viralizou na outernet e foi adotada por milhares de colônias emergentes:

*Caro Novato:*
*O BOM SAMARITANO é, por definição, bondoso e tolerante. Entretanto, no caso da corrida por terrenos na Terra Longa, o BOM SAMARITANO exige de você:*

*UM. Antes de sair de casa, procure saber como é o ambiente do lugar aonde está indo.*
*DOIS. Ao chegar, ouça o que quem já está lá há um tempo tem a dizer.*
*TRÊS. Não confie nos mapas. Até as Terras Baixas ainda não foram bem exploradas. Não sabemos o que há por aí. E, se a gente não sabe, você com certeza não sabe.*
*QUATRO. Use a cabeça. Viaje acompanhado de, pelo menos, um amigo. Se puder, leve um rádio. Diga a alguém qual é seu destino. Esse tipo de coisa.*
*CINCO. Seja muito cauteloso, se não por você, pelos pobres coitados que terão de levar seus restos mortais de volta para casa em um caixão.*
*Palavras DURAS, mas necessárias. A Terra Longa é generosa, mas não é piedosa.*

*OBRIGADO pela leitura.*
*O BOM SAMARITANO*

Joshua gostava da Declaração. A seu ver, ela refletia o bom senso autêntico e bem-humorado que caracterizava as novas nações que surgiam na Terra Longa. Sim, novas nações.

A Prefeitura: um nome de peso para uma construção de madeira que abrigava tudo de que a colônia precisava em termos de burocracia, mas parecia meio decrépita nesta manhã, depois da peça das crianças. Por outro lado, atendia bem a seus propósitos; o mármore teria de esperar.

Não havia estátuas do lado de fora, ao contrário dos edifícios correspondentes nas cidades dos Estados Unidos Padrão. Nada de canhões da Guerra Civil nem placas de bronze com o nome dos soldados mortos em combate. Quando a cidade se registrara no serviço de twains, o governo federal oferecera um monumento para associar aquela comunidade do futuro ao passado dos Estados Unidos. Entretanto, os habitantes de Onde-o-Vento-Faz-a-Curva recusaram a doação por uma série de motivos, muitos deles fazendo referência a experiências dos bisavós em

Woodstock e Penn State. Ninguém havia derramado sangue por *esta* terra ainda, a não ser quando Hamish caíra da torre do relógio, além, óbvio, do sangue sugado por mosquitos. Então por que um monumento?

Joshua tinha ficado surpreso com a veemência dos outros civis e, com seu jeito paciente, refletira a respeito. Chegara à conclusão de que era uma questão de identidade. Olhe para a História. Os pais fundadores dos Estados Unidos se consideravam ingleses até o momento em que perceberam que não precisavam ser. Os habitantes de Onde-o-Vento--Faz-a-Curva ainda se consideravam americanos, mas estavam começando a se sentir mais próximos de seus vizinhos *neste* mundo — com comunidades pontuais situadas em cópias da Europa, da África e até mesmo da China, com as quais se comunicavam por transmissões de ondas curtas — que dos americanos da Terra Padrão. Joshua achou interessante acompanhar aquela mudança de identidade.

Enquanto isso, a relação de todos ali com os Estados Unidos Padrão estava se tornando cada vez mais desagradável. As disputas vinham se estendendo por anos. Alguns anos atrás a administração do presidente Cowley concluíra — depois de Cowley defender, com êxito, a suspensão de todos os direitos e benefícios dos colonos — que, na prática, estava perdendo um valor significativo de receita tributária do comércio que estava florescendo tanto entre as comunidades da Terra Longa como entre os mundos remotos, de um lado, e as Terras Baixas e a Terra Padrão do outro. Assim, Cowley declarou que, se uma pessoa estivesse sob a "égide" dos Estados Unidos — ou seja, se vivesse em uma cópia do país em outro mundo, seria considerada cidadã dos Estados Unidos, sujeita às leis norte-americanas e ao pagamento de impostos aos Estados Unidos.

Mas era aí que estava o problema. Impostos? Impostos sobre o quê? Como seriam pagos esses impostos? Boa parte do comércio local era realizada por escambo, com uma escrituração local ou envolvendo bens intangíveis: um serviço por outro serviço. Apenas nas Terras Baixas negociava-se com dinheiro. Tornou-se difícil para muitos cidadãos das colônias conseguir recursos monetários para pagar esses impostos.

Além disso, mesmo que os impostos fossem pagos, o que as comunidades receberiam em troca? As colônias eram ricas em alimento, água doce, ar puro e terra: uma quantidade inesgotável de terra. Quanto a produtos avançados, mesmo num passado recente, ainda era preciso voltar à Terra Padrão para obter equipamentos de alta tecnologia ou ter um atendimento de qualidade em serviços de odontologia a veterinária. E, para isso, era preciso dispor de uma quantia da moeda norte-americana. Agora, porém, uma clínica fora inaugurada em Onde-o-Vento-Faz-a--Curva, e havia um veterinário rio abaixo, em Pico Torto, que tinha um cavalo veloz, um sócio e um estagiário. Caso precisasse de uma cidade, Valhalla se tornara uma verdadeira metrópole nas Terras Altas, com toda a cultura e a tecnologia que alguém poderia imaginar.

Os colonos achavam cada vez mais difícil entender para *que* eles precisavam do governo da Terra Padrão e, portanto, por que tinham de pagar impostos, principalmente porque eram extraídos dos lucros obtidos pela remessa de matérias-primas que as caravanas de twains transportavam com frequência para a Terra Padrão. Mesmo naquela comunidade tranquila e civilizada, longe dos intelectuais de Valhalla, como Jack, o pai de Helen, havia aqueles que pregavam a ruptura total dos laços com os Estados Unidos.

Ao mesmo tempo, após anos de uma paz relativa, Joshua havia notado nas últimas negociações com a Terra Padrão uma atitude cada vez mais hostil do governo federal em relação às novas colônias. Alguns chegavam a alegar que os colonos eram parasitas, embora todos os bens que mantinham nos Estados Unidos tivessem sido confiscados há muito tempo. Tudo aquilo estava certamente ligado à campanha de Cowley para a reeleição no fim do ano; depois de se aproximar do centro na primeira campanha para a Casa Branca — uma necessidade que surgiu após o incidente em Madison, no qual boa parte da população escapara de um ataque nuclear afastando-se do local da detonação —, alguns comentaristas acreditavam que ele estava se voltando para seus apoiadores originais, o movimento extremista e antissalto Humanidade em Primeiro Lugar. Faz tempo que os Estados Unidos suspeitam de todos os outros países do planeta, e agora estavam começando a suspeitar de si mesmos.

Joshua olhou pela janela para o céu ensolarado e suspirou. Até que ponto aquela inimizade poderia chegar? Era sabido por todos que Cowley estava trabalhando em uma unidade militar baseada em twains para operar na Terra Longa. Na outernet, circulavam boatos piores, ou talvez desinformação, de ações mais contundentes contra as colônias que estavam por vir.

Poderia haver uma guerra? Quase todas as guerras do passado tinham sido causadas por disputas de terras e riquezas. Como as terras e riquezas da Terra Longa eram praticamente ilimitadas, parecia não haver mais razão para uma guerra. Ou havia? Havia precedentes, porém, casos em que taxações excessivas ou outras políticas repressivas de um governo central tinham levado as colônias a lutar pela independência.

*Uma Guerra Longa?*

Joshua olhou para o dirigível ainda suspenso sobre a cidade, esperando para levá-lo a outros locais, para participar mais uma vez da política global.

Joshua saiu de sua sala à procura de Bill Chambers, secretário, contador, exímio caçador, excelente cozinheiro e mentiroso nato, o que levantava suspeitas quanto à sua alegação de que era um herdeiro distante de Blarney, na Irlanda.

Bill tinha mais ou menos a mesma idade que Joshua, e tinham sido amigos na Terra Padrão, o que, para uma pessoa reclusa como Joshua, era uma raridade. Fazia alguns anos que Bill tinha ido a Onde-o-Vento--Faz-a-Curva visitar Joshua, que o recebera de braços abertos. Quando Joshua voltou da viagem com Lobsang e descobriu que se tornara uma celebridade — graças, em parte, ao fato de Lobsang e Sally terem tirado o deles da reta, deixando-o exposto —, ele passou a recorrer cada vez mais a pessoas que havia conhecido *antes* de ficar "famoso" e que, por isso, eram discretas e não lhe pediam favores.

Bill não mudara quase nada. Tinha uma educação irlandesa e gostava de salientar isso sempre que surgia uma oportunidade. Além disso, estava bebendo muito mais que na adolescência, ou melhor, *ainda* mais.

Bill estava indo para a serraria quando avistou Joshua.

— Olá, Sr. Prefeito.

— Olá. Escute. — Joshua contou a Bill que precisava viajar para a Terra Padrão. — Helen está querendo ir comigo e levar Dan. Não é uma ideia ruim, mas vou precisar de ajuda.

— Vai para a Terra Padrão? Cheia de ladrões, assaltantes e outros sujeitos indesejáveis. Está bem, pode contar comigo.

— Morningtide vai te deixar ir?

— Ela está ocupada fazendo banha no quintal. Vou falar com ela depois. — Ele pigarreou antes de abordar uma questão que considerava delicada. — Tem a questão do custo da passagem.

Joshua olhou para o dirigível.

— Acho que nenhum de nós vai precisar pagar por essa viagem, amigo.

Bill comemorou.

— Ótimo! Então vou reservar as melhores acomodações que estiverem disponíveis. Já pediu a Helen que assinasse os formulários de autorização?

Joshua suspirou. Outro problema para o ele do futuro.

— Vou pedir, Bill. Vou pedir.

Caminharam juntos.

— Como foi a peça do seu filho?

— Foi muito legal. O Capitão Ahab pulou o tubarão e tudo. Foi o ápice do segundo ato. E foi muito impressionante vê-lo num jet ski.

# 5

Helen Valienté, *née* Green, se lembrava muito bem do momento em que as relações entre o governo dos Estados Unidos na Terra Padrão e os pioneiros da Terra Longa começaram a azedar.

Helen ainda estava na adolescência e morava em Reinício, situada em Oeste 101.754. Ela atualizara seu diário durante todos esses anos, desde sua infância em Madison Padrão, incluindo a estadia em Madison 5 e a jornada de sua família, que passou por cem mil mundos até fundar uma cidade nova em um mundo vazio, uma cidade que eles haviam construído usando apenas as próprias mãos, mentes e corações. O que receberam dos Estados Unidos Padrão — e eles *ainda* se consideravam norte-americanos — foi rejeição. Aquele tinha sido o divisor de águas, pensando melhor agora, mais que a doença da mãe, para o pacato pai de Helen, Jack Green. Ele completara sua transição de engenheiro de software na Terra Padrão para colono e, então, para ativista político.

Isso tinha acontecido há doze anos. Helen tinha apenas quinze anos.

Crise. A ainda jovem cidade de Reinício estava dividida.

Algumas pessoas tinham ido embora, para recomeçar em outro lugar. Outras tinham se dirigido à estação Cem K para esperar por um transporte que as levasse até a Terra Padrão.

O pior para Helen era que seu pai não estava falando com sua mãe, mesmo ela estando doente.

Era tudo culpa do governo. Todos os domicílios de Reinício haviam recebido a Carta, entregue pelo tímido carteiro Bill Lovell. Bill tinha sido demitido do Correio dos Estados Unidos, mas afirmou que continuaria entregando as correspondências, e os moradores prometeram alimentá-lo em troca.

A Carta era do governo federal. Todos com uma residência permanente além da Terra 20, Leste ou Oeste, teriam seus bens na Terra Padrão bloqueados e, eventualmente, confiscados.

Com sua mãe de cama, seu pai teve de explicar para Helen o que a Carta dizia, já que ela não conhecia palavras como "bens" e "confiscados". Basicamente, o documento queria dizer que todo o dinheiro que seus pais haviam juntado antes de viajar pela Terra Longa e deixado na Terra Padrão em contas bancárias e outras aplicações para pagar certas coisas, como os remédios para o câncer da mãe, o sustento de seu irmão Rod, que não pudera saltar com eles, e a faculdade de Helen e de sua irmã Katie, se elas desejassem dar continuidade aos estudos, havia sido roubado pelo governo. *Roubado*. Essa foi a palavra que seu pai usou. Pareceu a definição correta para Helen.

O pai dela explicou que a economia da Terra Padrão tinha sido abalada pelos saltos. Isso era óbvio, antes mesmo de os Green iniciarem sua viagem. Todas aquelas pessoas que foram habitar a Terra Longa estavam fazendo falta na força de trabalho, e os recursos enviados da Terra Longa eram insuficientes para manter a produção. Aqueles que haviam ficado estavam furiosos por terem de sustentar vagabundos, que era como chamavam os que haviam saltado. Além disso, algumas pessoas não conseguiam saltar e começaram a nutrir um ódio por quem conseguia. Pessoas como Rod, o irmão de Helen. Ela sempre se perguntava como ele devia estar se sentindo.

— O governo deve estar cometendo esse *roubo* para agradar os antissaltadores. É culpa daquele tagarela do Cowley — disse seu pai.

— O que vamos fazer?

— Para começar, uma reunião na Prefeitura.

Naquela época, não havia nenhuma Prefeitura; o que havia era uma clareira na floresta que eles *chamavam* de Prefeitura, e foi ali que se reuniram. Ainda bem que não estava chovendo, pensou Helen.

Reese Henry, o ex-vendedor de carros usados, que era o mais próximo que tinham de um prefeito, presidiu a reunião, com seu jeito agressivo de sempre. Ele estava com a Carta na mão e agitou-a no ar, dizendo:

— O que vamos fazer com isso?

O consenso geral era de que deviam tomar uma atitude. Alguns achavam que deviam ir em peso a Washington Padrão para fazer uma manifestação. Mas quem ia alimentar as galinhas?

Decidiram fazer uma lista de produtos da Terra Padrão que ainda eram úteis. Remédios, por exemplo. Livros, papel, canetas, eletrodomésticos, até itens supérfluos, como perfumes. Compartilhando, trocando e consertando mercadorias, talvez conseguissem sobreviver por um tempo com o que tinham até que tudo passasse. Alguém sugeriu que eles formassem alianças com as comunidades mais próximas. Havia muitas colônias por ali, espalhadas por dezenas de mundos vizinhos, que alguns estavam começando a chamar de "Novo Condado de Scarsdale". Elas podiam se ajudar em casos de escassez e emergência.

Alguns, como uma mulher com um filho diabético, falavam em voltar para a Terra Padrão. Os mais velhos estavam começando a achar a agricultura um trabalho muito pesado. Uma pequena parcela se sentia apenas desamparada sem o apoio do governo, por mais remoto que fosse. Outros, como o pai de Helen, fizeram um apelo para que ninguém fosse embora. Todos eram necessários. Haviam desenvolvido competências que se complementavam e garantiam a sobrevivência da comunidade. Não podiam deixar tudo que construíram cair por terra.

Reese Henry deixou a discussão rolar até todos se cansarem. A reunião terminou sem que ninguém chegasse a uma conclusão.

Na manhã seguinte, o Sol nasceu, as pessoas deram comida às galinhas, pegaram água no poço, e a vida seguiu normalmente.

\*\*\*

Três meses depois:

Katie, a irmã de Helen, decidira antecipar seu casamento. Ela e Harry Bergreen pretendiam esperar até o ano seguinte, para que tivessem tempo de construir uma casa decente. Todos sabiam que eles tinham mudado de ideia para que a mãe de Katie pudesse ir ao casamento enquanto estava viva.

Helen já havia aceitado que não teria o casamento de princesa com o qual sempre sonhou. Aquele seria um casamento de pioneiros. Um pouco diferente, mas divertido.

Os convidados começaram a chegar muito cedo, mas Katie e Harry estavam preparados para recebê-los. Os noivos usavam roupas comuns, nada parecidas com os ternos e vestidos de noiva convencionais, mas Katie estava com um pequeno véu feito por Helen a partir do forro de um macacão velho.

Mais tarde, chegaram pessoas que não moravam em Reinício, amigos e conhecidos de comunidades do Novo Condado de Scarsdale e de outros lugares mais distantes. Os convidados traziam presentes: flores, comida para a festa e utensílios domésticos — talheres, panelas, pratos, bules, chaleiras, frigideiras, kit de limpeza de lareira, um limpador de botas. Alguns desses objetos tinham sido feitos ali mesmo, cerâmica produzida nos arredores de Reinício, peças de ferro moldadas nas forjas de Reinício. Não parecia muita coisa, olhando a pilha em frente à grande lareira dos Green, mas Helen sabia que era quase tudo de que um jovem casal precisava para seu primeiro lar.

Reese Henry chegou por volta do meio-dia. Estava usando um suéter razoavelmente elegante, calça jeans e botas limpas, e uma gravata de cowboy, bem apresentável. Helen sabia que ninguém em Reinício levava o "prefeito Henry" tão a sério quanto ele mesmo, mas, mesmo assim, precisavam de um indivíduo que tivesse autoridade para formalizar o casamento — uma autoridade concedida ou não por um governo remoto —, e ele preenchia os requisitos. Além do mais, seu cabelo estava impecável.

Quando Harry Bergreen beijou a noiva pouco depois do meio-dia, todos aplaudiram e a mãe da noiva segurou a mão do marido para conseguir ficar de pé enquanto tiravam fotos. Até Bill, o carteiro, ficou com os olhos cheios de água.

Aquele dia foi *incrível*, escreveu Helen em seu diário.

Três meses depois:

"2º bebê de Betty Doak Hansen. B Sdv, 3,2kg. Mãe doente, preci pts e sng."

Helen estava cansada. Cansada de abreviar as palavras, mas era necessário, porque o papel estava quase acabando.

Aquele parto não tinha sido muito ruim. O pequeno grupo de parteiras e ajudantes, incluindo Helen, já era bem experiente a esta altura. Naquela manhã, porém, um contratempo obrigara Helen a circular pela cidade em busca de doadores de sangue. Quase todos eram bancos de sangue ambulantes, prontos para ajudar os vizinhos, mas o processo às vezes demorava. Helen fez uma nota mental para criar uma lista de tipos sanguíneos e pessoas dispostas a doar sangue.

Seu pai tinha saído cedo de casa, pouco depois de Helen chegar. Provavelmente tinha ido visitar o túmulo da mãe, a lápide na margem do rio. A mãe dela amava aquele lugar. Fazia um mês que o tumor a matara, e seu pai ainda era atormentado pela sensação de culpa, como se fosse o responsável, por tê-la trazido para a Terra Longa. O que não fazia sentido, já que, como Helen se lembrava muito bem, a mãe tinha sido a maior defensora da ideia de que a família deixasse a Terra Padrão.

Mais de seis meses tinham se passado desde aquela medida arbitrária do governo federal que deixara todos os habitantes de Reinício entregues à própria sorte. Puxa vida, pensou Helen, não é que sobrevivemos?

Tiveram de aprender rápido. Haviam dependido mais do que imaginavam de recursos da Terra Padrão, mas agora faziam *tudo* ali. Tricotavam, fermentavam cerveja, moldavam velas, produziam sabão. O vinagre agora era preparado com casca de abóbora, e usavam carvão moído como pasta de dente. Tudo ficou mais fácil quando Bill Lovell passou a vender um novo produto: minienciclopédias e exemplares da revista *Scientific American* de antes da década de 1950, com diagramas de máquinas a vapor e dicas valiosas para uma porção de coisas. Estavam também reconsiderando as safras que produziam depois que o suprimento de pílulas de vitaminas acabou e apareceram alguns casos de escorbuto. Escorbuto!

A cooperação era essencial. Busco água para você enquanto seu filho estiver doente, você alimenta minhas galinhas enquanto eu saio para caçar. Havia um preço para tudo, uma moeda informal baseada em escambos, serviços prestados e notas promissórias. A mãe de Helen teria adorado esse método, uma economia local que funcionava de forma harmoniosa e ia se desenvolvendo aos poucos.

Apesar das previsões pessimistas a respeito do que aconteceria sem a teórica proteção do governo da Terra Padrão, a comunidade não foi invadida por hordas de bandidos. Houve alguns problemas, como ondas de novos colonos que esporadicamente saíam da Terra Padrão ou das Terras Baixas e tentavam se estabelecer em Reinício. Era uma situação difícil do ponto de vista legal, já que os registros de propriedade dos colonos de Reinício eram mantidos pelo governo federal, que não tinha mais interesse pelos habitantes da Terra Longa. Entretanto, o prefeito do Novo Condado de Scarsdale, em geral, conseguia contornar a situação oferecendo aos recém-chegados títulos de propriedade em mundos a cinquenta ou cem saltos a oeste, uma proposta que ficava mais irresistível com as fichas que davam direito a drinques de graça no bar. *Lugar para ficar* sempre tinha. A Terra Longa é tão grande que qualquer problema desse tipo podia ser facilmente resolvido.

Naturalmente, havia uma série de pequenos roubos nas lavouras e, com o auxílio de um Saltador, no interior das casas. Na maioria das vezes, o que se fazia era fechar os olhos. As coisas ficaram mais sérias quando um rapaz chamado Doug Collinson foi pego em flagrante pegando betabloqueadores, usados para tratar doenças cardíacas, na mala de remédios de Melissa Harris. Doug não precisava do remédio; seu objetivo era vendê-lo a quem pagasse mais. Os remédios estavam entre os bens mais valiosos da comunidade. Melissa o surpreendeu e teve a clareza mental de quebrar o Saltador do rapaz com um cabo de vassoura para que ele não conseguisse fugir até os vizinhos chegarem. No momento, Doug estava preso no porão de uma casa, enquanto os adultos decidiam o que fazer. Aos poucos, devido à necessidade de lidar com casos como aquele, foi surgindo um plano para manter a lei e a ordem, baseado em um tribunal compartilhado com comunidades como o Novo Condado de Scarsdale nos mundos vizinhos.

Um plano para a vida de Helen também foi surgindo aos poucos. Seu pai não cansava de repetir que Helen já tinha dezesseis anos e precisava decidir o que queria fazer da vida. Está bem então. Ela já tinha experiência como parteira e estava pensando em se especializar em ervas medicinais. Muitas plantas e fungos que os colonos encontraram em Oeste 101.754 não eram conhecidos na Terra Padrão. Ela podia ser uma vendedora ambulante, ou talvez uma palestrante, uma guru, levando seu conhecimento e sua flora medicinal a outros mundos. Ou não. Ela saberia o que fazer na hora certa.

Eles não estavam em um paraíso. A Terra Longa era uma grande arena, na qual você podia se sentir sozinho ou até se perder. Por outro lado, todo esse espaço também podia ser o maior presente da Terra Longa para a humanidade. Espaço que proporcionava a todos a oportunidade de viver como quisessem. Helen gostava do rumo que as coisas estavam tomando em Reinício.

Acontece que, não muito depois disso, receberam a visita de Joshua Valienté, que voltava de uma viagem às Terras Altas, conduzindo um dirigível inoperante, contando histórias fascinantes, e, sim, acompanhado de Sally Linsay. Helen, que na época tinha dezessete anos, viu seu mundo virar de cabeça para baixo. Logo partiu com Joshua, casou-se com ele, e os dois estavam ajudando a construir uma nova e agradável comunidade.

Enquanto isso, o governo da Terra Padrão havia reatado os laços com as colônias, colocando-as sob a proteção da égide. De repente, todos tinham de pagar impostos. Jack Green, que se indignara com a Carta e a confiscação dos bens, ficou ainda mais irritado com a imposição da égide. Na opinião de Helen, depois de perder a mãe, ele tentava preencher o vazio dentro dele com política.

Agora Sally reaparecera, e Joshua ia participar de outra expedição.

Na noite anterior à viagem para Valhalla, com as malas feitas, Helen não conseguiu dormir. Ela foi até a varanda, onde o ar estava quente para o mês de março naquela Terra fria. Olhou para o twain parado no céu acima da cidade, as luzes de navegação lembrando uma galáxia. E murmurou:

— Éramos jovens, éramos felizes, éramos muito, muito sábios.

Joshua foi até ela. Abraçou-a pela cintura e acariciou seu pescoço com o nariz.

— O que é isso, querida?

— Ah, um poema antigo, de uma poeta vitoriana chamada Mary Elizabeth Coleridge. Ajudei Bob Johansen a ensiná-lo aos alunos da oitava série. "Éramos jovens, éramos felizes, éramos muito, muito sábios. E a porta ficou aberta para nossa festa. E por nós passou uma mulher com o oeste nos olhos. E um homem com as costas para o leste." Não é meio sinistro?

— Você não vai me perder, nem para o oeste nem para o leste. Prometo.

Ela não soube o que responder.

# 6

Nelson Azikiwe — ou reverendo Nelson, como os fiéis o chamavam na igreja, ou Rev, como o chamavam no bar — viu Ken, o pastor, agarrar uma ovelha prenhe e jogá-la por cima do ombro. Para Nelson, aquilo era uma demonstração impressionante de força: as ovelhas de Ken não eram leves. Em seguida, Ken caminhou em direção a uma sebe.

Ele deu mais um passo e desapareceu.

Reapareceu segundos depois, enxugou as mãos com uma toalha não muito limpa e disse:

— Isso vai resolver por enquanto. Alguns lobos ainda não entenderam o recado. É melhor eu pedir a Ted mais um quilômetro de cerca elétrica. Não quer vir comigo dar uma olhada, Rev? Vai ficar surpreso com a quantidade de coisas que fizemos. Fica só a um salto daqui.

Nelson hesitou. Ele detestava a náusea causada pelos saltos; diziam que depois de alguns saltos você não sentia mais nada, e talvez fosse verdade para algumas pessoas, mas, para Nelson, todo salto era uma tortura. Por outro lado, não queria que Ken ficasse ofendido. Afinal de contas, estava com o estômago vazio e talvez pudesse escapar com sintomas leves. Assim, manipulou a chave do Saltador que tinha no bolso e cobriu a boca com um lenço.

Quando se recuperou do salto, a primeira coisa que viu, naquela Inglaterra situada a um salto de casa, não foi o gramado meticulosamente aparado a seus pés, e sim as árvores da floresta que se estendiam do outro lado do muro de pedra de Ken. Árvores grandes, antigas, enormes. Algumas estavam caídas, o tronco embranquecido pelo mofo e pelos fungos, e para um clérigo isso poderia servir de tema para um sermão a respeito dos poderosos e da futilidade de suas ambições. Mas Nelson, que estava com quase cinquenta anos, não pretendia ser um clérigo por muito mais tempo.

A luz parecia um pouco mais dourada que antes do salto, e ele olhou para o Sol, que parecia estar no lugar certo para esta época do ano... De certa forma. Embora o tempo nas várias Terras parecesse passar com a mesma rapidez e os eventos que definiam o calendário — alvorada e crepúsculo, as estações do ano — parecessem sincronizados em todos os mundos, de acordo com a última edição da *Nature*, algumas das novas Terras pareciam não acompanhar *exatamente* o ritmo das demais, às vezes se adiantando ou se atrasando por frações de segundo em relação às Terras vizinhas. Observações astronômicas muito precisas puderam provar isso, como a ocultação de estrelas pela lua. As discrepâncias eram muito pequenas, mas existiam. Nelson não conseguia pensar em nenhuma explicação plausível para o fenômeno. Ninguém sabia como nem por que isso acontecia, mas no momento não havia ninguém pesquisando esse efeito, pois era apenas um entre os milhares de mistérios que os mundos paralelos trouxeram. Era tudo muito estranho, muito intrigante.

Estava claro que ele havia parado de pensar como um sacerdote e, talvez com uma pitada de vergonha, voltado a pensar como um cientista. A verdade era que, no último quarto de século, pessoas em todo o mundo — incluindo algumas do seu ciclo de amizade — tinham abandonado seus lares e viajado para este grande conjunto de mundos chamado Terra Longa, embora ninguém tivesse a menor ideia de como os saltos funcionavam, do porquê o tempo nos mundos era sincronizado nem como esses mundos foram *parar* lá e muito menos para *que* serviam. Como um padre devia reagir a essa situação?

Este era, pelo menos indiretamente, o motivo pelo qual Nelson andava tão confuso.

Felizmente, para as cabras e a ovelha prenhe que o cercavam, e para Joy, a jovem cadela pastora que Ken estava treinando, não era preciso virar a noite pensando nesses mistérios. Depois de encará-lo por um instante, os animais se afastaram; a ovelha, para comer capim, e as cabras, para devorar a primeira coisa que viam pela frente.

Ken havia explicado como a Terra Longa funcionava para ele e para quem pensava como ele. Nas Inglaterras Oeste e Leste 1 e 2, os fazendeiros estavam desmatando em uma escala jamais vista desde a Idade da Pedra — e eles tiveram de reaprender como fazer isso. Primeiro você derruba *muitas* árvores, guarda a madeira para ser aproveitada e, então, solta os animais nascidos naquele mundo ou trazidos da Terra Padrão. Qualquer esperança de uma árvore nova sucumbiria ao ataque das ovelhas e cabras, impedindo a volta da floresta. Com o tempo, a grama apareceria. A grama é uma coisa inteligente, não é? É uma planta que, quanto mais o bicho come, mais tem, costumava dizer Ken.

Nelson tivera uma má impressão de Ken quando o vira pela primeira vez — era bruto, calado, estava queimado de sol. Um homem cujos ancestrais provavelmente tinham vivido naquelas colinas desde tempos remotos. Ele descobriu por acaso que Ken tinha sido professor da Universidade de Bath até, como muitos outros, pouco depois do Dia do Salto, decidir mudar de vida e virar fazendeiro a um salto de distância da Terra Padrão.

Neste sentido, Ken não era uma exceção. No começo, a revelação da Terra Longa tinha sido penosa para a Inglaterra. O êxodo dessas ilhas superpovoadas, particularmente das decrépitas cidades industriais do Gales e da Escócia, regiões isoladas da cada vez mais complacente cidade-estado que era Londres, havia levado a uma crise econômica — e até mesmo ao colapso da moeda por um breve momento. Este episódio ficou conhecido como A Grande Partida.

Logo depois, porém, as Grã-Bretanhas paralelas prosperaram e acontecera uma segunda onda de emigração, mais cautelosa, pragmática e diligente. No momento, novas Revoluções Industriais estavam acontecendo nas Terras Altas; os ingleses pareciam nascer com o dom da construção de máquinas a vapor e ferrovias. Parte dessa riqueza conseguida à custa de muito trabalho já estava começando a fluir de volta para a Terra Padrão.

A longo prazo, em sua exploração e colonização da Terra Longa, os ingleses haviam se revelado meticulosos, pacientes, cautelosos e, por último, bem-sucedidos. Exatamente como Ken.

Agora, porém, Nelson tinha de decidir o que faria da vida.

Eles passaram um tempo discutindo o vigor e a saúde do rebanho de Ken. Depois, Nelson pigarreou e disse:

— Sabe, Ken, eu adorei passar um tempo aqui na paróquia. Tem um clima pacífico. Uma sensação de que, mesmo que as coisas mudem superficialmente, seu coração continua o mesmo. Entende o que eu quero dizer?

— Hummm — disse Ken.

— Quando cheguei aqui, costumava caminhar nas colinas. Existem sinais de que pessoas viveram aqui no passado remoto, antes que a Inglaterra fosse o que é hoje. No cemitério e no memorial de guerra, vi sobrenomes se repetirem por centenas de anos. Às vezes um homem viajava para lutar por um rei que ele não conhecia, em um lugar do qual nunca tinha ouvido falar. Às vezes ele nunca mais voltava. No entanto, sua terra sobreviveu, você entende? Da mesma forma que esse interior, longe dos centros urbanos, saiu ileso de certa forma, apesar das convulsões desde o Dia do Salto. Deve ter sido muito difícil para esses homens deixar um lugar como esse. Assim como será para mim.

— Para você, Rev?

— Você é a primeira pessoa para quem eu conto. Tive uma conversa com o bispo, e ele disse que eu posso me mudar assim que meu sucessor assumir. — Ele olhou na direção das ovelhas. — Veja esses animais. Eles pastam como se tivessem todo o tempo do mundo e estão felizes assim.

— Mas você não é uma ovelha, Rev.

— É verdade. A verdade é que passei boa parte da minha vida sendo um cientista, regido por uma aliança diferente da que devo respeitar no momento, embora eu tenha que reconhecer que as duas coisas se misturaram na minha cabeça. Resumindo, preciso encontrar um novo propósito na vida, que seja mais adequado aos meus talentos e à minha experiência. Perdão pela imodéstia.

— Já me perdoou por coisas piores, Rev.

— Talvez sim, talvez não. Agora, caso esteja com um tempo livre, deixe eu pagar uma cerveja no bar para você. Depois tenho que fazer umas ligações.

— Boa ideia — disse Ken. — Digo, a cerveja. — Ele assobiou. — Joy! Venha cá, menina!

A cadela se aproximou, abanando o rabo, e saltou nos braços de Ken, conforme tinha sido treinada, para que pudesse ir à Terra Padrão. Era uma cadela cuja refeição a esperava em algum canto daquele multiverso, mas isso não a incomodava, contanto que seu dono estivesse com ela.

# 7

Nelson sabia que contar alguma coisa a Ken era a mesma coisa que fazer um post em uma rede social, mas não havia como voltar atrás.

De volta em casa, ligou para alguns paroquianos, revelando seus planos, pedindo desculpas e agradecendo cumprimentos.

Em seguida, aliviado, disse ao computador para fazer o boot, recostou-se na cadeira do escritório e esperou as telas se acenderem. "Termos de busca. Um: o retorno do dirigível *Mark Twain*. Dois: o Projeto Lobsang. Termos suplementares: postagens nas redes sociais nas últimas vinte e quatro horas sobre temas atuais, Navalha de Occam nível três..."

A internet era horrível ali, mas Nelson não se deixava abalar. Um homem com um passado como o dele — já havia trabalhado até para a Black Corporation, mesmo que indiretamente — conhecia muita gente importante; favores geram favores. No ano passado, um helicóptero preto tinha pousado perto da sua casa, e uma equipe de técnicos o deixara com acesso ilimitado aos sinais de satélite — incluindo alguns canais que poucas pessoas conheciam e meios para decodificar esses canais.

Depois de passar o olho nas últimas postagens das redes sociais, foi até a cozinha. Uma busca como esta, sem dúvida, levaria um tempo considerável, e enquanto o software fazia seu trabalho, ele esquentou um curry no micro-ondas.

Começou a refletir, como sempre fazia, sobre os antigos ocupantes da casa paroquial. Os equipamentos do escritório — telefone, laptop, tablets — eram modernos, apesar de possível de serem usados há dez ou vinte anos. Esse era um argumento usado por alguns críticos da migração para a Terra Longa. A necessidade exercia uma pressão necessária sobre a humanidade: as pessoas tinham de estar com fome para inovar, tinham de estar cercadas de competidores para dar o máximo de si. Na Terra Longa, com comida e espaço de sobra, a criatividade havia estagnado. Mesmo assim, nenhum dos antecessores de Nelson, nem o mais recente, tivera acesso a algo parecido com a tecnologia que estava a seu alcance, fosse retrô ou não.

E nenhum deles tinha sido capaz, nem o próprio Nelson, de fazer com que o vaso sanitário do tempo do onça funcionasse. Ele gostava dessas reflexões, o ajudavam a manter os pés no chão.

Quando terminou de cozinhar, voltou para seu escritório — a busca pelo Projeto Lobsang ainda estava em curso — e, enquanto comia, entrou no Quizmasters.

Tratava-se de uma sala de bate-papo pouco conhecida que só podia ser acessada por meio de um convite — e o convite era uma série de testes. Nelson, intrigado com um problema que tinha sido enviado sem nenhuma explicação, levara vinte e sete minutos para descobrir a solução, após a oração da noite, há algumas semanas. A recompensa fora o envio de outro problema, com o mesmo grau de dificuldade. Nos dias que se seguiram, outros problemas apareceram aleatoriamente. Nelson ficou impressionado com eles, pois exigiam não só conhecimentos gerais, mas também a capacidade de fazer uso desses conhecimentos com base em uma série de disciplinas e *in*disciplinas. Nelson sabia muito bem que, na nerdosfera, em uma busca de respostas inusitadas, de nada servia o maior intelecto sem uma compulsão para acumular informações, uma capacidade de reconhecer descobertas acidentais e um interesse ilimitado por fatos incongruentes, inusitados. Aparentemente, era isso que os problemas do Quizmasters estavam testando.

Ele entrou na sala no sétimo dia. Foi a primeira vez que ele entendeu o nome do grupo. À primeira vista, o Quizmasters parecia uma sala de bate-papo qualquer, exceto pelo fato de que cada integrante sabia que ele e os outros tinham sido *escolhidos*, o que dava aos encontros um valor especial. Uma elite autosselecionada da nerdosfera — que poderia ser muito útil, pensava ele, se estivesse empenhada em uma tarefa.

Entretanto, quase sempre a conversa se voltava para o monopólio conhecido como Black Corporation, que era detestado pelos integrantes do grupo. Isso, por si só, era intrigante.

Quando Nelson ficava on-line, cruzava com muita gente no ciberespaço que tinha um profundo desprezo por helicópteros pretos, governos, tomar banho mais de uma vez por semana e, sobretudo, *segredos* — e, ainda por cima, essas pessoas não gostavam da Black Corporation. O que era estranho, já que a estrutura da nerdosfera era sustentada por produtos da empresa. A verdade era que a nerdosfera estava cheia de especulações, boatos e mentiras deslavadas a respeito do que estava acontecendo nos laboratórios ultrassecretos da organização.

Sim, todo mundo já conhecia a história de Black, que se tornara tão popular, pensava Nelson às vezes, quanto a de Jesus. Era uma narrativa americana clássica. Tudo começou quando Douglas Black e seus sócios fundaram "mais uma empresa de computadores" com o legado do avô de Black, um magnata do petróleo. Isso aconteceu no início da década de 1990; Black tinha vinte e poucos anos. Desde o início, entre os produtos de Black estavam itens muito ansiados pelos consumidores, como computadores com baterias que não precisavam ser recarregadas frequentemente e software à prova de falhas, máquinas que eram parceiras do usuário, e não um artifício para ganhar dinheiro, um anúncio de uma futura versão superior de si mesmos. Máquinas que pareciam maduras. Além disso, Black logo começou a fazer doações filantrópicas de diversas naturezas no mundo inteiro, entre elas um programa de bolsas de estudo na África do Sul, que beneficiara o próprio Nelson.

Com o tempo, os produtos de Black se tornaram cada vez mais confiáveis, além de inovadores. Na opinião de Nelson, ele merecia muitos elogios por sua coragem intelectual. Afinal de contas, era o fundador do primeiro "laboratório do acaso". A lógica era que, como muitas descobertas científicas importantes eram feitas acidentalmente, o processo seria acelerado em uma situação na qual um *grande* número de acidentes acontecesse, e os resultados seriam analisados meticulosamente. Reza a lenda que Black chegava a contratar de propósito pessoas que não sabiam *muito* bem o que estavam fazendo, não tinham boa memória ou eram atrapalhadas. Obviamente, era uma ideia muito maluca. Mas Black tomou algumas precauções, como adotar as mesmas normas de segurança das fábricas de explosivos neste laboratório.

As inovações de Black lhe renderam um enorme volume de vendas, elogios dos consumidores e ataques de inimigos ferozes. As empresas tradicionais que ele havia ultrapassado e cujos lucros haviam despencado o acusaram de todo tipo de coisa, desde práticas monopolísticas até falta de patriotismo. O público não acreditou nessas mentiras, pois continuou comprando seus produtos. Na verdade, isso serviu para enaltecer ainda mais a imagem de Black, que passou a ser visto como um herói, um peralta risonho que ousava desafiar as companhias tradicionais investindo em projetos espetaculares, como casas submarinas e turismo em órbita, e ao mesmo tempo patrocinava caridades e causas do bem com uma quantia generosa.

Então, os deuses realmente sorriram para um projeto de Black quando um experimento para desenvolver um novo tipo de gesso cirúrgico foi deixado tempo demais no sol e se transformou em um "gel", como ficou conhecido, uma substância curiosa, um tanto orgânica, integrada por um conjunto de circuitos bioneurais autoprojetados e autorreparadores, inteligente a ponto de se adaptar ao ambiente em que se encontra. Os jornais o chamaram de "curativo inteligente" após as primeiras aplicações do material, mas logo ficou provado que ele tinha capacidade de ser muito mais que isso. Como um meio de armazenamento e processamento de dados maleável, autocorretor e autorreparador, o gel, em todas as suas formas, logo estava presente na maioria dos produtos da Black Corporation. Houve uma onda de novos produtos e de novos tipos de produtos. Desta vez, parte da concorrência teve de fechar as portas.

Agora foi a vez de os governos começarem a desconfiar de seus passos. Black era rico demais, poderoso demais — além de generoso e popular demais —, para que não ficassem de olhos abertos. A administração dos Estados Unidos fez várias tentativas de assumir o controle das operações de Black (usando falsos argumentos de interesse nacional) ou, pelo menos, fragmentar seu império. Foi estabelecido um valor para a desapropriação; a ideia era militarizar as empresas de Black.

Entretanto, Black passou a investir apenas em aplicações não militares, que, obviamente, nada tinham a ver com a segurança nacional. De repente, a empresa voltou sua atenção para pessoas com deficiência: fazer mudos falarem e paralíticos andarem. No momento, havia pessoas vendo, ouvindo, andando, correndo, nadando e até praticando malabarismo, graças a próteses, órteses, implantes e outros produtos criados pela Black Corporation e suas subsidiárias. Com esse tipo de currículo, Black podia argumentar que a perseguição do governo não atendia ao interesse nacional; suas ações eram anticapitalistas — ou, falando bem baixinho para ninguém ouvir, *socialistas*.

Desde então, Black tinha assumido uma atitude ainda mais nobre quando, há quase uma década, praticamente doara a tecnologia dos twains, por meio de um consórcio internacional de fabricantes, às Nações Unidas, aos governos da Terra Padrão e aos habitantes das novas Terras. No momento, os twains que serviam à égide dos Estados Unidos — tanto as poucas naves policiais e militares como as naves comerciais — eram todos produtos da Black Corporation, vendidos a preço de custo. Não apenas isso, mas o conglomerado destinava fundos ainda maiores a boas causas, e Black se tornou mais que um herói.

Apesar de tudo isso, o nome de Douglas Black era malvisto por diversos integrantes do grupo nas salas de bate-papo.

Nelson tinha procurado em vão razões plausíveis para isso. Não era como se muitos que se referiam a Black com palavras carregadas de ódio tivessem alguma queixa pessoal contra ele: ninguém, por exemplo, tinha trabalhado em uma das empresas que foram à falência e teve sua carreira destruída pela ascensão de Black. Parecia que o pior que podia ser dito a respeito de Black era que ele era um *workaholic*, que trabalhava muito e esperava que seus funcionários trabalhassem tanto quanto ele. Talvez isso tivesse pesado contra ele. Havia um boato circulando nas redes dizendo que o laboratório do acaso de Black tinha criado o Saltador que permitira o acesso à Terra Longa. Black não dera o devido valor ao inventor e, no fim das contas, o projeto tinha caído no domínio público, mudando o destino da humanidade, sem render um centavo a ninguém, pelo menos não diretamente.

Nada disso tinha sido provado, mas, mesmo assim, muita gente não gostava de Black.

Os homens que se escondiam por trás de pseudônimos com os quais Nelson convivia na sala do Quizmasters não eram burros. Não podiam ser, considerando o grau de exigência imposto para estarem ali; às vezes parecia que pertencer ao Mensa garantiria apenas o direito de servir café para aquele grupo de superdotados. Não eram burros, mas...

Nelson tinha conhecido muitas pessoas de diferentes classes sociais e achava que podia interpretar os sentimentos de algumas delas. Esses homens e mulheres eram inteligentes, muito inteligentes, mas em alguns, mesmo no ambiente impessoal das salas de bate-papo, ele sentia algo sombrio e oculto, às vezes revelado em um comentário isolado ou em uma escolha curiosa de palavras. Inveja, por exemplo. Paranoia. Uma espécie de malevolência — uma necessidade de extravasar o ódio —, uma necessidade que precisava de uma válvula de escape, *qualquer* válvula de escape. Um homem como Black, que se revelava ao público, que podia ser objeto de inveja ou bom demais para ser verdade e, portanto, suspeito, era o alvo perfeito. Esses sentimentos ruins não apareciam com frequência, mas eram evidentes para aqueles que realmente *observavam* as pessoas.

Especialmente para um homem negro que foi nascido e criado na África do Sul e não tinha se esquecido de como foi viver esta experiência.

Apesar do que diziam a respeito de Black, Nelson *gostava* da Black Corporation e das coisas maravilhosas que ela proporcionava. Gostava principalmente dos mistérios que as atividades da empresa deixavam no ar.

Por exemplo: enquanto ele surfava na periferia de informações sobre Black, começou a reparar que um certo "Projeto Lobsang" era mencionado com frequência. Entretanto, uma busca por essa expressão não gerava nenhum resultado significativo. *Lobsang*: o nome significava "cérebro grande" em tibetano, o que mostrava que alguém na Black Corporation tinha não só senso de humor, mas também um conhecimento linguístico razoável. Mas Lobsang era também um nome próprio e, com o passar do tempo, Nelson passou a pensar em Lobsang como uma pessoa. Uma pessoa a ser localizada. Ele *e* seu "Projeto".

Agora Nelson, sozinho naquela casa paroquial, com oito janelas, sorriu, apesar do frio que estava sentindo, porque, finalmente, sua busca tinha dado frutos.

Uma das telas mostrava a imagem do dirigível *Mark Twain*, bastante avariado depois da famosa Viagem, sendo levado de volta para o que restara de Madison, Wisconsin, depois do ataque nuclear de dez anos atrás: rebocado por Joshua Valienté e uma jovem que ninguém, pelo que Nelson sabia, tinha sido capaz de identificar.

Nelson estava convencido de que tinha visto quase tudo que Joshua Valienté trouxera da extraordinária viagem no *Mark Twain*. A Black Corporation — em um gesto típico de Douglas Black — havia baixado Godzillabytes de dados da viagem para os arquivos de todas as universidades que os solicitaram, com livre acesso assegurado aos cientistas e ao público em geral. (*Godzillabytes*: Nelson tinha uma implicância irracional com o termo "petabytes", usado para designar uma grande quantidade de dados digitais. Um prefixo que soa como o mordisco de um gatinho não cumpre essa função de maneira adequada. "Godzillabytes", por outro lado, grita para o mundo que se trata de algo muito, muito grande... e, possivelmente, perigoso).

Nelson tinha assistido a esse vídeo milhares de vezes, e a cortes do mesmo vídeo filmados de outros ângulos, e se perguntou por que o algoritmo de busca o havia selecionado. Olhando para a tela, viu que aquele vídeo amador mostrava uma cena em que Valienté, em um centro de estudos de exposição à radiação em Oeste 1, está segurando um gato debaixo do braço. Uma pessoa fora do alcance da câmera começa a rir e pergunta: "O que está segurando? A mascote da nave?" Uma voz feminina, provavelmente da companheira desconhecida de Valienté, que a câmera também não mostra, responde: "Isso mesmo, espertinho, e ela sabe falar tibetano."

Era preciso escutar com muita atenção para entender aquele diálogo aparentemente sem sentido, mas a última palavra era a razão pela qual o computador havia escolhido o vídeo. "Tibetano", uma palavra-chave subsidiária de "Lobsang", trouxe este fragmento da complicada saga de *Mark Twain* à tona.

O que a mulher queria dizer com aquele comentário? Por que usaria a palavra "tibetano" se ela não fosse relevante? Ele não tinha ideia do que fazer com aquela descoberta, mas agora havia encontrado uma ligação entre um dos projetos mais famosos de Black, o *Mark Twain* e sua Viagem, e um dos menos conhecidos, o Projeto Lobsang.

É óbvio que a ausência de *outras* ligações era, em si, muito suspeita.

No momento, não tinha como prosseguir a busca; para isso, ia precisar de novas informações. Nelson bocejou, hesitou por um instante e desligou o computador. Estava diante de um mistério, isso era fato, e a ideia de seguir aquela pista o deixava empolgado. Era justamente por isso que estava renunciando à carreira de sacerdote: para ter tempo, enquanto dispunha de recursos e energia, para se dedicar a investigações como esta.

O grande mistério, que para ele se tornara uma obsessão, era o próprio fenômeno do salto: o enigma da Terra Longa, que Joshua Valienté, sua companheira desconhecida e, aparentemente, sua gata que falava tibetano haviam explorado na famosa viagem de dirigível. Em poucos anos, isso levara a uma visão totalmente nova do universo. Como ele podia ficar impassível diante de uma revolução daquele porte? O que significava para a humanidade, para o futuro? E até para Deus? Como ele podia *não* se preocupar com essas questões?

A melhor estratégia, em geral, era investigar primeiro os pequenos mistérios. Imbuído dessa ideia, antes de se deitar, Nelson colocou um avental, pegou uma caixa de ferramentas e foi até o banheiro. A privada era uma peça pesada, que contava até com barras de apoio, e seria incrível se alguém tivesse conseguido fazê-la funcionar adequadamente, mas, até então, ela só funcionava *ina*dequadamente. Ele havia prometido a si mesmo que a consertaria antes de ir embora, tomando um cuidado especial para descobrir por que ela sempre transbordava quando batia um vento leste.

Era espantoso, pensou, ao ajoelhar-se diante da escultura de porcelana rachada, como se estivesse diante de um ídolo pagão, o que os ingleses eram capazes de tolerar.

# 8

A família Valienté viajou para a cidade de Valhalla, nas Terras Altas, para embarcar no twain que a levaria à Terra Padrão. A viagem, que passou por menos de três mil Terras, levou apenas algumas horas.

Em Valhalla, Thomas Kyangu os esperava com uma placa, escrita por ele mesmo, que dizia "VALIENTÉ". Outro amigo de longa data de Joshua, Thomas tinha cinquenta e poucos anos, pele escura, longos cabelos pretos amarrados em um rabo de cavalo e um largo sorriso em um rosto razoavelmente harmonioso. Seu sotaque australiano era bem forte.

— Saudações, clã Valienté! Bem-vindos à Terra Oeste Um Milhão e Quatrocentos Mil. Bem, na verdade, é um milhão quatrocentos e treze, porque nossos fundadores estavam embriagados quando chegaram aqui e perderam a conta, mas costumamos arredondar para os comerciais de TV. Bom te ver, Joshua.

Joshua sorriu e apertou a mão de Thomas, que se ofereceu para ajudar com a bagagem.

Tentando orientar-se, alguns deles um pouco tontos por causa do remédio para o enjoo do salto, ficaram plantados na plataforma de concreto abaixo do dirigível: Joshua, Helen, Dan e Bill Chambers, com as malas empilhadas a seus pés. Eles e os outros passageiros que haviam desembarcado pareciam perdidos na plataforma, pensou Joshua.

Mais adiante estava a cidade de Valhalla, aglomerados de edifícios abaixo de um céu azul com um pouco de fumaça, um trânsito barulhento e máquinas de construção funcionando a todo vapor. O dia estava quente, mais quente que em Onde-o-Vento-Faz-a-Curva, mas, além do cheiro de asfalto quente e óleo daquela cidade recém-construída, Joshua podia sentir o cheiro de sal que vinha do Mar Americano, conforme ele se lembrava da primeira visita àqueles mundos, dez anos atrás.

Um enorme vulto passou por cima deles, com um ruído de motores e um vento: um twain, dos grandes, uma nave de carga que fazia as rotas para as Terras Baixas e a Terra Padrão. Valhalla era um polo de transporte, uma extremidade da estrada aérea que os dirigíveis percorriam de forma incessante dali à Terra Padrão e vice-versa, passando por mais de um milhão de Terras, transportando carga e passageiros. Não era coincidência que Valhalla tinha sido fundada em um lugar onde, na maioria das Terras alternativas, ficava perto de um rio equivalente ao Rio Mississipi da Terra Padrão: os twains eram um meio de transporte entre os mundos, enquanto o rio era um meio de transporte dentro de cada um desses mundos.

Daniel Rodney Valienté, de oito anos, nunca tinha visto uma nave daquele tamanho e começou a saltitar, empolgado.

— Vamos viajar em um desses, pai?

— Vamos, sim, filho. Já, já.

— E lá vem Sally Linsay — disse Helen. — Que surpresa...

— Seja legal com ela — murmurou Joshua para Helen. — Combinei que nos encontraríamos aqui.

Sally estava usando seu traje de pioneira de sempre, que incluía seu colete de pescador com milhares de bolsos, e carregava uma bolsa de couro.

— Que barulheira — disse, ao aproximar-se, tapando os ouvidos com as mãos de forma dramática. — Barulho pra caramba. Devíamos nos chamar *Homo clamorans*. Homem barulhento.

Helen apenas olhou para ela, indiferente.

— Vai viajar com a gente? A grande exploradora pegando carona em um twain comercial?

— Bem, vamos para o mesmo lugar. Por que não passarmos um tempinho juntas? Podemos compartilhar receitas de sorvete.

Joshua segurou o braço da mulher, com medo de que ela tentasse dar um soco em Sally. Não seria a primeira vez.

Enquanto ele observava a troca de farpas, o sorriso de Thomas foi ficando cada vez mais sem graça.

— Estou sentindo uma tensão no ar.

— É complicado. Melhor não se meter — murmurou Bill.

— Quem é esse cara? — perguntou Sally.

— O nome dele é Thomas Kyangu — respondeu Joshua. — Um grande amigo meu.

— A senhora não me conhece, Sra. Linsay, mas já ouvi falar muito bem da senhora, graças a Joshua.

— Ah, não. Um fã.

Helen deu um passo à frente.

— Ainda não fomos apresentados, Sr. Kyangu. Meu nome é Helen Valienté, *née* Green.

— A esposa. É claro — disse Thomas, apertando-lhe a mão.

— "A esposa"? — repetiu Sally, rindo.

— Já pegaram tudo? Meu bugre está logo ali. Quando recebi a mensagem de Joshua, fiz reservas para vocês em um hotel no Centro Quatro.

Enquanto atravessavam a plataforma, ao lado dos outros passageiros, Thomas disse:

— Não pode culpar um valhallano por acompanhar as explorações de Joshua, Sra. Linsay.

— Ele é um homem casado — disse Helen, séria. — Nada de "explorações" se depender de mim.

— Mas foi ele que *descobriu* o Cinturão Valhallano, durante a Viagem. Um bando de Américas do Norte, com oceanos generosos, prontas para serem colonizadas.

— "Descobriu"? — protestou Sally. — Pelo que me lembro, *eu* já estava lá.

Chegaram ao bugre de Thomas, um veículo elétrico baixo, aberto, com oito assentos de plástico.

— Subam, por favor.

Thomas colocou o bugre para andar e seguiu para o sul.

— Thomas e eu somos amigos há muito tempo — disse Joshua para Sally, a título de explicação e preservação da paz.

— Em outras palavras, ele te persegue há muito tempo — disse Sally.

— Nós nos conhecemos nas Terras Altas, faz alguns anos. Estávamos em um momento sabático, embora Thomas insistisse em chamá-lo de passeio. Somos tipo almas gêmeas. Quando soube que estava aqui em Valhalla, pedi a ele que nos ajudasse.

— Sendo assim, muito obrigado, Sr. Kyangu. Mas o que o senhor faz quando não está nos ajudando?

— Olhe para ele — disse Sally. — Não é óbvio? Veja como se veste. Ele é um vagabundo. Um desocupado profissional.

— Mais ou menos — disse Thomas por cima do ombro, enquanto dirigia o bugre. — Passei a infância na Austrália, e os vagabundos sempre me fascinaram. Muitas pessoas da minha família também viraram vagabundas, em diferentes versões da Terra de Oz. Saltadores naturais como você, Joshua, também chamam minha atenção. Eu gostaria de ter esse dom. Também me interesso pela questão de como a civilização humana vai ser afetada pela Terra Longa. Só uma geração se passou desde o Dia do Salto, estamos apenas no começo. Eu participei do planejamento de Valhalla.

Sally bufou.

— E que planejamento...

Thomas não se deixou abalar.

— A forma de viver típica da Terra Longa é a do vagabundo, o indivíduo solitário, ou talvez uma família, um pequeno grupo, saltando de mundo em mundo, sem se preocupar com o dia de amanhã. A Terra Longa é tão rica que não há *necessidade* de pensar no futuro. O interessante é que Valhalla é uma cidade, uma cidade genuína, com todos os atributos essenciais de uma comunidade da Terra Padrão, mas *sustentada por vagabundos*.

Joshua notou que estavam entrando em uma área mais urbanizada. Ele avistou uma placa: CENTRO QUATRO. Os edifícios, feitos de tijolo, concreto ou madeira, eram baixos, compactos e com uma grande área livre em torno: uma arquitetura típica das colônias. Se aquilo era o centro da cidade, era, sem dúvida, um centro de uma cidade das Terras Altas, com muito espaço entre os prédios, mais parecido com um centro comercial de regiões mais interioranas na Terra Padrão. Havia poucos veículos nas largas avenidas, a maioria deles de tração animal, e poucos pedestres, a maioria usando um Saltador. Ninguém ficava ali por muito tempo.

Por outro lado, a agitação política estava no ar. As paredes de alguns prédios estavam cobertas de cartazes e pichações:

*APOIE O CONGRESSO ECOLÓGICO*
*DIGA NÃO AOS IMPOSTOS DA TERRA PADRÃO!*

E:

*ABAIXO COWLEY, O GENOCIDA*

Thomas ainda estava falando a respeito de vagabundos e cidades.

— Escrevi um livro sobre o assunto — disse. — Vagabundos e uma nova teoria da civilização.

Helena franziu o cenho.

— Um livro? Ninguém lê livros hoje em dia. Pelo menos, não livros novos.

Thomas, dirigindo com uma das mãos, deu um tapinha na testa.

— Está tudo aqui dentro. Viajo pelos mundos e escrevo livros.

— Um Shakespeare — disse Sally, irônica.

O bugre parou ao lado de um prédio de quatro andares com uma fachada larga.

— Chegamos — disse Thomas. — o Tímpano Curado é o melhor hotel de Valhalla. Vocês podem ficar até três semanas, se quiserem.

Sally torceu o nariz.

— Tanto tempo assim? Pra quê? Viemos aqui apenas para pegar um twain para a Terra Padrão.

— Sally, Helen e eu estamos aqui para procurar uma escola para Dan — explicou Joshua.

Dan ficou de queixo caído.

— Eu vou estudar aqui?

Helen olhou para Joshua de cara feia.

— É assim que se conta para ele?

— Desculpe.

Ela acariciou o braço de Dan.

— As escolas de Valhalla são consideradas as melhores das Terras Altas, Dan. Vai ser uma experiência boa para você. Vai aprender coisas que jamais aprenderia em Onde-o-Vento-Faz-a-Curva. Mas, se não quer ficar longe de casa...

Dan ficou sério.

— Não sou mais criança, mãe. Posso estudar aqui para ser piloto de twain?

Joshua riu e passou a mão na cabeça do menino.

— Você pode ser o que quiser, filho. Esse é o ponto.

— Também quero visitar meu pai — disse Helen para Sally.

Thomas assentiu.

— Jack Green! Está se tornando um herói. Foi um dos fundadores do movimento Crianças pela Liberdade e organizou o Congresso Ecológico, que atraiu representantes de milhares de Américas habitadas...

— Ele está se tornando bem inconveniente, isso, sim — disse Helen.

— Ficar aqui tanto tempo não estava nos planos — protestou Sally, voltando-se para Joshua. — Por que não me avisou?

Joshua deu de ombros.

— Bem, você não quis ser consultada. Além disso, como teria reagido? Da mesma forma que está reagindo agora, certo?

Sally pegou sua mala.

— A gente se vê — disse, antes de desaparecer tão rápido quanto o vento que passou.

Thomas suspirou.

— Que mulher! Espero ter uma chance de pegar o autógrafo dela. Venham comigo fazer o check-in.

# 9

Na manhã seguinte, Bill saiu para "dar uma explorada por conta própria". Joshua se certificou de que ele estava levando um celular para que pudesse lhe ligar e pedir uma carona caso tivesse algum problema.

Bill já havia saído quando Thomas apareceu para levar Joshua, Helen e Dan até o colégio onde pretendiam matricular Dan. O colégio ficava em uma zona diferente, chamada Centro Sete, do outro lado daquela cidade labiríntica. Assim, entraram de novo no bugre de Thomas e seguiram caminho.

A cidade havia crescido muito desde a última vez que Joshua a visitara. A intenção era que Valhalla, planejada a partir do zero, fosse mais do que uma cidade. A diferença começava pelo traçado, baseado em terrenos hexagonais que ocupavam a margem sul do Mar Americano, tomando o lugar da floresta nativa. Em muitas casas, o teto brilhava com tinta solar, mas em outras havia grama e plantas variadas, formando uma cobertura natural.

Sempre que havia uma brecha entre as casas a norte, Joshua podia ver o mar, um horizonte plano, prateado. A costa ficava mais ou menos na mesma latitude que Chicago, na Terra Padrão. À beira-mar, a cidade assumia um aspecto mais antigo, na opinião de Joshua, um eco do passado dos Estados Unidos, um passado marítimo. Agora havia ali um porto de proporções razoáveis, construções de madeira, depósitos, estaleiros e o que parecia ser uma capela de pescadores — ele achava que a capela devia ter lápides em homenagem aos homens que haviam morrido naquela versão do Mar Americano, lápides sem túmulos, lápides sem ossos abaixo. Mais adiante havia cais, píeres e molhes. O mar estava repleto de navios, sombras cinzentas, a maioria com motores, provavelmente movidos a carvão, mas muitos eram a vela, como reconstruções de modelos antigos, peças de museu.

Marinheiros trabalhavam naquele novo oceano, pescavam e caçavam. Eles caçavam répteis aquáticos gigantescos, que lembravam plesiossauros, e enfeitavam seus barcos com as mandíbulas e vértebras desses animais. Como os caçadores de baleia dos séculos dezoito e dezenove na Terra Padrão, esses homens estavam estudando os mundos com uma intensidade que excedia a dos exploradores mais científicos e serviam de elo entre as comunidades que se estabeleciam em número cada vez maior nas costas dos oceanos americanos das Terras paralelas. Eles não eram baleeiros, porque não havia baleias ali, mas Joshua decidiu arranjar um tempo para explorar tudo aquilo com Dan e para conversarem sobre *Moby Dick*.

Quando olhavam para o outro lado do litoral, viam algo muito estranho. As regiões mais afastadas, onde ficavam as fábricas e forjas, terminavam abruptamente em uma floresta ou um pântano. Não havia campo aberto em lugar algum, nenhum gado pastando, nenhum gramado fora dos limites da cidade. Aquela cidade não dispunha de fazendas.

Joshua conhecia a teoria de Valhalla. Era parte da resposta da nova geração ao desafio dos espaços ilimitados da Terra Longa. No Dia do Salto, a humanidade (ou quase toda a humanidade, porque, para pessoas como Sally e sua família, aquilo não era novidade) começou a se espalhar em uma Terra ampliada com um diâmetro de treze mil quilômetros e uma área superficial que fazia uma esfera de Dyson parecer uma bola de pingue-pongue. *Como* eles viviam dependia da preferência, da educação e do instinto de cada um. Alguns viajavam para lá e para cá entre a Terra Padrão e as Terras Baixas, à procura de um pouco mais de espaço ou de uma forma melhor de ganhar dinheiro. Alguns, como os Green, a família de Helen, tinham ido para Terras virgens e se dedicado a estabelecer novas comunidades: a história dos Estados Unidos na era colonial repetida em um território de dimensões infinitas. Alguns se limitavam a vagar sem rumo, sobrevivendo graças aos recursos inesgotáveis da Terra Longa: os vagabundos de Thomas.

Tudo ia muito bem até você precisar de um tratamento de canal ou seu e-reader parar de funcionar. Ou até você se questionar se seus filhos não deviam aprender algo mais além de arar a terra e caçar coelhos. Ou até você não aguentar mais as picadas de mosquito. Ou, sei lá, até você sentir uma vontade irresistível de fazer *compras*. Algumas pessoas voltavam para a Terra Padrão ou para as Terras Baixas mais povoadas.

Valhalla era outra solução: uma cidade nova em folha nas Terras Altas, muito distante da Terra Padrão, mas com um estilo de vida parecido, ou seja, sustentada por vagabundos em vez de fazendeiros. Na história humana, houve precursores em vários locais da Terra Padrão. Em um ambiente propício, populações de caçadores-coletores podiam, a longo prazo, realizar grandes feitos e criar sociedades complexas. Em Watson Brake, Louisiana, cinco mil anos atrás, os povos nativos caçadores-coletores tinham construído grandes cidades com casas de barro. Valhalla havia usado o mesmo conceito com um enfoque novo, moderno, que envolvia mais planejamento.

Na verdade, o primeiro tópico abordado por Jacques Montecute, o diretor da escola, quando recebeu Dan e sua família em sua sala para uma conversa introdutória, foi justamente a teoria por trás da cidade.

— O ethos básico de Valhalla é o equilíbrio — disse Montecute.

Ele estava na casa dos trinta, magro, sério, com um sotaque que Joshua identificou ser francês e com uma modulação vagamente familiar. O nome também não lhe era estranho. *Montecute*...

Havia apenas outra criança ali além de Dan, uma menina negra, quieta, devia ter uns quinze anos, chamada Roberta Golding.

— A maioria dos nossos cidadãos adultos *escolheu* deixar o antigo mundo, deixar os antigos costumes para trás. Eles querem certas coisas que só uma cidade pode oferecer, mas não vieram para a Terra Longa dispostos a trabalhar arduamente em uma fazenda ou morar em um casebre miserável para que a cidade possa funcionar. Pois aqui estamos, levando uma cidade sem que isso seja necessário. — Ele sorriu para Dan. — Quer saber como conseguimos sobreviver sem fazendeiros para nos fornecer comida?

Dan encolheu os ombros magros.

— Talvez vocês sejam todos ladrões.

Helen suspirou.

Roberta Golding falou pela primeira vez:

— Valhalla é uma cidade sustentada por vagabundos. Caçadores-coletores. A lógica é elementar. A agricultura intensiva pode suportar ordens de grandeza, mais pessoas por acre que a caça e coleta. Em um único mundo, uma comunidade de vagabundos, mesmo que haja uma abundância de recursos naturais, é necessariamente espalhada, difusa; a concentração populacional necessária para sustentar uma cidade seria impossível. Aqui, basta os vagabundos se espalharem, não geograficamente, e sim por várias Terras. Mais de cem Valhallas paralelas. — Ela juntou a palma das mãos. — A cidade é o produto de uma pilha de mundos, todos explorados extensivamente por caçadores-coletores, em vez de ser o produto de um único mundo explorado intensivamente por agricultores. Essa solução urbana só se tornou possível depois que a existência da Terra Longa ficou conhecida.

Joshua achou que a menina falava como um livro didático.

— Deve ter lido muito sobre isso — disse Helen, como se a estivesse acusando de plágio.

— Muito bem, Roberta — disse Montecute. — Na verdade, também temos a vantagem de viver em um lugar geograficamente favorável, na margem de um mar rico em nutrientes.

Joshua estalou os dedos.

— Boa Viagem. É isso! Você é de Boa Viagem! Vocês dois, não é? Montecute, reconheci seu sotaque... e seu sobrenome. Acho que conheci sua avó.

Montecute pareceu um pouco constrangido, mas sorriu.

— Kitty? Na verdade, ela era minha bisavó. Ela falava muito de você. Sim, eu sou de Boa Viagem, como ficou conhecida. Roberta também.

— Boa Viagem — murmurou Helen para Joshua. — Quem usou esse nome pela primeira vez foi Sally Linsay, não foi? Parece que pegou. Boa Viagem, onde todas as crianças são superinteligentes. É o que dizem.

Ela olhou meio sem graça para Dan, que parecia estar tentando dar um nó nas pernas.

— Foi bom você já ter conhecido uma colega, Dan — disse Joshua.

— Na verdade, não vou ficar muito tempo aqui — disse Roberta, educada, mas sem emoção. — Fui convidada para participar da Missão Leste Vinte Milhões.

Joshua arregalou os olhos.

— Com os chineses?

Montecute sorriu.

— E comigo — admitiu ele. — Embora eu esteja participando mais como consultor. Roberta ganhou uma bolsa, um gesto de boa-fé entre o governo dos Estados Unidos e o novo regime da China. Vamos ver o que o futuro nos reserva. Muito bem... — Ele se levantou. — Por que não vem comigo conhecer a escola, Dan? Enquanto seus pais tomam um café, quem sabe... A cantina fica no fim do corredor. — Dan o seguiu sem pestanejar. — Do que você gosta na escola? Lógica, matemática, debates, desenho técnico?

— Softbol — respondeu Dan.

— Softbol? Mais alguma coisa?

— Cortar lenha.

— É mesmo?

— Sou o campeão da escola.

Joshua e Helen olharam um para o outro e para a impassível Roberta.

— Vamos tomar um café — disseram, em uníssono, seguindo Montecute e Dan para fora da sala.

# 10

Para ver o pai, Helen teve de agendar uma visita, o que a deixou furiosa.

Jack Green, sessenta anos, tinha uma sala no modesto prédio que funcionava como Prefeitura, tribunal, central de polícia e residência do prefeito. Quando Helen entrou na sala, ele estava trabalhando diante de uma mesa em que havia um laptop, dois celulares e uma pilha de papel reciclado. Uma grande tela de TV ficava pendurada na parede. Ele mal levantou os olhos para a filha que não via desde... Quando mesmo? Natal do ano retrasado? Ele ergueu um dedo, com os olhos fixos no laptop, enquanto Helen permanecia de pé, esperando.

Finalmente, ele apertou uma tecla e se recostou na cadeira.

— Pronto. Enviado. Desculpe por fazê-la esperar, querida. — Ele se levantou, beijou-a no rosto e se sentou de novo. — Estava dando uma revisada no discurso que escrevemos para Ben. — Ben era Ben Keyes, o prefeito de Valhalla, para quem o pai trabalhava. — Ah, e isso me faz lembrar...

Ele pegou um controle remoto e apertou outro botão. A tela se iluminou com a imagem de um púlpito, uma dupla de assessores de terno e gravata, a bandeira norte-americana e a bandeira azul-escura de Valhalla penduradas lado a lado ao fundo.

— Ben vai começar o discurso a qualquer momento. Em cima do laço, hein? Assim que terminar o discurso, suas palavras vão circular pelo mundo e a outernet vai levá-las até a Terra Padrão. Impressionante, não é?

Era evidente que Helen tinha chegado em uma hora ruim.

— Posso me sentar, pai?

— Claro, claro. — Ele se levantou de novo, com um pouco de dificuldade, e puxou uma cadeira para ela. Como muitos de sua geração, que tinham construído cidades da Terra Longa, como Reinício, do zero, ele começara a sofrer de artrite. — Como vai Dan?

— Você errou a idade dele no último cartão de aniversário.

— Hummm. Sinto muito. Espero que ele não tenha ficado chateado.

Helen deu de ombros.

— Ele já se acostumou.

Jack sorriu, mas continuou olhando para a tela.

Ela procurou controlar a irritação.

— Vou ser breve, pai. O senhor sabe que vamos para a Terra Padrão, mas antes queríamos que Dan conhecesse a Escola Livre. Estamos pensando em matriculá-lo, se ele gostar.

— Boa ideia — disse Jack, com entusiasmo. — Um dos méritos de Valhalla, de cidades como essa, é oferecer boas escolas e incubar mentes livres, abertas e bem-informadas. Isso é essencial em qualquer democracia.

— Pai, menos sermão, por favor.

— Desculpe, desculpe. É meu jeito, querida. E peço desculpas por não te dar muita atenção. É que estamos diante de uma emergência. Não se trata apenas dos impostos abusivos. Uma rede de mentiras criada pelos filhos da puta do movimento Humanidade em Primeiro Lugar está apoiando a reeleição de Cowley e suas ideias absurdas. É pior que racismo! Eles consideram os Saltadores uma *espécie* inferior. Dizem que somos mutantes malévolos, imorais... Precisamos nos defender, e é o que estamos fazendo. Alguns comentaristas já estão dizendo que o discurso de Keyes será nossa Declaração de Independência, antes mesmo de ouvirem o que ele tem a dizer. Imagine!

— E você tinha que se envolver, não é?

— O que esperava que eu fizesse?

— Você era assim em Reinício também. Vivia mandando nos outros para esquecer os próprios problemas.

— O que é isso? Está do lado de sua irmã agora?

Katie, alguns anos mais velha que Helen, tinha se casado, permanecido em Reinício, e criticava o restante da família por ter se mudado.

— Não, pai. Escute, sei que o senhor ainda pode mudar.

— Não vou me tornar um miliciano, querida.

— Eu sei, eu sei... Só acho que precisa parar de fugir.

— Fugir de quê?

— A doença da minha mãe não foi culpa sua.

— Continue — disse ele. — O que mais não foi culpa minha?

— Também não foi culpa sua Rod ter feito o que fez.

— Seu irmão plantou uma bomba nuclear em Madison!

— Não, ele não fez isso! Ele participou de um plano burro de um bando de pessoas frustradas por não poderem saltar, que... Desculpe, pai, mas acho que sua militância política é uma forma de...

— De amenizar algum tipo de culpa freudiana? Minha filha, a psicóloga. — Ele assumiu um tom mais sério. — Escute, não vamos mais falar de culpa. As pessoas fazem o que querem, mas isso não quer dizer que, quaisquer que sejam seus motivos, você não possa fazer algo de *bom*.

Ela apontou para a tela.

— Como o prefeito Keyes está fazendo?

Jack olhou na direção que ela apontou.

Ben Keyes caminhou até o púlpito com um maço de papel reciclado nas mãos. Aos seus quarenta e poucos anos, tinha a aparência de uma celebridade, mas havia deixado o cabelo crescer, no estilo dos pioneiros, e não usava um terno, e sim um macacão de operário verde-oliva. Quando começou a falar, Helen mal conseguiu ouvir o que ele estava dizendo por causa dos aplausos e dos gritos da plateia.

— Povo de Valhalla! Este é um dia histórico para este mundo, e para todos os mundos da Terra Longa. Hoje está em nossas mãos mudar o mundo...

O pai de Helen sorriu.

— Tom Paine! Foi uma de minhas sugestões.

— ...certos Direitos inalienáveis, que entre eles estão a Vida, a Liberdade e a busca de Felicidade... Que, se uma forma de governo se dispõe a destruir essas finalidades, cabe ao povo o direito de alterá-la ou aboli-la...

— Ah! — Jack Green bateu palmas. — E *isso* foi tirado da Declaração da Independência. Que vergonha para um governo americano, ser confrontado com as palavras dos fundadores da nação...

A tela agora mostrava imagens da plateia, que fazia sinais da língua de sinais, como a troll do Vazio, e gritava:

— Eu não quero! Eu não quero!

Helen tinha perdido o pai para a tela, para o discurso, para os comentários que se seguiriam ao discurso. Ela se levantou em silêncio e saiu da sala. O pai nem notou.

Helen não sabia nada a respeito de revoluções. Não podia prever as consequências daquele pronunciamento. Ficou se perguntando, porém, qual seria a relação entre o discurso que acabara de ouvir e os "direitos" dos trolls e de outras criaturas que precisavam compartilhar a Terra Longa com a humanidade.

\*\*\*

Com uma expressão simpática, Thomas Kyangu esperava por ela no saguão. Helen achava que ele sabia o suficiente a respeito de sua família complicada para compreender o que estava sentindo.

— Venha comigo — disse ele. — Está convidada para um café valhallano.

Em uma cafeteria aconchegante, a alguns quarteirões de distância da Prefeitura, Thomas contou a ela parte de sua história.

# 11

Thomas Kyangu se lembrava muito bem do dia em que sua vida havia mudado. O dia em que deixara o mundo convencional e se tornara um vagabundo profissional — apesar de essa expressão poder soar contraditória. Tinha acontecido há vinte anos, apenas cinco anos depois do Dia do Salto, quando o fenômeno ainda era novo e estranho. Nessa época, Thomas estava com trinta anos.

Ele havia pedido o carro do pai emprestado, dirigido até sair de Jigalong, parado ao lado de uma velha placa de madeira e saltado do carro, no calor do meio-dia, levando com ele a caixa do Saltador. A não ser pela estrada de terra que levava a Jigalong e um cercado de terra manchada de sangue que marcava o acesso a fazendas de criação de cangurus na Terra Longa, não havia nada ali, mesmo na Terra Padrão. Nada, a não ser o Deserto Ocidental. Vasto, opressivo, a planície quebrada apenas por uma formação rochosa muito desgastada pela erosão. Nada de interessante para os primeiros europeus a visitar a região, que mal chegaram a ver as pessoas que já viviam ali. Para eles, era uma *terra nullius*, uma terra vazia, e isso lhes dava o direito legal de se apropriar dela.

Mas Thomas era metade martu. Ele sempre foi bem recebido pelo povo da mãe, embora o casamento dela com um homem branco, por amor, desafiasse as regras estritas de casamento dos martus. Aos olhos de Thomas, criado nas tradições dos ancestrais, aquela terra era rica

— pelo menos em teoria. Complexa. Antiga. Era possível sentir o peso do tempo naquela região. Ele sabia que aquela terra aparentemente estéril estava cheia de vida. Sabia como sobreviver em um lugar como aquele, como se alimentar, se fosse necessário.

E sabia de um segredo daquele lugar, um segredo que era só dele.

Ele se curvou para ver o interior de uma caverna aberta pelo vento no flanco do rochedo. Era uma caverna pequena, pouco mais que uma depressão parcialmente tomada pela areia, e Thomas tinha descoberto aquele esconderijo quando era criança. Estava visitando os avós em Jigalong e saíra sozinho para explorar a vizinhança. Desde aquela época, era uma pessoa solitária. Ali, tão escondido que era preciso se agachar para ver, estava o Homem Caçador, como o chamava, uma figura feita de traços, com uma lança na mão, cercada por espirais e estrelas, perseguindo uma criatura grande, mal definida. A julgar pela pátina que a cobria, devia ter milhares de anos.

Até onde sabia, ninguém havia visto aquela figura — nem antes nem depois que a descobrira. Ele guardara este segredo desde então.

Thomas sempre havia pensado no Homem Caçador como uma espécie de amigo. Um companheiro invisível. Um ponto de estabilidade em uma vida de mudanças atordoantes.

Ele havia sido uma criança muito inteligente. Depois de se destacar na escola da região, tinha ido fazer faculdade em Perth e chegara a passar um tempo nos Estados Unidos antes de voltar a Melbourne e se tornar um designer de jogos de computador. Era suficientemente preto para servir de exemplo para os liberais e suficientemente branco para ser tratado pelos colegas como um igual.

Foi então que teve uma crise de consciência e começou a se informar a respeito das pessoas que havia deixado para trás, da família da mãe. De como uma cultura com impressionantes sessenta mil anos de existência, um povo livre e autossuficiente até três séculos atrás, tinha se tornado o mais dependente do planeta, marginalizado, removido de suas terras, dizimado pelo desemprego e pelo abuso de drogas, sua cultura mutilada por mudanças forçadas e uma educação "branca". De como, na época da avó, os martus tiveram de abandonar seu território, transformado em campo de provas dos mísseis britânicos Blue Streak lançados de Woomera.

É verdade que todo esse arrependimento tardio acontecera quando Thomas tinha sido espancado em Sydney por uns imbecis que não gostavam de ver pessoas como ele na cidade, mesmo de terno e gravata, mas isso servira para lhe abrir os olhos.

Então, ele se casou. Hannah era uma advogada no início de sua carreira, uma jovem inteligente, branca, de uma família bem-relacionada de New South Wales. Eles queriam ter um filho.

Mas o câncer a levou de um dia para o outro. Ela tinha apenas vinte e três anos. Helen se comoveu com aquela parte da história, lembrando-se de como fora difícil para ela a perda súbita da mãe.

Depois disso, o trabalho de Thomas pareceu perder o sentido. Ele voltou para Perth e entrou para uma associação que defendia os direitos dos aborígenes. Começou a estudar a cultura da mãe. Trabalhou como "guia nativo" para grupos de turistas brancos interessados na cultura local. A família da mãe não viu essa atividade com bons olhos, mas ele aprendeu muita coisa.

Então, vieram os Saltadores e, com eles, a abertura da Terra Longa. Outro grande abalo no universo particular de Thomas e no de praticamente todos os habitantes da Terra. Muitos aborígenes, em especial os jovens, tinham compreendido o potencial da nova tecnologia e embarcado para outras Terras em busca de um mundo melhor que a Terra Padrão e suas iniquidades.

Thomas havia executado poucos saltos naqueles primeiros dias. Afinal, por que faria isso? Depois de todas as reviravoltas que sua vida sofrera, não sabia mais quem era. Ele era uma contradição, nem branco nem preto, casado, mas sozinho. O que descobriria a respeito de si mesmo em todos aqueles outros mundos que não podia descobrir na Terra Padrão? Em vez de viajar para a frente, ele se surpreendeu viajando para trás, para o Homem Caçador na caverna, o único ponto estável de sua vida, como um prego segurando toda a sua psique.

Desta vez, porém, ele tinha ido ao local com um Saltador. Planejara um experimento.

Thomas escolheu uma direção ao acaso e acionou a chave.

\*\*\*

Austrália Oeste 1.

Ali, como em Leste 1, havia uma criação de cangurus. Ele viu montes de carcaças, cavalos amarrados, rifles dispostos na forma de uma tenda indígena. Havia dois homens sentados em um tronco. Quando viram Thomas, levantaram garrafas plásticas de cerveja em sua direção. Ele acenou de volta.

A criação de cangurus estava se tornando popular, até na Terra Padrão. Os cangurus eram excelentes como animais de corte. Quilo por quilo, um canguru precisava de um terço da comida de uma ovelha, um sexto da água e produzia muito menos metano; os cangurus eram econômicos em relação a peidos. A oposição de Thomas à criação de cangurus não era baseada na razão. Ele só não *sentia* que era algo correto. Fosse como fosse, aquele mundo novo parecia ser um anexo do mundo antigo e não tinha nada a ver com sua vida.

Ele saltou de novo, para Oeste 2. E 3. E 4. Cada salto embrulhava seu estômago, e Thomas levava um tempo para se recuperar.

Levou duas horas para chegar a Oeste 10, onde parou. Sentou-se em uma saliência da formação rochosa, que parecia a formação "original" da Terra Padrão. Olhou em torno, sem pressa, assimilando o novo mundo.

Viu uma coisa se mover ao longe. Um rebanho de animais de grande porte, lentos, o céu azul-claro moldando suas silhuetas. Caminhando em quatro patas, pareciam rinocerontes. Talvez fossem equivalentes aos marsupiais, perseguidos por uma versão local de um leão. Havia também cangurus, esticando o corpo para alcançar os galhos mais baixos de uma árvore, mas eram animais grandes, maiores do que qualquer canguru da Terra Padrão, grandes e musculosos. E mais distante, havia um animal que parecia um dinossauro, um raptor, correndo, como um pássaro incapaz de voar. Era um mundo silencioso, exceto pelo berro distante de um herbívoro aqui e ali.

Ele bebeu água de uma garrafa de plástico. Alguns dos mundos mais próximos tinham sido visitados por caçadores incapazes de resistir à tentação de perseguir a megafauna nativa, mas ali, a dez saltos de distância, não havia vestígios de presença humana, nem uma pegada sequer.

Aquele era um mundo diferente. Seria natural pensar que todas as cópias do Deserto Ocidental seriam parecidas com a versão original, mas não era bem assim. Aquela região deveria ser sempre árida, mas Thomas logo se deu conta de que esta versão era mais verde, com moitas de grama e algumas árvores raquíticas. Na Terra Padrão, o povo de sua mãe havia esculpido a terra com fogo durante sessenta mil anos; aquela era uma terra sem europeus, mas também sem martus e seus ancestrais.

Entretanto, Thomas não estava ali pela flora e pela fauna.

Quando se sentiu bem o suficiente para se levantar, caminhou em torno da formação rochosa até a caverna — ela estava na mesma posição que na Terra Padrão — e se ajoelhou, ainda com o Saltador amarrado na cintura. Teve de proteger os olhos da luz do sol poente para poder enxergar o interior da caverna.

Ali estava, como ele havia imaginado que estaria, não *seu* Homem Caçador, mas outra figura humana, caçando outro animal esboçado grosseiramente e cercado por um arranjo diferente de espirais, estrelas, hachuras e zigue-zagues. Quando tocou no desenho, com cautela, sentiu a pátina que o cobria. Era tão antigo quanto o desenho da Terra Padrão, criado pelo mesmo nativo esquelético que aprendera sozinho a arte de saltar.

Thomas se sentou com as costas apoiadas na pedra. Sentiu vontade de rir, mas não queria desrespeitar o silêncio nem chamar a atenção de algum leão marsupial. Havia encontrado uma prova insofismável da existência de aborígenes Saltadores no passado remoto. Em qual outro lugar a habilidade de saltar seria mais útil do que no centro árido da Austrália? Se seus ancestrais *fossem* capazes de explorar vários mundos, mesmo que apenas em casos de emergência, os recursos disponíveis aumentariam. Eles tiveram sessenta mil anos para descobrir como fazer isso.

Entretanto, as visitas à Terra Longa tinham se tornado mais frequentes após o Dia do Salto. Talvez este fosse um novo Tempo do Sonho, pensou, uma repetição da época em que os ancestrais haviam viajado por um terreno sem nada, criando colinas, planícies e outros acidentes geográficos. Agora chegara a vez de os nativos da geração de Thomas se tornarem os novos ancestrais, de começarem um novo Tempo do Sonho que se estenderia a toda a Terra Longa.

Desta vez, criariam um mundo do qual nenhum colonizador branco poderia se apropriar.

\*\*\*

Ali estava Thomas, com um celular no bolso, sentado ao lado de uma formação rochosa, sozinho no mundo.

Ele podia voltar para a civilização e revelar sua descoberta arqueológica.

Ou talvez estivesse na hora de vagar pelo mundo. Podia tirar a roupa, ficar apenas de cueca, livrar-se de todos os bens materiais e vagar sem rumo.

Vivendo apenas da terra generosa, ele decidiu se tornar um vagabundo. Com o tempo, ouviu histórias a respeito de Joshua Valienté e outros Supersaltadores, que se espalhavam por toda a Terra Longa, e começou a apreciar aqueles que haviam adotado um estilo de vida semelhante ao dele. Foi então que conheceu Joshua, no silêncio de uma América muito distante.

— Mas tudo isso está no futuro — disse a Helen. — Pelo que me lembro, apenas alisei de leve o Homem Caçador, o Homem Caçador de Oeste 10, me levantei, ativei meu Saltador e nunca mais voltei.

Helen sorriu.

— Todos nós temos histórias da Terra Longa para contar.

— É verdade. Quer me contar a sua? Fale como é lá em Reinício. Quer mais café?

# 12

Eles passaram mais três semanas em Valhalla, tentando fazer com que Dan se acostumasse com o lugar e com a ideia de estudar ali — embora o diretor Jacques Montecute e a taciturna Roberta tivessem viajado para a Terra Padrão para se juntar à expedição dos chineses. Helen teve tempo para experimentar a culinária do lugar e tomar muito café — o suficiente para concluir que, quaisquer que fossem as atrações de Valhalla, café não era uma delas.

Mas tudo mudou quando embarcaram no *Ouro em Pó*. Nas primeiras 24 horas, Helen passou a maior parte do tempo descansando, sentada na sala, tomando o café mais saboroso que provara desde... Bem, desde a última vez que o pai a levara a uma cafeteria de Madison, quando tinha doze anos, antes de deixarem o velho mundo para sempre.

*Ouro em Pó* era o melhor hotel de todos os mundos, pensou, pairando no céu, um balão de 250 metros de comprimento, do qual pendia uma gôndola de madeira de lei das Terras Altas como se fosse uma gigantesca peça de mobília. Helen estava pouco à vontade até subir a bordo. A rampa de acesso era forrada com um carpete, e o saguão principal era maior que a cidade de Onde-o-Vento-Faz-a-Curva.

Naturalmente, foram muito bem recebidos. Joshua, Dan, Helen, até Bill Chambers e Sally Linsay, que, Helen notou, não estava muito animada em pegar uma carona naquele palácio flutuante. Bem recebidos por causa, é claro, de Joshua, o herói explorador. Se quisesse, Joshua Valienté poderia aproveitar-se de sua fama, mas raramente fazia isso.

Um homem cheio de contradições. No entanto, graças aos ensinamentos de Helen, ele aprendera a não recusar quando lhe ofereciam algo como uma viagem no *Ouro em Pó*.

Dan estava que nem pinto no lixo. Ele queria ser piloto de twain desde que aprendera a andar e corria atrás até das pequenas naves locais que sobrevoavam Onde-o-Vento-Faz-a-Curva. Quando subiram a bordo do *Ouro em Pó*, Helen pensou que os olhos do menino fossem saltar para fora.

No começo, ela ficou um pouco preocupada com ele. Aquela era a primeira viagem longa de Dan. Helen não era uma Saltadora natural, enquanto Joshua era *referência*. Assim como as cores se misturavam — Dan tinha o cabelo escuro do pai e a pele clara da mãe —, Dan era um Saltador mediano e tinha genes em comum com tio Rod, irmão de Helen, que não era capaz de saltar. Como os remédios usados para tratar a náusea causada pelos saltos estavam cada vez mais avançados, a maioria das pessoas tolerava bem até uma viagem em alta velocidade como aquela. A *maioria* das pessoas, não todas. Se Dan começasse a passar mal, seria o fim da viagem para os pais (ou melhor, para Helen. Ela não tinha dúvida de que Joshua prosseguiria com Sally). Pior: seria o fim de um sonho para o filho. Joshua e Helen ficaram aliviados quando o médico da nave, que começara a circular entre os passageiros depois que a nave começou a saltar, fez um gesto discreto para eles indicando que estava tudo bem.

Depois disso, a tripulação cuidou muito bem de Dan. Helen exigiu que ele fosse acompanhado o tempo todo pelos pais ou por um tripulante nomeado pelo capitão. O tripulante disse a Dan que se chamava Bosun Higgs, mas Helen não acreditou nem por um *segundo* que esse fosse seu nome de verdade. A tripulação mostrou a nave inteira a Dan, desde as escadas e plataformas do balão, com seus grandes sacos de hélio, até o compartimento de carga, a casa de máquinas, os camarotes, o restaurante, o chique salão de festas — incluindo a ponte de comando, uma grande bolha de paredes transparentes, situada na proa, de onde era possível ver as grandes naves passando por um mundo atrás do outro para se juntar à frota que viajava para leste em direção à Terra Padrão, com vistas para o Mar Americano e sua costa coberta de florestas, um novo mundo a cada batida do coração. Uma visão incrível, empolgante, até para uma pessoa sedentária como Helen.

Na segunda noite da viagem, Joshua e Helen foram convidados para jantar com o capitão. O que mais podia-se esperar da família Valienté? O restaurante ficava na proa, logo abaixo da ponte de comando. Helen ficou impressionada com a decoração: paredes de lambri filigranado, presas de mamute douradas e grandes borlas penduradas nos cantos, pinturas a óleo de paisagens diversas da Terra Longa nas paredes, poltronas e tapetes macios como pelúcia e um lustre acima da mesa. Tudo aquilo ajudava o casal a não se preocupar com os outros comensais, que eram todos podres de ricos: comerciantes da Terra Longa esbanjando o lucro ou turistas da Terra Padrão fazendo a "viagem dos sonhos" e confundindo Joshua e Helen com funcionários da tripulação várias vezes.

A vista era a atração principal. Olhando pela janela dianteira, era possível ver os mundos passarem e as outras naves da frota, dezenas delas, pairarem no céu como lanternas chinesas. Já haviam viajado bastante — à velocidade máxima de um salto por segundo, o twain podia atravessar quase noventa mil mundos por dia —, mas a velocidade média era um pouco menor e levariam algumas semanas para chegar à Terra Padrão. Quando anoiteceu, a escuridão era total na maioria dos mundos, já que a maior parte deles era desabitada.

No entanto, cidades iluminadas eram visíveis em um dos mundos. O capitão explicou que se tratava da Amerika, a nova nação holandesa, uma cópia perfeita dos Estados Unidos, construída com a ajuda do governo federal. A princípio, a Terra Longa não havia despertado o interesse dos holandeses porque as terras que eles haviam preservado com tanto esforço na Terra Padrão estavam submersas em todos os mundos paralelos.

O capitão havia planejado o clímax do espetáculo para o momento exato em que o carrinho de sobremesas chegasse à mesa e o Sol tocasse o horizonte: o grande Mar Americano, um oceano interior que tinha sido um companheiro constante desde que partiram de Valhalla, começou a secar, primeiro se transformando em lagos isolados, depois em uma floresta que se estendia até onde a vista alcançava, um tom verde-escuro à luz do sol poente. Helen sentiu um aperto no peito quando perderam contato com o Mar de Valhalla, ou melhor, com as cópias daquele mar.

Quando escureceu ainda mais, porém, todos perceberam o que havia tomado seu lugar: um rio, largo e tranquilo, uma faixa de água prateada cortando a terra. Era o Mississippi, ou um primo distante daquele grande rio da Terra Padrão, que estava presente na maioria das Américas — na verdade, Onde-o-Vento-Faz-a-Curva ficava à margem de uma das cópias. O rio seria um companheiro durante o restante da jornada.

Naquela noite, eles tiveram muito trabalho para colocar Dan para dormir. Helen pôs a culpa na sobremesa: ele havia abusado do chocolate. Enquanto isso, Joshua foi atrás de Bill, que havia passado a noite com a tripulação.

# 13

Os moradores da cidade de Quatro Águas, situada em uma cópia de Idaho, pareciam felizes ao avistar o USS *Benjamin Franklin* no céu. Eles ofereceram um almoço a todos os cinquenta tripulantes do dirigível; a carne era tão saborosa e bem temperada que o fantasma do boi provavelmente estava olhando para eles lá de cima aprovando o ato, pensou Maggie.

Mais tarde, porém, a conversa ficou complicada.

A capitã Maggie Kauffman andava pela rua principal — na verdade, a única rua de Quatro Águas. Situada na região a 150 mil saltos da Terra Padrão, em um mundo agrícola típico do Cinturão do Milho, a cidade era muito movimentada. À primeira vista, parecia uma Dodge City sem os revólveres e com uma torre de comunicação, cortesia da Black Corporation. A guia local de Maggie, a prefeita Jacqueline Robinson, mostrou com orgulho outras melhorias da cidade, entre elas um hospital que Quatro Águas compartilhava com cidades semelhantes em mundos vizinhos.

Entretanto, a prefeita, uma mulher de ar decidido e que aparentava ter uns cinquenta anos, parecia tensa. Maggie se perguntou se seria por causa dos pequenos pés de cannabis que ela havia visto em alguns jardins, ao lado de outras plantas exóticas, expostos para todo mundo ver.

Quando a prefeita, enfim, notou o interesse de Maggie pela planta, disse:

— Na verdade, quase sempre aproveitamos apenas o cânhamo. É inofensivo. Produz um tecido forte, para roupas de trabalho manual. A família de minha mãe é de origem tcheca. Meu avô me contou que um dia a polícia apreendeu o que, na verdade, era uma blusa nova dele...

Maggie ouviu a história calada. Ela sabia a hora de deixar o silêncio fazer o interrogatório. Depois, perguntou:

— *Quase sempre?*

A prefeita admitiu:

— Quanto ao outro uso, os jovens não parecem interessados. A opinião da maioria, *nesta* cidade, é que o uso recreativo é permitido para adultos, mas não para os jovens. Além disso, existe um produto local, extraído de uma flor exótica nas florestas a oeste, provavelmente nativa deste mundo. O perfume dessa flor faz *qualquer um* viajar. Às vezes basta um passeio na floresta... — Ela estava falando muito rápido; perdeu o fôlego e franziu a testa. — Sem ofensa, capitã, sei que a senhora é uma representante do governo. Temos nosso código de conduta. O que estou querendo dizer é que nós nos consideramos americanos e respeitamos a Constituição, mas não aceitamos que uma autoridade de fora venha nos dizer o que podemos fazer ou pensar.

Maggie disse:

— Sou uma oficial da marinha, não uma policial. Na verdade, a marinha tem normas específicas que nos proíbem de executar operações policiais. Prefeita Robinson, não estou aqui para criticar nem julgar. Nós, da frota de dirigíveis, estamos aqui para oferecer ajuda. Como capitã, posso ser bastante flexível na forma como interpreto minhas ordens. — Ela não sabia se estava sendo convincente. A prefeita ainda parecia muito nervosa. — Escute... Tem mais alguma coisa que queira me contar?

De repente, a prefeita pareceu ter sido pega no flagra.

— O que a senhora faria? Quer dizer, diante de algo muito sério.

Maggie repetiu pausadamente:

— Eu não sou uma policial. Talvez possa ajudar.

A prefeita ainda parecia estar na dúvida, mas, em um ato de impulsividade e nervosismo, acabou dizendo:

— Aconteceu... um crime. Na verdade, *dois* crimes. Não sabemos o que fazer.

— Prossiga.

— Fizeram mal a uma criança. Drogas. É... foram drogas. E houve um assassinato.

O estômago de Maggie embrulhou. Bem que ela havia achado a defesa da cultura de drogas dali um pouco forçada.

— Escute — disse a prefeita —, não quero dizer mais nada aqui fora. Vamos para minha sala.

# 14

A TRIPULAÇÃO DO USS *Benjamin Franklin* não tinha uma missão militar específica, embora o dirigível fosse uma nave da marinha.

A viagem do *Franklin*, uma longa excursão pela Terra Longa, era, na verdade, uma tentativa de manter a égide dos Estados Unidos, um conceito ainda defendido em Washington, embora não fosse popular em outros lugares. A viagem tinha objetivos científicos. A ideia era catalogar e estudar o maior número possível de mundos. A tripulação devia colher amostras de sinais promissores de vida, descrever formações geológicas e, mais especificamente, buscar por vida inteligente. Então, o twain escolhido para esta missão, o *Benjamin Franklin*, não era uma nave qualquer, e sim um dirigível muito sofisticado, equipado com sensores (e armas) de última geração.

Entretanto, o verdadeiro motivo por trás da viagem do *Benjamin Franklin* era visitar os mundos da Terra Longa dentro da zona de influência dos Estados Unidos e exibir a bandeira norte-americana em todas as novas colônias que conseguisse visitar — ou, de fato, descobrir, já que muitas ainda não haviam registrado sua existência em nenhuma autoridade da Terra Padrão. O *Franklin* estava encarregado de encontrar e contar americanos, e lembrá-los de que eles *eram* americanos.

\*\*\*

A operação tinha começado fazia três semanas em Richmond, Virginia, em um dia de abril. Maggie Kauffman estava lá, em um parque na cidade, com seus oficiais e sua tripulação, ao lado do imediato Nathan Boss e do cirurgião-chefe Joe Mackenzie, diante de um palco vazio com um púlpito desocupado, bandeiras americanas desfraldadas nos dois lados e uma grande faixa no centro com os dizeres "UNIDADE É FORÇA". O parque não ficava longe do Rio James, e, como se tratava da Terra Padrão, os enormes edifícios se destacavam no ar enfumaçado, alguns abandonados, as janelas cobertas e estufadas como olhos esbugalhados.

As centenas de marinheiros que participavam da cerimônia estavam separadas, por uma barreira, do público civil, tanto da Terra Padrão quanto de mundos vizinhos, que comparecera em massa para assistir ao espetáculo. Um espetáculo e tanto, mesmo para os que não se deixavam impressionar por filas de marinheiros em posição de sentido. Os twains eram uma visão impressionante – seis naves de última geração, construídas por um consórcio entre United Technologies, General Electric, Long Earth Trading Company e Black Corporation: *Shenandoah*, *Los Angeles*, *Akron*, *Macon*, *Abraham Lincoln* e *Benjamin Franklin*, que seria comandado por Maggie, uma capitã de trinta e oito anos. Nomes do passado para as naves mais modernas da esquadra, com exceção do USS *Neil Armstrong*, cuja missão nas Terras Altas mais remotas já havia começado.

Finalmente, houve uma agitação perto do púlpito, e o presidente Cowley apareceu, um homem grande, suando por baixo de seu terno cinzento, com o cabelo lustroso tão engomado que parecia estar usando um plástico na cabeça. Estava cercado de seguranças de terno preto e óculos escuros.

No palco, ele foi cumprimentado pelo almirante Hiram Davidson, da marinha dos Estados Unidos. Aquartelado em Camp Smith, no Havaí, Davidson comandava o recém-criado comando militar da Terra Longa, USLONGCOM. Ao lado do almirante estava um assessor, capitão Edward Cutler, um burocrata de carteirinha, segundo Maggie.

O famoso (ou infame) Douglas Black também estava presente, como parte de um grupo de políticos e outros dignitários que se enfileiravam no palco para apertar a mão de Cowley. Black era surpreendentemente baixo pessoalmente, pensou Maggie, olhando para ele, curiosa. Aos setenta e poucos anos, careca e enrugado, parecia um Gollum de óculos. Claro que tinha sido Black que doara a tecnologia básica por trás daqueles twains militares, a mesma tecnologia responsável pela existência de todos os twains Saltadores. Ele tinha todo direito de estar ali. Se estava ou não ajudando a financiar a campanha para a reeleição de Cowley (provavelmente estava investindo nos dois candidatos principais e em vários candidatos independentes, pensava o lado desconfiado de Maggie), sua presença tornava aquele evento telegênico ainda mais interessante para Cowley.

Enquanto os apertos de mão e tapinhas nas costas prosseguiam no palco, um helicóptero apareceu no céu, um Little Bird, símbolo de proteção e ameaça. A missão e o evento inaugural estavam planejados há certo tempo; em resposta à Declaração de Valhalla, porém, o simbolismo militar tinha sido reforçado.

Quando Cowley se dirigiu ao púlpito, apesar de toda a euforia e o evidente objetivo político do evento, Maggie Kauffman ficou muito emocionada por estar ali, diante do presidente.

Cowley começou a falar, a voz amplificada, o rosto transmitido em uma telona atrás dele. Depois de uma rápida introdução, foi direto ao assunto.

— No Dia do Salto, uma gigantesca porta se abriu na parede do mundo, para revelar uma nova e sedutora paisagem. O que as pessoas fariam com ela? Algumas apenas foram embora, aquelas que acreditavam que uma vida melhor esperava por elas em outro mundo que não este belo mundo verde que Deus nos deu e que passamos a chamar de Terra Padrão. Lá se foram! As famílias que se sentiam espoliadas, os grupos, cultos e facções que tinham esperança de prosperar em outro ambiente, os inquietos, os antissociais, os curiosos, todos começaram a saltar para o desconhecido. Não posso negar que a ideia era tentadora.

Era uma porta que não podia ser trancada. A história vai mostrar que perdemos um quinto da população da Terra Padrão, a Terra de verdade, nos primeiros anos após o Dia do Salto. Todos nós sabemos das consequências.

Ele apontou para os prédios ao redor do parque, com as janelas tapadas por tábuas, e houve um rumor de aprovação por parte da plateia.

— Nós, que permanecemos em nossos lares para cuidar de nossas famílias, para cumprir nosso dever, ficamos mais pobres. Nós, que fomos deixados para trás. Como se não bastasse, nosso mundo seguro se tornou alvo de ameaças. Um novo tipo de ameaças, ameaças pandimensionais.

A tela atrás dele se encheu de imagens, um caleidoscópio de horrores, desde assassinos, terroristas, estupradores e pedófilos que tinham aprendido rapidamente a explorar o potencial destrutivo dos saltos até uma quadrilha das Terras Altas, que parecia ter saído de um filme de faroeste italiano, e seres estranhos encontrados nos mundos alternativos: humanoides de aparência deformada usando farrapos e Mary, a troll assassina de olhar doce, que foi vaiada pela multidão.

— Foi por isso que eu, como dirigente máximo da nação, decidi criar uma nova divisão de nossas gloriosas Forças Armadas. Ela foi denominada USLONGCOM, em analogia aos outros comandos geográficos do país. Muitos dos seus membros estão reunidos aqui hoje, no coração histórico de Richmond, Virginia. Outros milhares estão sendo treinados em vários locais deste mundo e nos mundos vizinhos. Vamos mostrar a eles nosso reconhecimento!

Ele começou a aplaudir e foi imitado pela multidão.

— Hoje tenho o prazer de anunciar a primeira missão da nova força: a Operação Filho Pródigo. — Aplausos mais moderados, um pouco perplexos. — Tenho certeza de que o nome é autoexplicativo. Esta missão não tem por objetivo derrotar um inimigo, e sim resgatar nossos filhos perdidos. Não é uma demonstração de poder militar, e sim a mão estendida de um pai. Nessas seis naves, jovens guerreiros vão percorrer os mundos, começando pela direção oeste, e mostrar sua força às "colônias" — declarou, fazendo o sinal de aspas com os dedos.

A declaração gerou alguns vivas e apelos que diziam "Pau neles!" e "Valhalla vai virar um estacionamento de twains!"

Cowley levantou os braços.

— Quero deixar bem claro que esta *não é* uma missão punitiva. Na verdade, minha administração não tem nada a opor aos empresários que estão desenvolvendo a economia das Terras Baixas, como contribuição para o bem comum. Nossa divergência não é com eles, é com aqueles que se mudaram para mais longe e levam vidas improdutivas e irresponsáveis, que aceitam a proteção da égide, mas não contribuem para sua manutenção.

Mais aplausos e vivas.

Cowley mostrou uma folha de papel.

— Tenho aqui o que chamaram de "Declaração de Independência". Ela não passa de uma imitação infeliz do documento mais importante de nossa nação. — Ele rasgou o papel de forma teatral, ao som de novos vivas. — Esta operação vai chegar ao auge quando o comandante-geral, almirante Davidson, aqui presente, subir os degraus da sede do enclave rebelde de Valhalla e receber esses filhos pródigos no seio de nossa nação. Os Estados Unidos se dispersaram na Terra Longa. Está na hora de resgatar essas ovelhas perdidas. Chegou a hora de nos unirmos e recuperar nossa força — afirmou, apontando para a faixa atrás dele.

Ele se voltou para os militares perfilados à sua frente.

— Para cumprir essa missão sagrada, recorro a esses jovens corajosos. Isaías, capítulo seis, versículo oito. "E ouvi a voz do Senhor, conclamando: 'Quem enviarei? Quem irá por nós?' Respondi: 'Eis-me aqui, envia-me!'" Quem enviarei na Operação Filho Pródigo? Quem será nosso mensageiro?

Eles tinham sido treinados para responder:

— Eu irei. Envia-me!

A disciplina das tropas foi relaxada quando os marinheiros e fuzileiros navais começaram a aplaudir e dar vivas.

Ao lado de Maggie, Joe Mackenzie manifestou sua aprovação com relutância.

— Cowley pode ser um idiota, mas ainda é o presidente.

— Ele é manipulador, doutor — murmurou Maggie. — Agrada o eleitorado ao dizer que vai ser rígido com os colonos e, ao mesmo tempo, tranquiliza os colonos descrevendo nossa missão como um gesto de afeto.

Mackenzie olhou na direção dos dirigíveis fortemente armados.

— Afeto uma ova. Aquilo lá em cima não é um trenó do Papai Noel! Vamos ter sorte se não desencadearmos uma guerra.

— As coisas não vão chegar a esse ponto.

— Seja como for, nada como ter uma missão a cumprir.

— Concordo — disse Maggie.

\*\*\*

Naturalmente, quando foram para a Terra Longa, começaram a encarar a missão com certa desconfiança.

Muitos pioneiros da Terra Longa, pelo menos os da primeira geração, tinham deixado a Terra Padrão porque *não confiavam* no governo central. O que o governo da Terra Padrão tinha a oferecer para uma colônia distante? Podia cobrar impostos, mas que serviços prestaria em troca? Proteção? O problema era que não havia inimigos, nenhum bandido para ser vigiado, nenhum bicho-papão à espreita. A China ainda tentava se recuperar da revolução que se seguira ao Dia do Salto. As Europas paralelas recebiam um número cada vez maior de fazendeiros. Uma nova geração de africanos recuperava seu continente na Terra Padrão e nas cópias mais próximas. Não havia ameaça à vista.

Por mais fracos que fossem os argumentos, Maggie Kauffman sabia que sua missão era lembrar, com diplomacia, àquelas ovelhas desgarradas coloniais que elas faziam parte de um rebanho maior, porque na Terra Mãe havia a sensação de que, sob a égide americana, aquele país recentemente ampliado estava se esfacelando, o que era considerado inaceitável pelo governo. Essa preocupação existia antes mesmo de Valhalla proclamar sua "Declaração de Independência".

Mas tudo isso teria de esperar. No momento, Maggie estava diante de um problema mais sério: o nó ético e jurídico que ela e sua tripulação teriam de desatar apenas algumas semanas depois da jornada de Cowley.

# 15

O ESCRITÓRIO DA PREFEITA DA CIDADE de Quatro Águas tinha uma arquitetura colonial e parecia uma mansão, comparado a qualquer coisa do tempo de Daniel Boone, pensou Maggie. Por outro lado, ele *teria* reconhecido e aprovado as peles de animais, os vidros de picles, as pás e outras ferramentas agrícolas, sinais de uma vida de pioneirismo bem vivida. E havia um porão, o que sugeria que a prefeita e seus familiares eram precavidos e talvez um tanto paranoicos (ou cautelosos): era impossível um intruso saltar em um aposento subterrâneo.

— Vamos começar pela criança, capitã — disse a prefeita.

— Ok — concordou Maggie, sentando-se.

— Ela se chama Angela Hartmann. Na semana passada, foi encontrada pela família muito, muito drogada. Estava em um tipo de coma, levou dias para voltar a si. Sabemos quem foi o responsável, quem trouxe a droga para ela e se drogou com ela. Também sabemos quem cometeu o assassinato.

— *Que assassinato?* E onde está esse assassino? Na cadeia?

A prefeita deu de ombros.

— Nunca nos ocorreu construir uma cadeia. Estávamos construindo uma casa de gelo para o inverno e acabamos a usando para isso. Não acho que alguém consiga escapar. A porta é muito pesada.

— Então vocês prenderam o sujeito que drogou a menina na casa de gelo?

A prefeita olhou para ela.

— Desculpe. A senhora não entendeu. Não expliquei direito. Tendo a não ser clara quando fico nervosa. Esse filho da mãe não está na casa de gelo. Está no cemitério. Quem está na casa de gelo é o pai da menina.

— Ah. Quer dizer que o pai descobriu quem foi o responsável...?

— E o matou.

— Certo. — Maggie estava começando a entender. — Dois crimes: as drogas e o assassinato.

— Ninguém nega o que aconteceu, mas acabou que ficamos com um grande problema. Não sabemos o que fazer com o pai.

Por que eu? Maggie se perguntou. Ela devia estar mostrando orgulhosamente a bandeira e fazendo relações públicas. Naquele exato momento, Nathan Boss, o imediato, estava trocando favores por verduras frescas. E agora isso.

*Ah, por que não? É para isso que estou aqui.*

— Presumo que a senhora não tentou entrar em contato com as autoridades da Terra Padrão.

A prefeita enrubesceu.

— Para ser franca, ficamos com medo. A Terra Padrão não sabe que estamos aqui. Achamos que não era da conta deles.

— Não existe nenhum sistema de justiça nesta região da Terra Longa?

A prefeita balançou a cabeça.

Maggie pensou um pouco e disse:

— Muito bem. Vou dizer o que você vai fazer. Para começar, vocês precisam regularizar a situação desta colônia, informando ao governo da Terra Padrão que *estão* aqui. Podemos ajudá-los a preencher os formulários. Estão mantendo um homem preso sem ter sido julgado e temos que resolver esse caso. Vou repetir: não sou policial, mas vou fazer o possível para ajudá-los. Antes de tudo, porém, quero que nosso médico dê uma olhada na menina.

\*\*\*

Algumas horas mais tarde, Joe Mackenzie saiu da casa dos Hartmann. Ele era um homem de cinquenta e poucos anos, grisalho, com muitos anos de experência em emergências de hospitais e em campos de batalha. Já passara da idade para missões como aquela. Na verdade, Maggie tivera de flexibilizar o regulamento para tê-lo a seu lado. Naquela tarde de sol, a expressão do médico era sombria como a noite.

— Você sabe, Maggie, às vezes me faltam palavras... Se eu dissesse que podia ter sido pior, você precisa entender que, mesmo assim, eu gostaria de passar um tempo sozinho com aquele indivíduo e um taco de beisebol, conhecendo os lugares que deveria golpear, com precisão cirúrgica...

Era em momentos como aquele que Maggie se congratulava por ter dedicado a vida a sua carreira, por nunca ter se casado, não ter tido filhos, ter deixado a missão gloriosa de cuidar de crianças para os irmãos, primos, amigos. Estava muito satisfeita no papel de tia.

— Tudo bem, Mac.

— Não, não está tudo bem, não para aquela menina, e talvez nunca mais esteja. Preferia que ela fosse enviada a um hospital da Terra Padrão para um checkup completo, mas, pelo menos, quero que fique na nave por um tempo, em observação.

Maggie assentiu.

— Vamos conversar com as autoridades locais.

Eles se reuniram na sala da prefeita. Ao lado de Maggie estavam Mac e Nathan Boss. Maggie tinha convidado a prefeita, e ela sugerira alguns moradores que considerava sensatos e equilibrados, ao menos pelos padrões da comunidade, para conversar sobre o caso.

Quando se sentaram, todos olharam para a capitã — a olharam como se ela fosse a Salvadora, pensou Maggie.

Estava na hora de assumir essa responsabilidade.

— Que fique para os registros: esta sessão está sendo gravada. Nosso intuito no momento é apenas apurar os fatos. Medidas judiciais poderão ser tomadas mais tarde, caso necessárias. Não tenho poder de polícia, mas estou disposta, a pedido da prefeita, a tentar esclarecer de forma isenta este episódio lamentável.

"Vou resumir o que me foi relatado: aparentemente, ninguém contesta os fatos. Há uma semana, Roderick Bacon drogou Angela Hartmann, uma menina de nove anos, filha de Raymond Hartmann e Daphne Hartmann. Quando ouviu a filha gritar, o pai correu para o quarto da menina e encontrou Bacon com ela. Angela teve uma convulsão e vomitou. Hartmann puxou o homem para fora do quarto, deixou a menina aos cuidados da mãe e bateu em Bacon. Em seguida, arrastou-o para fora da casa e tornou a golpeá-lo várias vezes, causando sua morte. Alertados pelos gritos, os vizinhos que se aproximaram contaram que Bacon estava pedindo desculpas, dizendo que 'um anjo do mal' era o responsável, que o convencera de que precisava oferecer àquela 'criança pura' o presente de sua 'luz interior'. Não preciso dizer mais nada.

"Na falta de um advogado, pedi que meu imediato, o comandante Nathan Boss, tomasse o depoimento de Hartmann a respeito dos eventos daquela noite e interrogasse a esposa de Bacon. Segundo a mulher, antes do crime, Bacon estava manipulando um lote daquelas flores aparentemente psicoativas que são nativas deste mundo. Ele tinha um negócio, de legalidade duvidosa, que consistia em vender a substância ativa dessas flores em mundos vizinhos."

Maggie fez uma pausa. Gostaria de ter tido um treinamento melhor para uma situação como aquela. Ela olhou em volta.

— Quero que saibam que a criança vai passar a noite no *Benjamin Franklin*, aos cuidados do Dr. Mackenzie. Convidarei a mãe da menina para acompanhar a filha. Um tripulante a conduzirá a bordo. Enquanto isso... Bem, Bacon está morto, e Ray Hartmann está preso.

"Acho que compreendo os sentimentos de todos os envolvidos no caso. Não sou advogada, não sou juíza, mas posso manifestar minha opinião. Considero Bacon culpado, em todos os sentidos. Ele se expôs conscientemente a narcóticos, aquelas flores da floresta; por isso, eu o considero responsável pelo que aconteceu. Quanto a Hartmann, assassinato é assassinato, mas hesito em condenar os atos de um pai e marido numa situação de extremo nervosismo.

"Sendo assim, qual deve ser o próximo passo? Vamos preparar um relatório e, no devido tempo, os policiais da Terra Padrão virão aqui para tomar as providências e levar o caso à justiça, mas isso pode levar anos. A égide é um território imenso e difícil de policiar. Enquanto isso, Ray Hartmann não pode ficar preso na casa de gelo. O que fazer com ele? Na minha opinião, *todos vocês* devem ser juízes e jurados, acusação e defesa. Podemos aconselhá-los, mas cabe a vocês lidar com seus problemas, e eu os incito a resolver questões como esta sem recorrer a estranhos, mas respeitando as leis dos Estados Unidos sempre que possível."

Maggie olhou para os presentes, um a um.

— Esse tipo de autonomia é, afinal, o que buscavam quando vieram para cá. A longo prazo, procurem se reunir com os mundos vizinhos. Estou certa de que é possível criar uma corte regional. Ouvi falar que isso está se tornando comum em outras partes da Terra Longa. Contratem um advogado ou dois, ou até mesmo um juiz itinerante.

Ela estava cansada. Levantou-se.

— É o que eu tinha a dizer. O restante fica por conta de vocês. Mas pelo amor de Deus... Nathan, antes, peça aos técnicos que colham amostras quando o vento não estiver soprando na direção da cidade. Pelo amor de Deus, *queimem essas flores*! Isso é tudo, amigos, pelo menos por hoje. Amanhã entregarei a ata desta sessão.

***

Naquela noite, Maggie avistou Joe Mackenzie saindo da enfermaria.

— Como ela está? — perguntou.

— Ainda bem que eu passei um semestre em um hospital infantil antes de viajar.

— Aceita um café?

No camarote de Maggie, Mackenzie aceitou a xícara de bom grado e, depois de dois goles, disse:

— Na minha opinião, o filho da mãe mereceu, mas somos oficiais da marinha dos Estados Unidos. Até Wyatt Earp tinha que *dar a impressão* de que respeitava a lei.

— Eu espero que consigam resolver seus problemas sozinhos. Muitas outras comunidades já fizeram isso.

— Acontece que as outras comunidades não têm essas malditas flores. Além disso, existe um clima hippie neste lugar, sabe? Parece que as pessoas não estão ligando para nada. Uma contracultura que passou dos limites, um bando de alienados.

Maggie olhou para o médico.

— Por que está dizendo isso, doutor?

— Meu avô me deixou uma coleção completa da *Whole Earth Catalog*, com muita coisa a respeito da contracultura dos anos sessenta e setenta. Aprendi muita coisa lendo as revistas. Alguns princípios dos hippies eram louváveis, mas, basicamente, o segredo para criar uma comunidade estável não está em ideais elevados e belas teorias, muito menos no uso de drogas. É preciso trabalhar, ter senso de humor, contar com a boa vontade dos vizinhos e pensar a longo prazo. Mas o que temos aqui é a semente de uma tragédia. Analisei aquela adorável florzinha com Margarita Jha, a bióloga. É alucinógena, viciante e se reproduz como praga.

— Mac, faça-me o favor! Vamos ter que mandar agentes do DEA para todas as colônias? Eles precisam cuidar de si mesmos!

— Foi o que ficou decidido na Terra Padrão. Depois do Dia do Salto houve um aumento explosivo do tráfico de drogas. Com os traficantes saltando, não havia uma forma de detê-los. Os guardas se retiraram dos bairros pobres e... Digamos que deixaram a seleção natural agir.

Maggie olhou para Mac enquanto ele dizia aquelas palavras friamente. Durante sua carreira, o médico tinha visto muitas coisas das quais ela, mesmo no meio militar, tinha sido protegida. Ela disse:

— Bem, nossa tarefa neste ninho de cobras está concluída. Acho que Hartmann vai escapar impune, mas foi um choque. Vão encontrar melhores formas de administrar a colônia.

— Claro. Resumiu bem — disse o médico, em tom amargo. — O que me assusta é que mal começamos essa missão. O que será que nos aguarda no próximo mundo?

# 16

No sexto dia de viagem, por volta da marca de um milhão de Terras, o *Ouro em Pó* fez uma parada em uma clareira de uma floresta do tamanho de um continente. O que os Valienté viram foi uma pequena mancha retangular cor de terra no meio de todo aquele verde, uma ilha de humanidade quase perdida na imensidão da floresta.

Olhando mais de perto, porém, dava para perceber que a clareira não tinha sido criada por seres humanos, e sim por um grupo de trolls, comandados por um homem, que não paravam a labuta nem quando os passageiros olhavam para eles, os músculos fortes trabalhando por baixo da peliça preta.

Bosun Higgs havia se revelado um rapaz inteligente e bem-informado a respeito da Terra Longa — e da importância dos trolls. Os grandes humanoides estavam por toda parte, embora nem sempre em grande número. Modificavam o país para o qual se mudavam, só por causa do que comiam, introduziam, descartavam. Seu papel ecológico era parecido com o dos grandes animais da África, como os elefantes e os gnus. Em consequência, como Helen estava descobrindo agora, os mundos paralelos não eram apenas diferentes da Terra Padrão, mas também de como a Terra Padrão tinha sido antes do aparecimento do homem, porque, quando o homem aparecera, os trolls tinham fugido para a Terra Longa.

Os trolls operários pareciam satisfeitos, mas Sally logo notou que o capataz segurava um chicote. Joshua argumentou que ele provavelmente usava o chicote apenas para fazer barulho, para atrair a atenção dos trolls.

— É, pode ser — disse Sally.

Helen sabia que era difícil saber se os trolls estavam felizes. Ouvia-se falar de incidentes desagradáveis, como o caso da troll Mary, no Vazio — o caso de que todos estavam comentando, até os passageiros milionários do *Ouro em Pó*. No entanto, os trolls pareciam gostar de trabalhar. Naturalmente, se fossem muito pressionados, podiam apenas saltar para outro local.

Talvez fossem úteis demais para serem dispensados por uma questão de escrúpulos. Era um pensamento perturbador. Além disso, como Sally disse a Joshua, era difícil saber o que *eles* pensavam dos humanos.

Os tripulantes baixaram suprimentos para os madeireiros e içaram amostras de líquens exóticos em pequenos potes de plástico, líquens tirados de árvores *muito* antigas. Árvores antigas eram raras na Terra Padrão e estavam ficando escassas nas Terras Baixas por causa do comércio de madeira por meio do "Mississippi Longo", como Helen havia descoberto que os pilotos chamavam a rota que estavam percorrendo. Commodities eram enviadas para a Terra Padrão — madeira, grãos, minerais —, mas vinham principalmente de mundos do Cinturão do Milho, ou de lugares mais próximos. Não compensava financeiramente importar mercadorias de mundos além do marco de meio milhão de saltos, a não ser itens raros ou preciosos, como líquens de árvores antigas e outros exemplares exóticos da flora e da fauna locais. Na verdade, comentou Joshua enquanto observavam o carregamento, a comunidade de Onde-o-Vento-Faz-a-Curva devia começar a exportar o licor de bordo, que era delicioso. Em troca, a Terra Padrão exportava produtos de alta tecnologia, de remédios a geradores de eletricidade e cabos de fibra óptica, para que os colonos pudessem instalar redes de comunicações decentes em seus mundos. Era o tipo de comércio que sempre havia caracterizado a colonização de novos territórios, como o da Inglaterra com as colônias americanas antes da Independência, com produtos manufaturados de alta qualidade sendo enviados pelo país colonizador em troca de produtos não processados. O pai de Helen e seus colegas do Congresso Ecológico podiam achar o sistema injusto, mas, na opinião de Helen, estava funcionando.

Além do mais, deixando de lado a questão de quem explorava quem, dispor de um grande rio de dirigíveis ligando todos os mundos da humanidade tinha de ser uma coisa boa. Pelo menos, era assim que Helen pensava.

***

Depois de doze dias de viagem, atravessaram a fronteira imaginária do Cinturão do Milho, uma faixa de mundos agrícolas com um terço de milhão de passos de largura que começava a 460 mil passos de distância da Terra Padrão. O céu agora estava muito mais movimentado, com twains que se aproximavam da Terra Padrão, cruzando com outros que se afastavam, "contra a corrente", por assim dizer.

O *Ouro em Pó* tinha viajado praticamente sem parar até ali, mas a partir de agora mais paradas seriam necessárias. Muitos mundos do Mississippi Longo tinham estações, alguns mais de uma. Helen sabia que, à medida que se aproximassem da Terra Padrão, essas estações ficariam cada vez mais frequentes. Os twains paravam nas estações para receber os produtos daquele mundo e dos mundos vizinhos. O milho era o principal produto de exportação daquelas Terras, e os operários, muitos dos quais eram trolls, trabalhavam em turnos para carregar os sacos de milho nos grandes depósitos de carga dos dirigíveis. As estações dispunham de hotéis e restaurantes, mas não eram lugares muito acolhedores, observou Helen. Muitas tinham prisões.

Uma das estações em que pararam, porém, ficava em um mundo um pouco mais quente que os outros. Os donos haviam plantado cana-de-açúcar e pés de laranja, o que era raro naquela latitude em qualquer América. A cana era processada em um ruidoso engenho. A casa dos donos era uma mansão colonial construída com madeira local, com varandas e colunas trabalhadas, revestidas de magnólias. O capitão, a família Valienté e alguns outros passageiros foram convidados para beber licor de laranja. Da casa dava para ver os trolls trabalhando na plantação, e a música que cantavam era trazida pela brisa quente.

O maior espetáculo turístico do Cinturão do Milho era o comércio de madeira. Balsas com madeira extraída no norte desciam a cópia do Rio Mississippi. Em um ancoradouro, eram levantadas da água por um twain, ou dois, e amarradas umas às outras por trolls e operários humanos. O resultado era uma gigantesca plataforma com meio hectare de área, suspensa no ar, formada por longos troncos e sustentada por uma frota de dirigíveis. Lá iam os dirigíveis, saltando de mundo em mundo com sua carga pendente; grupos de trolls e supervisores humanos viajavam em tendas instaladas nas plataformas de madeira. Uma cena impressionante.

Algo ainda mais notável era o que acontecia no outro sentido. Um dos principais produtos de exportação das Terras Baixas para mundos mais distantes eram cavalos. Assim, você via um twain chegar, as grandes rampas do compartimento de carga serem baixadas e um rebanho de potros descer a rampa, supervisionado por vaqueiros a cavalo.

Ocasionalmente, eles sobrevoavam restos do que costumava ser uma trilha de caminhada, como a que a família de Helen tinha usado para chegar a Reinício, situada em Terra Oeste 101.754: bandeiras ou cartazes informativos, pousadas abandonadas. Graças aos twains, a era das viagens a pé, percorrer centenas de quilômetros, acabara, uma fase da história que durara apenas poucos anos antes de se transformar em uma relíquia do passado. Helen se perguntou o que pessoas como o capitão Benson, que comandara a viagem da qual ela havia participado, estariam fazendo agora. Entretanto, algumas trilhas continuavam sendo usadas por humanos conduzindo bandos de trolls em um sentido ou outro ao longo da Terra Longa. Helen não tinha como saber se os trolls estavam cantando ou não.

Essas cenas passavam muito rápido e desapareciam em questão de segundos enquanto o dirigível seguia viagem.

# 17

Dez anos após a viagem épica de Joshua Valienté e Lobsang, a tecnologia dos twains, oferecida gratuitamente pela Black Corporation, havia se tornado a forma padrão de transportar passageiros e carga de um mundo para o outro da Terra Longa. Entretanto, pensou Jacques Montecute, enquanto se preparava para sua missão em uma China distante, algumas viagens de twain eram mais espetaculares que outras.

Aquela viagem em particular, com Roberta Golding, começaria na China Padrão. Depois de preparativos demorados, as naves-irmãs *Zheng He* e *Liu Yang* entraram na nuvem de fumaça que cobria Xiangcheng, na província de Henan. No saguão principal da gôndola do *Zheng He*, Jacques olhou para cima a fim de ver o grande balão prateado da nave se flexionar, como se fosse a pele de um animal musculoso, enquanto o twain derrapava no ar. A nave poderia ser vista mesmo que não estivesse adornada com o aperto de mãos em sua estrutura — o símbolo da República Federativa da China, criada há oito anos.

Eles logo deixaram para trás o aeroporto e passaram a sobrevoar as fábricas, os estacionamentos e os depósitos de lixo de uma suja zona industrial. Roberta Golding, a pupila de quinze anos de Jacques, estava perto das janelas panorâmicas, observando, impassível, a paisagem.

Também no saguão principal, uma dúzia de trolls começou a cantar "Barco lento para a China". A canção prolongou-se em uma roda e tinha camadas de harmonia, como uma torrada recheada de mel, do jeito que os trolls sabiam fazer.

Ao redor de Jacques, alguns tripulantes e um grupo de passageiros que pareciam cientistas, usando roupas mais informais, olhavam pelas janelas e riam de piadas que Jacques não podia ouvir nem conseguiria traduzir se precisasse. Como eram de Boa Viagem, Jacques e Roberta estavam acostumados com os trolls, mas alguns tripulantes olhavam para eles com receio. Jacques notou que um tripulante próximo dos grandes animais tinha uma arma na cintura, como se esperasse ser atacado a qualquer momento por um deles.

Uma jovem chinesa de uniforme, evidentemente uma tripulante, ofereceu bebidas a Jacques e Roberta: sucos da fruta ou água. Jack optou pela água e deu um gole.

— Obrigado.

— Não há de quê.

— Estou gostando da música.

— Achamos que seria uma escolha divertida para recebê-los — disse ela —, já que este é um barco veloz *da* China. — Ela estendeu o braço e deu um forte aperto de mão. Cabelos escuros, uma aparência mais discreta do que atraente, ela parecia ter uns vinte e cinco anos.

— Sou a tenente Wu Yue-Sai. Oficial do Exército Federal, mas ligada à Administração Nacional Espacial da China.

— Ah, que está patrocinando a Missão Leste Vinte Milhões.

— Exatamente! O senhor pode entender a lógica. Nossos engenheiros espaciais devem ser treinados para trabalhar com tecnologia avançada em ambientes pouco familiares e extremos. Que treinamento pode ser melhor que enfrentar os mistérios dos mundos do Extremo Oriente? Minha formação é de piloto, mas um dia gostaria de me tornar uma astronauta. No momento, recebi a missão informal de fazer companhia a sua pupila, Srta. Roberta Golding, se o senhor e a Srta. Golding estiverem de acordo. Pode me chamar de Yue-Sai.

— Tenho certeza de que ela vai preferir ser chamada de Roberta.

— Talvez tenha um apelido, como Robbie, Bobbie...?

Jacques olhou na direção de Roberta, que bebia solenemente um suco de laranja.

— Não. Roberta mesmo — afirmou. — O que está propondo? Que tipo de companhia?

— Somos jovens. Obviamente, do mesmo sexo. Tenho uma educação eclética: além de ciência e engenharia, também estudei filosofia e outras ciências humanas, como acredito que seja o caso da senhorita... de Roberta.

— Roberta é autodidata.

— Minha missão principal é zelar por sua segurança, sempre que ela estiver fora da nave. Estou falando de trabalhos de campo. Sem dúvida estaremos expostos a perigos diversos.

— É muita gentileza sua.

— Para mim, é uma honra. Como muitos da tripulação, incluindo o capitão, estou estudando inglês.

— Eu percebi. Muito obrigado. Vamos formar um bom time.

— Tenho certeza disso.

O capitão Chen Zhong se aproximou, pisando com delicadeza no convés acarpetado. Quando passou, os tripulantes endireitaram a postura e os rostos ficaram mais solenes. Chen apertou a mão de Jacques e de Roberta. Ele exibiu uma caixa de controle na mão esquerda.

— Vamos partir daqui a alguns instantes! Claro que já estamos no ar, mas logo estaremos saltando para outros mundos.

O sotaque do capitão era mais carregado que o de Wu, mas mais complexo, quase britânico. Aparentando uns cinquenta anos, era baixo e gordinho para um militar, pensou Jacques, mas muito educado e confiante. Jacques poderia apostar que era um sobrevivente do antigo regime comunista.

— Fico feliz ao ver que puderam viajar conosco, que todos os entraves burocráticos puderam ser superados. Nem sempre as coisas são fáceis em nossa jovem nação. Naturalmente, o bem-estar da Srta. Golding é nossa maior prioridade. — Voltou-se para Roberta. — Espero que tenha tempo para desfrutar a experiência. Que bela jovem! Perdão por dizer isso. Uma pena ser tão séria...

Mais alta que o capitão, Roberta ficou olhando para ele sem dizer nada.

Chen piscou para Jacques.

— Ela não gosta de falar, mas é muito observadora. Deve ter prestado atenção em todos os detalhes de nossos dirigíveis. O modo de propulsão pouco usual, por exemplo.

Para alívio de Jacques, desta vez Roberta se dignou a responder.

— Está se referindo ao casco flexível? Dispõe de algum tipo de músculo artificial, que se contrai sob o efeito de impulsos elétricos, não é?

— Muito bom, muito bom. A eletricidade é gerada por painéis solares. Consegue ver por que esse sistema é apropriado? Quando observarmos os mundos das Terras Altas, não queremos introduzir ruídos e poluição nesses mundos. Esperamos alcançar a Terra Leste Vinte Milhões, nosso alvo nominal, dez vezes mais distante que qualquer mundo explorado até hoje por seres humanos, em poucas semanas! Calculamos que será necessário manter uma velocidade, estou falando de velocidade lateral, de quase duzentos quilômetros por hora no processo. Deve saber por quê.

Roberta deu de ombros.

— É óbvio.

Jacques e Yue-Sai entreolharam-se. Essa mania de falar "é óbvio" de Roberta era muito irritante. A necessidade de manter a velocidade lateral em duzentos quilômetros por hora podia ser óbvia para ela, mas não para Jacques, nem, ao que parecia, para Yue-Sai. A questão permaneceu inexplicada.

— Vejo que entende de engenharia — disse Chen —, mas até onde vai seu conhecimento de mundo? Conhece a origem dos nomes de nossas naves pioneiras?

— Liu Yang foi a primeira astronauta chinesa. Zheng He foi um almirante eunuco que...

— Sim, sim. Vejo que tenho pouco a lhe ensinar. — Ele sorriu. — Então vamos explorar juntos. — Ele levantou o dispositivo que carregava na mão esquerda.

Parecia um controle remoto de televisão, pensou Jacques, e nele estava gravado um logotipo familiar: o da Black Corporation.

— Espero que tenham seguido o protocolo de inoculação contra a náusea — disse Chen. — Estão preparados? Vamos começar a viagem.

Ele apertou um botão.

***

Jacques sentiu a familiar embrulhada no estômago, porém mais fraca do que esperava.

A vista da superpovoada Henan Padrão desapareceu. De repente, a chuva castigou as janelas e ricocheteou no grande casco acima deles. Os trolls continuaram cantando, como se nada tivesse acontecido.

Chen conduziu o grupo até as grandes janelas baixas na proa da gôndola, para que pudessem ver melhor. A princípio, Jacques não viu diferença na paisagem de Henan Leste 1 em comparação com a cidade original: fábricas e usinas termelétricas a carvão cuspindo fumaça, estradas que pareciam trilhas lamacentas, o ar manchado de cinza. À distância, porém, havia florestas que *não existiam* na cidade original.

— Henan! — disse Chen. — A cidade foi o berço da civilização Han, como vocês sabem. Em tempos mais recentes, tornou-se um buraco do inferno, abusada e superindustrializada. Cem milhões de pessoas aglomeradas em uma área do tamanho do estado de Massachusetts. — A referência a uma cidade da Terra Padrão não significava muita coisa para Jacques, mas ele captou a ideia. — Henan Padrão foi, um dia, uma grande fonte de migrantes para Xangai, onde trabalhavam como faxineiros, caixas, garçons e prostitutas. Podem imaginar a felicidade dessas pessoas no Dia do Salto, quando descobriram que era possível se mudar para novos mundos. As autoridades levaram um tempo para restaurar a ordem. Não se deve subestimar o impacto da descoberta da Terra Longa na população chinesa naquela época. Não só pelos efeitos econômicos e práticos, mas também pelos psicológicos. Naturalmente, vocês sabem que as perturbações causadas pelo Dia do Salto foram responsáveis pela, digamos, *aposentadoria* do regime comunista. — Ele olhou para Roberta, curioso para saber qual seria a reação da jovem. — Assim começa nossa exploração, Srta. Golding. Aqui estamos em Terra Leste 1, com uma população de vinte milhões de habitantes. Qual, a seu ver, é o objetivo da nossa expedição?

Ela pensou antes de responder.

— Descobrir tudo que existe nas Terras Altas.

Ele pareceu satisfeito com a simplicidade da resposta.

— Isso mesmo! Vamos contar os mundos, catalogá-los, numerá-los. Vamos determinar a extensão da Terra Longa Leste. Tive a oportunidade de examinar seu currículo. Seu intelecto é surreal. Não acha que uma simples viagem de exploração, de coleta de informações, é *óbvia*? Não passamos de uns colecionadores de borboletas, não é mesmo?

Ela deu de ombros.

— Se quer entender as borboletas, primeiro você deve colecioná-las. Tentilhões também.

Chen teve de pensar um pouco para entender o que a jovem quis dizer.

— Ah! Como Darwin nas Ilhas Galápagos? Uma bela analogia. Não posso prometer tentilhões, já borboletas... — Ele deixou um suspense no ar.

— Por que trouxe os trolls?

O capitão olhou fixamente para ela.

— Boa pergunta. Eu devia ter desconfiado de que perguntaria isso. Na fase de planejamento, a maioria das pessoas considerou os trolls...

Uma curiosidade, um passatempo. Nada disso! Os trolls, de certa forma, *são* a Terra Longa, não são? Seus cantos unem os mundos e, acredito eu, apelam à sensibilidade musical do povo chinês. Agora podemos chegar *mais longe do que qualquer troll*. Pense nisso! Queremos que as coisas que descobrirmos nessas cópias remotas da China passem a fazer parte dos cantos dos trolls.

— Acho que o senhor sabe que os trolls são uma parte importante da nossa vida, lá na comunidade onde moramos.

— Ah, sim. Ouvi dizer. Embora mantenham sua localização em segredo, não é mesmo?

— Damos muito valor à nossa privacidade.

— É claro que dão.

Chen apertou o botão, e deram mais um salto. Jacques notou um contador na parede, que mostrava o número de saltos.

Em Leste 2, o céu estava limpo, o Sol a pino e a terra revestida com o verde das florestas. O contraste com a Terra Padrão, até com Leste 1 — as cores vivas, o sol iluminando o convés de observação —, era de tirar o fôlego.

— É fácil entender por que o acesso a tudo isso deixou as pessoas *assustadas*. Nossa nação é mais antiga que a de vocês. A China vem sendo plantada, construída, disputada e minerada há cinco milhões de anos. Foi um choque ter acesso a esse verde primordial. Houve respostas culturais imediatas. Um movimento a favor da proteção do ambiente. Canções, poesias, pinturas, quase todas de má qualidade. Bem, não havia muito que pudéssemos fazer em relação a Leste 1 ou a Oeste 1. Foram rapidamente estragados pela primeira leva de viajantes, pelos primeiros migrantes pobres e infelizes. Os dois mundos se tornaram grandes favelas. Mas o governo agiu rápido e conservamos Leste 2 como uma espécie de parque nacional em memória ao Dia do Salto, nosso acesso ao passado de nosso país... Na medida do possível, é claro. Mesmo aqui, estamos sujeitos à poluição causada pela industrialização desta Terra Baixa em lugares como a cópia dos Estados Unidos, e estamos negociando nas Nações Unidas para que esse efeito não se agrave. Também guardamos aqui alguns de nossos tesouros, a herança de nossa cultura. Até mesmo algumas construções, templos desmontados e reconstruídos. Assim como a humanidade foi salva da extinção pela existência da Terra Longa, se alguma calamidade atingir nosso mundo original, nosso passado cultural será preservado.

Roberta encostou a testa na janela, boquiaberta, parecendo, por um instante, apenas uma adolescente curiosa.

— Estou vendo animais se movendo na floresta. São elefantes? Estão indo para o norte, na direção daquele rio.

Chen sorriu.

— Sim, são elefantes, que, em alguns mundos, chegam até Pequim, bem mais ao norte. Este mundo também tem camelos, ursos, leões, tigres, cisnes negros, até golfinhos fluviais. Tapires! Veados! Pangolins! No Dia do Salto, nossas crianças engasgaram com o ar sem poluição, ficaram assustadas com o brilho do sol e arregalaram os olhos ao ver os animais.

O capitão apertou de novo o botão.

Em Leste 3, a floresta tinha sido derrubada, e o rio, represado para inundar o solo. Nas plantações de arroz resultantes, as pessoas trabalhavam sem olhar para os dirigíveis. A mesma coisa acontecia em Leste 4, 5, 6 e além, embora os métodos de cultivo fossem diferentes. Em alguns mundos havia industrialização, com a fumaça subindo de usinas elétricas e fundições distantes, e máquinas primitivas rolavam em campos enormes; em outros, havia apenas agricultores e seus animais.

— Tudo muito organizado — comentou Jacques.

— Ah, sim — concordou Yue-Sai. — Nós, chineses, conseguimos nos mudar para os mundos alternativos de uma forma disciplinada e industriosa que, na minha opinião, não foi igualada por nenhum outro país. Na época do comunismo, éramos um país de partido único, equipado com as ferramentas do capitalismo moderno, capaz de grandes realizações. Em décadas recentes, tínhamos a experiência de projetos ambiciosos na Terra Padrão: obras de infraestrutura como represas, pontes e estradas de ferro, e até mesmo um programa espacial. Depois do Dia do Salto, a Terra Longa nos ofereceu uma tela em branco. Desde que o regime mudou, apesar de uma revisão da ideologia, não perdemos essa capacidade. Esta é a China de hoje!

— Podemos parar aqui? — perguntou Roberta.

— É claro — disse Chen, apertando um botão.

Jacques olhou para baixo. O dirigível estava sobrevoando um campo alagado, onde um camponês esperava pacientemente, segurando uma corda amarrada no pescoço de um animal que parecia ser um búfalo.

— Esta cena poderia ter dois mil anos de idade — comentou.

— Capitão, existem fábricas em alguns desses mundos agrícolas. Elas produzem nutrientes artificiais?

— E culturas geneticamente modificadas, máquinas agrícolas modernas...

— Mas reparei que estão usando esterco para adubar o solo. Isso me parece uma contradição.

— Usamos as duas formas. Este é um dos exemplos da velha tensão que existe na filosofia chinesa.

— Entre o taoismo e o confucionismo — disse Roberta.

Chen pareceu impressionado.

Yue-Sai assentiu.

— Isso mesmo. O Tao é o caminho: seguir o caminho significa estar em harmonia com a natureza. Os confucionistas, por outro lado, defendem que o homem deve dominar a natureza, tanto para melhorá-la como para ajudar a humanidade. Guerras foram travadas em defesa dessas ideias. Os confucionistas venceram no século II a.C., mas hoje temos espaço suficiente para explorar outros caminhos.

— *Dao zai shiniao* — disse Roberta.

Chen deu uma gargalhada.

— O caminho está no mijo e na merda! Muito bom, muito bom.

Roberta não pareceu satisfeita nem ofendida com a reação do capitão.

O dirigível seguiu caminho. Por volta de Leste 20, encontraram uma série de mundos mais industrializados. Jacques avistou fábricas, usinas elétricas, entradas de minas, parques industriais abertos na floresta. Os operários se dirigiam em fila das oficinas para os dormitórios, refeitórios e banheiros de aspecto duvidoso. Dirigíveis de carga cruzavam o céu ou estavam amarrados em postes. Em muitos desses mundos, o ar se encontrava cheio de fumaça e fuligem.

Chen observava as reações de Jacques e Roberta.

— Poucos ocidentais viram essas cenas, além dos que investiram na Terceira Frente. Um deles é Douglas Black.

— Por que Terceira Frente? — perguntou Jacques.

— Ah, é uma referência a Mao — explicou Chen, piscando de novo. — Em resposta à agressão dos soviéticos na década de sessenta, Mao espalhou as indústrias pela China inteira. Instalou algumas no oeste remoto do país, por exemplo. Ele fez isso para tornar mais difícil para a União Soviética destruir a indústria chinesa com bombas nucleares. "Quanto mais longe de papai e mamãe, mais perto do coração do presidente Mao." Esse era o lema daquele momento, que continua válido até hoje. Podemos condenar os crimes de Mao enquanto admiramos sua visão.

Jacques se perguntou se seria possível conciliar as duas coisas. Ele disse:

— O senhor não pode estar insinuando que há atualmente o risco de uma guerra entre a China e o Ocidente.

— Existem outros riscos. Os saltos desestabilizaram nações inteiras, incluindo a China, é claro. E o colapso do clima na Terra Mãe pode vir a ser um problema muito sério.

Eles chegaram a um mundo — Leste 38, de acordo com o contador na parede — onde caía um temporal. Os dois dirigíveis percorreram um céu povoado por grandes nuvens cinzentas, e a chuva castigava a floresta abaixo. Jacques observou o que pareciam ser marcas de raios, crateras escuras no meio da mata.

Chen observou a cena com atenção.

— Não estou entendendo — disse Jacques. — O que devemos ver aqui?

— É mais fácil entender observando de um satélite — respondeu Chen. — Aqui, soldados-engenheiros estão usando explosivos nucleares para abrir caminhos e túneis no Himalaia, removendo assim um acidente geográfico que modificou o fluxo de ar e a umidade na Eurásia. Neste mundo, o interior da Ásia será verde.

Jacques estava atônito.

— Vocês estão reformando uma cordilheira?

— Por que não? Em um mundo vizinho, estamos desviando todos os rios que se formam no Himalaia, exceto o Rio Yangtzé, com o mesmo objetivo de levar água para o interior do continente.

— Um antigo sonho dos maoistas — disse Roberta.

— Isso mesmo! Você conhece bem nossa história. Planos que eram muito caros ou arriscados para serem postos em prática quando a Terra Padrão era o único mundo que conhecíamos. Agora podemos fazer experimentos à vontade. Quantos sonhos, quanta ambição! Não somos um povo fantástico?

Talvez fosse verdade, mas Jacques imaginou como a experiência desses novos mundos, desses diferentes ambientes, estaria afetando os colonos. Nos mundos do oeste, diferentes Américas estavam surgindo, herdando os conceitos dos antepassados, mas divergindo nos detalhes. Ali devia estar acontecendo a mesma coisa, com várias espécies de China surgindo, com raízes na mesma história milenar (afinal, os chineses sempre seriam chineses), mas cada uma adquirindo características próprias. Perguntou-se quanto tempo levaria para que essas novas Chinas se ressentissem de um excesso de dependência do governo central, como acontecera nas Américas do Cinturão de Valhalla.

Enquanto relâmpagos cruzavam o céu, os trolls ficavam cada vez mais nervosos e seu canto se tornou fragmentário.

Chen levantou o controle remoto.

— Adoraria mostrar a vocês as novas montanhas, mas não podemos demorar. É perigoso.

— Por causa dos relâmpagos? — perguntou Jacques.

— Não, não. Por causa da radiação produzida pelas explosões nucleares. Vamos! Vou aumentar a velocidade. Essas naves são um modelo experimental, projetado pelas nossas empresas de engenharia em colaboração com a Black Corporation. Nosso objetivo é testar novas tecnologias.

A velocidade acelerou até, como Jacques notou pelo próprio pulso, chegar a um mundo por segundo, blinc, blinc, blinc, e então ainda mais rápido. Os mundos eram quase todos inexpressivos, cobertos por florestas, mas em alguns mundos gelados o sol refletia em plataformas de gelo, felizmente muito abaixo dos twains.

Todos foram conduzidos até uma sala de estar. Um tripulante circulou com aperitivos, refrigerantes e chá de jasmim. Ficaram sentados, conversando, enquanto os mundos passavam lá fora. Jacques desconfiou de que Roberta fosse preferir ficar sozinha, estudando, lendo, fazendo as próprias observações, mas ela se conformou em continuar ali com eles, embora permanecesse a maior parte do tempo em silêncio.

Depois de mais ou menos uma hora, a nave parou. A luz estava um pouco diferente. Quando Jacques olhou pela janela, viu um enorme grupo de borboletas em volta da nave, esbarrando silenciosamente nas janelas. Muitas eram pequenas, comuns, mas algumas eram mais coloridas e algumas tinham asas do tamanho de pires. A luz do sol atravessava suas asas diáfanas.

Chen achou graça na reação dos outros.

— Um mundo de borboletas. O que os ocidentais chamam de Curinga. É evidente que a ecologia exige outros componentes além de borboletas. Entretanto, nesta cópia da China, apenas borboletas aparecem para nos dar boas-vindas. Não fazemos ideia de como isso aconteceu, de qual é a diferença entre esse mundo e os outros. Está vendo, Roberta Golding? Não disse que iríamos colecionar borboletas? O que acha disso?

Depois de alguns momentos, a tenente Wu Yue-Sai comentou:

— Seria difícil demonstrar a teoria do caos aqui.

Ficaram todos em silêncio enquanto tentavam entender o significado de suas palavras. Jacques foi o primeiro a rir.

Roberta, porém, permaneceu em silêncio, com uma expressão de espanto no rosto.

# 18

A TRIPULAÇÃO DO *BENJAMIN FRANKLIN* LEVAVA a sério sua missão de fazer valer a autoridade do governo dos Estados Unidos em toda a Terra Longa. Não era só uma questão de tirar gatinhos do topo de árvores, explicou Maggie a seus comandados.

Foi por isso que o twain fez uma parada não prevista em uma cidade chamada Reinício, situada na Terra Oeste 101.754, em uma cópia do estado de Nova York.

Um pequeno grupo liderado pelo imediato Nathan Boss — uma rara missão para ele — foi desembarcado do twain em uma espécie de clareira, ao lado de uma trilha tortuosa e lamacenta que acompanhava a costa da cópia local do Oceano Atlântico. Nathan tinha visto a cidade lá de cima, quando ainda estava a bordo do *Franklin*. A cidade não podia ser vista da clareira, mas estava ali perto, como um enclave na densa floresta: pequenas plantações e casas de onde saía fumaça, ligadas por ruas de terra batida.

Aquela era uma das primeiras atividades que a capitã Kauffman chamava de "corações e mentes". Eles iam aparecer de surpresa em uma comunidade para tornar conhecida sua missão e lembrar educadamente a esses americanos que eles ainda eram americanos. Naquele momento, porém, ainda tentavam descobrir a melhor forma de proceder. Isso se aplicava especialmente a Nathan Boss, pois era a primeira vez que comandava uma expedição em terra.

Além disso, naquele caso, a logística era surpreendentemente complicada. Aquela cidade e as cidades dos mundos vizinhos faziam parte de um "condado" informal. O *Franklin* saltava os mundos, visitando várias comunidades, desembarcando equipamentos e grupos de marinheiros e fuzileiros navais.

Como Nathan bem sabia, havia várias maneiras de uma operação como aquela dar errado.

Um agravante era o fato de que os mundos da Terra Longa eram, de certa forma, assustadores para a maioria da tripulação do twain, que havia passado a vida inteira na Terra Padrão. Enquanto os marinheiros esperavam que os fuzileiros navais desembarcassem do *Franklin*, eles se dispuseram instintivamente em formação de combate, embora não houvesse perigo conhecido na Terra Oeste 101.754. Olharam em volta, pouco à vontade. A maioria vinha de um ambiente urbano. Ali não havia nada parecido. Nada, a não ser a clareira lamacenta e um veado (Nathan *achou* que fosse um veado) que ficou olhando para eles da floresta. Nada para ler a não ser um cartaz escrito à mão:

*BEM-VINDO A REINÍCIO*
*FUNDADA EM 2026 d.C.*
*POP. 1.465*

O alferes Toby Fox, o nerd da tecnologia da informação que fora encarregado de fazer um recenseamento da Terra Longa, anotou a população da cidade em seu caderninho.

Não havia sinal do Sol no céu nublado, mas o dia estava quente para o início de maio, e Nathan, com uma mochila nas costas, começou a suar por baixo de seu uniforme de combate.

Foi quando o tenente Sam Allen desceu do twain, o último a desembarcar, e o *Benjamin Franklin* saltou para outro mundo com uma leve implosão de ar, que o problema começou.

Allen estava no comando do pequeno grupo de fuzileiros navais que fazia parte da expedição. Enquanto seus comandados ficavam esperando novas ordens, sentindo-se um pouco perdidos naquele mundo estranho, Allen começou a implicar com a especialista Jennifer Wang.

— Onde está seu equipamento?

Wang já havia tirado a mochila das costas e estava ligando o rádio.

— Tenente, a ideia era descarregar o equipamento a quinhentos metros de distância, não em nossas cabeças...

— Eu sei. Em que direção, especialista?

Nathan sabia que a carga, um bando de caixas em redes feitas de corda, tinha um transmissor de rádio para indicar sua localização, mas Wang parecia confusa. Ela tocou em telas e apertou botões de um antiquado receptor de rádio, mas tudo que conseguiu captar foi o som estridente de uma guitarra.

Ao ouvir a música, o cadete Jason Santorini sorriu.

— Chuck Berry. O preferido do meu pai. Coisa boa, embora tenha uns cem anos.

— É só uma estação local ridícula — rosnou Allen. — Desligue!

Wang obedeceu.

O alferes Toby Fox era magrinho e o mais nervoso do grupo. Antes que Nathan tivesse tempo de controlar a situação, Fox teve a imprudência de perguntar a Allen:

— Então, tenente, onde *estão* nossas coisas?

Allen se voltou para ele.

— Na porra do lugar errado. Não está na cara?

— Na verdade, provavelmente está... Hum... na porra do mundo errado, tenente — disse Wang. — Caso contrário, eu estaria captando o sinal.

Consultando as anotações, logo descobriram o que acontecera. O equipamento tinha sido descarregado em outra cidade, Nova Scarsdale, a sede do "condado".

— Encontrei o erro, tenente — disse Wang. — Scarsdale está na 101.752.

— Enquanto este buraco...

Fox verificou em seu contador de Terras.

— No momento, tenente, estamos na 101.754. Que é onde devíamos estar.

Alguém tinha errado nas contas. Nathan suspeitou de uma falta de comunicação entre as duas linhas de comando, a dos marinheiros e a dos fuzileiros navais, tripulações nascidas e treinadas na Terra Padrão, que não estavam acostumadas a trabalhar em mundos diferentes.

— Que merda! — exclamou Allen, furioso. — Esses malditos marinheiros desembarcaram sem conferir se o equipamento seria lançado na Terra certa.

Estavam todos tão nervosos que ninguém protestou. De repente, ouviram um rugido alto, possivelmente de um urso, um som grave como um tremor de terra, e se encolheram.

— Certo, certo — disse Allen. — Vamos ter que mandar um emissário para onde a nave está no momento. Ou eles transportam o equipamento para cá ou nos transportam para onde está o equipamento. — Ele apontou para uma pessoa aleatória. — Você, McKibben. Use seu Saltador. Já perdemos tempo demais.

— Desculpe, tenente — disse o homem —, mas não vai dar. Eu não trouxe meu Saltador.

— Não trouxe? Quem mais está aqui na Terra 100.000 e tanto sem o equipamento mais básico e óbvio de todos, um Saltador, para voltar para casa?

Todo mundo se entreolhou.

Era uma omissão compreensível, pensou Nathan. Estavam ali para uma demonstração de força; tinham desembarcado com armamento leve, mas usando coletes à prova de bala e mochilas com munição e equipamentos variados. Do capacete às botas, era uma carga pesada, o que os induzia a deixar para trás tudo que não fosse absolutamente necessário para a missão. Pretendiam passar apenas algumas horas em uma pequena cidade de um mundo pacífico. Por que levariam um

Saltador? Ainda mais porque, construído de acordo com as especificações militares, era um aparelho robusto, mais pesado que os Saltadores comuns.

O fato era que *ninguém* ali tinha um Saltador. Nem Nathan nem o tenente, e nenhum deles teve coragem de chamar a atenção para esse detalhe. Nathan evitava olhar na direção de Allen.

Foi nessa hora que um dos fuzileiros perguntou a um colega se podia lhe ceder um pouco de água, porque estava ficando com sede, mas o colega não tinha levado o cantil. Descobriram que nenhum deles tinha água, nem Nathan nem o tenente, porque era um dos itens do equipamento que tinha ido parar no mundo errado. Havia um rio por perto, dava para ouvir o barulho, mas eles eram todos da Terra Padrão e tinham ouvido dizer, desde crianças, que não deviam beber a água dos rios, não sem esterilizá-la com um tablete de iodo, algo que também ninguém levara, nem Nathan nem o tenente.

Allen ficou andando em círculos, com os punhos cerrados, como se estivesse à procura de alguém para socar.

— Ok. Ok. Vamos para essa tal de Reinício e ficamos lá esperando pela nave. Concorda, comandante Boss?

Nathan assentiu.

— Mostre o caminho, Wang.

Mas não havia GPS naquele mundo, nem um dirigível no céu para orientá-los, e os mapas de papel estavam no equipamento extraviado. Cercados por árvores que eram como torres de catedrais, não podiam ver a fumaça da cidade; não podiam nem se guiar pelo Sol, porque o céu estava nublado. A situação piorava a cada segundo.

A essa altura, um homem entrou na clareira, assobiando, com uma vara de pescar na mão e um peixe grande pendurado em uma linha que havia jogado por cima do ombro. Devia ter uns cinquenta anos, pensou Nathan, o rosto queimado de sol, caminhava a passos firmes. Quando viu uma dúzia de militares armados olhando para ele, levou um susto, mas logo seu rosto se abriu em um largo sorriso.

— Olá, soldados! — disse ele. — É proibido pescar aqui? Se for, peço desculpas.

O tenente Allen olhou de cara feia para o civil e se voltou para Wang.

— Pergunte a ele se sabe o caminho para Reinício.

— O senhor sabe o caminho para Reinício?

— Meu nome é Bill Lovell, a propósito — disse o homem. Ele olhou em volta. Nathan estava se sentindo profundamente envergonhado e um tanto ridículo naqueles trajes. — Não me diga que estão perdidos.

Allan permaneceu calado.

Nathan tentou explicar.

Lovell balançou a cabeça enquanto ouvia a explicação.

— Como o piloto de vocês entregou o equipamento no mundo errado?

— Não estamos familiarizados com esta região — respondeu Nathan, tímido.

Lovell ainda estava sorrindo.

— Percebi. Não estão acostumados com a Terra Longa, não é? Como esperam chegar até Valhalla?

— Você está a par da nossa missão? — perguntou Wang.

— Ah, as notícias correm rápido por aqui. Isso pode surpreendê-la, mas não a mim. Eu já fui carteiro. Trabalhei para o serviço postal dos Estados Unidos até suspenderem o serviço para os mundos mais distantes. Sim, estou a par da missão de vocês.

Pela expressão de Allen, ele parecia doido para dar uma coronhada no sujeito.

— Vai nos mostrar o caminho para Reinício ou não?

Lovell fez uma mesura debochada.

— Sigam-me.

\*\*\*

Nathan não sabia o que ia encontrar em Reinício. Um cenário de Dodge City? Uma tecnologia a vapor? Poucas fazendas primitivas no meio do mato? Tocadores de banjo? Na verdade, como podia ver ao caminhar pela rua principal, era uma cidade. Uma cidade americana, a julgar pela grande bandeira pendurada na fachada da escola.

Enquanto isso, Bill Lovell explicava tudo:

— Aquela é a casa do Wells, uma das primeiras da cidade.

Uma mulher cuidava de seu jardim atrás de uma cerca pintada de branco, uma cena típica de uma rua de classe média. Ela levantou o olhar e sorriu.

— Não que a cidade fosse *assim* quando os primeiros colonos chegaram em 2026...

Toby Fox perguntou:

— Tão pouco tempo assim? Só quatorze anos?

— Aquela ali é a mercearia do Arthurson. No momento, é a única loja da cidade. Mas alguns moradores vendem cerveja ou bebidas mais fortes, servem refeições e alugam quartos em suas casas.

— Eles aceitam dinheiro? — perguntou Santorini.

Lovell se limitou a rir.

Havia cavalos e *camelos* amarrados em uma cerca do lado de fora da mercearia. Dava para ouvir as gargalhadas lá de dentro.

De repente, um bando de crianças saiu de uma das casas e correu pela rua. Aos olhos urbanos de Nathan, pareciam indígenas, com calças e casacos de couro cosidos à mão e mocassins nos pés.

— As aulas terminaram — disse Bill. Ele colocou a mão em concha atrás do ouvido. — Estão ouvindo?

Quando as crianças se dispersaram e a algazarra cessou, Nathan ouviu um clanc-clanc-clanc distante.

— É a nova serraria. Ou melhor, a velha serraria com a nova máquina a vapor. Tudo feito aqui mesmo. Bem, todas as peças de ferro. Pretendemos instalar em breve um gerador de eletricidade movido a turbina hidráulica. Estamos pensando também em um sistema de telégrafo para nos comunicarmos com as fazendas mais distantes.

Ele falava como se sentisse orgulho dos cidadãos de Reinício, pensou Nathan.

— Estou vendo muitas crianças — comentou Wang.

— Muitas Terras estão passando por uma explosão populacional. Daqui a alguns séculos, provavelmente vamos ter centenas de Terras com bilhões de habitantes. Imagine só. Todos eles pagando impostos.

Wang arregalou os olhos. Sua mente estava sendo quase literalmente aberta, pensou Nathan.

— Mas provavelmente ninguém vai contá-los — disse Wang.

— Na verdade, esse é o meu trabalho — afirmou Toby Fox, com uma pitada de orgulho.

— Ei! Lá está ela! Katie! Katie Bergreen!

Uma mulher loira, de uns trinta anos, estava atravessando a rua com passos decididos. Ela olhou surpresa para Bill Lovell e desconfiada para Nathan e seus companheiros com uniforme de combate.

— O que é isso? Uma invasão?

Lovell deu de ombros.

— Eu acho que estão aqui para saber quantos somos, ou algo assim. Só que eles se perderam. Seu pai pode doar um pouco de água para a marinha dos Estados Unidos?

Ela sorriu, meio petulante.

— Acho que sim. Venham comigo — disse para Nathan. — Mas vão ter que deixar as armas na porta.

# 19

Jack Green, de sessenta e poucos anos, era um rato de biblioteca, na opinião de Nathan Boss. Ele olhou para o tenente Allen, dos degraus de seu alpendre — na verdade, olhou para um fuzileiro naval corpulento e armado —, antes de permitir que ele e os companheiros entrassem. Entretanto, tiveram de se desfazer das armas e deixar as botas do lado de fora.

Por isso, usavam apenas meias quando entraram na grande sala de estar. A lareira estava apagada, com uns troféus de caça e pilhas de livros e papéis na cornija. Green era elegante, pensou Nathan, todo arrumadinho, com um ar militar. Já sabia que ele tinha uma filha, Katie. Nathan concluiu que aquela era a casa de um viúvo, com muito tempo livre.

Jack Green olhou para eles como se fossem crianças levadas.

— Ok. Vou deixar vocês ficarem aqui, se refrescarem. É o mínimo que posso fazer como ser humano. Podem pegar água também. Tem uma bomba nos fundos.

Assentindo, Allen encarregou dois tripulantes para esta missão. Eles deixaram o que carregavam no corpo ao lado da porta antes de ir. Logo todos estavam tomando água em canecas de cerâmica.

— Estão bebendo mais rápido que o povo de Boston em Dia de São Patrício — comentou Wang.

Jack se voltou para o tenente Allen.

— Posso emprestar um Saltador para vocês, e aí pode mandar um desses jovens soldados em busca do dirigível, não é? — Ele riu. — Que piada...

— Muito obrigado, senhor.

— Não precisa agradecer. Não vai conseguir mais nada de mim. — Ele fez um gesto com a mão. — Ah, pode se sentar. Só não quebre nada nem mexa nos meus papéis.

Os fuzileiros tiraram os equipamentos táticos do corpo, desafivelaram os coletes à prova de balas e tiraram os casacos camuflados. Ficaram sentados no chão, em pequenos grupos, conversando baixinho. Minutos depois, Nathan notou que um deles tinha sacado um Travel Scrabble e começado uma partida com dois colegas.

Allen olhou sério para o fuzileiro.

— Você não trouxe o Saltador, McKibben. Não trouxe a droga da água. Mas o Scrabble você trouxe.

— Tenho minhas prioridades, tenente.

Jack se sentou a sua mesa coberta de papéis. Todos os móveis pareciam artesanais, pensou Nathan. Rústicos, mas de qualidade.

— Não fiquei tão surpreso ao ver vocês — disse Jack. — As notícias da viagem triunfante que estão fazendo pela Terra Longa chegaram antes. Mas, Bill, por que os trouxe para minha casa?

O ex-carteiro respondeu, em tom irônico:

— Bem, quem, em nossa pequena comunidade, está mais qualificado para receber nossos... Hummm... libertadores?

Aquele breve diálogo deixou o tenente Allen preocupado. Sem ser convidado, ele se sentou de frente para Jack e tirou um papel com uma lista de nomes do bolso do casaco.

— John Rodney Green, mais conhecido como Jack. É o senhor, certo?

— O que tem aí, uma lista de presentes de Natal?

— Uma lista das pessoas que assinaram a tal "Declaração de Independência" de Valhalla.

Jack sorriu.

— E daí? Vai fazer o quê? Me dar um tiro? Me dar voz de prisão e me levar algemado até o dirigível?

— Estamos aqui para protegê-lo, não para arranjar confusão.

— Obrigado.

— Na verdade, estamos gratos pela ajuda que nos prestou até agora, Sr. Green — disse Allen. — Mas pode nos dar outro tipo de ajuda. O alferes Fox, aquele bem ali... — Ele estalou os dedos para chamar Fox. — Ele está fazendo um recenseamento.

— É mesmo? Boa sorte, meu jovem.

— Quando chegamos aqui, me dei conta de que vamos levar mais tempo do que pensávamos para fazer nosso levantamento, já que o que chamam de "condado" compreende vários mundos. Por isso, se o senhor dispõe de um quarto de hóspedes no qual Fox possa se aquartelar...

— Não vou permitir que um soldado da Terra Padrão se hospede em minha casa.

— Podemos oferecer algo em troca.

Jack parecia estar se divertindo com a situação.

— Tipo o quê?

— Bem... uma troca monetária. Estou autorizado a ter despesas, até certo ponto, claro. Trouxemos dinheiro a bordo.

— Que tipo de dinheiro? Dólar, certo?

— O dólar é a moeda oficial desta comunidade, que está sob a égide dos Estados Unidos — disse Allen, muito sério.

Jack suspirou.

— Mas o que vou fazer com esse dinheiro? Acha que posso pagar os peixes que Bill me fornece no dinheiro? O que *ele* vai fazer com o dinheiro? Acabaríamos com pedaços de papel circulando em nossa comunidade como moscas em um estrume de vaca.

Allen ia dar uma resposta malcriada quando Fox interveio.

— Como o senhor gostaria de ser pago então? Como são feitos os pagamentos nessa comunidade?

— Com o famoso favor — respondeu Jack.

— Favor?

— Eu te deixo passar uns dias na minha casa. Isso é um favor. Agora você me deve um favor. Chegamos a um acordo antes que se mude. Se o acordo fosse com Bill, ele ficaria me devendo uns quilos de peixe. Ele faz esse favor para mim, e ficamos quites. Ou, se eu não estiver precisando de peixe, Bill pode procurar o velho Mike Doak no fim da rua, que sabe ferrar cavalos como ninguém, e dar os peixes a ele, transferindo assim para Mike o favor que me deve. Assim, quando meu cavalo perder uma ferradura...

— Já entendi — disse Allen, levantando as mãos.

— Então vocês não usam dinheiro de papel — disse Fox. — Mas às vezes precisam de gente de fora. Médicos, dentistas...

— Trocamos os serviços deles por favores, de um jeito ou de outro.

— E especialistas, como engenheiros que possam ajudar na construção de uma represa? Ou algo assim. Deve haver ocasiões em que não há *nada* que possam fazer por essas pessoas. Só se pode comer uma refeição por vez, usar uma calça...

Jack piscou para Fox.

— Boa pergunta. Nós temos alguns recursos. Ouro, prata, joias. Inclusive um pouco de dinheiro. Mas só aceitamos esse tipo de pagamento em casos extremos, se a pessoa estiver muito necessitada e não tiver como pagar de outra forma. Não somos monges, escravizados a um livro de regras. Trapaceamos um pouco, mas somos autossuficientes. Quase tudo é feito na base do favor.

Allen olhou para ele.

— Então aceitam dinheiro, mas não de *nós*, membros das Forças Armadas dos Estados Unidos.

Jack começou a rir.

— Escute, você e seus chefes em Washington perderam o direito de exigir qualquer coisa de mim e de nossa comunidade quando romperam conosco, há doze anos. Quando cancelaram o Fundo de Apoio aos Pioneiros e confiscaram minha poupança. Quando demitiram o coitado do Bill.

Lovell sorriu.

— Não me meta nisso aí. Estou de boa.

— E essa palhaçada de "direitos e responsabilidades perante a égide" que o presidente Cowley jogou em cima da gente não me abala em *nada* — disse Jack. — Sim, tenente, lhe dei água para deixar à vontade esses jovens que vocês estão levando para o mau caminho. E digo mais... Eu poderia aceitar o dinheiro de vocês, mas não vou, porque não gosto de vocês nem do que o governo da Terra Padrão representa. Quero me livrar de vocês o quanto antes.

Nathan acompanhou o rosto do tenente Allen ficar cada vez mais vermelho de raiva, como um vulcão prestes a entrar em erupção.

— Que papo furado...

— Com todo o respeito, tenente, não é, não — disse Fox. — Essa convergência de ideias é a razão pela qual...

— Cale essa boca, soldado.

— Sim, senhor — Fox respondeu prontamente.

Allen tirou um bolo de notas de cem do bolso interno de seu casaco. Colocou as notas na mesa artesanal de Jack.

— Peço que aceite esse dinheiro, ou sofrerá as consequências.

Indiferente, Jack apenas o encarou.

— O que foi que aquela pobre troll disse quando o seu pessoal lá tentou tirar o filhote dos braços dela?

— Isso não tem nada a ver com os militares...

— *Eu não quero.* — Ele repetiu a frase, acompanhando-a com a língua de sinais dos trolls. — *Eu não quero. Eu não quero.*

Allen fechou a cara.

— Alferes Fox, algeme este homem.

Jack deu uma gargalhada. Fox ficou parado, sem saber o que fazer.

Houve uma discussão tensa entre os militares que estavam jogando Scrabble.

— McKibben, seu cara de pau, em nenhum lugar do mundo GUARDACHUVA é um substantivo simples!

— Não acho que algemar o homem seja uma medida apropriada, tenente Allen — disse Nathan, calmo.

Allen saiu porta afora, furioso.

Nathan ficou pensando como ia explicar tudo aquilo à capitã Kauffman.

\*\*\*

Quando ele tentou, a primeira coisa que ela fez foi expulsar o tenente Sam Allen da nave.

A segunda foi marcar uma reunião com o tal Jack Green para se informar pessoalmente a respeito do sistema de favores.

# 20

No Cinturão de Minas, os Valienté a bordo do *Ouro em Pó* testemunharam uma crise.

A frota de dirigíveis tinha parado algumas vezes nos mundos áridos daquela região, para recolher inúmeros tipos de minérios — não só minérios comuns, como bauxita, ou metais preciosos como prata e ouro, mas também elementos que haviam se tornado escassos na Terra Padrão, como germânio, cobalto e gálio.

Não foi em um mundo colonizado, porém, que o incidente aconteceu.

A família estava fazendo uma de suas visitas à ponte de comando, e Helen e Dan assistiram a tudo. O twain saltava mais devagar porque estava se aproximando de um Curinga conhecido, situado a cerca de oitenta mil saltos da Terra Padrão. Por precaução, o piloto reduzira a velocidade para apenas alguns saltos por minuto. Quando finalmente saltara para o Curinga, a paisagem do mundo vizinho, florestas e savanas, foi substituída por rochas e areia vermelhas. O Mississippi dali era um riacho ferruginoso em um vale que parecia largo demais para ele. Devido a causas desconhecidas, o Curinga sofria de um tipo de desertificação global. Era como a superfície de Marte.

Havia restos de um dirigível.

Era o *Pennsylvania*. A nave havia ficado presa em uma tempestade de areia quando tentara atravessar o Curinga. Um dos sacos de hélio, talvez com defeito de fábrica, se rompera por causa da rápida expansão causada pelo calor da atmosfera do Curinga. O vazamento tinha sido rápido, mas a queda, lenta e inevitável. Devia ter sido uma experiência aterrorizante para quem estava a bordo. Os passageiros do *Ouro em Pó* viam agora os escombros em meio a uma nuvem de poeira que passava com a ajuda do vento sibilante, que foi o que sobrara da tempestade que derrubara a nave. Vista do alto, parecia um rochedo de duzentos metros de altura, já parcialmente coberta pela areia vermelha.

*Ouro em Pó* tinha sido a primeira nave a chegar ao local do desastre. Enquanto Dan e Helen se encolhiam, tentando não atrapalhar, houve uma rápida videoconferência entre o capitão, em seu camarote, e os comandantes de outras naves que chegavam àquele mundo. Logo formularam uma estratégia, e os tripulantes agiram com tanta eficiência e dedicação que deixaram Helen comovida. Lançaram uma âncora e, em questão de segundos, um elevador improvisado estava funcionando, transportando passageiros para a superfície do planeta em uma plataforma aberta. Helen viu Bosun Higgs, o amigo de Dan, descer e se juntar a um comitê de tripulantes de várias naves que se formou ali.

Enquanto a tripulação trabalhava, o capitão usou o intercomunicador da nave para perguntar se havia voluntários entre os passageiros que quisessem participar da operação de salvamento. *Voluntários entre os passageiros.* O coração de Helen quase parou quando ela ouviu a frase.

É lógico que ela não conseguiu impedi-lo.

\*\*\*

Tudo correu bem durante três, quatro horas, enquanto o Sol se punha devagar e a tempestade de areia se dissipava. Da altura em que Helen estava, podia ver o que pareciam ser formigas muito organizadas trabalhando na carcaça da nave acidentada. Elas abriram buracos nos destroços para permitir a saída das que estavam em condições de andar e entraram para carregar as feridas e mortas. Um hospital de campanha foi montado em uma tenda, e a primeira ferida foi levada ao *Ouro em Pó* pelo elevador. *Ouro em Pó* era a nave que estava em melhores condições para receber quem estava ferida, pois dispunha de uma enfermaria que tinha suprimentos suficientes para virar um hospital. Alguns grupos se encarregaram de recolher o que podiam da carga do *Pennsylvania*, que consistia basicamente em trigo do Cinturão do Milho. Outros se encarregaram da triste tarefa de enterrar os corpos perto do local do acidente.

Foi então que soou um alarme da ponte de comando. Um dos membros da equipe de salvamento do *Ouro em Pó* ficou preso no interior do balão do *Pennsylvania* quando uma parte da estrutura, até então intacta, desabou. A pessoa tentava, heroicamente, salvar o último grupo de passageiros em apuros. Uma tentativa de resgate foi improvisada às pressas.

— Poxa — disse Dan, ouvindo as mensagens pelo rádio, carregadas de estática. — Quem deve ser, mãe?

Que não seja seu pai, rogou Helen. Que não seja Joshua. Que, para variar, não seja Joshua.

Um novo cabo foi lançado da proa do *Ouro em Pó*, com duas pessoas penduradas: Bosun Higgs e Sally Linsay. Com grande cautela, eles foram baixados por um buraco no balão do twain e desapareceram na escuridão. Helen ouviu alguns murmúrios abafados pelo rádio e viu as fagulhas de um maçarico no interior da carcaça do *Pennsylvania*. Depois, silêncio.

Finalmente, Sally chamou:

— Podem puxar!

Lentamente, e com muito cuidado, o guincho começou a girar. A plataforma subiu primeiro, com Sally e o tripulante, seguidos por um trecho do cabo. Então, o cabo tremeu, e Sally fez um gesto para que parassem. Helen ouviu:

— Ele está bem. Sem muita dignidade, mas bem. Continuem puxando.

O cabo subiu. Iluminado pelo sol poente, pendurado de cabeça para baixo, com o cabo enrolado em um dos tornozelos, estava Joshua.

Dan revirou os olhos.

— Ah, *pai!*

Helen achou que o gesto resumia tudo.

Em pouco tempo, para a decepção de Helen, o incidente estava sendo relatado na outernet e em todos os canais de notícias. Às vezes era difícil ser Lois Lane.

E um detalhe — como Joshua contou mais tarde, porque Helen não estava olhando para *ela* —: assim que Joshua saiu dos destroços, Sally sorriu para a tripulação do *Ouro em Pó* e sumiu.

# 21

Por acaso, o *Benjamin Franklin* passou pelo Cinturão de Minas apenas alguns dias depois do desastre. Por meio de uma mensagem da outernet, o *Franklin* recebera ordens de recuar de Reinício para um mundo do Cinturão de Minas, situado a cerca de setenta mil saltos da Terra Padrão, onde um idiota havia baleado alguns trolls.

Enquanto o *Franklin* viajava pelos mundos, Maggie Kauffman refletia — e não pela primeira vez desde o início da missão — se a Terra Longa era um teste para a humanidade. Caso fosse, estavam falhando miseravelmente. De um lado, os que haviam permanecido na Terra Padrão, levando vidas que não tinham nada a ver com o que se passava fora dos muros de seus jardins; do outro, vinte e cinco anos após o Dia do Salto, pessoas saltando para leste e para oeste, para as Terras Altas e além, sem se preocupar se os cogumelos eram comestíveis.

Um dos deveres implícitos daquela viagem era dar carona para pessoas doentes até um lugar seguro, ou para pessoas em apuros, que haviam se desesperado depois do primeiro inverno sem eletricidade, ou devido a uma visita inesperada de um urso ou um bando de lobos — ou de um descendente de dinossauros, caso tivessem saltado até um mundo suficientemente distante. Mesmo que a princípio tivessem muito que aprender, quem era inteligente logo encontrava meios de sobreviver na Terra Longa. Porém, Maggie não conhecia muitas pessoas inteligentes. Quem tinha atitudes burras na Terra Padrão continuava tendo atitudes burras na Terra Longa — como atirar em trolls, apesar da tensa conjuntura política após o incidente no Vazio. Maggie estava começando a entender que o *Franklin* era convocado diversas vezes justamente para lidar com a consequência dessas burrices.

Agora, o dirigível atravessava versões áridas do Texas, ouvindo as mensagens do rádio de ondas curtas, à procura de uma pessoa cuja localização, tanto em termos de número de saltos quanto em termos geográficos, era conhecida vagamente. A tripulação tinha recebido notícias a respeito do desastre do *Pennsylvania*; Maggie fizera questão de assegurar que sua ajuda não seria necessária.

Finalmente, não muito longe da cópia de Houston, a nave sobrevoou um acampamento no qual uma figura solitária olhava para cima. Nathan Boss apontou para um bosque próximo que mostrava sinais de luta. Mac, por sua vez, chamou atenção para uma imagem no infravermelho de formas inertes, quase frias, no interior do bosque. Cadáveres abandonados.

Maggie, Nathan e Joe Mackenzie desembarcaram. A figura solitária no acampamento, uma mulher que esperava por eles ao lado de uma fogueira, devia ter uns quarenta anos — um pouco mais velha que Maggie. Era uma pioneira com uma postura decidida e se identificou apenas como "Sally". Entre as armas penduradas em suas costas, estava um rifle feito de compósito de cerâmica, e a expressão em seu rosto dizia que ela estava ali para esclarecer alguma coisa.

Maggie conhecia seus oficiais o suficiente para ter certeza de que seriam cautelosos. Sabia também, lembrando-se das sessões preparatórias da missão na Terra Longa, quem era aquela mulher.

Sally lhes ofereceu café e mantas para que se sentassem. Então, foi direto ao ponto:

— Não quero vocês aqui. Prefiro fazer isso sozinha. *Eu* não chamei vocês.

— Então quem chamou? — perguntou Nathan.

— *Ele* já deu o fora. Agora vocês estão aqui. A situação é a seguinte: neutralizei aqui perto supostos cientistas que mataram pelo menos três trolls.

— Cientistas? — perguntou Nathan.

— Biólogos. Eles alegam ter vindo aqui para estudar os trolls. Foi um deles que me chamou para ajudar, e eu o liberei. Quanto ao restante...

— "Neutralizou"? — perguntou Maggie. — Como assim?

Sally deu um sorriso maléfico.

— Os trolls foram capturados aqui para algum tipo de "experimento" de hibridização com outros humanoides. Conforme esperado, resistiram e saltaram para oeste, o que resultou em uma perseguição durante a qual pelo menos um macho e duas fêmeas foram mortos a tiros. Talvez o número tenha sido maior, não sei. Um filhote órfão foi deixado para trás. Vocês sabem que o tratamento dado aos trolls vem sendo muito criticado...

— Isso não justifica que você faça justiça com as próprias mãos — disse Mac.

Sally sorriu.

— Ah, mas eu não os matei. Eles podem não estar muito à vontade, mas estão *vivos*. Ao contrário dos trolls que mencionei. A propósito, se seus comandados tentarem me prender, eu salto para longe daqui antes que consiga dizer "um para subir, Scotty".

Maggie estava ciente de que, apesar da intimidação de Sally, o *Franklin* estava preparado para reagir a qualquer tipo de agressão. Por outro lado, Maggie precisava avaliar melhor a situação. Como já conhecia a mulher, sabia o que fazer.

— Certo — disse. — Não tenho intenção de prendê-la... Humm... *Sally*. Não somos da polícia. Até onde eu sei, esses indivíduos mereceram o que quer que tenha feito com eles. Entretanto, recomendo que você, pelo menos, ponha de lado as armas que está carregando nas costas. Vamos relaxar um pouco. Sugiro que a gente caminhe até esse bosque onde estão os corpos e chegue a um acordo.

Sally hesitou por um instante. Depois, assentiu, colocou as armas no chão, e as duas se dirigiram até o bosque, deixando Mac e Nathan ali tomando o restante do café.

— Sei quem você é — disse Maggie, tentando abalar toda aquela confiança de Sally.

— Sabe?

— Sei. Você é a mulher que viajou com Joshua Valienté no *Mark Twain*. As informações correm rápido. — Mais especificamente, ela havia aparecido nas anotações de Maggie como uma ativista conhecida... E, sim, como uma possível justiceira. — Sally Linsay, não é? Pelo menos, é um dos nomes que usam para se referir a você.

Sally deu de ombros.

— Também sei quem você é, capitã Margaret Dianne Kauffman. Não foi difícil me informar a respeito de sua carreira militar. Qualquer pessoa interessada na política da Terra Longa sabe tudo a respeito do *Franklin* e de seus oficiais, e do restante da frota, e de sua missão pretensiosa. Na verdade, estou feliz por ter sido você que apareceu. Você é a mais inteligente entre as opções de capitães Kirk que temos circulando pela Terra Longa.

— Obrigada.

Sally olhou para Maggie, astuta.

— Então, já que está aqui e não é um daqueles militares psicopatas...

— Obrigada de novo.

— Acredito que devemos aproveitar as oportunidades que o universo nos dá. Tive uma ideia sobre a aplicação de leis e tenho pensado muito nela.

— Não estamos aqui para isso, sendo bem direta — disse Maggie, na defensiva. — Aonde quer chegar?

— Você pode ser menos burra que os outros capitães, mas está participando de uma missão burra. Parece até um episódio de *Star Trek*, um bando de naves patrulhando uma infinidade de mundos. Escute, se querem administrar a Terra Longa, precisam ser mais holísticos.

— Não entendi sua proposta.

— Minha proposta é que recorram a alguém que esteja presente em toda a Terra Longa. — Ela olhou diretamente para Maggie. — Estou falando dos trolls.

Maggie foi pega de surpresa.

— *O quê?*

— Usem os trolls. Levem alguns em cada nave. Eles são, ou pelo menos eram, usados pelos colonos sempre que precisavam de mão de obra. Por que os militares não fazem isso também? Os trolls têm uma rede de comunicação extensa e uma memória coletiva imensa...

— O canto longo.

— Isso mesmo. Sem contar que são fisicamente intimidadores.

Aquilo era demais para Maggie. Ocorreu-lhe que a missão estava tomando rumos diferentes da abordagem morde e assopra proposta pelo presidente. Por outro lado, talvez fosse seu *dever* estudar a proposta.

— Vou pensar. E onde entra o *seu* interesse nisso?

Sally deu de ombros.

— Estou do lado dos trolls. E uma boa forma de protegê-los seria convidá-los para trabalhar *com* os militares. Isso ajudaria a recuperar a confiança que eles tinham na gente.

Elas chegaram ao bosque. Maggie seguiu Sally até o local onde estava o corpo de dois trolls adultos — o terceiro mencionado por Sally provavelmente havia morrido depois de saltar para outro mundo — e um troll mais jovem tentando se aconchegar em um dos corpos.

— Os cientistas estão presos aqui perto?

— Você vai achá-los. É melhor que o faça antes que os outros trolls cheguem.

— Que outros trolls?

— Quando anoitecer, o filhote vai tentar participar dos cantos. Isso atrairá outros trolls para o bosque. Quando eles chegarem... Bem, os trolls são mais tolerantes que os humanos, mas quando alguém mexe com seus filhotes...

— Entendi.

Começaram a caminhar de volta para a fogueira.

— Escute — disse Sally, impulsivamente. — Já que confio em você, capitã Maggie, quero te mostrar uma coisa.

Ela vasculhou um pequeno monte de quinquilharias e pegou um objeto reluzente.

Era um tubo cheio de botões, que parecia um instrumento musical, mas tecnologicamente avançado. Como uma ocarina projetada por Einstein, pensou Maggie.

— Isso é um trollfone.

— O quê?

— Um instrumento que pode ser usado para falar com os trolls. Estou craque nele. Já aprendi a pedir ajuda e a sinalizar algum perigo. Como a linguagem deles é muito diferente da nossa e isso aqui é apenas um protótipo, fica difícil expressar conceitos muito sofisticados. No momento, isso é o máximo que podemos fazer. Com alguns trolls na sua nave e um desse *aqui* em mãos...

— Onde consigo comprar um?

— Ah, não estão à venda — disse Sally. — Mas posso conseguir um pra você com o fabricante.

— Quem *é* o fabricante? — perguntou Maggie.

Sally se limitou a sorrir. Maggie, receosa, aceitou mesmo assim.

— Ok. Arranje um para mim. E vou pensar no que você disse.

— Ótimo.

— Como vou entrar em contato com você? Ah... É *você* que vai entrar em contato comigo, não é?

— Está pegando o jeito.

*\*\*\**

Ao desembarcarem, os tripulantes dos dirigíveis são sempre monitorados. Ou seja, os oficiais de Maggie ouviram cada palavra daquele diálogo.

Nathan Boss achou que eles deviam ter detido Sally Linsay, ou, pelo menos, tentado detê-la.

Joe Mackenzie a achava doida só por ter cogitado a possibilidade de receber trolls a bordo.

— Não sei, Mac. Precisamos descobrir novas formas de trabalhar na Terra Longa. Aprendi muita coisa no último mês. Acho que ela tem razão: quando estamos a mais de dez saltos da Terra Padrão, é como se estivéssemos no espaço sideral. É impossível controlar a Terra Longa como se fosse uma cidade ocupada em uma zona de guerra. Ou até mesmo a Nova York da Terra Padrão. A liberdade é complicada, não é? Mac, faça uma pesquisa para mim. Procure por especialistas em trolls.

# 22

O *Ouro em Pó* e o restante da frota passaram pelas Terras Baixas, os últimos saltos antes de chegar à Terra Padrão. O céu estava muito movimentado naqueles mundos relativamente desenvolvidos, e o risco de uma colisão era notório. Nos últimos mundos, precisavam seguir um guia, que saltava à frente, conferia a rota e voltava para avisar quando o caminho estava livre.

Entretanto, o tráfego em Oeste 3, 2 ou 1 não era nada comparado ao que encontraram quando saltaram para a Terra Padrão. Estavam vendo a paisagem de Oeste 1, e, quando saltaram, parecia que tinham lançado uma corta-margaridas ali, destruindo a vegetação em um raio de quilômetros, deixando para trás apenas concreto, asfalto e aço, tingindo o rio de cinza turvo e o delimitando com margens reforçadas e pontes; tudo isso debaixo de um céu sem vida. Para Joshua, aquilo era a definição perfeita do que a humanidade era capaz de fazer com um mundo, dados alguns séculos e muito petróleo para queimar.

O *Ouro em Pó* parecia pequeno ao se dirigir com cautela até o ancoradouro. A primeira coisa que Joshua viu ao desembarcar, na parede de um velho armazém de tijolo, foi um retrato gigantesco do presidente Cowley, de pé, muito sério, o braço para cima, a mão aberta, como se dissesse: Pare!

Atrás de Joshua, Sally olhou ao redor com desdém. Ela havia voltado para a nave depois de uma breve ausência. Embora a conhecesse há muito tempo, Joshua sabia pouco a respeito dos múltiplos canais que ela usava para se manter a par do que acontecia na Terra Longa, um vasto domínio pelo qual, de certa forma, ela se sentia responsável.

— Bem-vindo ao lar — ironizou ela.

Os passageiros foram conduzidos ao setor de imigração, um salão cheio de filas tortuosas, catracas e cabines, seguranças usando máscaras para não serem reconhecidos, cartazes ameaçadores nas paredes, banners enigmáticos, como:

GÊNESIS 3:19

Como Joshua se lembrava de ter visto nos aeroportos, essa estação de twains também tinha placas iluminadas que indicavam os pontos de acesso a outros serviços de transporte: aviões, trens, ônibus, táxis etc. A indústria de transporte fora uma das poucas a apresentar um crescimento considerável na Terra Padrão depois do Dia do Salto. Para fazer uma longa viagem em um mundo das Terras Baixas, era em geral mais fácil saltar para a Terra Mãe, pegar um ônibus ou avião e saltar de volta quando chegasse ao destino desejado. Mas, para ter acesso a esses serviços, era necessário passar pelo controle de imigração. Joshua deu uma olhada nos companheiros enquanto esperavam na fila. Dan, que nunca passara por nada semelhante, estava confuso. Helen parecia paciente, como sempre. Bill ainda estava paralisado pela ressaca da festa de despedida da tripulação do *Ouro em Pó*. Sally simplesmente revirou os olhos para a estupidez sem tamanho da humanidade.

Um homem se aproximou, baixo, sério, usando uma batina preta, um colarinho clerical e um chapéu com um símbolo bordado. Dan se encolheu ao vê-lo. O homem segurava uma Bíblia e um pequeno globo de latão pendurado em uma corrente, do qual saía um cheiro forte de incenso. Estava abençoando os passageiros.

Ele estendeu um panfleto a Sally.

— Em nome do Senhor, agora que voltou para casa, *fique aqui*, na Terra Padrão, a Terra de verdade.

Sally olhou séria para ele.

— Por que devo ficar? Quem é você?

— Não existe nenhuma prova, científica ou teológica, de que uma alma desencarnada pode saltar para outros mundos — respondeu ele. — Se deixar seus filhos morrerem *lá*, em um mundo selvagem, suas almas *nunca* encontrarão o caminho para o seio do Senhor. Como a senhora já sabe, o Dia do Juízo Final está chegando. Mesmo agora, em todos esses assim chamados mundos paralelos, no coração de todas essas cópias profanas da verdadeira América, fogo e enxofre estão espalhando vapores sulfurosos no Yellowstone...

Sally deu uma risada e mandou ele dar o fora, de um jeito muito mais direto do que Joshua teria ousado. O homem se afastou em busca de alvos mais fáceis.

— Esse cara não bate bem — comentou Bill.

Enfim, chegou a vez deles na fila. As malas foram abertas e revistadas, e todos tiveram de passar por um raio x. Joshua e Sally foram os primeiros. Do outro lado, receberam pulseiras coloridas e equipadas com rastreadores, que teriam de usar durante a estadia na Terra Padrão.

Enquanto esperavam pelos outros, Joshua murmurou:

— Não estou entendendo. Na última vez em que estive aqui, as coisas eram bem mais simples. De que adianta tudo isso? Sei que os saltos podem trazer perigos para a Terra Padrão: doenças infecciosas, espécies invasoras, mas todas essas barreiras são inúteis, porque a Terra Longa é uma fronteira aberta. Aqui estamos, viajando em um twain e chegando a um polo de transporte, mas poderíamos saltar para *qualquer lugar* da Terra Padrão com uma mochila cheia de besouros-rinocerontes. Não faz sentido.

Sally revirou os olhos.

— É tudo simbólico, Joshua. É o presidente Cowley dizendo aos seus eleitores: vejam como estou protegendo vocês. Vejam como esses viajantes são perigosos, como ameaçam a segurança do país. — Ela olhou para os equipamentos de segurança. — Além disso, as empresas que fazem esses equipamentos recebem muito dinheiro do governo. O medo é lucrativo.

— Você é muito descrente da humanidade.

— Joshua, é a única forma de lidar com ela. Principalmente na Terra Padrão.

Por fim, Dan, Helen e Bill apareceram. Joshua ficou aliviado ao ver que Dan, que, embora ainda estivesse de olhos arregalados, não parecia estar com medo. Quando todos foram liberados, pegaram a bagagem e foram até um saguão do lado de fora para conseguir um táxi. Joshua reparou em outra coisa: pequenas áreas eram demarcadas com listras amarelas na calçada movimentada, reservadas para quem quisesse saltar, deixando o fluxo de pessoas mais rápido. Só na Terra Padrão medidas como essa eram necessárias; ele ficou claustrofóbico só de pensar.

Outro homem se aproximou. Usava um terno caro e carregava uma sacola plástica de compras. Parecia que naquele lugar não iam deixá-los em paz. Aparentando ter uns trinta anos, o homem tinha cabelo ralo, usava óculos e estava com um sorriso no rosto.

O homem ficou parado na frente deles, impedindo-os de passar. Joshua achou que se tratava de outro fanático religioso. O homem disse, com toda a calma do mundo:

— Bem-vindos à Terra, mutantes.

Ele enfiou a mão na sacola.

Joshua se colocou entre o homem e a família. Com o canto do olho, viu Sally pegar Dan e saltar, produzindo uma pequena implosão. O homem sacou uma faca de lâmina curta, pesada e mortal, e a arremessou.

A faca atingiu Joshua no ombro direito. Ele caiu, gritando de dor.

Joshua viu Helen dar um soco no rosto do homem. Ela era parteira e tinha braços fortes. O homem caiu no chão. Guardas chegaram correndo.

A visão de Joshua ficou escura, e ele apagou.

# 23

— O NOME DO HOMEM QUE tentou matá-lo é Philip Mott — disse Monica Jansson, enquanto servia um café para Joshua. — É advogado e trabalha para um dos grandes conglomerados de ferrovias. Não tem antecedentes criminais. Até onde sabemos, não é fóbico nem foi abandonado pela família, uma causa comum para esse tipo de comportamento.

Joshua conhecia bem a síndrome. O irmão de Helen, Rod Green, fora abandonado na Terra Padrão e agira como cúmplice no atentado que destruíra a cidade de Madison.

— Por outro lado — disse Jansson —, Mott não tem um Saltador e, de acordo com as testemunhas, nunca foi visto saltando. Ele faz parte há anos do movimento Humanidade em Primeiro Lugar, um grupo extremista que até Cowley passou a repudiar.

Joshua ajeitou o corpo no sofá, que era tão macio que ele não conseguia ficar à vontade. Alguns dias após o ataque, a ferida estava sarando, mas o ombro ainda estava enfaixado. Ele sentia pontadas de dor quando fazia movimentos bruscos. Sally estava sentada a seu lado, com uma caneca de café na mão, equilibrada na beirada do sofá. Como sempre, parecia prestes a sair correndo porta afora ou a saltar para outro mundo. Enquanto isso, Dan estava no quintal, jogando basquete com Bill, usando uma cesta enferrujada presa à parede da casa de Jansson. Joshua podia ouvi-los correndo lá fora e Dan narrando partes aleatórias.

Helen, por incrível que pareça, estava presa, acusada de agressão.

Estavam passando alguns dias na casa da antiga parceira de debate de Joshua, a ex-tenente Monica Jansson. A casa de Jansson em Madison Oeste 5, afastada do centro, que foi para onde os residentes da cidade se mudaram depois da explosão nuclear, era típica da arquitetura das Terras Baixas, uma estrutura de madeira de uma qualidade que teria saído muito caro na Terra Padrão. O passado de Jansson se revelava no modo como o lugar estava cheio de produtos de alta tecnologia: uma TV *widescreen*, celulares, um laptop.

Jansson estava com cinquenta e poucos anos, mas parecia mais velha ao olhar inexperiente de Joshua. Estava mais magra do que ele se lembrava, o cabelo grisalho, cortado curto. Ele notou um monte de frascos de remédio na cornija da grande lareira. Um pouco mais acima, pendurado na parede, estava o anel de safiras de Joshua. Encorajado por Helen, ele trouxera o anel até aqui, um dos poucos troféus de suas viagens, com a intenção de mostrá-lo a alguns amigos discretos.

Na televisão, um geólogo rastejava em uma poça de lama borbulhante em uma das versões do Yellowstone nas Terras Baixas. Aparentemente, tinham acontecido distúrbios semelhantes no Yellowstone da Terra Padrão e em algumas de suas cópias nas Terras Baixas. O narrador falava a respeito de gêiseres que não entravam em erupção, animais assustados e coisas do tipo, afirmando que isso tinha *aumentado* a popularidade do parque, porque as pessoas o visitavam para ver de perto as anomalias que estavam acontecendo. Talvez o fanático religioso que os abordara na estação do twain tivesse razão a respeito do fogo e do enxofre no Yellowstone, embora sua interpretação estivesse errada.

— Quer dizer que esse Mott nunca tinha feito nada parecido? — perguntou Sally.

— Não há registros. Mas muitos integrantes desse movimento são assim. Eles mudaram de estratégia. Absorvem a propaganda, evitam chamar atenção, começam a andar com estacas...

— Estacas? — perguntou Joshua.

— É o nome que usam para aquela arma que Mott usou. Como cravar uma estaca no coração de um vampiro, entende? Uma estaca de ferro para um Saltador. Muito difícil de policiar. De repente, surge uma oportunidade bem na frente deles. Como estar perto de uma estação de twain, mas fora do alcance da segurança, sem que saibam o que estão levando na bolsa. Foi assim que aquele cara viu você, Joshua.

— E o reconheceu — disse Sally. — E *bang*. Por falar nisso, ele devia estar mirando no coração. Mesmo que tenha errado, poderia ter lhe causado problemas se tivesse tentado saltar com uma faca espetada no peito. Ouvi dizer que há países na Terra Padrão em que o governo vem fazendo esse tipo de coisa de propósito. Inserindo grampos de ferro cirurgicamente no coração ou em uma artéria dos Saltadores.

— É verdade. Chamam de "grampeamento" — disse Joshua. — Não se preocupem. Mott ainda está preso e vai ser julgado. A justiça da Terra Padrão não é mais como antigamente, mas ninguém pode sair impune desse tipo de atentado. Nem minha mulher, ao que parece — acrescentou. — Não consigo acreditar que estão acusando Helen de agressão.

— A verdade é que ela nocauteou o cara. Mas não vai ser condenada, é um caso claro de legítima defesa.

— Ela ainda está presa. Confiscaram seu Saltador e não estabeleceram uma fiança. Quanto tempo até a liberarem?

— É isso que fazem com quem não mora na Terra Padrão e nas Terras Baixas. — Sally balançou a cabeça. — A Terra Padrão se tornou um mundo de paranoicos, governado por paranoicos. É por isso que nunca viemos para cá.

— Você teve um motivo para voltar — disse Jansson a Joshua. — Vai se encontrar com o senador Starling, não é?

— Para falar da questão dos trolls. — Ele encolheu os ombros, o que provocou uma dor aguda. — Graças a você, Jansson. Sei que mexeu alguns pauzinhos para que essa reunião acontecesse, mas agora estou achando que eu não devia ter vindo.

— Você precisa tentar — disse Sally. — Já falamos sobre isso em Onde-o-Vento-Faz-a-Curva.

— Sim — disse Joshua. — Mas, agora que estamos aqui, ficou claro que o bem-estar dos trolls não é uma prioridade do governo.

— Você pode até ter razão — disse Jansson —, mas o caso de Mary no Vazio apareceu em todos os noticiários, até na Terra Padrão. É um caso emblemático, de crueldade e injustiça gritantes, ainda por cima no meio de um programa espacial! Não podia haver uma oportunidade melhor para tentarmos mudar o jeito que estão tratando os trolls. Foi por isso que eu fiz o que estava ao meu alcance para ajudá-lo a marcar uma reunião com Starling.

— Exatamente — disse Sally. — Joshua, de que adianta você ser famoso se não usa essa fama para fazer o bem?

— Olha o que essa "fama" me trouxe até agora — disse Joshua. — Levei uma facada, minha esposa está presa e meu filho está apavorado.

Jansson olhou para Dan pela janela.

— Acho que o pequeno pioneiro já superou o trauma.

Joshua fez uma careta.

— O presidente Cowley diria que ele é um pequeno mutante.

— E um pecador — complementou Jansson.

Sally assentiu.

— Gênesis 3:19. Nós vimos os banners.

Joshua fechou os olhos e tentou se lembrar das aulas de catecismo na Casa.

— Foi o que Deus disse a Adão e Eva quando foram expulsos do Paraíso. "Com o suor do teu rosto comerás o pão, até que voltes à terra, visto que dela foste tirado; porque és pó e ao pó retornarás."

— É isso — disse Jansson. — Deus nos colocou nesse mundo, ou nesses mundos, para trabalhar. Vocês, vagabundos, que se contentam em vagar por aí sem rumo, ou pelo menos é isso que acham de vocês, são um bando de preguiçosos. Sem trabalho, a humanidade não vai pra frente.

Joshua suspirou.

— E, pressionados por essa loucura, vamos acabar em guerra... ou algo do tipo.

Jansson tomou um gole de café. Joshua teve a impressão de que ela estava tremendo, embora não estivesse frio.

— Como você está, Monica? — perguntou ele, carinhosamente.

Ela levantou o olhar.

— É melhor continuar me chamando de tenente Jansson, não acha?

— Vai continuar morando aqui em Oeste 5?

— Até hoje ninguém pode ficar por muito tempo em Madison Padrão. Se quiser, posso conseguir uma autorização para que visite a cidade por um tempinho. Virou um lugar meio assustador. Muitos animais silvestres. Flores brotando no meio das ruínas. Estão a chamando de Chernobyl americana. Podemos dizer que está se recuperando aos poucos.

— E você? — perguntou Joshua, com delicadeza.

Jansson tinha um olhar cansado.

— Não é óbvio?

— Desculpe.

— Não precisa se desculpar. É leucemia. A culpa foi toda minha. Eu estava ansiosa por voltar à Terra Padrão depois da explosão. Mas estou tomando os remédios, e chegaram a falar de terapia gênica.

— Você sempre tentou fazer a coisa certa — disse Joshua. — Sempre admirei isso em você.

Ela deu de ombros.

— É o que se espera de uma policial.

— Mas você foi além. — Ele esticou o braço, estremecendo por causa da dor no ombro, e segurou sua mão. — Não desista agora, ok?

Sally se levantou, impaciente.

— Se forem ficar falando coisas melosas, prefiro me retirar.

Joshua olhou para ela.

— Você já não ia embora?

Ela piscou.

— Sempre tenho coisa para fazer, Joshua. Você sabe. A gente se vê. Até logo, tenente Jansson.

Ela desapareceu com um leve estalo. Jansson ergueu as sobrancelhas.

— Vou fazer mais café.

# 24

Marlon Jackson, assessor do senador Starling, estava disposto a aturar a reunião com aquele pioneiro excêntrico chamado Valienté sem reclamar.

A experiência de Jackson mostrava que Jim Starling era uma pessoa com a qual era possível conviver. Infelizmente, o senador tinha uma memória boa, embora errática, o que tornava difícil influenciá-lo da forma que um bom assessor devia ser capaz de fazer. Pelo menos, os chiliques do senador não duravam muito, e nisso ele se parecia com a descrição que o bisavô de Jackson costumava fazer de Lyndon B. Johnson: "Era como um tornado até se acalmar, e então era possível fazer o trabalho." Os ancestrais de Jackson trabalharam arduamente pela democracia, na surdina, durante gerações.

Entretanto, o bisavô não tivera de lidar com a tecnologia moderna. Um exemplo era a agenda de trabalho, na qual uma reunião com Joshua Valienté tinha sido inserida, embora ninguém com acesso à agenda admitisse ter feito a inclusão. Quando Jackson a excluiu, *ela apareceu de novo*. Era óbvio que Valienté tinha algum tipo de ajuda; Jackson sabia ler os sinais.

E *tinha* de ser alguém como Valienté, que da última vez que se encontrara com Jackson estava respondendo a uma comissão de inquérito do Senado que investigava sua misteriosa e espetacular viagem pela Terra Longa, a bordo de uma nave aparentemente *sem piloto*. Movida por uma tecnologia *secreta*, parte da qual mais tarde seria doada à nação pela Black Corporation, para a fúria silenciosa da classe política. Valienté, uma representação ambulante da Terra Longa, apoiado por um aliado invisível. Valienté, que forçara uma reunião com um senador cujos eleitores detestavam as novas colônias e tudo relacionado a elas. Um embate de ideais acontecendo em um momento no qual a relação entre o governo da Terra Padrão e as colônias nunca estivera tão delicada, com a declaração de Valhalla se juntando a todo aquele bafafá a respeito dos trolls.

No mundo de Jackson, este era um pequeno incidente, mas perigoso e fora de controle. Como uma granada rolando no chão. Se ele conseguisse convencer, nem que fosse só um pouquinho, o cabeça-dura do senador e se tivesse um diálogo que pelo menos soasse construtivo, estaria bom. Neste ramo, era pagar para ver.

Ele tomou um remédio para úlcera.

*** 

Joshua Valienté e seu amigo, ambos com uma roupa de desbravador, como na série *Bonanza*, na cor de burro quando foge, chegaram uns três minutos atrasados, e um segurança os conduziu ao escritório. Para Jackson, eles pareciam uma irrupção do passado semimítico da América naquele escritório de meados do século XXI.

Após uma breve apresentação, Valienté foi direto ao ponto:

— Sete minutos de atraso, graças ao seu protocolo de segurança. Vocês têm só medo de mim ou fazem isso com todos os eleitores? — Antes que Jackson pudesse responder, Valienté olhou para os troféus de caça nas paredes. — E que decoração... Parece que são todos ou não comestíveis ou espécies em extinção, ou as duas coisas. Belo simbolismo.

O acompanhante de Joshua soltou uma gargalhada.

Jackson ainda não tinha dito uma palavra. Estava atordoado. Era como se estivesse enfrentando uma força primordial.

— Por que não se sentam, Sr. Valienté e... — Ele consultou as anotações. — Sr. Chambers?

Pelo menos nesse acordo eles chegaram.

Quem era, afinal, o tal Valienté? De acordo com suas anotações, era um burro cuja única virtude era saber saltar. Mas ele era, evidentemente, mais do que isso. Até sua voz era diferenciada, pensou Jackson, enquanto tentava avaliar o homem, uma voz que despejava palavras como um jogador de pôquer mostrava as cartas, com propósito e decisão. Parecia ser mais lento do que rápido, mas incansável. Difícil de ser impedido quando começava a vir para cima de você, como um tanque de guerra.

Quanto aos troféus na parede, Jackson sabia que o avô de Starling tinha comprado a cabeça de tigre de um vendedor de afrodisíacos chineses, mas os outros eram o saldo de safáris que o senador fazia. Valienté tinha razão quanto ao simbolismo. Todos aqueles troféus eram uma forma de informar aos visitantes que o senador tinha um suprimento respeitável de armas e não hesitava em usá-las. A verdade era que quase todos seus eleitores eram entusiastas de armas de fogo. Jim Starling *não* era homem de se comover com as queixas dos "ecotardados" de que alguém estava matando Bambi em uma Terra remota. O que, naturalmente, era o motivo de toda aquela história.

Entretanto, aquilo não era problema de Jackson; cabia a ele fazer passar a hora seguinte da melhor maneira possível.

— Café, senhores?

— Pode ser uma xícara de chá? — perguntou Chambers.

Jackson fez o pedido, e as bebidas chegaram dentro de minutos.

Pouco tempo depois, para alívio de Jackson, ele ouviu o barulho da descarga do banheiro e o senador entrou, pelo menos daquela vez, com tudo guardado em seu devido lugar.

Starling, um homem corpulento de cinquenta e poucos anos, com as mangas da camisa arregaçadas, obviamente no meio de um dia de trabalho, revelou-se amistoso. Os colonos se levantaram e pareciam menos, digamos, *entusiasmados*, enquanto o senador os cumprimentava. Starling era bom nisso, em agradar as pessoas desde o primeiro segundo em que pisava em um aposento.

Jackson percebeu que Valienté ficou mexido quando Starling lhe pediu um autógrafo antes mesmo de se sentarem.

— Não é para mim. É para minha sobrinha. Ela é sua fã.

Valienté pareceu sentir necessidade de pedir desculpas enquanto assinava o cartão.

— Não votei no senhor. Os votos pelo correio não chegam a Onde-o-Vento-Faz-a-Curva.

Starling deu de ombros.

— Mesmo assim, de acordo com a definição da égide, eu sou representante de seu domicílio eleitoral. — Joshua tinha um endereço legal em Madison Oeste 5. — E agora está na política, não é? — Ele mexeu nos papéis que estavam na mesa. — É prefeito de uma comunidade de pioneiros. Parabéns.

O senador se recostou na cadeira e disse:

— Bem, senhores, vieram de sua Terra distante até Washington e pediram para falar comigo com urgência. Vamos ao que interessa. Acredito que o assunto seja a proteção dos animais silvestres nas Terras secundárias, certo?

— Sim, senhor — disse o irlandês, Bill Chambers.

— Não — disse Valienté, de novo no ataque. — Os trolls não são *animais silvestres*, e não existem Terras *secundárias*. Cada Terra tem uma personalidade. Sua visão é muito padrãocêntrica, senador.

Jackson se preparava para dizer alguma coisa, mas o senador pareceu não se importar.

— Tem razão, mas as Terras que me interessam são as que abrigam cidadãos norte-americanos e estão sob a égide. Minha preocupação é assegurar que nossos cidadãos gozem da liberdade que nossa Constituição assegura. — Ele mexeu de novo nos papéis. — Acho que sei por que estão aqui, mas gostaria de ouvi-los dizer, Sr. Valienté.

Jackson logo percebeu que, apesar da experiência política, Valienté não tinha boa oratória. Mesmo assim, ele deu o seu melhor e tentou explicar sua preocupação com o tratamento que os trolls estavam recebendo na Terra Longa.

— Senador, quando ouvi falar naquele caso de Mary e seu filhote no Vazio, fiquei chocado, mas aquilo é apenas a ponta do iceberg. Em Onde--o-Vento-Faz-a-Curva, protegemos os trolls dando cidadania a eles.

— Quê? Está falando sério? Chegaram a esse ponto? Não, não precisa responder. Escute, sejam quais forem as leis caipiras que têm em Quando-o-Vento...

— *Onde*-o-Vento-Faz-a-Curva.

— Que seja. Vamos direto ao ponto. Os trolls são humanoides, certo? Humanoides, pré-humanos, se preferir, mas *não são humanos*, não importa qual seja a lei que tenham nessa cidadezinha *Banzé no Oeste* de vocês. São animais silvestres e, na minha opinião, animais perigosos. Então temos essas criaturas perambulando por aí, criaturas fortes e agressivas, que, de acordo com vocês, não devem ser caçadas ou maltratadas, certo? Ao contrário do que provavelmente pensa meu assessor... — Ele piscou para Jackson. — Fiz meu dever de casa. São animais fortes, agressivos e, agora, assassinos.

Valienté disse:

— Fortes, sim. Uma troll é tão forte quanto um lutador de sumô e seu soco é mais forte que o de um lutador peso-pesado de boxe. Agressivos? Só quando são provocados. Em geral, são prestativos.

— Prestativos?

— Senador, humanos e trolls trabalham juntos. Isso está acontecendo em toda a Terra Longa, até nas Terras Baixas. O senhor deve estar a par do valor econômico agregado da mão de obra dos trolls...

Os trolls eram uma presença constante nos mundos colonizados pelos humanos. Para os pioneiros que não dispunham de máquinas pesadas, os trolls eram operários dispostos e inteligentes, que aravam campos, carregavam fardos de feno, ajudavam a construir escolas. Nas sociedades mais desenvolvidas das Terras Baixas e além, os trolls trabalhavam nas grandes fazendas de ovelhas, que cobriam muitas Austrálias paralelas, chegando a fiar e trançar a lã, e nas gigantescas plantações de seringueiras das Malásias paralelas. Trabalhavam até nas linhas de montagem de algumas fábricas das Terras Baixas.

— Pode ser — disse Starling, mexendo de novo nos papéis. — Mas tenho aqui várias notícias de ataques de trolls a humanos. Em um dos casos, o homem ficou tetraplégico. Em outro, uma criança ficou ferida e a mãe morreu. E assim vai... O que tem a dizer sobre isso?

— Senador, os trolls são perigosos da mesma forma que um urso em um parque nacional é perigoso. De vez em quando, um turista idiota quer tirar uma foto de seu filho abraçando um filhote de urso. Essa ignorância já é perigosa na Terra Padrão, mas é fatal nas Terras paralelas, que são todas selvagens em algum aspecto. Nós prevenimos as pessoas o tempo todo. Na maioria dos mundos paralelos, a imprudência pode ser fatal. A situação está piorando, senador. Os trolls têm algo chamado canto longo, que faz com que todos os trolls de todos os mundos se comuniquem. Os conhecimentos levam certo tempo para se espalhar, mas, cedo ou tarde, se a humanidade tratar os trolls como animais ferozes, nossa relação com eles será drasticamente impactada.

Starling soltou uma gargalhada.

— O que está querendo dizer, meu amigo? Isso para mim está parecendo papo de quem abraça árvore. *Canto longo?* Daqui a pouco, vai falar da ira de Eywa. Resumindo, Sr. Valienté: nossos cidadãos devem ser protegidos, mesmo que sejam burros. Ser burro não é crime. Se fosse, não haveria espaço suficiente nas cadeias, principalmente aqui em Washington. — Ele riu da própria piada.

Joshua insistiu:

— Tudo que estou pedindo, senador, é algum tipo de declaração de que os Estados Unidos passam a considerar os trolls uma espécie protegida em toda a égide.

— É só isso? — Starling abriu os braços. — O senhor deve saber que a proteção dos animais é um assunto delicado neste país. Temos leis federais, mas a maior parte da legislação é a nível estadual. Quem o senhor quer que formule essas leis? Sem contar quem vai aplicá-las... Além disso, hoje se discute até se as leis da Terra Padrão se aplicam às outras Terras. — Ele consultou suas anotações. — Estou vendo aqui que o senhor defende a ideia de que os trolls sejam considerados uma espécie exótica. Se fosse assim, estariam sujeitos ao serviço de Inspeção Sanitária Animal e Vegetal. Acontece que é fácil argumentar que eles não são exóticos, e sim endêmicos. Eles não são nativos de todas as outras Terras? Como pode ver, as categorias antigas não podem ser facilmente aplicadas à Terra Longa, seja do ponto de vista jurídico ou moral.

"Quanto àquele caso na base do Vazio, se estivesse sujeita à égide dos Estados Unidos, os cientistas precisariam de uma permissão do Departamento de Agricultura para usar trolls na pesquisa. Enquanto o pedido de autorização estivesse sendo analisado, talvez houvesse alguma recomendação quanto ao tratamento a ser dispensado aos trolls. Mas acontece que, embora cidadãos dos Estados Unidos estejam envolvidos nesse trabalho, a base do Vazio não fica nos Estados Unidos paralelos, e sim em algum lugar da Inglaterra, certo? Sendo assim, deveria apresentar sua queixa em Londres, e não em Washington. — Ele pôs os papéis de lado. — Veja, a situação jurídica é complicada, e ainda não sei o que pensar do ponto de vista moral. Ouvi seus argumentos, mas eles não me convenceram. O máximo que poderia fazer seria levar suas indignações ao Senado, mas acho que não é o melhor momento. Além do mais, temos que levar em conta questões mais amplas."

— Que tipo de questões?

— Quer o senhor goste ou não, Sr. Valienté, existem questões de segurança nacional envolvidas. Não estamos falando de animais, estamos falando de *perigo*. É isso que preocupa meus eleitores, *aqui*, na Terra Padrão. O perigo do desconhecido. Não era tão ruim quando nossa preocupação era um ataque de seres de outro planeta, como nos filmes. Nesse caso, saberíamos que o perigo estava chegando. Pelo menos, poderíamos tentar nos defender. Mas agora nossas fronteiras estão abertas. Os alienígenas podem invadir nosso país quando quiserem!

O irlandês — Jackson teve de consultar as anotações de novo; o nome dele era Bill Chambers — falou pela primeira vez:

— Senador, está falando dos twains militares que o senhor enviou por toda a Terra Longa, certo?

Starling se inclinou para a frente.

Jackson se contraiu, pronto para o pior. Ele conhecia os sinais de impaciência do homem.

— Sim, senhor — disse Starling. — É uma precaução. Devemos estar preparados. É o que se espera de um governo responsável.

Para o horror de Jackson, Chambers fez um barulho de deboche com a boca.

— Ah, pare com isso, senador! Está falando sério? Isso é só mais uma farsa, um elefante branco, um pretexto do governo para um "liberou geral", assim como o *missile gap* depois de Sputnik, como o 11 de Setembro, como Madison. Quanto mais vago o perigo, mais dinheiro é gasto, certo? Escute, vivo por aí, nesses mundos, e sei que é impossível ter um só governo para um milhão de Américas. Não pode dar certo, seria uma tremenda de uma burocracia. Depois de todos esses séculos, a Inglaterra ainda não conseguiu governar direito a Irlanda. Como vão governar a Terra Longa?

Joshua começou a rir.

— É melhor não repetir isso quando os dirigíveis da marinha estiverem sobrevoando nossa Prefeitura, Bill.

— Concordo. Deve tomar cuidado com o que diz, pioneiro.

Mas Chambers ainda não havia terminado.

— Sabem de uma coisa? Antes do Dia do Salto, um mundo era suficiente para vocês porque não sabiam da existência do restante, certo? Agora que nós fomos lá e construímos muita coisa com nosso suor, vocês, que ficaram em casa, querem tirar uma casquinha. De repente, um mundo não é mais suficiente, não é? Não podem simplesmente nos deixar em paz?

Starling olhou para o homem por alguns instantes, recostou-se no assento e voltou-se para Valienté, para alívio de Jackson. Parecia que, pelo menos no momento, o perigo de violência física havia passado.

— Sr. Valienté — disse Starling —, não tenho nada a dizer a seu companheiro, mas estou desapontado com o *senhor*. Tem fama de ser um homem correto, um homem prudente. Vi depoimentos elogiando o senhor quando era mais jovem, no Dia do Salto. Ajudou a salvar muitas crianças. Depois teve aquele episódio em que explorou a Terra Longa, chegando a lugares onde nenhum homem jamais esteve, certo? Tudo muito admirável. Agora chega aqui com demandas ridículas, com bobagens a respeito desses animais... Pensei que seria capaz de ver as coisas sob uma perspectiva mais abrangente.

Inesperadamente, ele sorriu. Era típico de Starling, pensou Jackson, bancar o boa-praça depois de surrar o adversário.

— Escute. Não vamos guardar mágoas. Penso que o senhor é valente, embora ingênuo, assim como o senhor acredita que eu sou um simples instrumento do complexo militar-industrial. Mesmo assim, deu seu recado e fez isso muito bem. Foi um prazer ter essa troca com o senhor. Acho que a irmã Agnes ficaria orgulhosa.

Isso pegou Joshua de surpresa, do jeito que o senador queria. Jackson estava impressionado com o fato de Starling ter ido tão longe em sua pesquisa.

— Ah, sim! Eu ouvi falar da Casa que ela mantinha em Allied Drive, Sr. Valienté. Ela se tornou parte de sua história. Eu me encontrei com Agnes uma vez, quando ela veio ao meu escritório para falar de outro assunto. Fiquei muito triste quando soube que ela morreu. Sei que ela significava muito para o senhor e para os outros ex-moradores da Casa.

Joshua chegou a sorrir, tal era o carisma de Starling.

— Obrigado. Ela teve uma morte tranquila. Um representante do Vaticano compareceu ao funeral.

— Um sinal de respeito por uma oponente digna, imagino, pelo que conheço de sua carreira.

— É verdade. Embora costumassem dizer que ela era a pior católica desde Torquemada. Sabe, Sr. Starling, não sinto saudade de Agnes. Para mim, é como se ela ainda estivesse viva.

# 25

Quando Joshua voltou para a casa de Jansson, em Madison Oeste 5, Helen estava à sua espera. Para alívio de ambos, ela não estava na cadeia, mas em prisão domiciliar.

Joshua contou a ela como tinha sido a reunião frustrada com Starling.

Em seguida, para distraí-lo, Helen lhe mostrou a correspondência que haviam recebido a respeito do modelo mais recente do "kit colônia" da Black Corporation. Era uma nova tecnologia que estavam testando em Onde-o-Vento-Faz-a-Curva, com a intenção de usar Joshua como garoto-propaganda da iniciativa.

A ideia era usar um dos maiores twains para lançar no local da nova colônia um pacote contendo, entre outras coisas, um sistema de navegação por satélite baseado em nada menos que três microssatélites colocados em órbita síncrona por um lançador compacto e equipamentos suficientes para montar um hospital de primeira classe, uma universidade on-line completa, com professores virtuais, e sistemas de comunicação por fio e por ondas curtas. Itens mais exóticos incluíam bicicletas para transporte rápido e anúncios de mulheres à procura de um marido. O aparelho mais sofisticado era uma impressora 3-D capaz de transformar matérias-primas em peças complexas. Joshua sabia que essas engenhocas estavam sujeitas a defeitos — e, com a estagnação do progresso tecnológico depois do Dia do Salto, não tinham acontecido grandes avanços em áreas como a nanotecnologia. Mais úteis para um colono típico, pensou, eram uma coleção miniaturizada de manuais de artesanato, enciclopédias e até uma farmacopeia.

Uma vantagem importante do kit era que estimulava os colonos a entrarem em contato, inicialmente por ondas curtas, com outras comunidades. Nenhuma colônia podia, por exemplo, administrar bem um colégio sozinha, mas isso seria possível se todas as cidades daquele mundo unissem seus recursos.

— Essa era minha ideia desde o início — disse Joshua. — As ligações laterais. Gosto da ideia de as pessoas se considerarem cidadãs de um planeta, de um planeta crescer lateralmente, um novo mundo sem fronteiras desde o começo.

— Você parece um hippie moderno.

— As identidades mudam. O conceito antigo de nacionalidade não faz mais tanto sentido. Talvez iniciativas como esta levem ao fim das guerras, a um novo começo para todos.

— Pareceu meu pai falando agora. "Foi muito bom estar vivo naquela madrugada" — disse Helena, levemente sarcástica. — Shakespeare, eu acho.

— Não, foi Wordsworth. Irmã Agnes citava bastante essa frase.

A esposa observou sua expressão.

— Sente falta dela, não sente? De Agnes. Você a mencionou algumas vezes desde que chegou.

Joshua deu de ombros.

— Talvez seja porque estamos em Madison. E o fato de o senador Starling ter tocado no nome dela. Ele queria me desestabilizar. Agnes foi a melhor coisa que poderia ter acontecido comigo quando eu era criança. Para todas as crianças. Eles querem que eu vá lá um dia. Na Casa.

— E você vai?

— Talvez. Não para ser o Joshua Valienté que todo mundo conhece, o aluno bem-sucedido que hoje é um ícone da Terra Longa, prefeito de uma comunidade, e blá-blá-blá. Quero que me deixem *falar* com as crianças a respeito de coisas como... Sei lá, uso de facas, medicina de combate para iniciantes. Como fazer do céu noturno um aliado, da constelação Grande Carro um lugar para dormir, ou como usar a Órion a seu favor para chegar em casa. Era isso que *eu* gostaria de ter ouvido quando estava lá. Gostaria que ela estivesse viva para ver *esta* madrugada. Eu devia levar umas flores para o túmulo dela.

— Ela gostava de flores?

Joshua sorriu.

— Ela sempre dizia que não. Depois, aceitava, resmungava que era um desperdício de dinheiro e as deixava em sua sala até as pétalas começarem a cair.

Helen o beijou no rosto.

— Vá.

— O quê?

— Vá visitá-la. Não espere um convite da Casa. Vai se sentir melhor. Não se preocupe com a gente. Não vamos a lugar algum. Eu, pelo menos, não.

Joshua foi dormir pensando nisso.

No dia seguinte, ele foi.

\*\*\*

Em Oeste 5, a cidade de Madison crescia para substituir a Madison da Terra Padrão, reduzida a escombros por uma bomba nuclear. Helen tinha morado ali com a família antes de se mudar para Onde-o-Vento-Faz-a-Curva. A Casa original havia sido reproduzida de uma maneira meticulosa e, com o tempo, algumas falhas foram corrigidas. O próprio Joshua fizera uma doação para o empreendimento. A irmã Agnes tivera a oportunidade de supervisionar a construção.

Pouco depois, ela havia morrido, no sol de outono da nova Terra. Muita gente importante compareceu ao seu enterro — embora alguns deles desejassem, no fundo, que ela estivesse morta há muito tempo.

Por enquanto, o corpo de Agnes era o único no cemitério. Era uma tarde ensolarada de maio quando Joshua chegou com um buquê e o depositou no túmulo, naquele pequeno terreno ao lado da Casa. Já havia flores ali, colocadas pelas irmãs e por outros ex-internos que tinham desfrutado da infatigável paciência de Agnes, de seu amor incondicional.

Sozinho pela primeira vez em muito tempo, ele perdeu a noção do tempo. Se foi visto por alguém da Casa, a pessoa preferiu não o incomodar.

Joshua ficou surpreso ao se dar conta de que já estava anoitecendo. Ele deixou o pequeno cemitério para começar a longa caminhada até a casa de Jansson.

De repente, viu alguém do outro lado da rua. Uma mulher vestida de freira, olhando para ele. Joshua atravessou. Não conseguia ver o rosto da mulher direito; ela parecia jovem.

— Posso ajudá-la, irmã?

— Eu estava fora... — disse a freira, com um leve sotaque na voz. — Só fiquei sabendo da morte de Agnes há poucos dias. O senhor não é Joshua Valienté? Já vi seu rosto na televisão. Ah, onde está minha educação? Eu sou a irmã Conceição. Agnes e eu éramos amigas. Na verdade, fizemos nossos votos na mesma cerimônia. Sabia que ela se tornaria uma celebridade, sempre soube, embora ela fosse um tanto desbocada...

Joshua ficou calado.

"Irmã Conceição" estudou por um bom tempo a expressão de Joshua.

— Não está funcionando, não é?

— Se quer que eu pense que você não é quem realmente é, não, não está funcionando. Eu a reconheceria no escuro. Eu me lembro dela entrando no dormitório à noite para apagar a luz. Eu me lembro do estalido do velho interruptor de baquelite, emendado com cola porque não havia dinheiro para comprar um novo. Como fazia com que nos sentíssemos seguros. E ela nunca soube mentir. *Nem* fingir um sotaque irlandês.

— Joshua...

— Já matei a charada. Lobsang?

— Lobsang.

— Isso é a cara dele. Eu o levei para visitar Agnes no leito da morte. Provavelmente é tudo culpa minha. Agora... Bem, aqui está você.

— Joshua...

— Olá, Agnes.

Ele a abraçou até ela começar a rir e o afastar.

# 26

Para Agnes, tudo começou com um despertar. Ela sentiu um calor sutil e teve a sensação de estar na flor da idade.

Agnes ficou pensando na situação por um tempo indefinido. A última coisa de que se lembrava era de estar em sua cama, na Casa, e ouvir um padre murmurar alguma coisa.

— Estou no paraíso? — perguntou, mais cautelosa que esperançosa.

— Não. Temos questões mais urgentes para resolver — respondeu uma voz masculina. — O paraíso pode esperar.

— E terei um bando de anjos embrulhados em meu coração? — sussurrou irmã Agnes (embora não tivesse certeza de *como* havia sussurrado).

— Não exatamente — disse o firmamento. — Mas ganhou pontos pela referência a John Steinman e Meat Loaf no primeiro *minuto* que recobrou a consciência. Agora, infelizmente, precisa voltar a dormir.

A escuridão voltou a ocultar o firmamento. No entanto, antes de desaparecer, ele disse:

— Incrível...

O mais incrível era que tudo aquilo estava sendo dito em tibetano e Agnes estava *entendendo*.

Mais tempo se passou.

— Irmã Agnes? Preciso te acordar de novo por um instantinho, só para ver uma coisa.

Foi então que mostraram a Agnes seu novo corpo: rosado, nu e *muito* feminino.

— Quem escolheu aqueles *dois* ali?

— Como assim?

— Olha, até antes de viajar para o sul para o inverno, meus peitos não eram desse tamanho. Pode fazer o favor de tirar um pouco?

— Não se preocupe. Isso pode ser consertado. Se tiver um pouco de paciência, vamos preparar para você uma coleção de corpos para todas as ocasiões. Todos protéticos, é claro. Poderá facilmente se passar por humana, embora boa parte de você, tecnicamente, *não* seja humana. As coisas ficaram muito mais sofisticadas desde quando comecei meus experimentos. A propósito, está sendo atendida por um grupo de médicos e profissionais de saúde a serviço de uma subsidiária pouco conhecida da Black Corporation. Eles não têm a menor ideia de quem você é. Engraçado, não é?

"Engraçado?" De repente, Agnes se deu conta de quem estava fazendo aquilo com ela.

— Lobsang! Aquele filho da mãe!

Tudo voltou a ficar escuro, mas a raiva continuou, uma raiva que sempre havia considerado uma aliada, uma raiva que a ajudava a viver. No momento, só lhe restava aquele calor.

Depois de um tempo, a sensação de juventude voltou, e a voz de Lobsang falou de novo, suavemente:

— Perdão mais uma vez, mas esse é um procedimento muito delicado, o que podemos facilmente chamar de reta final. Faz três anos que trabalho para revivê-la, e agora estou quase terminando. Irmã Agnes, a senhora não tem nada a temer. Na verdade, espero encontrá-la amanhã, depois do café. Quer ouvir uma música enquanto espera?

— Desde que não seja aquela porcaria de John Lennon.

— Não, não. Conhecendo seu gosto, o que acha de Bonnie Tyler?

\*\*\*

Irmã Agnes acordou de novo, confusa. Confusa e sentindo cheiro de café, bacon e ovos.

O odor vinha de uma bandeja ao lado da cama, colocada ali por uma jovem de óculos, sorridente, com traços asiáticos, talvez japonesa.

— Sem pressa, senhora. Pode comer com calma. Me chamo Hiroe. Se precisar de alguma coisa, é só falar.

Pelo visto, voltar à vida estava ficando cada vez mais fácil. Com a ajuda de Hiroe, Agnes foi ao banheiro do que parecia um quarto comum de hotel, tomou um banho, inspecionou os dentes perfeitos no espelho e não precisou esvaziar o intestino.

— A senhora não deve ter problemas físicos — disse Hiroe. — Submetemos seu corpo a muitos processos básicos enquanto dormia. Para treiná-lo, por assim dizer. Pode fazer o favor de andar algumas vezes de um lado para o outro e me dizer como se sente?

Irmã Agnes atendeu ao pedido e respondeu que se sentia muito bem. Provou o café, que até que estava bom, e ficou surpresa ao descobrir que o bacon estava crocante, ao ponto, do jeito que gostava.

O armário do quarto estava lotado de roupas, entre elas um hábito parecido com o que ela usara durante anos. Ela hesitou. Como freira católica um pouco distante da ortodoxia da Igreja, se antes *disso* já tinha dúvidas a respeito de sua posição teológica, agora estava totalmente perdida. Fosse como fosse, tinha feito seus votos há muito tempo e eles provavelmente ainda estavam em vigor e, então, vestiu o hábito. Enquanto se vestia, não pôde deixar de sorrir ao constatar que as dores nas juntas haviam desaparecido. Sua flexibilidade era invejável.

Ela disse à jovem:

— Acredito que eu tenha um horário marcado com Lobsang.

Hiroe riu.

— Muito bem! Ele mencionou que a senhora era esperta. Siga-me, por favor.

\*\*\*

Agnes seguiu a jovem pelo corredor de paredes de aço, passou por uma série de portas que abriam e fechavam com elegância automatizada e foi conduzida até uma sala cheia de livros e móveis antigos — podia ser o escritório de Charles Darwin, tirando o fogo crepitando em uma lareira. Mas Agnes reconheceu o lugar, porque Joshua havia descrito para ela uma experiência semelhante. Coisa de Lobsang.

Do outro lado da sala estava uma poltrona de rodinha de costas para ela.

Ela comentou:

— O fogo é falso, não é? Joshua me contou. As chamas não são aleatórias.

Nenhuma resposta vindo da poltrona.

— Olha, não sei se devo ficar grata ou brava...

— Fiz o que Joshua me pediu — disse uma voz elegante. — Pelo menos, foi o que interpretei. Fui visitá-la quando estava doente, lembra? Na Casa, em Madison Oeste 5. Você já tinha recebido a extrema-unção. Estava sofrendo, Agnes.

— Eu me lembro muito bem.

— E Joshua me pediu que você sofresse menos. É lógico que você concordaria em...

— Joshua. É claro que ele viria. — De todas as crianças que havia recebido na Casa, Joshua Valienté sempre fora a mais... notável. Era do feitio dele não esquecê-la, não abandoná-la, voltar quando precisasse dele, quando sua vida, depois de tantas décadas, tremulava como uma chama se apagando. Voltar para consertar as coisas. — Joshua pediu sua ajuda, e você não pôde recusar.

— É claro. Principalmente por ter pedido contra a vontade dele. Estávamos meio brigados depois do incidente de Madison.

— Mas ele lhe pediu apenas que eu sofresse menos. Não estava preparada para essa... blasfêmia!

Finalmente, a poltrona girou, revelando Lobsang, que usava uma túnica laranja e estava com a cabeça raspada. Ela o tinha visto pessoalmente apenas uma vez, mas se lembrava daquela cara estranha, não exatamente humana, de idade indefinida, como o rosto reconstruído de uma vítima de queimaduras. Ela se lembrou do reflexo no espelho. Sua nova carcaça mecânica era de melhor qualidade que *aquilo*. Evidentemente, ela estava usando um modelo mais recente.

— Blasfêmia? — perguntou ele. — Será que é para tanto?

— E por que não seria?

— Talvez a razão pela qual eu... a trouxe de volta seja mais interessante.

— Razão? E que razão seria essa?

— Uma razão muito boa. Ficaria muito feliz se você saísse da sua zona de conforto e considerasse a proposta que, no meu entender, vai condizer com seus sentimentos. Está disposta a me ouvir?

Irmã Agnes sentou-se em uma poltrona parecida com a de Lobsang, de frente para ele.

— A propósito, o que está achando de seu corpo?

Ela olhou para a própria mão, dobrou os dedos e pensou estar ouvindo o zumbido de pequenos motores hidráulicos.

— Acho que estou me sentindo como uma criatura de Frankenstein.

— Na verdade, a criatura de Frankenstein era consideravelmente mais culta e digna que seu suposto mestre. Apenas um adendo.

— Vamos ao que interessa. O que você *quer*?

— Então, Agnes, agora que sei muitas coisas sobre você por meio de Joshua e de outras fontes, incluindo seus diários, e, sabendo de sua simpatia por uma humanidade irrevogavelmente imperfeita, sequestrei você, por assim dizer, em nome de tal humanidade. Tenho uma missão para você. Que é a seguinte: preciso de um conselheiro.

— Um o quê?

— Agnes, você me conhece. Sabe o que eu sou. Sou onipresente em todos os mundos. Desfruto de um imenso poder, que vai desde a capacidade de anular multas de trânsito até uma escala que ninguém em toda a história da humanidade jamais atingiu. Não tenho um mestre. Não devo satisfações a ninguém. Douglas Black é apenas um facilitador; ele não poderia me *impedir* de fazer nada. É isso que me preocupa.

— Sério?

— É claro. Você não entende? Eu preciso de um conselheiro, Agnes. Alguém para me dizer quando eu estiver passando dos limites. Quando estiver sendo desumano ou humano demais. Pelo que Joshua me contou a seu respeito, tenho a impressão de que você é a pessoa perfeita para exercer esse papel.

— Você me trouxe de volta à vida para ser sua consciência? Isso é ridículo! Mesmo que eu concordasse, como eu o impediria de fazer algo?

— Eu forneceria meios de me desligar.

— O quê? Isso é possível?

— É um pouco complicado — admitiu Lobsang. — Existem no momento muitas iterações minhas espalhadas pela Terra Padrão, pela Terra Longa e por outros lugares do sistema solar. É sempre bom fazer backup, mas, sim, posso dar um jeito de *me* apagar em todos esses lugares.

— Hummm. E, de todos esses lugares — disse a irmã Agnes —, onde está sua alma?

— Aqui, conversando com você, nesses corpos novos, você não acha que a alma não tem fronteiras?

— Eu tenho poder de escolha nessa história?

— Claro que tem. Você pode ir embora agora mesmo e será levada aonde quiser, ao planeta que quiser. Nunca mais ouvirá falar de mim. Ou... Bem, você também tem um botão de desligar, Agnes. Mas sei que não vai escolher essas opções.

— Ah, você sabe de tudo, não é?

— Você se lembra daquele dia em que fui visitá-la com Joshua e lhe perguntei se você se arrependia de algo em sua vida? Você disse assim, bem baixinho: "Ainda quero fazer tanta coisa." Agora vai ter a chance de fazer isso. O que me diz? Quer ser o Boswell do meu Johnson, Agnes? Watson do meu Holmes? Satã do meu Deus de Milton?

— Sua esposa implicante?

Ele riu, um riso estranho, que não parecia humano.

Irmã Agnes ficou em silêncio por um instante. O único som era o do fogo simulado. Naquela sala sem janelas, ela se sentia enclausurada. Preferia estar lá fora, andando de moto.

— O que aconteceu com minha Harley?

— Joshua se encarregou de guardá-la da forma mais apropriada: pairando no ar, os pneus bem cheios, o combustível drenado do tanque, tudo engraxadinho.

— Vou poder andar nela? Quer dizer, sou fisicamente capaz?

— Claro que é.

— Essa sua maldita alquimia me permite beber cerveja?

— Sem dúvida.

— Onde a gente está afinal de contas?

— Na Suécia. Na sede de uma subsidiária da divisão de medicina da Black Corporation. O dia está lindo.

— Está?

— Tem motos lá fora. Viu como fui precavido? Não são Harleys, mas... quer dar uma volta?

Era tentador. Ser jovem de novo. Jovem e na estrada...

— Já, já — respondeu ela, em tom decidido. — Como está Joshua?

# 27

Joshua estava sentado com a reencarnação da irmã Agnes em um café de Madison Oeste 5.

O clima estava estranho. Duas pessoas tentando entender aquele inexplicável mundo novo: um mundo em que os mortos podiam voltar à vida e tomar café enquanto conversavam sobre os velhos tempos. Duas pessoas com dificuldade de encontrar as palavras certas. Por enquanto, os sorrisos davam conta do recado.

A postura de Agnes estava impecável, apesar de pouco natural. Talvez suas feições fossem excessivamente simétricas, a pele lisa demais para ser humana.

Mas Joshua notou que muitos clientes frequentes da cafeteria, operários da construção civil nas Terras Baixas em sua maioria, estavam demonstrando um interesse pouco religioso pelas novas curvas de Agnes.

— Eles deviam ter mais respeito.

— Deixe pra lá. Os homens são criaturas pouco desenvolvidas que reagem a símbolos muito mais básicos que um hábito e um crucifixo.

— Não acredito que isso está acontecendo.

— Nem eu. É mais difícil ainda acreditar que estou aqui para não acreditar nisso, se é que me entende.

Quando ele levantou o olhar, viu que ela estava sorrindo, aquele sorriso radiante que sempre a fizera parecer vinte anos mais jovem. O sorriso de Agnes não era o tipo de sorriso que o mundo associava à palavra "freira". Era um sorriso que continha um toque de malícia e um quê de raiva, mantida sob controle até certo ponto. Esses eram os elementos que a haviam ajudado a administrar a Casa e seus outros projetos, apesar da oposição do Vaticano. O sorriso e a raiva.

Como todas as unidades ambulantes de Lobsang, ela bebia café de uma forma bem convincente. Joshua tentou não pensar nas tubulações internas que tornavam isso possível. Agnes baixou a xícara e olhou para ele, orgulhosa.

— Mas e você, hein. Está tão grande, é pai, prefeito...

— Lobsang fez isso com você.

— Fez — disse Agnes, em tom acusador —, usando como desculpa algumas coisas impensadas que você disse. Precisamos ter uma conversa séria sobre isso.

— Como assim? Eu não...

— Ou meu cérebro foi baixado do corpo moribundo por meio de uma sonda neural, ou fui ressuscitada por monges tibetanos que cantaram trechos do Livro dos Mortos em minha sepultura durante quarenta e nove dias. Lobsang me disse que tentou as duas coisas.

Joshua deu um sorrisinho.

— Lobsang é assim mesmo. "É sempre bom fazer backup." Fui ao seu enterro, mas ele não me contou nada. Eu não sabia da reencarnação nem dos monges. Eles devem ter deixado as freiras malucas. Alguém mais sabe que você está de volta? Quer dizer, na Casa...

— Sim, entrei em contato com a Casa assim que pude. Liguei e pedi para falar com a irmã Georgina, a menos provável de ter um treco quando ouvisse minha voz. Recebi uma mensagem do arcebispo, inclusive. A Igreja sabe de mais segredos que Lobsang, mas ainda não sou de conhecimento público. É lógico que em algum momento terei que sair do armário para exercer minha função no mundo de novo. Pelo menos, graças a Lobsang, não sou o primeiro humano... Hummm, *revivido* em silício e gel, embora ainda tenha muito mistério envolvido. Muitas pessoas estão cientes da origem dele; pelo menos minha existência básica talvez seja compreendida.

— Que função no mundo?

Ela franziu os lábios.

— Joshua, como já deve saber, antes de ficar doente, fui vice-presidente executiva da Conferência de Liderança de Mulheres Religiosas, que representa a maioria das irmãs católicas dos Estados Unidos. Fiquei no meio de uma grande disputa com o Vaticano e sua Congregação para a Doutrina da Fé, ou seja, a inquisição. Tudo por causa de um livro de uma tal irmã Hilary, de Cleveland.

— Um livro? Sobre o quê?

— Sobre os benefícios espirituais da masturbação feminina.

Joshua cuspiu um pouco do café que tinha na boca. Os homens olharam de novo para a mesa deles.

Os olhos de Agnes reluziam, como se estivesse pronta para uma briga.

— Estamos em guerra com o papa e seus cardeais desde o Segundo Concílio Vaticano. Só porque achamos que lutar por justiça social é mais importante que lutar contra o aborto ou contra o casamento de pessoas do mesmo sexo. Só porque rejeitamos o patriarcado paternalista. É justamente por isso que as freiras se tornam freiras. Ah, mal posso esperar para voltar à luta, Joshua. Com esse corpo novo, nunca vou me cansar. Vou ser o coelho da Energizer das freiras militantes.

— O que é o coelho da Energizer?

— Ah, meu querido, você tem tanta coisa para aprender ainda...

— Explique por que Lobsang trouxe você de volta. Não foi para me beneficiar, foi?

Ela respirou fundo.

— Talvez dez por cento seja por isso. Aparentemente, Lobsang quer que eu seja uma moderadora do comportamento dele.

— Hummm. Não é uma má ideia.

— Pode ser, mas não sei como ele não percebe que *eu mesma* já deixei de ser moderada há muito tempo.

Ele riu.

— Eu me lembro daquela vez em que você jogou um sapato no núncio apostólico. Nós adoramos, embora não soubéssemos em que tipo de escândalo o cara estava envolvido. Dois anos depois, ele foi acusado de pedofilia e lamentamos você não ter jogado *dois* sapatos.

— A princípio, fiquei com raiva de Lobsang por me trazer de volta do reino dos mortos. Que audácia! Mas, ao mesmo tempo, fiquei imensamente grata. Não sei se você consegue entender.

Ela olhou para o próprio corpo, para as mãos.

— Mas Lobsang te deu a liberdade de decidir se queria seguir com esse plano, certo? Você poderia ir embora e seguir sua vida. Ou...?

— Ou pedir que me mostrasse onde fica meu botão de desligar.

— Como ele conseguiu te convencer?

Agnes ponderou por um instante.

— Vou ser bem sincera com você. Foi uma conversa específica que tivemos. Estávamos conversando disso e aquilo, e Lobsang disse: "Isso não computa." Respondi que ok, e...

\*\*\*

— A propósito, essa foi uma alusão irônica — acrescentou Lobsang.

Os dois estavam em um tipo de ginásio no qual Lobsang ajudava Agnes a aprimorar seus reflexos. Ambos usavam roupas de ginástica meio esquisitas.

— O *que* foi uma alusão irônica?

— A frase "não computa" foi usada de uma forma irônica para indicar minha insatisfação com o desenrolar dos fatos — explicou Lobsang, paciente. — Não estava afirmando que recebi uma mensagem de erro em resposta a uma informação insuficiente ou contraditória.

— Lobsang?

— Sim?

— Do que está falando?

— Você cisma em pensar em mim como um computador. Estou tentando mudar a impressão que tem de mim. Por que está balançando a cabeça?

— Desculpe. Só acho que você está exagerando.

— Pode me chamar de "Lobby". Talvez um apelido carinhoso quebre um pouco esse gelo, não acha?

— Lobby...

(— Joshua, toda hora ele perguntava minha opinião. Foi como se eu falasse outra língua e ele quisesse praticar conversação comigo. Naqueles primeiros dias, Lobsang estava assim. Tentava parecer humano a todo custo...)

— Escute — disse Agnes —, está usando a abordagem *errada*. Você não é humano. Você não *pode* ser humano. Você é uma máquina muito inteligente. Você é *mais* que humano. Não consegue aceitar isso? Ser humano não é apenas pensar como um humano, tem a ver com coisas mais complexas como... Como órgãos, fluidos corporais e instintos.

— Você está descrevendo seu corpo, não sua personalidade. Na verdade, está descrevendo seu antigo corpo.

— Sim, mas...

— Por fora, você era um animal. Mas aquele não era seu *eu*. Por fora, sou uma máquina, mas não devemos julgar ninguém pela aparência.

— Ok, mas...

— Podemos tentar o teste de Turin — disse Lobsang.

— Faz tempo que as máquinas conseguem passar no teste de Turing.

— Não, estou falando no teste de *Turin*. Nós dois oramos por uma hora e vamos ver se Deus é capaz de notar a diferença.

Agnes teve de rir.

\*\*\*

— Só isso? Ele te fez rir?

— Aquela foi a primeira vez que ele pareceu humano. E ele insistiu. Era como ser lambida até a morte por filhotes fofinhos. Ele acabou me conquistando.

Joshua assentiu.

— Quer saber? Se isso funcionar, pelo menos, dez por cento, ele já é um sortudo por ter sua ajuda.

Ela bufou.

— É melhor você falar com ele. Estou aprendendo tanta coisa... Joshua, sei que tiveram suas diferenças.

— É verdade. Quando entrei em contato com Lobsang para te ajudar, foi a primeira vez que falei com ele desde a bomba de Madison.

— Acho que ele sente sua falta. Lobsang pode estar em muitos lugares, mas tem poucos amigos.

— É por isso que precisa fabricá-los, não é?

— Está sendo injusto, Joshua. Com nós dois.

— Você tem razão. Perdão. Escute, Agnes, não importa como chegou aqui, é muito bom tê-la de volta.

Agora Agnes parecia estranhamente preocupada. Ela segurou as mãos de Joshua entre as dela, como costumava fazer quando ele era pequeno e precisava contar algo delicado.

— Você e eu sabemos qual é a verdadeira questão, Joshua.

— Sabemos?

— Eu me pareço com Agnes. Penso como ela. Posso fazer seu trabalho. Eu *sinto* que sou ela. Mas como posso ser? Sou uma freira, Joshua. Ou melhor, Agnes era uma freira. E todas as freiras sabem que não há lugar na teologia católica para uma reencarnação tibetana.

— E...?

Ela desviou o olhar, algo que não costumava fazer.

— Minha morte, Joshua...

— Sim?

— Eu... *vivenciei* a morte. Passei pelo juízo particular. "Ele enxugará dos seus olhos toda lágrima." Eu encontrei Deus, ou, pelo menos, senti que o tinha encontrado. — Ela levantou a mão de novo e observou a palma. — Agora estou aqui, nessa nova forma milagrosa. "Pois é impreterível que este corpo que perece se revista de incorruptibilidade, e o que é mortal, se revista de imortalidade." — Ela sorriu para Joshua. — Não se preocupe, não vou pedir que me diga o capítulo e o versículo. Talvez eu seja um tipo de fantasma eletrônico ou uma imitação blasfema. Por outro lado, pode ser que eu esteja aqui para cumprir os desígnios divinos de outra forma, em um mundo transformado pela tecnologia, para cumprir Seus desígnios de uma forma que antes não era possível. Por enquanto, estou disposta a aceitar essa última interpretação.

Joshua mexeu a xícara em movimentos circulares.

— O que acha que Lobsang *quer*? O que está tentando se tornar? O guardião da raça humana, talvez?

Ela refletiu um pouco.

— Acredito que, em vez disso, ele deve se ver como um jardineiro. Que pode parecer desejável, bucólico e inofensivo até você se lembrar de que às vezes um jardineiro precisa podar.

Joshua se levantou.

— Preciso voltar. Minha família passou por uma série de problemas desde que chegamos aqui.

— Fiquei sabendo.

— Quanto à natureza de sua existência... Bem, passei muito tempo com Lobsang. Não sou teólogo. Meu conselho é o seguinte: vá em frente. Faça o bem sem olhar a quem. É o que sempre pregou.

— É verdade. Confesso que estou esperando um pouquinho de orientação teológica por parte daqueles sujeitos bem-vestidos do Vaticano.

— Não me importo com o Vaticano. Estou preocupado apenas com a *minha* Agnes.

— Obrigada, Joshua. — Ela se levantou e o abraçou. — Não suma.

— Jamais.

# 28

Sally chegou à casa de Monica Jansson sem avisar e sem explicar por onde andou.

Jansson estava sozinha, esperando Joshua voltar da visita à Casa. Helen tinha saído para conversar com os guardas e advogados a respeito da fiança, e Dan estava jogando softball com Bill Chambers, que, como sempre, estava com uma ressaca monumental.

As duas se sentaram para tomar um café. Duas pessoas excêntricas unidas pelo acaso, pensou Jansson. Sally parecia inquieta, como de costume. Tinha deixado a mochila na porta e usava seu colete cheio de bolsos. Elas conversaram sem muito entusiasmo sobre a vida e o que tinham em comum: a Terra Longa e Joshua.

Curiosamente, Joshua sempre era o ponto principal da experiência da tenente Monica Jansson na Terra Longa, que tinha começado em um de seus turnos e, então, viria a definir sua carreira e sua vida. No momento, ela estava contando a Sally algumas histórias engraçadas dos velhos tempos.

Como as inúmeras tentativas de recrutar Joshua.

\*\*\*

Houve uma ocasião, sete meses depois do Dia do Salto, em que Jansson marcou de se encontrar com Joshua na Casa, que ainda ficava em Madison da Terra Mãe. A conversa havia sido vigiada por duas irmãs, o que era compreensível, pensou Jansson. Afinal de contas, Joshua tinha apenas catorze anos.

A desconfiança do menino era tão forte e presente que parecia uma pessoa a mais no sofá com Jansson e as irmãs.

— A senhora quer me estudar? — perguntou ele.

— O quê?

— Vai me entregar aos professores da universidade. Eles vão me colocar em uma gaiola e me *estudar*.

Jansson ficou chocada.

— Não, Joshua. Nada disso. Escute. Quer goste ou não, você ficou famoso. Mas desde o começo, desde o Dia do Salto, tenho feito o possível para mantê-lo fora dos registros oficiais.

— Por quê?

— Porque não seria bom para você. É livre para fazer o que quiser, mas quero que pense... em trabalhar comigo. Não *para* mim. Pode fazer bom uso de suas habilidades e toda essa energia positiva que tem. Posso arranjar tarefas, formas de ajudar as pessoas. Será pago por tudo que fizer. Será como trabalhar aos sábados, não vai atrapalhar seus estudos. Joshua, prometo que continuarei protegendo-o se trabalhar comigo.

Ele se encolheu.

— Se eu não trabalhar com a senhora, não vai mais me proteger?

— Não, não! Me expressei mal. Joshua, eu vou proteger você independente do que aconteça.

Mas ele sumiu, um estalido no ar, desapareceu, deixando as duas irmãs exasperadas.

Jansson escolheu ser otimista. Ele não tinha dito que não.

Ela continuou insistindo até que, após certa relutância, ele se tornou um aliado.

E continuava sendo um aliado até aquele dia.

\*\*\*

— Bela história — disse Sally. — Essa foi a forma que encontrou de protegê-lo, certo?

— Um amigo que levarei para sempre, é assim que vejo Joshua. Mas ele parece gostar de se cercar de mulheres estranhas. Você, Helen, irmã Agnes...

— Você também, tenente reformada Jansson.

— Vou levar isso como um elogio. Mas deve ser difícil para Helen às vezes. Ela é esposa dele.

Sally desviou o olhar.

— Não tenho o menor interesse por Helen. Uma dona de casa sem sal. Se bem que, naquele dia na imigração, o gancho de direita que ela deu naquele doido foi muito bom.

— Isso é verdade.

Sally não parava de olhar para o relógio.

— Para onde vai agora? — perguntou Jansson, com cautela.

— Para o Vazio.

— É mesmo? Por causa da troll Mary, imagino.

— Sim.

Jansson sorriu.

— O que vai fazer, segurar uma placa de protesto?

— Por que não? É melhor que deixar a pobre criatura ser executada. É melhor que não fazer nada e tudo isso cair no esquecimento.

— Tem razão. Foi um caso muito chocante. Quando soube, mandei uns e-mails... Foi assim que consegui a reunião de Joshua com o senador Starling. Queria ir com você.

Sally pareceu surpresa.

— Está falando sério?

Jansson se surpreendeu; tinha falado sem pensar.

— Quê? Bem... estou. Se eu pudesse. Por quê?

— Porque você seria muito útil. Você é o "Fantasma" que ajuda Joshua. Pode conseguir coisas com seus amigos do governo que eu não posso. — Sally parecia constrangida, como se odiasse admitir qualquer fraqueza. — Talvez a gente consiga alguma coisa se trabalharmos juntas.

Ou, pelo menos, a gente dá um susto naqueles nerds do Vazio. Joshua disse que você gosta de lutar pelo que é certo. Essa é sua vocação. E essa história dos trolls me diz que logo algo não estará "certo" na Terra Longa. Venha comigo. O que me diz?

Jansson deu um sorriso forçado.

— O quê? Assim, do nada? Tipo Thelma e Louise? Na minha idade, no estado de saúde em que estou? Eu não devia ficar a duas horas de distância de um hospital. Acho que posso me automedicar, mas nunca saltei para tão longe. São dois milhões de saltos até o Vazio, certo? Não acho que eu conseguiria.

— Não sofra por antecedência. — Sally piscou para ela. — Lembre-se de com quem está falando. Eu conheço uns atalhos.

— É loucura. É impossível. Não é?

# 29

Enquanto Jansson e Sally se preparavam para deixar Madison Oeste 5, Maggie Kauffman chegava.

— Ache um especialista em trolls — disse Maggie a Joe Mackenzie. O que a capitã pedia a capitã conseguia.

Levou alguns dias. Nenhuma busca na outernet era rápida, pela própria natureza de sua infraestrutura. Só que, quanto mais próximo você estava da Terra Padrão, mais rápida era a troca de informações. Por fim, Mac conseguiu obter uma lista de universidades que haviam estudado trolls em seu ambiente natural. Ele mostrou os resultados de alguns desses estudos a Maggie. Eles revelavam que os trolls eram curiosos, sociáveis e aprendiam rápido. Havia um consenso de que eram pré-sapientes, mas uma minoria de estudiosos afirmava que eram, sim, sapientes, embora essa inteligência tivesse uma perspectiva diferente, uma base que não era a mesma da inteligência humana.

Tudo isso parecia um pouco impessoal para Maggie. Ela pediu a Mac que procurasse alguém que conhecesse os trolls não só como um simples objeto de pesquisa. Alguém que convivesse com eles.

Foi por essa razão que deixara temporariamente o comando e, sem o conhecimento dos superiores — conservadores como Ed Cutler teriam vetado aquela investigação —, embarcara em um twain expresso para o leste, desembarcando em um mundo cinco saltos a oeste da Terra Padrão, na nova cidade de Madison, Wisconsin.

\*\*\*

A alguns quilômetros da cidade, o Dr. Christopher Pagel e sua esposa Juliet administravam um abrigo de grandes felinos, animais comprados ilegalmente por barões de drogas e outros meliantes, exibidos por puro machismo e, depois, abandonados quando perdiam seus encantos. O negócio nasceu antes do Dia do Salto — no início, as vítimas eram leões e tigres. Desde então, graças às oportunidades que surgiram para novos tipos de troféus pelo acesso à Terra Longa e ao seu caleidoscópio de mundos intocados, as jaulas passaram a abrigar animais como o tigre-de-dente-de-sabre e até um leão-das-cavernas, *Panthera leo atrox*.

Os Pagel usavam uma família de trolls para ajudá-los no negócio. Idosos, mas elegantes e extremamente bondosos, revelaram a Maggie que os trolls faziam mais que trabalho pesado. Sua simples presença parecia acalmar os animais. Dr. Chris contou que o macho da família de trolls tinha encontrado uma forma muito boa de lidar com um tigre rebelde. Quando ele tentou atacar o cuidador, foi agarrado no pescoço pelo troll e depositado com cuidado no solo, com uma velocidade e uma pressão que deixaram claro o que poderia acontecer se ele não se comportasse.

Maggie aprendeu muita coisa sobre os trolls conversando com os Pagel. O que eles supostamente queriam dos humanos, por exemplo, era entretenimento: variedade, novos conceitos. Quando mostravam a um filhote algo como um cortador de grama, ele desmontava a máquina com cuidado, enfileirava as peças e a montava de novo, pelo simples prazer da experiência. Juliet Pagel havia feito experimentos musicais: ao ouvir um coro gospel, os trolls ficavam sentados, em um respeitoso silêncio, e faziam o mesmo com grupos de harmonia fechada da década de 1960, como os Beach Boys.

A decisão de Maggie a respeito do que fazer com os trolls foi tomando forma aos poucos. Ela estava consciente de que sua missão era levar a égide a todos os confins da Terra Longa. Para isso, não era suficiente que o *Benjamin Franklin* visitasse esses mundos como os antigos encouraçados, levando vagas ameaças e distribuindo panfletos que ensinavam à população como pagar impostos. Era preciso chamar atenção para os valores positivos da nação. No novo contexto da Terra Longa, isso significava viver em harmonia com os outros habitantes dos mundos alternativos, particularmente com os trolls. Sally Linsay estava certa: que melhor forma de mostrar isso do que ter trolls a bordo da nave?

Como capitã do twain, Maggie tinha uma autonomia significativa. Mesmo assim, fez questão de assegurar que a maior parte da tripulação era a favor do experimento. Entretanto, não pretendia informar aos superiores o que fazia, a não ser que fosse necessário.

***

Assim, quando Maggie voltou para a nave, levou com ela três trolls. Eles formavam uma família, os pais e um filho adolescente; os Pagel os chamavam de Jake, Marjorie e Carl.

Assim que embarcaram, apesar das consultas prévias de Maggie, as discussões recomeçaram. Ela deixou rolar; os trolls não iam embora.

Na verdade, bastou uma semana para que a tripulação do *Franklin*, enquanto navegava nos céus de um número incontável de Américas, se acostumasse a interromper o trabalho na hora do pôr do sol, quando as grandes portas do compartimento de carga eram abertas e os trolls juntavam-se à harmonia e às mensagens sutis do canto longo, que ecoavam em toda a Terra Longa.

— Assim... — disse Maggie a Mac e Nathan. — Em *Star Trek* eles colocaram um klingon na ponte de comando.

— E um borg — disse Nathan.

— Pois é.

— Mas um romulano, não — disse Mac. — Nunca um romulano.

— Os trolls vão ficar — disse Maggie, decidida.

## 30

Depois da conversa com Ken, em que revelara sua decisão de deixar a paróquia, Nelson Azikiwe levou dois meses para colocar os negócios em ordem, devolver o que não lhe pertencia e instruir o sucessor a respeito de várias questões — entre elas a da privada temperamental — antes de partir para a fase seguinte de sua vida, em busca do Projeto Lobsang e outros mistérios. Ele não tinha pressa. Havia levado uma vida itinerante, mas fazia questão de se despedir direito.

Tinha decidido viajar de avião até os Estados Unidos, já que sua geração não estava acostumada com a baixa velocidade dos dirigíveis. Entretanto, descobriu que não havia muitos aviões em uso desde que os twains passaram a servir a Terra Longa. É lógico que os twains eram a melhor opção para viajar entre os novos mundos, porque não precisavam de aeroportos. Entretanto, mesmo para viagens dentro do mesmo mundo, mesmo na Terra Padrão, os dirigíveis estavam na moda. Entre outras razões, pelo fato de o hélio, um gás não inflamável usado na sustentação de dirigíveis e que estava quase esgotado na Terra Padrão, ter ficado muito mais abundante quando as reservas dos mundos da Terra Longa começaram a ser exploradas. Além disso, a baixa velocidade dos twains não era uma questão no caso do transporte de carga: sacos de milho e carregamentos de minério não tinham pressa e raramente se queixavam da falta de um filme durante o voo.

Mesmo assim, companhias aéreas levariam certo tempo para acabar de vez, e ainda se viam aviões no céu da Terra Padrão — embora a viagem de Nelson tivesse atrasado porque muitos voos tinham sido cancelados devido às nuvens de cinzas resultantes de uma pequena erupção no Yellowstone.

O avião que Nelson finalmente pegou saiu da Inglaterra, atravessou o Atlântico Norte, sobrevoou o Escudo Canadense e chegou às fazendas dos Estados Unidos Padrão, que se estendiam abaixo de sua janela como um tapete vibrante. Prestando atenção, era possível perceber que havia trechos vazios aqui e ali nas extensas áreas de cultivo, pedaços de mata nos lugares onde fazendas tinham sido abandonadas, provavelmente porque os proprietários decidiram saltar para oeste. (E *era* oeste para a maioria dos americanos, apesar da insistência dos especialistas de que as designações "oeste" e "leste" para o sentido dos saltos eram arbitrárias.) Eles haviam saltado para outros mundos em busca de outras terras, de uma vida melhor. Ou, pensou Nelson, saltaram apenas porque os novos mundos *estavam lá*, e havia alguma coisa nos genes dos americanos, e possivelmente dos canadenses, que os impelia para o desconhecido. Era uma fronteira sem fim, e, embora não houvesse uma evasão em massa, a Terra Longa atraía muitos pioneiros.

O destino de Nelson era mais modesto: O'Hare. Ele ficaria um tempo em Chicago e, depois, pretendia visitar uma universidade que estava sendo construída em Madison, Wisconsin, Oeste 5, como parte da recuperação da cidade após o atentado nuclear. Além de ser um lugar que despertava seu interesse, ele tinha amigos lá. Madison era a cidade onde Willys Linsay havia postado pela primeira vez na internet o protótipo de um Saltador, um ato glorioso, destrutivo, que mudou o mundo para sempre — ou melhor, os mundos. Madison era também a cidade onde Joshua Valienté crescera. Nelson, que estava investigando o Projeto Lobsang, suspeitava de que era um lugar onde poderia achar pistas e encontrar respostas.

Porém, os planos de Nelson duraram só até ele sair do aeroporto.

Nelson sempre sentia um alívio ao deixar o enclausuramento do avião. Era um homem corpulento, o tipo de homem que tem dificuldade de se acomodar em um assento de avião, mas pode andar por aí sem se preocupar muito com a própria segurança. Às vezes, a forma como lhe tratavam só por causa de seu tamanho o incomodava. Na maioria das vezes, porém, era útil para conseguir o que queria sem precisar pedir.

Quando era criança, seu tamanho o salvara da maioria das confusões nas favelas sul-africanas. Todos os problemas, porém, haviam desaparecido quando ele conheceu a biblioteca local e descobriu um universo de ideias no qual sua jovem consciência alçou voo mais rápido que um foguete Saturno V no céu da Flórida. Ele não se limitava a absorver as lições das autoridades; desde sempre, identificava e resolvia problemas. Um professor comentou que Nelson era bom em conectividade.

A vida dele mudou, não tem certeza se para melhor ou para pior, no dia em que aplicou pela primeira vez seus talentos analíticos ao conceito do Todo-Poderoso. Mesmo que deixasse de lado a ideia tradicional de Deus, sempre lhe parecera que havia um vazio filosófico sem uma Causa Primeira, um vazio a ser preenchido. Seus amigos da nerdosfera povoavam esse vazio com os Illuminati, ou com o olho arregalado no triângulo da nota de um dólar. Depois do Dia do Salto, depois da abertura de um universo vasto, fecundo e acessível à humanidade, parecia que a necessidade de ocupar esse vazio se tornara ainda maior. Era por isso que decidira dedicar seus próximos dias à exploração desse vazio e desses mistérios correlatos.

Fosse como fosse, naquela manhã em O'Hare, o tamanho intimidador de Nelson, acompanhado de sua capacidade de resolver problemas, certamente o ajudou a encontrar o melhor caminho no labirinto da imigração dos Estados Unidos.

Quando Nelson passou pelo último obstáculo da alfândega, um funcionário o abordou e lhe entregou um folheto.

— Deixaram para o senhor, Sr. Azikiwe.

O folheto era um anúncio de um Winnebago. Nelson planejava voar até Madison; ele não precisava de um Winnebago. Quando levantou o olhar, porém, o funcionário não estava mais ali.

Nelson sentiu um frêmito de conectividade, como se estivesse resolvendo um enigma do Quizmasters.

— Entendi, Lobsang — disse ele, antes de guardar o folheto no bolso.

\*\*\*

Uma hora depois, ele havia alugado um Winnebago top de linha, que dispunha de um gerador bom o suficiente para carregar todos os seus equipamentos eletrônicos e de uma cama king size, *perfeita* para ele.

Nelson saiu do estacionamento do aeroporto naquela casa de quatro rodas e, como não havia indicação à vista, escolheu uma direção ao acaso e foi parar na estrada. A simples experiência de dirigir em uma estrada era gloriosa. Ele se perguntou se, em última análise, aquela era a expressão máxima do sonho americano: pôr o pé na estrada, deixando de lado todos os problemas, nada na vida além do movimentar-se.

Ele dirigiu em direção a oeste durante toda a manhã.

Na hora do almoço, parou em uma cidadezinha, comprou comida e pegou o celular para dar uma olhada nas novidades, incluindo as descobertas dos companheiros do Quizmasters. Ele os fizera trabalhar 24 horas por dia, sete dias por semana em seu enigma desde que os fisgara com uma pista sedutora: "Vocês viram aquele vídeo do *Mark Twain* sendo rebocado até Madison e a garota se referindo a uma gata que falava tibetano, não viram? Existe uma pista nesse vídeo? Uma pista a respeito de quê? Parece que alguém está nos desafiando..."

Depois da pista de Nelson, o pessoal do Quizmasters entrou em ebulição, especulando, inferindo, procurando padrões. De volta ao Winnebago, preparando um curry sofisticado com ingredientes frescos, Nelson leu as mensagens, passou por hipóteses tortuosas e tentou, mais uma vez, encontrar algo que fizesse sentido.

Quando o curry ficou pronto, ele deixou as telas de lado. Nelson tinha aprendido a apreciar as tradições inglesas. Aprendeu isso em São João na Água, onde as pessoas *falavam* com a comida. Havia algo na forma de falar que fazia o menino do interior dentro dele sorrir. Enquanto comia, porém, viu com o canto do olho que os companheiros do Quizmasters continuavam em atividade, propondo teorias a cada minuto, sendo algumas muito estranhas.

De repente, algo chamou sua atenção. Ele notou que, graças a uma anomalia na programação da TV, era possível assistir continuamente ao clássico *Contatos imediatos do terceiro grau* durante as próximas 24 horas.

Ele murmurou:

— Então: Torre do Diabo, Lobsang? Já foi feito antes, não é original. Mas nunca estive lá, sempre quis visitá-la. Não vou nem perguntar como vou encontrá-lo. Acho que é você que vai me encontrar.

Nelson terminou seu curry e lavou a louça. O GPS informou que a Torre do Diabo ficava a aproximadamente 1.600 quilômetros a noroeste de Chicago. Uma viagem dos sonhos em um veículo como aquele. Decidiu ir com calma, apreciar a paisagem; não era fantoche de ninguém.

Talvez até assistisse a uma das reprises de *Contatos imediatos*.

# 31

A ÚLTIMA DESCIDA PELAS PASSAGENS SECRETAS, a mais longa de todas, levou Sally e Jansson a um mundo que ficava a apenas doze saltos do Vazio. As passagens secretas transportavam uma pessoa geograficamente como um salto. Elas pousaram no noroeste da Inglaterra, perto da costa do Mar da Irlanda — um local que Sally sabia que estava próximo do GapSpace, lar dos novos cadetes espaciais.

Monica Jansson chegou exausta, desorientada. Sally teve de ajudá-la a se deitar na grama de uma encosta, embrulhada em um casulo de cobertores prateados.

Tinham levado uma semana para passar por dois milhões de mundos e chegar ao Vazio pelas passagens secretas — muito mais rápido que qualquer twain, mas, mesmo assim, uma viagem extenuante. Sally teve de procurar as passagens, com movimentos parecidos com os de tai chi. Elas se concentravam, geralmente, no centro dos continentes, longe da costa. Era mais fácil encontrá-las na alvorada ou no crepúsculo. Tinha vezes que Jansson chegava a *vê-las*, um tipo de cintilação. Um fenômeno estranho, mas podia levar você a qualquer lugar em quatro ou cinco saltos.

Jansson não se queixara de nada durante a viagem, e foram necessárias apenas algumas transições para Sally entender como era difícil para ela. Uma passagem secreta era uma falha na geometria pandimensional quase linear. Encontrar passagens secretas era um dom raro que fazia parte da herança genética de Sally. Era muito mais fácil viajar pela Terra

Longa por meio dessas passagens que saltar de mundo em mundo, como Helen Valienté tinha feito, passando por cem mil mundos com a família para viver em uma nova colônia. Mas tudo nessa vida tinha um preço, e as passagens secretas causavam um efeito estranho nas pessoas. Não era uma transição instantânea, como um salto comum; havia uma sensação de queda, de frio congelante, de passagens que duravam um tempo finito — mesmo que o relógio mostrasse que nenhum tempo havia transcorrido. Era cansativo, extenuante. Além disso, Jansson já estava doente. Entretanto, ela não era de reclamar.

Sally catou um pouco de lenha para fazer uma fogueira e desempacotou a comida e as bebidas. Depois, no fim de tarde de um dia quente, nos últimos dias de maio, naquela cópia da Inglaterra, sentou-se em silêncio perto da fogueira enquanto Jansson dormia para descansar da viagem.

Sally viu a lua chegar.

Não era a lua a que estava acostumada. Naquele mundo, a apenas alguns saltos do Vazio, a lua estava coberta de crateras recentes. O Mare Imbrium, o olho direito do homem na lua, estava quase obliterado, e a cratera Copernicus ostentava uma nova cicatriz, uma mancha clara cujos raios se estendiam ao longo da metade do disco visível. Devia ter sido uma vista e tanto, ela pensou, quando Bellos e seus companheiros em outros mundos fizeram voos rasantes antes de se chocarem com a lua. O solo devia ter tremido com o bombardeio de fragmentos, enquanto a face da lua se acendia como um campo de batalha no céu.

Jansson acordou e se sentou. Sally tinha esquentado um bule de café em um pequeno suporte acima da fogueira. Jansson recebeu com gratidão uma caneca de metal nas mãos enluvadas e olhou para o céu.

— O que há de errado com a lua?

— É que estamos muito perto do Vazio.

Jansson assentiu e tomou um gole de café.

— Escute. Antes de chegarmos lá... Imagine que eu sou uma policial ignorante, que sabe mais a respeito de manchas de sangue e bêbados do que sobre cosmologia e espaçonaves. O que é exatamente o Vazio? O que tem a ver com os cadetes do espaço?

— O Vazio é um buraco na Terra Longa. Até onde sabemos, as Terras alternativas vão até o infinito e são todas semelhantes, diferindo apenas nos detalhes, mas o Vazio é o único lugar que conhecemos até agora onde não existe uma Terra. Quando você salta para aquela região, descobre que está flutuando no vácuo. Houve um impacto. Uma rocha enorme, pode ter sido um asteroide, um cometa ou até uma lua desgarrada, se aproximou da Terra. Os cadetes espaciais chamaram esse objeto hipotético de Bellos.

— Por que Bellos?

Sally deu de ombros.

— Uma referência a um filme antigo, eu acho. Joshua deve saber. E Lobsang provavelmente *tem* o filme. Tudo que pode acontecer acontece em algum lugar, certo? Bellos, ou cópias dele, vieram do espaço e passaram longe de bilhões de Terras. Poucas, como *esta*, estavam suficientemente próximas de sua trajetória para serem atingidas por fragmentos e sofrer vários tipos de dano.

— Que tipos de dano?

— Formação de novas crateras na lua. Perda de parte da atmosfera da Terra. Mudança da posição dos polos. Mudança do movimento das placas tectônicas. Coisas que fazem a extinção dos dinossauros parecer uma briga de rua. Mas sem destruir o planeta.

Jansson assentiu.

— Estou vendo aonde quer chegar. Uma das Terras...

— Uma das Terras foi atingida em cheio e destruída.

Jansson assobiou. A ideia parecia assustá-la.

— Podia ter acontecido com *a gente* — disse.

— A Terra Padrão estava na extremidade oposta da curva de probabilidade.

— Pode ser, mas, se não estivesse ou se vivêssemos em um desses mundos próximos...

— Terremotos, tsunamis, esse tipo de diversão. O inverno de poeira provavelmente acabaria com nossa espécie. Ou com nossos ancestrais primatas, já que aconteceu há tanto tempo...

— Que horror...

— É só estatística. Aconteceu, e é isso. — Sally se serviu de mais café. — Não poderia acontecer *agora*. Não daquela forma. Estou me referindo à extinção da humanidade. Nós nos espalhamos. A Terra Longa é um seguro de vida. Nem um Bellos tem o poder de destruir todas as Terras povoadas.

— Entendi. E esse Vazio é útil porque...

— Porque você pode simplesmente saltar para o espaço. No mundo Vazio Menos Um, você veste um traje espacial, dá um salto e pronto! Está pairando no espaço, orbitando o Sol. Não precisa de um foguete do tamanho de um arranha-céu para vencer a gravidade da Terra, porque no lugar onde você está não existe uma Terra. Depois que chegar lá, você pode ir para qualquer lugar. E isso é demais. Acesso ao espaço sideral.

Jansson ainda estava muito cansada.

— Mal posso esperar. Vamos para lá amanhã de manhã, não é?

— Isso. Agora durma. Vou montar a barraca antes que escureça. Está com fome?

— Não, obrigada. E já tomei meus remédios.

Ela se deitou de novo e se cobriu.

— Boa noite.

— Boa noite, Sally.

***

Quando Jansson voltou a dormir, Sally ficou sentada em silêncio. Talvez fosse o único ser pensante acordado naquele mundo.

Quando o Sol se pôs e a lua castigada ficou mais brilhante, ela ficou impressionada com a vista que contemplava. Uma encosta gramada e extensa diante dela adquiriu uma profundidade que parecia infinita. Era incomensurável e multidimensional. Certa vez, Sally tinha sonhado que podia voar. E era absurdamente fácil. Tudo que precisava fazer era dar um pulo e *pular de novo quando estivesse no alto*. Agora estava com a sensação empolgante de que, se tentasse, poderia saltar, não para um mundo de cada vez, mas para vários mundos da Terra Longa ao mesmo tempo. O ar à sua volta era puro, enquanto a terra era tão insubstancial quanto a fumaça.

Jansson tossiu e murmurou algo baixinho enquanto dormia, tirando Sally de seus devaneios.

# 32

Aos poucos, a tripulação do *Franklin* foi se acostumando com a presença dos trolls.

Mas a população das colônias que visitavam não achava muito natural.

Nova Melfield era uma comunidade modesta de fazendeiros, situada no Cinturão do Milho. Toda a população apareceu para receber os tripulantes do *Franklin* — e todos ficaram chocados quando uma família de trolls desceu a rampa da nave junto aos tripulantes humanos.

Os trolls e os outros tripulantes foram passear pela cidade enquanto Maggie conversava com o prefeito, entregava a ele documentações da Terra Padrão e tentava deixar o homem à vontade e relaxado. Ele precisava mesmo relaxar. De acordo com um relatório que Maggie recebera, aquele era um dos lugares onde os trolls eram basicamente escravizados. A capitã sabia que a mudança tinha de acontecer de forma gradual.

Assim, no meio da manhã, o prefeito estava com três trolls em sua sala, sentados nas cadeiras. Os trolls adoravam cadeiras, principalmente as de rodinha. Quando Maggie terminou de tomar café que lhe tinham oferecido, disse:

— Lave a caneca, por favor, Carl.

Segurando a caneca como se fosse uma relíquia, o jovem troll olhou ao redor, viu a porta aberta que dava para a copa com uma pia, lavou a caneca e a colocou com cuidado em uma prateleira. Em seguida, voltou para o lado de Maggie, que lhe ofereceu uma bala de hortelã.

O prefeito assistiu à cena boquiaberto.

Aquilo foi o começo de uma estadia de alguns dias na cidade, dias dedicados a conquistar corações e mentes, com as crianças mais novas sendo convidadas a dar um passeio no *Franklin* para ver a cidade do alto pela primeira vez em suas vidas e as mais velhas — fortemente supervisionadas — brincando com os trolls.

No segundo dia, porém, a tripulação entrou em estado de alerta, quando um segundo twain apareceu no céu de Nova Melfield.

\*\*\*

Era um dirigível cargueiro. Naquela noite, acompanhado por um assistente, o capitão subiu a bordo do *Franklin* e se encontrou com Maggie na sala de reuniões. Eles levavam consigo um pacote.

Maggie olhou rapidamente para Nathan Boss, que os acompanhava.

— Inspecionamos o pacote — disse ele. — Está tudo certo.

O capitão do cargueiro, jovem e acima do peso, sorriu para Maggie.

— A senhora deve ser muito importante, capitã Kauffman. Tivemos que sair de nossa rota para lhe entregar essa encomenda. Tem a palavra do próprio Douglas Black.

— Douglas Black? Da Black Corporation? O...

Caramba, pensou ela. Sally Linsay tinha seus contatos.

— Ele mesmo, capitã. O Sr. Black garante que nada neste pacote pode prejudicar a senhora ou o *Benjamin Franklin*. As instruções estão dentro do pacote. É tudo que sei.

Maggie se sentiu uma criança na véspera do Natal, ansiosa por abrir o presente.

Assim que o homem foi embora, atendendo a uma sugestão de Nathan, ela foi ao lado de fora abri-lo, só para garantir. Dentro do pacote impecavelmente embalado, havia um objeto curioso, que lembrava uma ocarina. Um trollfone — cortesia de Sally Linsay. Ela mexeu nos comandos; pareciam mais complexos que os de Sally, talvez tenha havido uma atualização. Havia também uma folha com instruções, assinada à mão. "G. Abrahams." O nome não era familiar.

Maggie mal podia esperar para testá-lo.

Ela dispensou Nathan, que saiu sorrindo e balançando a cabeça. Em seguida, foi até o convés de observação, onde os trolls gostavam de dormir, talvez porque era mais fresco. Os trolls estavam amontoados um no outro, semiadormecidos, comunicando-se, como sempre, por meio de notas musicais, num tom tão baixo que era quase inaudível.

Maggie ligou a ocarina, apontou-a para Jack e ouviu.

Ficou surpresa quando, da direção de Jack, uma voz disse:

— Estou alimentado / satisfeito. Isto é divertido. / Eu gostaria de voltar a / termo desconhecido /...

Era uma voz humana masculina, firme, agradável, embora claramente artificial.

Então o trollfone funcionava, embora parecesse mais uma interpretação de conceitos do que uma tradução. Aqueles nerds da Black Corporation, ou quem quer que fosse "G. Abrahams", devem ter *adorado* trabalhar no desenvolvimento daquela coisa.

Ela apontou o trollfone para Marjorie.

— Mulher aqui / olhando / não tem um companheiro / termo desconhecido: tradução provisória, uma mulher que decide por vontade própria não ter um companheiro...

Estavam falando dela!

— Aparentemente, todo mundo quer se meter na minha vida — resmungou Maggie para si mesma.

Criando coragem, ergueu o trollfone e disse no bocal:

— Meu nome é Maggie Kauffman. Sejam bem-vindos a bordo do *Benjamin Franklin*.

Um canto sonoro acompanhou suas palavras.

Os trolls ficaram imediatamente em alerta. Olharam para ela de boca aberta e olhos arregalados.

Ela apontou para si mesma:

— Maggie. Maggie...

Marjorie respondeu, tentando encontrar um nome adequado para ela.

— Amiga / avó / estranha interessante...

Foi a escolha de "avó" que mais surpreendeu Maggie. *Avó!* Um termo tão humano... Será que era assim que viam sua relação com a tripulação? Ela era uma mulher idosa tomando conta de crianças? Os tripulantes, em sua maioria, eram de fato bem mais jovens que ela.

Maggie caminhou até onde estavam os trolls, amontoados em um canto da sala, e se sentou no tapete ao lado deles.

— Eu sou Maggie. Maggie... Vocês têm razão. Não tenho um marido. Eu não tenho um companheiro. Minha casa é a nave.

Ela teve a impressão de que Marjorie, a fêmea, olhava para ela com os olhos castanhos cheios de pena. Com extremo cuidado, uma mão grande, que parecia uma pá de couro, tocou de leve a de Maggie. Ela não teve escolha senão se aproximar e logo sentiu braços enormes a abraçando.

Enquanto isso, Carl pegou a ocarina e a testou até encontrar uma forma de dizer "hortelã".

Foi assim que Maggie foi encontrada na manhã seguinte, quando um tripulante a pegou, com muito cuidado, dos braços dos trolls adormecidos.

***

O café da manhã foi um pouco constrangedor. Todos os membros da tripulação sabiam como ela havia passado a noite. Mas ela nunca ligou muito para o que pensavam.

Maggie passou o dia deixando a tripulação usar o trollfone, sob supervisão. Além disso, pediu a Gerry Hemingway, o oficial de ciência, que estudasse o funcionamento do aparelho ou, pelo menos, as entradas e saídas.

Naquela noite, ela teve de mandar a tripulação desligar o trollfone para que os trolls exaustos pudessem dormir no convés de observação.

No café da manhã do dia seguinte, ela reuniu a tripulação. Olhou ao redor e escolheu Jennifer Wang, do corpo de fuzileiros navais, cujos avós ela sabia que eram chineses.

— Jennifer, você passou muito tempo ontem com Jake. O que ele disse?

Wang olhou em volta, um pouco envergonhada, mas pigarreou e disse:

— Muita coisa não consegui entender, mas lembro de mencionar algo como "longe de casa". Morri de rir! Tenho orgulho de ser americana, mas está no sangue. Como ele sabia?

— Porque é inteligente — disse Maggie. — Intuitivo. *Sapiente*. Vocês sabem que estamos aqui, entre outros objetivos, para buscar sapiência na Terra Longa, certo? Pois aqui está ela, em nossa nave, convivendo com a gente. A propósito, essa vai ser minha defesa na corte marcial. Estou orgulhosa da forma como estão lidando com os novos companheiros de viagem, mas, se essa sala não estiver vazia e não estiverem em seus postos em dois minutos, vão ser todos punidos. Dispensados.

# 33

O ÚLTIMO SALTO FOI UMA TRANSIÇÃO de um campo de dunas perto de um oceano cinzento, uma cópia do Mar da Irlanda, para o que parecia um parque industrial rudimentar, um lugar de tanques reluzentes, pórticos enferrujados, chaminés, edifícios de concreto. À primeira vista, não havia nada parecido com uma base espacial.

— Vamos — disse Sally, ajeitando a mochila e tomando a dianteira.

Jansson a seguiu, caminhando em um solo coberto de grama que gradualmente deu lugar a dunas. A manhã estava seca e ensolarada naquele mundo, a um salto de distância do Vazio. Ela podia sentir o cheiro de sal e algas podres no vento que vinha do mar. Tentou visualizar onde estava: tentou imaginar que havia vácuo, espaço sideral, um vazio, a apenas um toque do Saltador amarrado na cintura. Tentou e não conseguiu.

Não haviam caminhado cem metros quando a paisagem foi dominada por uma luz cegante que vinha do complexo à frente, como uma gota de luz solar trazida para a Terra.

Sem hesitar, Jansson fez Sally se deitar no chão, deitou-se sobre ela e cobriu a cabeça com o capuz. Jansson estava no mundo vizinho quando a bomba nuclear de Madison explodiu, e não havia esquecido. O ruído da explosão chegou a elas, depois um vento quente, e o chão tremeu. Mas logo tudo passou.

Cautelosamente, Jansson rolou para o lado, estremecendo quando o corpo enfraquecido protestou com uma série de dores. As duas se sentaram e olharam para oeste. Uma nuvem de fumaça branca e vapor saía do local da explosão.

— Não foi uma bomba nuclear — disse Sally.

— Não. Acho que foi uma explosão numa fábrica de produtos químicos. Desculpe ter te derrubado.

— Não precisa se desculpar. — Sally se levantou e bateu a roupa suja de areia. — Esse lugar vai ser um parque de diversões para os doidos em tecnologia, que podem ou não saber o que estão fazendo. Precisamos tomar muito cuidado.

— Concordo.

Continuaram caminhando, atentas à possibilidade de novos problemas. O fogo consumia a fábrica destruída pela explosão. Quando se aproximaram, puderam ver uma nuvem de vapor causada pelas tentativas amadoras de apagar o incêndio.

Não havia segurança no local, nem uma cerca sequer. Quando entraram no complexo, porém, foram notadas. Jansson viu operários olhando para elas.

Finalmente, um homem se aproximou para recebê-las. Aparentando uns cinquenta anos, não era alto, mas era muito forte e bronzeado, com o cabelo grisalho cortado baixinho. Usava um macacão azul com um logotipo desbotado da Nasa e um crachá que dizia: WOOD, F. Ele sorriu para elas.

— Senhoras.

— Cavalheiro — retrucou Sally.

— Meu nome é Frank Wood. Ex-funcionário da Nasa e agora... Bem, pode nos chamar do que quiser. GapSpace serve. Atendemos por esse nome. Posso perguntar por que estão aqui? Não recebemos muitas visitas nesse fim de mundo. São voluntárias? Se forem, mostrem seus currículos e encontrarei um lugar para vocês. Jornalistas? — Ele olhou com tristeza por cima do ombro para a nuvem de vapor e fumaça. — Como podem ver, acabou de acontecer um acidente com um tanque de armazenamento de oxigênio líquido, mas isso vira e mexe acontece.

Jansson mostrou o distintivo e a carteira funcional.

— Sou da polícia. Mais especificamente, de Madison, Wisconsin.

Ela guardou a carteira antes que ele pudesse ver que a validade do documento havia expirado.

— Ah. — Ele parecia desapontado. — Francamente, tenente Jansson. Esse tipo de autoridade da Terra Padrão não tem muito o que fazer aqui. Até se estivéssemos sob a égide dos Estados Unidos, o que *não* é o caso. Acredito que estejam aqui por causa daquele problema com os trolls, certo?

— Temo que sim, Sr. Wood.

— Pode me chamar de Frank.

— Acho que estou reconhecendo o senhor — disse Sally.

— É mesmo?

— Dos vídeos. Foi o senhor que impediu os outros de matarem a troll.

Ele enrubesceu e desviou o olhar.

— Não era minha intenção ficar famoso. O cara com quem a senhora precisa falar se chama Gareth Eames. É o mais próximo que temos de um diretor executivo. Ele é inglês. Vou ser franco com a senhora. Se não fosse pelo barulho na outernet... Sim, até aqui, nós acompanhamos as notícias... A troll *estaria* morta a essa altura. Mas até caras como eu sabem quando estão numa encruzilhada. Venham. Vou levá-las até Eames...

— Não precisa — disse Sally. — Eu descubro o caminho.

Wood pareceu confuso, mas deu de ombros.

— Ok. — Ele apontou para um edifício baixo de concreto. — Aquele é o prédio da administração, ou o mais próximo que temos disso. Todas as construções aqui parecem casamatas. Temos que ser cautelosos trabalhando em meio a foguetes. Vão encontrar Gareth lá. É também onde está a troll, no calabouço.

— Ótimo.

Sally se voltou para Jansson e sussurrou:

— Prefiro ir até lá sem esse Buck Rogers na minha cola.

Jansson não gostou da ideia, mas aquele era o *modus operandi* de Sally, e ela estava aprendendo. Sempre surpreender o adversário.

— Tudo bem. Mas e eu?

— Distraia o cara. Peça para ver as espaçonaves ou algo assim. Inclusive, acho que ele está a fim de você.

— Não está, nada. Meu foguete decola em outra plataforma de lançamento.

— Ele não sabe disso. Desabotoe um botão ou dois, e ele será seu servo pelo resto da vida. Até logo.

# 34

— Não pensamos neste mundo como Terra Oeste Dois Milhões e uns quebrados — disse Frank Wood. — Pensamos nele como Vazio Leste 1. Porque é o Vazio que está no centro do universo, e não a Terra Padrão. É um mundo estranho, não é? Quase não tem humanos. Continentes inteiros desabitados. Vivemos basicamente da pesca e de um pouco de caça, enquanto construímos espaçonaves. Somos uma tribo de caçadores-coletores com um programa espacial!

Enquanto Frank Wood divagava sem parar, Jansson observava o GapSpace. A instalação parecia uma reconstrução malfeita de Cabo Canaveral, pensou, tendo visitado o antigo país das maravilhas como turista. Foi lá que o pessoal do GapSpace recrutou Frank Wood. Ela reconheceu elementos básicos, como fornos produzindo tijolos feitos com argila local, forjas e fábricas. Também estavam presentes os componentes tradicionais das bases espaciais, como grandes tanques esféricos cujas paredes estavam cobertas de gelo porque, como Frank havia explicado, continham grandes volumes de combustíveis líquidos em baixas temperaturas. A companhia tinha até um logotipo, um medalhão com uma Terra em quarto crescente em um campo de estrelas, o nome GapSpace abaixo e, acima, o slogan da companhia:

## EXISTE LANÇAMENTO GRÁTIS

Uma vez, Joshua tinha dito a Jansson que aquela era uma frase de Lobsang. O mais empolgante de tudo, mesmo para uma pessoa calejada como Jansson, eram as espaçonaves. Havia uma cápsula que repousava em quatro pernas de aspecto robusto e uma torre que sustentava um foguete com um tanque de uns vinte metros de altura e um bocal voltado *para cima*, como se o foguete fosse ser lançado em direção ao centro da terra. Era uma montagem para um teste estático, explicou Frank.

Os operários eram quase todos homens, a maioria de entre trinta e quarenta anos, e acima do peso. Alguns usavam trajes de proteção ou macacões como o de Frank, mas outros estavam de bermuda, chinelo e camiseta com frases de séries de TV e filmes:

## NÃO FICOU SABENDO DO URSO POLAR?

Um sujeito carregando um maço de papel com desenhos técnicos se aproximou de Jansson, olhou para seu rosto e disse:

— Nova por aqui, não é? Isso aqui está cada vez melhor. Será que estou no céu?

Ele foi embora antes que Jansson pudesse responder. Frank levantou as sobrancelhas, como se estivesse compartilhando uma piada com Jansson.

— Isso aqui não é uma operação corporativa. Ainda não. Dá para perceber. Esses caras são todos voluntários. Amadores. Fogueteiros, radioamadores, astrônomos amadores, além de cadetes espaciais desiludidos, como eu. Poucas pessoas estão patrocinando a gente da Terra Padrão. As grandes empresas ainda não entenderam a importância desse projeto. Por que nos darmos ao trabalho de atravessar o espaço sideral para chegar a um mundo deserto como Marte quando existe mais de um bilhão de Terras habitáveis para explorar? Mas elas vão entender e, sem dúvida, vão investir quando começarmos a mostrar resultados.

— E vocês vão ficar ricos.

— Talvez. Como já deve ter percebido, o traquejo social não ocupa um lugar de destaque na lista de requisitos para trabalhar aqui. Mas você vai se acostumar.

\*\*\*

Jansson descobriu que o Vazio era para Frank Wood uma chance de recuperar o Sonho.

Antes de ser contratado por Gareth Eames, Frank nunca tinha ouvido falar de uma organização chamada GapSpace. Trabalhava no que restou do Centro Espacial Kennedy, e era tudo muito triste. Ele contou a Jansson que no jardim de foguetes, um museu ao ar livre, as preciosas relíquias estavam abandonadas. Era possível ver a corrosão da maresia nos cascos cilíndricos das espaçonaves e nos bocais dos foguetes. Ainda havia lançamentos de satélites não tripulados, mas, para um homem que pretendia ser um astronauta, participar dessas operações de rotina era tão empolgante quanto trabalhar em um brechó.

Frank se lembrava de sua infância, quando cientistas na TV explicavam, com brilho nos olhos, que iam instalar catapultas eletromagnéticas na lua, minerar os metais dos asteroides, construir mundos artificiais no espaço e montar pés de feijão, escadas ligando a superfície da Terra a satélites em órbita. Quem não desejaria participar dessas atividades?

Foi então que apareceram os Saltadores. Frank tinha trinta e um anos no Dia do Salto. Ele já era um veterano da Força Aérea e tinha sido admitido no corpo de astronautas da Nasa. Mas agora, com os Saltadores e a Terra Longa, a humanidade tinha a seu dispor todo o espaço que quisesse, um acesso fácil e barato a um trilhão de Terras.

O sonho de Frank Wood era viajar para os planetas, quem sabe até para as estrelas. Agora, as espaçonaves do futuro haviam ficado nas plataformas de lançamento da imaginação e, enquanto esperava pela aposentadoria no que restou do CEK, ele, um aspirante a astronauta reduzido a dirigir um ônibus cheio de turistas, se sentia como um dos primeiros mamíferos correndo no meio dos ossos dos últimos dinossauros.

Foi nessa época que apareceu Gareth Eames, um inglês de fala mansa, fazendo propaganda de um lugar chamado Vazio. Uma espécie de buraco na Terra Longa, ou assim pareceu a Frank, que a princípio entendeu o conceito errado e não viu como aquilo podia ser interessante.

Mas tudo mudou quando Eames mostrou a Frank a foto de uma espaçonave.

\*\*\*

O que mais chamou a atenção de Jansson naquela rápida visita não foi a tecnologia espacial nem a informalidade dos técnicos, e sim a presença dos trolls. Estavam por toda parte, trabalhando nas fábricas ao lado dos robôs das linhas de montagem, transportando cargas pesadas como arcos e tijolos e misturando e manuseando concreto para construir o que seria evidentemente um grande pátio, como uma pista de aterrissagem. Os trolls daquele grupo, especificamente, cantavam enquanto trabalhavam, e ela se esforçou para ouvir: era um cânone perpétuo baseado no que parecia uma velha canção popular, com uma letra que falava do desejo de ser um astronauta, de ser o homem mais rápido do mundo. Sem dúvida, tinham aprendido a música com a população local de nerds.

Frank Wood sequer mencionou os trolls; era como se fossem invisíveis.

Depois do passeio, Wood a conduziu até uma lanchonete improvisada ao ar livre, que ficava perto do foguete auxiliar invertido. Jansson sentiu um grande alívio quando se sentou.

— Essa é uma base espacial autêntica — disse Frank. — Você já deve ter percebido isso. Mas estamos em uma posição privilegiada, perto do Vazio, e o modo como trabalhamos é diferente de tudo que foi feito até hoje.

Ela até tinha gostado de Frank Wood, mas estava ficando cansada de ouvi-lo contar vantagem.

— Pra mim, é muito simples. Basta dar um passo e estarei no espaço. Certo?

— Certo — concordou Frank. — No vácuo. Lógico que você morreria em um minuto se não estivesse com um traje espacial. Viva ou não, você se veria viajando no espaço a uma velocidade de centenas de quilômetros por hora.

— É mesmo?

Jansson tentou entender o motivo, mas não conseguiu.

— Por causa da rotação da Terra — explicou Frank. — *Dessa* Terra. Uma pessoa no equador da Terra está se movendo a uma velocidade de 1.600 quilômetros por hora. *Aqui,* a força da gravidade evita que você decole. Se você salta para o Vazio, a força da gravidade desaparece, mas sua velocidade não muda. É como se alguém estivesse fazendo com que você girasse na ponta de uma corda e, de repente, a corda arrebentasse. É claro que existem formas engenhosas de usar essa velocidade a nosso favor, mas, na maioria dos casos, é um incômodo. Os únicos pontos da Terra em que a velocidade é nula são os polos, mas não é conveniente trabalhar lá. É por isso que estamos aqui na Inglaterra, em uma latitude relativamente alta. Quanto mais ao norte ou ao sul do equador, melhor.

— Claro — concordou Jansson, sem muita convicção.

— Nos lançamentos da Terra Padrão, acontece o contrário: quanto menor a latitude, melhor, para aproveitar a velocidade de rotação da Terra. O que fazemos aqui é usar uma espaçonave. — Ele apontou para a cápsula que Jansson tinha visto antes, parecida com o módulo de comando da Apollo, exceto pelas quatro pernas. — *Essa* é nossa espaçonave. Com adaptações da tecnologia do twain, um veículo projetado para saltar, mas com uma carcaça inspirada na *Dragon*, da SpaceX. Nada de usar peças de ferro e aço, certo? O que você faz é saltar para o Vazio, e tem que escolher a hora certa, para que a rotação da Terra a leve ao local desejado, e disparar os foguetes da nave para compensar a velocidade inicial, deixando-a praticamente em repouso. Em seguida, você realiza o acoplamento com a Lua de Tijolo.

— O que é isso?

— É o nome que escolhemos para a estação permanente que estamos construindo no Vazio, na mesma posição em que ficam as Terras. Tijolos e concreto são fáceis de fazer aqui e fáceis de transportar para o Vazio, contanto que se use um tipo de argamassa que resista bem ao vácuo. Até os trolls conseguem produzir grandes quantidades de material. — Era a primeira vez que ele mencionava os humanoides. — A estação vai ser uma espécie de colmeia de módulos com um diâmetro total de sessenta metros. Uma coisa rápida, sem sofisticação, porque aqui podemos fazer o que quisermos, o que pudermos carregar, não precisamos miniaturizar as coisas para que caibam no nariz de um ICBM adaptado. Uma estrutura de tijolo não é muito resistente, mas podemos instalar reforços infláveis ou de cerâmica. Quando a estação estiver pronta, é *de lá* que vamos lançar nossas missões espaciais. — Ele apontou para o foguete invertido. — Acho que você reconhece essa gracinha.

— Gostaria de poder dizer que sim — disse Jansson, constrangida.

— É um S-IVB reprojetado. O terceiro estágio do Saturno V. Sabe os antigos foguetes do programa Apollo? Uma tecnologia antiga, mas muito confiável. Esse foguete está sendo usado apenas para testes. O produto final não poderá conter peças de ferro ou de aço para que consiga saltar. Essa é a beleza do Vazio. Na Terra Padrão, por causa da necessidade de escapar da gravidade da Terra, precisávamos de uma coisa do tamanho do Saturno V para chegar à lua e voltar. No Vazio, tudo que você precisa para chegar a qualquer lugar, como Marte, por exemplo, é apenas *isso*. Já fizemos um lançamento experimental, uma missão para Vênus com uma nave que chamamos de *Martim-pescador*. Futuramente, vamos usar foguetes nucleares, que oferecem um delta-v muito maior. Isso quer dizer que...

— Eu acredito. Acredito em você!

Frank olhou para ela e riu.

— Acho que vamos nos dar bem, tenente Jansson. Desculpe. Sei que às vezes fico muito empolgado e me deixo levar. Já leu alguma coisa de Robert Heinlein? Aqui é como nos livros dele. Você pode construir uma nave no quintal de casa e viajar para Marte. Quem não ficaria empolgado com essa possibilidade? Todos os mundos a nosso alcance, *incluindo* a Europa... Desculpe de novo. Outra piada nerd.

"Quanto ao motivo de sua vinda, Srta. Jansson, não tenha uma má impressão de nossos rapazes. Eles podem não ser muito sociáveis, alguns provavelmente têm algum tipo de transtorno de personalidade, mas são boas pessoas. Podem ser negligentes com os trolls, mas não são cruéis.

— Ele parecia aborrecido. — A senhora já conheceu alguém que fosse assim? Quer dizer, uma pessoa *realmente* má? Eu servi na Força Aérea. Vi coisas de arrepiar em missões no exterior."

— Eu fui da polícia — replicou Jansson.

Frank sorriu.

— "Foi"? Então quando me mostrou o distintivo...

— Me pegou. A propósito, pode me chamar de Monica.

O sorriso se acentuou.

— Monica.

Um rapaz com um boné de Bart Simpson se aproximou.

— A senhora é a tenente Jansson?

— Sou.

— Sua amiga Sally Linsay me pediu para vir buscá-la. Ah, ela também mandou um recado.

— Que recado?

— Os trolls estão indo embora.

— Só isso?

O rapaz deu de ombros.

— A senhora vem ou não?

# 35

JANSSON FOI LEVADA AO EDIFÍCIO DA administração, onde Sally estava à sua espera. Jansson não sabia como Sally conseguia fazer essas coisas, mas em menos de trinta segundos estavam livres de Bart Simpson.

Atravessaram às pressas os corredores estreitos, escuros e mal-acabados.

— Vamos — disse Sally. — Preciso mostrar algumas coisas para você.

Passaram por escritórios, salas de estudo, laboratórios e até um centro de informática. Poucas pessoas olharam para elas, fosse com curiosidade ou não, mas ninguém fez menção de detê-las ou interrogá-las. Os locais deviam estar acostumados com estranhos. A impressão que Jansson teve foi de que se tratava de uma organização frouxa, um bando de entusiastas provenientes de diferentes partes da Terra Longa indo e vindo de acordo com suas conveniências pessoais. A segurança era mínima.

Chegaram a uma escada que as levou a um complexo subterrâneo, um labirinto de corredores e salas. Jansson se lembrou de que Frank tinha dito algo a respeito de casamatas. Lembrou-se também das especulações em relação ao motivo pelo qual a troll Mary não havia saltado para se livrar dos algozes. A maneira mais simples de impedi-la de saltar seria mantê-la no subsolo.

De repente, Jansson começou a ouvir uma música estranha, sincopada, cheia de dissonâncias.

— O que quis dizer com aquele recado? — perguntou Jansson. — Os trolls estão indo embora mesmo?

— Estão — disse Sally, com uma expressão de pesar. — Não só daqui, mas aposto que o movimento já começou não só aqui, mas também em outros lugares. Estão abandonando a Terra Longa em geral. Você já ouviu falar do canto longo. Todos os trolls, aonde quer que estejam, trocam informações. Parece que chegaram a uma conclusão crítica.

— Crítica em relação a quê?

— Em relação a nós. Em relação aos seres humanos. Em relação a nosso relacionamento com eles. Em toda a Terra Longa, *eles estão indo embora*, deixando todos os mundos em que existe uma presença humana significativa. Eles não são burros. Aprendem e modificam seu comportamento, e acho que já aprenderam tudo que precisavam saber a nosso respeito.

Jansson estava tendo dificuldade para compreender um evento tão estranho e de tal magnitude.

— Para onde estão indo?

— Ninguém sabe.

Jansson não se deu ao trabalho de perguntar como Sally sabia de tudo aquilo. Ela já havia visto que Sally se movimentava na Terra Longa e tinha uma ligação muito forte com os trolls e seu canto longo. Para Jansson, Sally era a personificação de um órgão de informações de primeira linha ou de uma empresa multimundial como a Black Corporation. Era *natural* que Sally Linsay soubesse o que estava acontecendo em todos os mundos.

Jansson também sabia que a causa dos trolls era importante para Sally. Caso contrário, não estariam ali. Por isso, foi cautelosa ao perguntar:

— Isso é realmente uma emergência?

Sally ficou séria, mas não perdeu a compostura.

— É. No meu entender, os trolls *são* a Terra Longa. Sua alma. Fazem parte da ecologia. Sem contar os serviços que prestam aos humanos. No próximo outono, em mil mundos agrícolas, como vão fazer a colheita sem a ajuda dos trolls?

— O que você quer dizer é que *nós* temos que intervir — disse Jansson.

— É claro — disse Sally, com um sorrisão no rosto.

— E vamos começar por onde?

— Por aqui.

Tinham chegado a uma porta com um cartaz escrito à mão por algum engraçadinho que dizia: PRISÃO ESPACIAL. A música dissonante, se é que podia ser chamada assim, vinha do interior, intensa, desagradável, e Jansson resistiu à tentação de cobrir os ouvidos com as mãos. Quando olhou por uma portinhola, o que viu, encolhida em um canto, foi uma troll corpulenta. Estava sentada, imóvel, mas de alguma forma o sofrimento emanava de seu ser. Não havia mais nada na cela a não ser uma tigela com água.

— Mary — murmurou Jansson.

— Nossa heroína. *Eu não quero.*

Sally fez os gestos enquanto falava.

— Aqui é o subsolo — disse Jansson, lembrando-se da conversa com Frank —, mas estamos a um salto do Vazio. Um salto para trás é impossível, porque a levaria a um lugar ocupado por rochas, mas um salto para a frente a levaria ao Vazio. Ela poderia saltar para o vácuo, imagino, em uma tentativa de recuperar o filhote. Ela não está acorrentada, está?

— Acredito que não, mas, por instinto, deve evitar o vácuo. Além disso, estão usando o ruído para mantê-la confusa e infeliz. Você tinha que conhecer Gareth Eames, o supervisor. Um inglês nojento. Por alguma razão, odeia os trolls. Tem conhecimentos de acústica e, segundo o que ele me contou, descobriu que os trolls detestavam dissonâncias. Começou a usá-las como uma arma, uma defesa, uma barreira. Mas existe outra coisa que a está mantendo aqui. Venha ver.

Mais adiante no corredor havia outra porta trancada, com uma pequena janela. Quando olhou para o interior, Jansson viu algo que parecia um quarto de criança improvisado, ou talvez uma jaula de macacos em um jardim zoológico, com um trepa-trepa, cordas, brinquedos. Havia apenas um troll ali dentro, um filhote, brincando desajeitado com um grande caminhão de plástico. Estava usando um traje prateado estranho que deixava à mostra a cabeça, as mãos e os pés.

— O filho de Mary.

— Ele mesmo — disse Sally. — Os cuidadores o chamam de Ham. Colocaram nele um traje pressurizado experimental. Você viu as imagens. Pretendiam usá-lo como cobaia.

— Não iam maltratá-lo.

— Não. Mas Mary deve ter percebido que iam levá-lo para um lugar perigoso, já que o Vazio é um lugar que os trolls evitam, e foi por isso que ela protestou.

Jansson já conhecia Sally o suficiente para saber o que viria a seguir.

— Você tem um plano, não tem?

— Temos apenas uma chance.

Esperando uma resposta, mas temendo ouvi-la, Jansson perguntou:

— De fazer o quê?

— De salvá-los. Levamos a criança até a mãe, nós todos saltamos para longe...

— E depois?

— Depois ficamos vagando pela Terra Longa até encontrarmos um lugar seguro para ficar. Talvez o lugar para onde os trolls estão indo.

— Sabia que ia dizer mais ou menos isso.

Sally riu.

— E eu sei que você vai me ajudar. Todos os policiais têm vontade de experimentar o outro lado pelo menos uma vez na vida, não é?

— Não.

— Mas eu preciso de você, Jansson.

— Para quê?

— Para abrir portas, por exemplo. Você foi da polícia, sabe como fazer isso. Pode abrir essa porta?

Jansson podia, abriu e, então, se viu irremediavelmente comprometida.

# 36

Três dias depois da façanha de Sally, quando a notícia se espalhou pela outernet e chegou à Terra Padrão, Lobsang convidou Joshua para uma conversa. Fazia anos que não se viam. A última vez tinha sido no funeral de Agnes.
*Lobsang.*
Como era de seu feitio, Joshua passou 24 horas pensando no assunto. Depois, relutantemente, concordou.

\*\*\*

O edifício do transEarth Institute, onde se encontrariam, situado a poucos quilômetros da cópia de Madison em Terra Oeste 10, era um prédio baixo de pedra e madeira, como a maioria das construções da Terra Longa, cercado por uma planície coberta de flores. Era natural que Lobsang instalasse o escritório da subsidiária da Black Corporation, da qual era um dos principais acionistas, em uma cópia da cidade de Madison, para ficar perto de Agnes e da Casa. É claro que o escritório poderia estar nas Terras Baixas, mas era um mundo diferente, com um céu diferente no fim da tarde. Na Terra Padrão, em um dia de junho como aquele, o horizonte estaria alaranjado, com as cores belas e mortais da combustão. Ali, não; o céu era de um azul imaculado. De certa forma, aquela pureza, tão perto da Terra Padrão, deu a Joshua uma percepção renovada da imensidão do corredor de mundos que era a Terra Longa.

Dentro do edifício, Joshua se deparou com um escritório como todos os outros: cadeiras desconfortáveis, plantas de plástico e uma jovem muito educada e bonita que só faltou exigir uma radiografia de seu tórax para deixá-lo entrar. Havia câmeras nas paredes, e elas pareciam estar observando todos os seus movimentos.

Por fim, ele foi encaminhado a uma porta de abertura automática que dava para um corredor de paredes brancas. Quando Joshua entrou no corredor, outra câmera começou a girar para acompanhá-lo, a paranoia refletindo na lente.

A porta no fim do corredor se abriu, e uma mulher saiu.

— Sr. Valienté? Que bom que o senhor veio! — Ela era baixa, tinha traços asiáticos e cabelo preto, e usava os maiores óculos que Joshua já tinha visto na vida. Ela estendeu o braço. — Meu nome é Hiroe. Bem-vindo ao transEarth. Ponha esse crachá, por favor. — Hiroe lhe passou o crachá preso a uma corda, com o logotipo da empresa, um desenho de um cavalo do jogo de xadrez, seu nome, sua foto e uma série de números que poderia significar qualquer coisa, desde o tamanho de seus sapatos até a sequência do DNA. — Use esse crachá o tempo todo. Caso contrário, os robôs assassinos da segurança vão reduzi-lo a pó com seus olhos de laser. Brincadeira!

— É mesmo?

— Claro. Deve querer saber que sua vinda custou um dólar a Selena Jones. Você se lembra dela?

— Eu me lembro, sim. Ela ainda é a tutora legal de Lobsang?

— Em algumas jurisdições, sim. Ela apostou comigo que o senhor não viria, que não responderia ao pedido de ajuda de Lobsang.

— Apostou?

— Mas a curiosidade é uma coisa maravilhosa, não é?

Isso e o que restou da lealdade de um tolo, pensou Joshua.

— Por aqui, por favor.

Hiroe conduziu Joshua até uma sala espaçosa, de pé-direito baixo, com janelas panorâmicas que davam para a planície florida. Havia monitores por toda parte e um teclado antigo na mesa, que consistia em uma placa de carvalho com quinze centímetros de espessura. Era o escritório ideal para alguém que gostava de seu trabalho e não fazia muita coisa além de trabalhar.

Mas o mais interessante era o cocho de pedra em frente a uma das janelas. Ele comportava plantas do gênero sarracenia de um metro e meio de altura, de tom verde-claro com nervuras vermelhas e brancas. Estavam bem juntinhas, como se cochichassem um segredo, e deram a Joshua a estranha impressão de que não eram apenas as correntes de ar que as faziam se mover.

— *Sarracinea gigantica* — disse Hiroe. — Sabia que são carnívoras?

— Desconfiei. A que horas elas comem?

A moça riu.

— Elas só comem insetos. Secretam um néctar para atrair suas vítimas, que têm interessantes possibilidades comerciais. Conseguimos as sementes originais em um dos mundos alternativos.

— Qual deles?

— Você não tem dinheiro suficiente para obter essa resposta — respondeu ela, tranquilamente, convidando-o a se sentar com um gesto. — Um minuto, por favor, enquanto faço o senhor passar pelos últimos estágios da segurança. — Ela digitou alguma coisa no teclado. — Esse é nosso negócio aqui no transEarth. Compramos e vendemos informações comerciais.

Então aquilo não era *apenas* um brinquedo para Lobsang financiado por Black, concluiu Joshua. Já devia saber que Douglas Black só se interessava por atividades lucrativas.

— Pronto. Já está no sistema. Não se esqueça de usar o crachá. Está pronto para falar com Lobsang?

Hiroe o conduziu para fora do edifício, e eles caminharam ao ar livre. A tarde chegava ao fim naquele mundo e em todos os outros. Poucos postes de rua se acenderam no horizonte, e o Sol se punha.

Entretanto, havia um odor levemente sulfuroso no ar. A novidade era que a cópia do Yellowstone naquele mundo estava um pouco mais agitada que a maioria. Havia relatos de árvores envenenadas por infiltrações de ácido, por exemplo. Evidentemente, estava acontecendo uma atividade geológica fora do comum no Yellowstone na maioria das Terras Baixas. Na própria Terra Padrão, uma explosão tinha matado um guarda-florestal, um jovem chamado Herb Lewis. Os cientistas chamaram atenção para o fato de que não se tratava de uma erupção vulcânica, e sim de um fenômeno hidrotérmico, uma explosão de vapor superaquecido. Um evento menor. *Menor*: mesmo ali, a quase dois mil quilômetros de distância do Yellowstone, Joshua podia sentir o cheiro daquele *evento menor*. Lembrou-se do fanático religioso que o abordara na estação de twain da Terra Padrão, mencionando fogo e enxofre no Yellowstone, e ficou arrepiado.

Hiroe sentou-se em um banco esculpido em um tronco.

— Vamos esperar Lobsang aqui.

Joshua sentou-se ao lado dela.

— Está nervoso porque vai ver Lobsang de novo, não está?

— Um pouco... Como sabe?

— Ah, as pequenas coisas... Os dentes cerrados. O olhar fixo. Sutilezas.

Joshua riu, mas olhou em volta.

— Ele pode nos ouvir?

Hiroe balançou a cabeça.

— Não, não pode. Seus poderes são limitados aqui. Irmã Agnes diz que é bom ele não ser onipotente pelo menos em um lugar do mundo. Ou melhor, dos mundos. Por que acha que eu o trouxe aqui para falar isso? Não queria magoar Lobsang.

— Você é mais que uma funcionária, não é?

— Me vejo mais como uma amiga. Ele está em toda parte. Mesmo assim, se sente muito solitário, Sr. Valienté. Ele precisa de amigos. Principalmente do senhor.

Um homem idoso se aproximou à luz do sol poente — essa foi a primeira visão de Joshua. Ele era magro, alto, com a cabeça raspada, e usava uma túnica laranja. Os pés, calçados com sandálias, estavam sujos, e ele segurava uma vassoura.

Joshua se pôs de pé.

— Olá, Lobsang.

Hiroe sorriu, fez uma mesura e se retirou.

\*\*\*

— Antes de mais nada, obrigado por ter vindo — disse Lobsang.

Aquela unidade ambulante fez Joshua se lembrar de alguns corpos que Lobsang já tinha usado. Entretanto, ele havia se permitido envelhecer. Ou, pelo menos, pensou Joshua, tinha programado uma equipe de nanorrobôs para criar rugas e uma papada, o que o fez aparentar ter mais de sessenta anos. Andava curvado, seus movimentos eram lentos, as juntas das mãos que carregavam a vassoura estavam inchadas e apresentavam manchas da idade. É óbvio que era tudo artificial. Tudo em Lobsang era artificial, e era preciso não se esquecer disso. Porém, tratava-se de uma imitação muito bem-feita; se Lobsang queria se passar por um "monge idoso", prestava atenção em todos os detalhes, até na bainha desfiada da surrada túnica laranja.

Impassível, Joshua não queria perder tempo com conversa fiada.

— Por que me chamou? Por causa do que Sally fez?

Lobsang sorriu.

— Não se esqueça da tenente Jansson, em conluio com sua amiga. *Conluio.* — Ele repetiu a palavra, pronunciando exageradamente as sílabas. — Adoro essa palavra. É o tipo de palavra que dá gosto de falar. Um dos muitos prazeres inesperados da encarnação... Sobre o que estávamos falando? Ah, sim, Sally Linsay. Sua fuga com a troll Mary e o filhote foi comentada em todos os mundos.

— Nem me fale... — disse Joshua, sério.

Graças a antigas reportagens sobre o retorno do *Mark Twain* e ao uso generalizado de programas de reconhecimento facial, Joshua fora identificado como um amigo próximo de Sally. Em consequência, tinha sido importunado por jornalistas e por grupos a favor e contra os trolls.

Lobsang disse:

— É verdade que o que Sally fez chamou muita atenção para a questão dos trolls e seu relacionamento com os seres humanos, mas esse problema não é de hoje. Tenho certeza de que reconhece isso. Agora, os trolls decidiram agir, o que trará grandes consequências para todos nós.

— Eu sei. Os trolls resolveram ir embora, não foi?

Lobsang sorriu.

— Vou lhe mostrar. Ou melhor, meus trolls vão lhe mostrar.

— *Seus* trolls?

— Há um grupo deles a uma dúzia de saltos daqui. Meus domínios se estendem a vários mundos além deste. — Ele estendeu o braço, como se estivesse fazendo um convite. — Vamos?

\*\*\*

Havia por volta de vinte trolls no grupo. As fêmeas estavam sentadas bem relaxadas à sombra de uma árvore com uma copa grande. O fim de tarde era quente naquele mundo. Enquanto os filhotes brincavam, poucos machos jovens fingiam brigar e, na periferia do grupo, os machos adultos andavam para lá e para cá. Enquanto trabalhavam, brincavam ou cochilavam, todos cantavam uma música animada, com uma harmonia complexa, a linha melódica repetida na forma de um cânone perpétuo.

Lobsang conduziu Joshua até um pequeno jardim cercado. Havia bancos aqui e ali e um chafariz. Sob a copa das árvores, o solo estava coberto de musgo em vez de grama, musgo que assumia um tom verde--escuro à luz do sol poente.

— Pode se sentar, se quiser — disse Lobsang. — Ou matar a sede no chafariz. A água é limpa, vem de uma nascente. Posso lhe garantir, porque sou eu que limpo os canos. — Ele ficou andando de cócoras com dificuldade pelo chão coberto de musgo, arrancando folhas de grama como se estivesse removendo pragas. — "The Rare Old Mountain Dew".

— O que é isso?

— A música que os trolls estão cantando. Uma canção folclórica irlandesa antiga. Sabia que é possível saber quando foi o primeiro contato de certo grupo de trolls com seres humanos pelas músicas que cantam? Nesse caso, foi no fim do século XIX. Você se lembra do soldado Percy? Fiz essa investigação; o resultado foi uma espécie de mapa de Saltadores instintivos na era pré-Willis Linsay. Embora, naturalmente, não seja sempre possível rastrear as andanças dos trolls.

— O que quis dizer com *seus* trolls, Lobsang?

Ele continuou caçando tufos de grama.

— Uma figura de linguagem. Encontrei esse grupo em um mundo do Cinturão do Milho, e o convidei para vir aqui. Existem outros grupos neste mundo. É claro que não são *meus* trolls, assim como Shi-mi não era *minha* gata no *Mark Twain*. Mas eu criei uma reserva aqui e nos mundos vizinhos, com muitos quilômetros quadrados de área e muitos mundos de profundidade. Mantive os humanos à distância e fiz o possível para que os trolls, deste e de outros grupos, se sentissem à vontade. Estava ansioso por estudá-los, Joshua. Você sabe que venho trabalhando neste projeto há dez anos, desde nossa viagem no *Twain* e nossa visita à colônia de Boa Viagem. Aqui posso observá-los em condições parecidas às de seu estado selvagem.

— Qual é o motivo para essa postura humilde, Lobsang? Você, uma entidade super-humana que se estende a dois milhões de mundos, reduzido a isso?

Ele sorriu, sem interromper o ritmo do trabalho.

— Um dos motivos tem a ver com os trolls. Sou uma presença constante, mas não os intimido. Entretanto, não usaria a palavra "reduzido". Não na presença da irmã Agnes. Na opinião dela, estou *expandindo* minha personalidade.

— Ah, então a ideia foi dela?

— Ela disse que eu estava ficando confiante demais.

— Parece algo que Agnes falaria.

— Se eu quisesse fazer parte da humanidade, precisava imergir na humanidade. Descer para a base da cadeia alimentar, por assim dizer.

— E você concordou?

— Qual seria a lógica de me dar ao trabalho de reencarnar aquela mulher se não lhe desse ouvidos? Fiz isso porque senti que precisava dela, Joshua. Ou de alguém como ela. Alguém com a sensibilidade e a autoridade moral para sussurrar questionamentos em meu ouvido.

— Está funcionando?

— Certamente aprendi muitas coisas. Por exemplo: um jardim ornamental parece muito menos ornamental quando você precisa varrer as folhas. Aprendi a usar uma vassoura, o que requer certa ambidestria e uma estratégia de conservação de energia. É varrendo que se descobre quantos *cantos* existem no mundo. Um paradoxo pandimensional, talvez. Mas existem tarefas que gosto mais de fazer: alimentar as carpas, podar as cerejeiras.

Joshua imaginou a barriga reencarnada de Agnes doendo de tanto rir. Já ele não estava achando tanta graça.

Lobsang percebeu que ele estava quieto demais.

— Ah... A mágoa ainda está aí dentro, não é?

— E o que você esperava?

Fazia dez anos que Joshua havia voltado de uma viagem com um avatar de Lobsang até os confins da Terra Longa e encontrara Madison reduzida a escombros por uma bomba nuclear plantada por um fanático. Desde aquele dia, mal falara com ele.

— Ainda acha que eu poderia ter evitado aquela tragédia — disse Lobsang, em tom arrependido. — Mas eu não estava lá, estava com você.

— Você não estava inteiramente comigo.

Com uma personalidade naturalmente fragmentada, Lobsang sempre afirmara que sua essência havia viajado com Joshua para mundos distantes e que seu núcleo essencial não retornara. No momento, Joshua falava com *outro* Lobsang, outra personalidade, parcialmente sincronizada com a cópia a bordo do *Mark Twain*, graças ao banco de dados que Joshua trouxera. Outro Lobsang — não o mesmo do banco de dados, nem o Lobsang original, que provavelmente ainda existia em algum mundo distante. Mas *este* era o Lobsang que testemunhara de braços cruzados a destruição de Madison.

— Já naquela época, quando o *Twain* voltou, você era... — Joshua buscou uma palavra religiosa antiga. — *Imanente*. Você se espalhou pelo mundo. Pelo menos, era o que afirmava. No entanto, deixou aqueles malucos entrarem na cidade com uma bomba nuclear, deixou Jansson e os outros policiais rodarem pela cidade tentando encontrá-los, enquanto o tempo todo...

Lobsang assentiu.

— O tempo todo eu poderia ter estalado meus dedos metafóricos e resolvido o problema. É isso que queria?

— Se você podia ter feito, por que não fez?

— Joshua, há muito tempo as pessoas fazem a mesma pergunta a respeito do Deus cristão. Se Ele é onisciente e onipotente, por que permite que haja tanto sofrimento no mundo? Por que perguntar a mim, que não sou Deus?

Joshua bufou.

— Você gosta de agir como se fosse, tirando a vassoura e as sandálias.

— Não tenho acesso às almas dos homens e das mulheres. Vejo apenas a superfície. Às vezes descubro que nem desconfiava do que havia no interior, que finalmente é revelado por certas palavras ou ações. Mesmo que eu pudesse ter detido aqueles indivíduos, deveria tê-lo feito? A que custo? Quantas pessoas eu teria que matar para evitar um crime que talvez jamais acontecesse? O que você pensaria de mim? Os seres humanos têm livre-arbítrio, Joshua. Deus não vai, *nem pode*, evitar que façam mal uns aos outros. Acho que você deveria conversar com Agnes sobre isso.

— Por quê?

— Ela pode ajudá-lo a achar um motivo para me perdoar aí no fundo.

Joshua achava que isso nunca aconteceria, mas tinha um assunto importante para debater. Concentrou-se nisso.

— Vamos falar dos trolls. O que aprendeu com eles?

— Muitas coisas. Uma delas foi sua verdadeira língua, que não tem nada a ver com a linguagem rudimentar de sinais que os humanos impuseram a eles.

— Até essa língua de sinais pode ser poderosa, Lobsang. A gente vê imagens de Mary dizendo "eu não quero" por toda parte. Em cartazes, em pichações, nas redes e em camisetas.

— É verdade, mas considero uma irresponsabilidade dos rebeldes de impostos de Valhalla misturar seus símbolos com os da questão dos trolls, fundindo dois conflitos diferentes, cada um dos quais envolve toda a Terra Longa. — Lobsang se sentou nos calcanhares, transpirando. — Você sabe que a música é a verdadeira forma de comunicação dos trolls, Joshua. Sei que isso não o surpreende. Depois de entrar em contato com os humanos, eles aprenderam algumas de nossas canções. Eles se apropriaram delas e criaram um número enorme de variações. A música é o meio que usam para expressar o ritmo natural de seus corpos, das batidas do coração, da respiração, da periodicidade dos passos quando caminham, até mesmo do disparo dos neurônios do sistema nervoso. E usam o ritmo da música para sincronizar seus movimentos quando querem saltar ou caçar juntos. Sabia que Galileu fez algo parecido?

— Galileu?

— Ele usou a música como um tipo de cronômetro em seus primeiros experimentos de mecânica. Oscilações do pêndulo e coisas parecidas. Além disso, os cantos dos trolls transmitem informações. Uma simples dissonância pode servir de advertência. Mas há muito mais que isso. Observe-os agora. Acho que estão planejando uma caça.

A cintilação dos machos da periferia ficou mais intensa. Cada troll que voltava acrescentava uma nova linha às harmonias em curso, de maior ou menor volume, de maior ou menor sutileza. Como um todo, a música evoluía, adaptava-se, e os outros trolls pareciam reagir.

— Providenciei fontes de alimento para os trolls na reserva — disse Lobsang. — Por diversos mundos, digo. Colmeias, por exemplo. Animais para caçarem, veados, coelhos. O bando trabalha como se fosse um único organismo na busca desses recursos. Batedores visitam vários mundos e, se um deles encontra um recurso promissor, como um bando de veados, volta para cá e canta a respeito.

— Até onde sei, ainda estão cantando a respeito de se embriagar com destilado irlandês.

— A canção básica é apenas a onda portadora, Joshua. Fiz uma análise acústica. Existem variações de tom, ritmo e de fase dos compassos que contêm informações a respeito da localização e da qualidade da fonte de alimento. Outros batedores recebem a informação, vão verificar e voltam com um relatório que confirma ou desmente a descoberta. É um meio eficiente para o bando explorar *todas* as possibilidades. E eles tomam decisões muito rápido também. Quando isso acontece, mudam para outra escala, ou até outra canção, para mostrar que chegaram a um consenso. Saltam para o local onde está o alimento. As abelhas usam esse mesmo método. Quando precisam encontrar um novo lugar para a colmeia, enviam batedores, que voltam e apresentam os resultados na forma de uma dança. Individualmente, os trolls não são muito mais inteligentes que os chimpanzés. No entanto, coletivamente, desenvolveram uma técnica por meio da qual o grupo pode tomar decisões inteligentes. Mas não é igual à forma humana de tomar decisões, que chamamos de democracia. Mesmo o tipo de democracia que é praticado nos grotões. — Ele sorriu para Joshua. — Ouvi dizer que escolheram você para prefeito.

— Sim.

— A eleição foi muito disputada?

— Que nada... Minha função principal é presidir as reuniões. Onde-o-Vento-Faz-a-Curva é tão pequena que todos os adultos se reúnem para discutir os problemas da comunidade. Usamos as Regras de Ordem de Roberts.

— Que americano... Mas talvez haja algo da sabedoria coletiva dos trolls no que estão fazendo. É melhor do que aturar os erros de um líder incompetente. Os trolls raramente erram, Joshua, mesmo quando proponho problemas bem complicados.

— Ninguém observou isso antes?

— Ninguém teve paciência suficiente. As pessoas só se interessam pelo que os trolls podem fazer por elas, não pelo que os trolls *querem*, nem pelo que podem *fazer*.

— Por que *nossos* chimpanzés não agem assim? Digo, os chimpanzés da Terra Padrão.

— Desconfio de que se trata de uma adaptação ligada à capacidade de saltar. Na Terra Longa, onde a fonte de alimento pode estar próxima em termos geográficos, mas a alguns saltos de distância, são necessárias estratégias de busca e cooperação diferentes das que foram desenvolvidas pelos nossos chimpanzés. Os batedores precisam localizar o alimento e voltar rápido com a informação. O grupo precisa decidir se vale a pena ou não saltar para a Terra onde está o alimento. É um ambiente que encoraja o uso de batedores, comunicações precisas e detalhadas e uma tomada de decisões rápida e firme. É exatamente o que vemos no caso dos trolls.

"Por outro lado, há algo mais na música dos trolls do que as necessidades do momento. O canto longo, a essência do qual se estende a um número enorme de mundos, é um tipo de sabedoria codificada e compartilhada. O canto pode durar um *mês* antes de ser repetido e envolve frequências ultrassônicas que não podem ser ouvidas por seres humanos. Além disso, é uma consciência coletiva que não tem nada equivalente na experiência humana. Estou tentando decodificá-la. Dá pra imaginar o tamanho do desafio, mas estou progredindo. Criei um programa de tradução, que já teve várias atualizações."

— Se existe alguém capaz de traduzir a língua dos trolls, esse alguém é você, Lobsang.

— É verdade — disse Lobsang, sem falsa modéstia. — No momento, Joshua, o canto longo está vibrando com más notícias para os trolls. Más notícias a nosso respeito. — Ele se pôs de pé e levantou as mãos. — Estava tentando estudar os trolls em seu estado natural. Fiz uma proposta a este grupo: eu os protegeria dos humanos, mas, em troca, permaneceriam aqui até que eu os libertasse. Verbalmente, digo. Eles não sofrem nenhum tipo de restrição física.

— E...?

— E agora, Joshua, eu *vou* libertá-los.

Ele bateu palmas duas vezes.

Os trolls pararam de cantar, pararam de saltar, depois que os batedores voltaram, e todos, a não ser os filhotes, olharam na direção de Lobsang. Depois de alguns segundos de silêncio, começaram um novo canto, uma balada melodiosa.

— "Galway Bay" — murmurou Lobsang para Joshua.

Então, começaram a saltar, primeiro as fêmeas com os filhotes, depois os machos que as protegiam dos elfos predadores. Em menos de um minuto todos haviam desaparecido, deixando apenas um pedaço de terra remexida.

Joshua compreendeu.

— Foram se juntar aos outros que estão indo embora em toda a Terra Longa.

— Isso mesmo, Joshua. É sobre isso que queria falar com você. Vamos dar uma volta. Estou com as juntas doendo de tanto arrancar pragas do chão.

***

Em todos os mundos, o céu de junho estava sem nuvens, o Sol se pôs em harmonia como atletas de nado sincronizado e a noite chegou. Em um dos mundos, por um motivo qualquer, uma coruja chirriou.

Lobsang falava dos trolls:

— Eles se tornaram vitais para a economia da humanidade, até na Terra Padrão, mesmo que de forma indireta. Por isso, as empresas, entre elas a Black Corporation, estão fazendo de tudo para trazer os trolls de volta.

— Para trabalhar para nós.

— Isso. Mas também é um problema de segurança. Pior que o desaparecimento dos trolls seria tê-los de volta como nossos inimigos, em uma reação militar coordenada. *Isso* precisa ser evitado a qualquer custo. Mas existem outras questões mais fundamentais. Quanto mais estudo os trolls, mais me convenço de que são muito importantes para a ecologia da Terra Longa. Como os elefantes das savanas da África, eles estão na Terra Longa há milhões de anos e sua presença modificou os ambientes e as paisagens, nem que seja só *comendo* o que tem nelas. Sally Linsay me ensinou isso; ela estuda os trolls há muito mais tempo que eu. Se você retira os grandes felinos do ecossistema, produz um fenômeno conhecido como cascata trófica. Remover o topo de uma cadeia alimentar desestabiliza todo o sistema, fazendo com que algumas espécies se reproduzam em excesso e outras entrem em declínio, sem falar na produção de gases de efeito estufa e outros efeitos nocivos. Corremos o risco de passar por uma fase de extinções e colapso ambiental em toda a Terra Longa, ou, pelo menos, na parte da Terra Longa habitada pelos trolls. Tudo isso por nossa causa.

Joshua bufou.

— Ainda há quem se orgulhe disso.

— O problema, Joshua, é que os trolls não têm motivo para voltar. Antes do Dia do Salto, eles tinham um longo e profundo contato com os humanos, eram tratados de forma decente e, em troca, nos tratavam de forma decente.

Joshua pensou mais uma vez na história do soldado Percy Blakeney, um veterano das trincheiras da Primeira Guerra Mundial, perdido e confuso no mundo para o qual havia saltado sem querer, que havia sido mantido vivo pelos trolls durante décadas.

— Desde o Dia do Salto, porém, as coisas mudaram. O uso daquele filhote como cobaia no Vazio era apenas a ponta do iceberg.

— Parece que só teremos os trolls de volta se os convencermos de que vamos respeitá-los. De que vamos prestar atenção quando disserem "eu não quero", como disse Mary. Não vai ser fácil...

— Sei que você tentou convencer o senador Starling a apoiar uma lei que os colocasse sob a égide dos Estados Unidos. Até isso vai ser difícil.

— Eu sei. A legislação de proteção dos animais é uma bagunça.

— Não é só isso, Joshua. Em primeiro lugar, teríamos que definir o que *são* os trolls.

— Como assim?

— Bem, não podemos enquadrá-los nas categorias convencionais, podemos? Homens de um lado, animais do outro, a diferença que nos faz acreditar que dominamos a natureza. É como se nos víssemos diante de um bando de *Homo habilis*, uma espécie intermediária entre o homem e o animal. Sob certos aspectos, os trolls se parecem com os animais. Não usam roupas nem linguagem escrita. Também não têm uma linguagem falada parecida com a nossa. Não usam o fogo, como até o *Homo habilis* provavelmente fazia. Por outro lado, possuem traços humanos. Fazem ferramentas simples: varas de madeira, machados de pedra. Têm fortes laços familiares; por isso é tão fácil capturar uma fêmea, basta ter seu filhote nas mãos. Dão sinais de compaixão, não só por outros trolls, mas também por humanos. E possuem uma linguagem própria, baseada na música. Além disso, eles riem, Joshua. Eles riem! A diferença entre homem e animal é o fator determinante. Você pode ser dono de um animal; pode matá-lo impunemente, a não ser que seja enquadrado em uma vaga lei de maus-tratos aos animais. Você não pode ser dono de um ser humano, não em uma sociedade civilizada, e, se matar um homem, será julgado por assassinato. Devemos estender os direitos humanos aos trolls?

— Foi mais ou menos o que fizemos em Onde-o-Vento-Faz-a-Curva.

— Sim, mas vocês têm mais juízo que a maioria das comunidades. A pergunta fundamental é a seguinte: devemos enquadrá-los na mesma categoria que os humanos?

— O que constitui uma humilhação para nossa espécie, certo?

— Exatamente — disse Lobsang. — Além disso, há quem diga que os trolls não podem ser humanos porque não acreditam em Deus. Bem, não podemos ter certeza disso. Como os católicos, por exemplo, podem resolver essa questão? Se os trolls têm almas, eles devem ter herdado, como nós, o Pecado Original. Nesse caso, os católicos têm o dever de batizá-los para que possam ir para o céu quando morrerem. Por outro lado, se os trolls são animais, batizá-los é uma blasfêmia. Parece que o papa está preparando uma encíclica a respeito. No momento, porém, a questão religiosa está deixando os ânimos ainda mais exaltados.

— O que Agnes acha disso?

— "Os trolls gostam de sorvete e têm senso de humor. Claro que são humanos, Lobsang. Agora vá buscar a vassoura! Não varreu o chão direito."

— Agnes é assim. Vamos direto ao ponto: Sally me tirou de casa, me fez ir à Terra Padrão por causa dos trolls. Claro que foi Sally que nos procurou, dez anos atrás, por causa de um problema dos trolls, quando fugiram da Primeira Pessoa do Singular. Agora quer que eu viaje com você de novo, não é? Para além das Terras Altas. Com que objetivo? Encontrar Sally, Jansson e Mary, imagino. E depois? Descobrir onde os trolls se esconderam? Convencê-los a voltar, a trabalhar de novo com os humanos?

— Isso mesmo — respondeu Lobsang. — Parece impossível, não é? E o fato de estarmos no meio de um motim pela independência de Valhalla não ajuda muito.

— Você quer restabelecer o equilíbrio.

— Nossas intuições estão alinhadas, Joshua.

Lobsang se curvou para remover uma folha seca de um campo quase imaculado. *Você vai comigo, Joshua?* Ele não fez a pergunta, mas a deixou no ar.

Joshua refletiu. Já estava com quase quarenta anos. Tinha uma esposa jovem, um filho, um papel na comunidade de Onde-o-Vento--Faz-a-Curva. Não era mais um pioneiro, se é que um dia fora. Agora ali estava Sally, viajando para os confins da Terra Longa com o auxílio de passagens secretas, como se o desafiasse a segui-la. Ali estava Lobsang, como um fantasma do passado, estalando os dedos mais uma vez. Joshua obedeceria ao comando?

É claro que obedeceria. Mesmo que não fosse mais o mesmo. Na verdade, Lobsang também não era mais o mesmo.

\*\*\*

Continuaram a caminhada, saltando de um mundo para o outro, de um crepúsculo para o outro. O canto dos trolls ecoava nos ares de odores fortes e diferentes do mundo.

— Falando com você agora, estou percebendo que sua intuição estava certa.

— Como assim?

— Você realmente precisava da irmã Agnes.

Lobsang suspirou.

— Também preciso de você, Joshua. De vez em quando, me lembro dos dias que passamos juntos no *Mark Twain*.

— Tem visto filmes antigos?

— É outra mania de Agnes. Ela só me deixa ver filme que tem freira.

— Nossa... Que radical.

— Ela diz que é para o meu bem. É claro que não existem muitos filmes que atendam a esse critério, então vemos várias vezes os mesmos. — Ele estremeceu. — Não aguento mais ver Os *abutres têm fome*, mas os piores são os musicais. Se bem que Agnes diz que a cena do assalto à geladeira de *Mudança de hábito* é uma realidade nos conventos.

— Pelo menos te serviu de consolo. Musicais de freiras...

Uma voz soou ao longe, uma voz que Joshua conhecia muito bem.

— Lobsang? Está na hora de voltar. Seu amiguinho pode esperar até amanhã.

— Ela tem megafones em toda parte. — Lobsang apoiou a vassoura no ombro e suspirou. — Está vendo a que ponto cheguei? Só de pensar que contratei 4.900 monges para rezar durante 49 dias em 49 picos de montanha em 49 Tibetes para ter que passar por *isso*...

Joshua deu um tapinha em seu ombro.

— É triste, Lobsang. Ela está te tratando como se você fosse um adolescente. Como se tivesse dezesseis anos.

Lobsang olhou para ele de cara feia.

— Isso é só o começo — disse.

— Tenho certeza de que vai passar por essa, Lobsang. Encare como um desafio. Suba a montanha.

Lobsang se afastou sem dizer mais nada.

Joshua acenou para ele, todo feliz.

— A gente se vê por aí!

# 37

JOSHUA VOLTOU PARA O EDIFÍCIO DO transEarth em Madison Oeste 10. É claro que poderia ter saltado para qualquer outro lugar, mas parecia mais correto sair pelo mesmo caminho por onde entrara. Além disso, precisava devolver o crachá a Hiroe.

Bill Chambers estava à espera dele na recepção.

— Bill? O que está fazendo aqui?

— Lobsang mandou me chamar. Ele achou que você precisaria de um companheiro de viagem.

— Que viagem?

— Para procurar Sally e os trolls.

— Mas acabamos de conversar sobre isso. — Ele suspirou. — Mas que inferno! Lobsang é fogo. Ok, Bill, obrigado.

— Pegue leve com ele. Pelo menos, vai nos dar uma máquina de tradução para que a gente possa conversar com os trolls.

— Se conseguirmos encontrá-los. Para ser sincero, não sei nem por onde começar.

— Eu sei. — Bill abriu um largo sorriso. — Acho que foi por isso que ele me chamou. Temos que começar por Sally. Descobrir aonde ela possa ter ido.

— Como vamos fazer isso?

— Joshua, goste ou não, você conhece Sally como ninguém. Deve haver algo que ela fez ou disse, alguma pista que a gente possa seguir.

— Vou pensar... Mais alguma coisa?

— Depois, vamos atrás do trolls. Já sei! Olhe isso.

Ele tirou um objeto do bolso e o entregou a Joshua. Era uma fita cassete, um recurso tecnológico que se tornara obsoleto há cinquenta anos ou mais. O plástico estava gasto e sujo, e o rótulo, ilegível. Ao segurá-lo, Joshua descobriu que a caixinha tinha um *cheiro* estranho. Era uma mistura dos odores de cabra no cio, capim-limão e álcool. Um cheiro que lembrava as noites de verão nas Terras Altas.

— Quem hoje em dia ouve fitas cassete, tirando os museus? Como pretende usá-la, Bill?

— Como moeda de troca.

— Moeda de troca para quê? Para quem?

— Para alguém que possa nos ajudar. Vai ver só... Então, aonde vamos primeiro?

— Antes preciso ver minha família. Vou tentar explicar a Helen que o dever me chama.

Bill olhou no fundo de seus olhos.

— Ela já sabe, amigo.

Joshua se lembrou do fragmento de poesia que Helen havia citado na véspera da viagem para Valhalla: "Uma mulher com o oeste nos olhos. E um homem com as costas para o leste."

— Provavelmente.

— Já eu vou encher a cara enquanto posso. A gente se vê amanhã de manhã.

# 38

O *Benjamin Franklin* foi enviado à cidade de Nova Pureza, cem mil mundos a leste de Valhalla, onde havia relatos estranhos de novos problemas com os trolls.

Joe Mackenzie estava com Maggie no convés de observação, observando a comunidade. Vista de cima, tinha um ar de competência: o prédio da Prefeitura, campos bem-cuidados e o que parecia ser uma grande igreja.

— Nova Pureza... — disse ele. — Qual é o nome dessa seita mesmo?

Maggie consultou suas anotações.

— Os Irmãos Não Lapidados.

— A igreja era de esperar, mas está faltando uma paliçada.

— É verdade. E veja aquilo ali. — Ela apontou para o que parecia ser um ossário.

Enquanto o twain descia, Maggie teve uma intuição alarmante. *Os Irmãos Não Lapidados*. Maggie tinha sido criada em uma casa de ateus confessos — na verdade, não exatamente confessos, pois diziam que um ateu radical era tão nefasto quanto o pior inquisidor fundamentalista, e na adolescência ela tivera de conviver com os dois extremos. Assim, como conhecedora de crentes e não crentes, achava que podia reconhecer sujeitos como os Irmãos Não Lapidados, que se reuniram para receber a tripulação do *Franklin*: homens e mulheres, todos usando a mesma roupa e o mesmo corte de cabelo, batas de lã totalmente lisas e cabelos longos.

Entretanto, pareciam hospitaleiros. Até o momento em que Jake, o troll, e sua família desceram a rampa do twain, atrás da tripulação humana.

Um rapaz se aproximou de Maggie na mesma hora.

— Não permitimos a presença dessas criaturas em nossa cidade, em nossas casas, em nossas fazendas. Eles são impuros.

Maggie olhou para o jovem, irritada, mas o que viu em seus olhos foi tensão e pesar. Algo muito sério tinha acontecido ali.

— Impuros em que sentido? Além disso, Jake não é uma criatura.

O rapaz franziu o cenho.

— Deixe que *ele mesmo* diga isso.

Maggie suspirou.

— Na verdade, é possível que ele diga. Como você se chama?

— Meu nome não importa. Estou falando por todos.

Maggie sentiu uma leve, mas insistente pressão no braço. Era Jake. Ela fez um gesto para Nathan Boss, que segurava a máquina de tradução.

— Esta pessoa viva / perto da morte / foi embora / era uma pessoa e não é mais / música triste.

Ouvindo as palavras fragmentadas saindo do instrumento, o irmão se voltou para o troll com olhos arregalados.

Maggie perguntou ao jovem:

— O que aconteceu aqui?

Como resposta, o rapaz se afastou da área construída e foi até o ossário que tinham visto lá de cima.

Era um buraco no chão, cheio de corpos. Doze corpos, calculou Maggie, talvez mais. Não havia restos humanos à vista, apenas humanoides: trolls e outra espécie que Maggie reconheceu por causa das fotos que viu quando se preparava para a missão. *Elfos* — uma das variedades mais violentas, se não lhe falhava a memória.

Maggie se voltou mais uma vez para o rapaz e disse, em tom autoritário:

— Preciso do seu nome.

Ele enrubesceu e disse:

— Irmão Geoffrey. Auditor dos Irmãos Não Lapidados. Somos uma ordem contemplativa. Acreditamos que uma alma preparada possa superar todas as circunstâncias hostis... — Sua voz falhou.

A história que Maggie extraiu do irmão Geoffrey, em meio a soluços e *mea culpa*, estava sendo repetida em toda a Terra Longa. Cada Terra paralela era um novo mundo, um mundo de graça, uma tábua rasa na qual você podia escrever uma vida maravilhosa, se soubesse sonhar alto e tomasse cuidado com a retaguarda. Ali, os irmãos tinham construído uma cidade decente, influenciada pelas linhas de Atenas. Sua filosofia parecia uma mistura dos ensinamentos de personagens históricos que Maggie, com base em seus parcos conhecimentos teológicos, considerava pessoas do bem, entre elas Jesus, Buda e Confúcio. Mas não tinham escutado as advertências que certamente tinham recebido de pessoas mais experientes, antes mesmo de deixarem a Terra Padrão.

O perigo que abatera-se sobre eles, entre outros, fora os elfos.

Mac se aproximou de Maggie.

— Fizemos uma rápida análise dos corpos. Capitã, foram os elfos que atacaram a cidade. Encontramos apenas ferimentos defensivos nos trolls. Está claro que os elfos saltaram para esse mundo tendo os humanos como alvo.

Nos preparativos para a viagem, Maggie tinha visto relatos de ataques como aquele, em que elfos surgiam do nada para saquear cidades.

— Uma paliçada não seria útil contra Saltadores.

— É verdade, mas porões seriam, e não vi nenhum nessa cidade. Os trolls caíram de paraquedas nesse fogo cruzado. Talvez estivessem apenas de passagem, ou até estivessem tentando ajudar os humanos. Acontece que *esses* caras não conhecem a diferença entre trolls e elfos.

— Então os colonos atiraram em ambos.

— É o que acho que aconteceu.

— Obrigada, Mac.

Geoffrey ainda estava ao lado dela.

— Minha mãe foi uma das vítimas. Estávamos apenas nos defendendo.

— Eu sei, mas os culpados não foram os trolls. Veja. — Ela apontou para o pequeno Carl, divertindo-se com brinquedos, para alegria das poucas crianças que estavam ali, também usando batas de lã. — É *isso* que os trolls fazem. Para sobreviver na Terra Longa, é preciso conhecê-la. No caso de vocês, se existem elfos em mundos vizinhos, a melhor coisa a fazer é aceitar os trolls. Eles podem limpar os campos, construir celeiros, cavar poços. E o melhor de tudo é que vão ajudá-los a combater os elfos.

O rapaz pareceu ter dificuldade para aceitar a ideia, mas a pergunta final foi positiva.

— O que devemos fazer para atrair os trolls?

Era uma pergunta difícil de responder, já que os trolls pareciam estar se retirando de todos os mundos ocupados por humanos. Maggie deu de ombros.

— Sejam gentis com eles. Para começar, sugiro que, com a ajuda de minha tripulação, enterrem os corpos dos trolls com as vítimas humanas. Logo todos os trolls desse mundo, e de todos os outros mundos, vão reconhecer esse ato de respeito. Também vamos ajudá-los a cavar alguns porões antes de partirmos. Prevenções antissalto, certo? Além disso, uma paliçada cairia bem aqui.

\*\*\*

Trabalharam o restante do dia.

Naquela noite, logo que o Sol se pôs, a comunidade se reuniu para ouvir o canto dos trolls do *Franklin*. Logo as respostas começaram a chegar, como ecos vindos além da penumbra do horizonte, os sons distantes combinando estranhamente com os mais próximos, os cantos fluindo e pairando no ar da cidade e compondo uma grande sinfonia.

Entretanto, havia certo vazio no som. Naquele mundo, assim como em todos os mundos da Terra Longa ocupados por humanos, a população de trolls era cada vez menor. Um silêncio se estendia a toda a Terra Longa, como se tivesse ocorrido uma extinção causada por uma terrível praga. Era um fenômeno estranho, pensou Maggie. Ela não se lembrava de nada parecido. Era como se, de repente, todos os elefantes estivessem se retirando da África. A natureza rejeitando a espécie humana. Até os trolls do *Franklin* pareciam inquietos, e Maggie decidiu libertá-los se mostrassem sinais mais sérios de descontentamento.

Em breve, pensou, resignada, começariam a chegar apelos dos moradores das diversas colônias para que ela trouxesse de volta os trolls operários, dizendo que estava na hora de o governo *fazer* alguma coisa.

O *Benjamin Franklin* pairou acima de Nova Pureza por mais dois dias antes de saltar para outros mundos.

# 39

Sally conhecia o mundo ao qual acabavam de chegar. É claro que conhecia.

Ao mesmo tempo, estava claro que Jansson *não* conhecia aquele mundo. Tudo que ficava além das Terras Baixas, incluindo o Vazio, era novidade para ela.

Tinham sido necessárias três semanas de viagem, partindo do Vazio, para chegar até ali, usando saltos convencionais e passagens secretas. Sally poderia ter chegado mais rápido, suspeitava Jansson, mas guardava seus movimentos para si. Além disso, não era possível viajar muito rápido na companhia de trolls. Aqueles corpos enormes precisavam de uma quantidade de comida muito grande, todos os dias.

A última passagem secreta os levou a um mundo meio deserto. Estavam em um vale amplo, com rochedos salpicados de cavernas. No vale, havia poucas árvores raquíticas, os restos de uma ponte de pedra e uma construção, um grande paralelepípedo de pedra preta. O ar era tão seco que parecia desidratar a pele delas. Por instinto, Jansson procurou uma sombra. Sally se lembrava muito bem daquele lugar e dos níveis elevados de radiação. Ela explicou a Jansson que não deviam se aproximar da pedra preta.

Aquele era o mundo que haviam chamado informalmente de Retângulos, quando Sally o visitara com Joshua e Lobsang, dez anos atrás. Um mundo de fracasso e morte. Um mundo no qual Joshua encontrara um único artefato digno de nota, um anel de ouro cravejado de safiras. Um mundo que permanecera intocado nos últimos dez anos, a não ser pelos vestígios deixados por alguns visitantes: pegadas de botas na areia, restos de fogueiras, bandeirolas de arqueólogos — e até lixo, como embalagens vazias e sacos rasgados.

A troll e seu filhote se afastaram em busca de água, comida, sombra.

Sally conduziu Jansson até a sombra de uma das árvores esquálidas, preparou uma cama improvisada para ela, usando as mochilas como colchão, e a forrou com um cobertor prateado. Em seguida, acendeu uma fogueira. Não estava frio, mas o fogo manteria os animais perigosos longe.

— Então já passou por aqui com Joshua, anos atrás, e agora voltamos porque os trolls estão aqui... ou nas redondezas. Escondidos. Foi esse seu raciocínio, não foi? Sejam quais forem as pistas em que se baseia.

Sally deu de ombros e não falou nada.

Jansson estava começando a entender. Durante a viagem, Sally havia desaparecido várias vezes por algumas horas, por um dia, às vezes até mais. Devia estar entrando em contato com o networking que fizera na Terra Longa. Jansson suspeitava de que a própria Sally teria dificuldade para descrever os rumores que ouvira de diferentes fontes. Se viesse para *cá*, encontraria trolls ou os trolls a encontrariam; aquela foi a conclusão a que chegara. Restava a Jansson torcer para que as informações fragmentadas e a intuição de Sally a tivessem levado a tomar a decisão correta.

Jansson desistiu de especular. Também não seria uma boa ideia perguntar para Sally. Mesmo que ela fosse na dela, o silêncio seletivo era uma de suas manias mais irritantes.

\*\*\*

Quando Jansson adormeceu, Sally saiu para caçar.

Sally já havia observado que o solo do vale era estranhamente plano. Era como se fosse uma peça única: outro artefato, talvez, como a construção de pedra preta. Havia um acúmulo de seixos na base das encostas do desfiladeiro, e plantas extremófilas aqui e ali, tolerantes ao calor e à falta de umidade, lutando pela vida. À primeira vista, não havia sinais de movimento, nada de quadrúpedes, pássaros ou insetos. Isso não preocupava Sally. Se existiam plantas, deveriam existir herbívoros que se alimentavam das plantas e carnívoros que se alimentavam dos herbívoros. Era uma questão de paciência. Tudo que precisava fazer era esperar. Ela nunca se dava ao trabalho de carregar mantimentos — não na gigantesca despensa que era a Terra Longa. Um lagarto ou dois já estava bom. Ou uma toupeira. Um animal escavador.

Perto da encosta íngreme do desfiladeiro, à sombra do rochedo, ela ficou de cócoras. Era assim que Sally passava a vida há um quarto de século, desde que deixara a Terra Padrão para sempre, não muito tempo após o Dia do Salto, quando o pai proporcionara à humanidade o presente ambíguo que era a tecnologia do Saltador. É lógico que tivera muitas oportunidades de praticar na Terra Longa. Viver da caça na Terra Longa podia ser fácil, mas era uma ilusão acreditar que animais que nunca tinham visto um ser humano eram naturalmente dóceis. Muitos bichos deliciosos estavam acostumados a fugir de *qualquer coisa estranha*. Era preciso ter paciência.

Aquele lugar não havia mudado nada, a não ser pelas pegadas recentes, ela constatou enquanto relaxava e observava o entorno. De todas as descobertas de sua viagem de exploração na década anterior que Joshua e Lobsang levaram à Terra Padrão, aquela era provavelmente a mais sensacional: a prova da existência de criaturas inteligentes parecidas com dinossauros a mais de um milhão e meio de saltos da Terra Padrão. Não adiantara nada Lobsang declarar que o organismo-colônia autobatizado de Primeira Pessoa do Singular era muito mais interessante e exótico. Ninguém *compreendia* seus argumentos. Também era inútil observar que as criaturas cujos restos haviam encontrado, embora reptilianas, não podiam *exatamente*, por nenhum critério científico, ser consideradas dinossauros.

Todos queriam saber mais sobre os "dinossauros inteligentes". As universidades receberam fundos para organizar várias expedições ao local. Durante vários anos, pesquisadores vasculharam o lugar, embora a radioatividade tornasse o trabalho perigoso. Enviaram drones e balões equipados com sensores de infravermelho e radares de penetração no solo para dar uma olhada no restante daquele mundo.

Não foi surpresa para ninguém quando descobriram que aquele vale era apenas a ponta visível de uma cultura planetária: antiga e há muito extinta, enterrada nas areias daquele mundo árido, que Lobsang e o *Mark Twain* não estavam equipados para explorar a fundo. Havia vestígios de cidades, estradas e canais sob a areia. Embora fossem familiares, não eram iguais às obras feitas por seres humanos, e sim o produto de mentes *diferentes*, e todas muito antigas.

Não, os antigos habitantes daquele mundo não eram dinossauros, mas seus ancestrais podiam ter sido dinossauros — assim como os humanos tinham tido ancestrais na era dos dinossauros, mamíferos quadrúpedes furtivos parecidos com esquilos. Talvez naquele mundo o impacto de um grande asteroide, que havia causado a extinção dos dinossauros na Terra Padrão, tivesse produzido efeitos diferentes, eliminando os dinossauros maiores, mas poupando os primos menores, mais inteligentes e mais ágeis. As criaturas de Retângulos talvez fossem descendentes dos raptores.

Muito mais tarde, porém, eles também passaram por um processo de extinção. A causa podia ter sido uma guerra, uma praga ou outro asteroide. Nos estágios finais, os poucos sobreviventes, ou seus descendentes, a tecnologia perdida, a civilização em ruínas, todos foram atraídos para aquele local pelo estranho fenômeno que envolvia um reator nuclear, possivelmente natural, uma concentração fortuita de urânio sob aquela construção. Para eles, tinha sido como um deus, como um templo que os matara bem devagar.

Essa era apenas uma das explicações possíveis: uma *concentração fortuita* de urânio. Desde o começo, porém, havia especulações de que aquilo não era um fenômeno natural, e sim as ruínas de uma tecnologia muito mais antiga e avançada. A radioatividade vinha do núcleo abandonado de um reator, ou talvez de um depósito de rejeitos nucleares.

Essa hipótese fora objeto de muitas discussões, mas ia de encontro com a opinião de Sally quando chegara pela primeira vez àquele lugar.

De certo modo, era satisfatório que as respostas não fossem simples ou objetivas. Como todos os mundos, aquele não era um modelo teórico bem definido, e sim o produto de uma longa e complexa evolução. Além disso, Sally frequentou a universidade em Madison. Ela entendia o suficiente de ciência para saber quando uma teoria começava a ter seus fundamentos abalados por dados incompletos ou inadequados, e se esforçava para não tirar conclusões precipitadas.

Ela estava feliz com o fato de Joshua nunca ter revelado a existência da única lembrança material que levara daquele lugar: o anel de ouro cravejado de safiras, que poderia ter sido criado por um joalheiro humano, mas que haviam encontrado no dedo descarnado de um reptiliano. Também estava feliz com o fato de que Joshua guardara o objeto durante tanto tempo.

Eventualmente, o dinheiro das pesquisas acabara. A Terra Longa estava sempre cheia de objetos de estudo de todos os tipos, e os arqueólogos haviam abandonado as escavações e viajado para outros mundos. Sally, no papel de caçadora, estava satisfeita com isso. Satisfeita com a solidão. Não havia nada ali além de sombras na encosta.

Um bafo quente no pescoço. *Caçador está sendo caçado*, pensou. Tinha sido pega distraída. Virou-se e levou a mão à faca que trazia na cintura.

Um lobo: essa foi sua primeira impressão. Muito grande, pelo eriçado, boca aberta, língua de fora, os olhos grandes como janelas, abertos para a vastidão gelada do Ártico. Parecia tão forte quanto ela, ou mais. E tinha chegado perto o suficiente para *cheirá-la*, sem que ela percebesse.

Sally teve de se controlar para não saltar para longe, o que costumava ser sua primeira reação. Não estava sozinha naquela viagem; tinha de pensar em Jansson. Imaginou se teria tempo de alertá-la com um grito e se isso adiantaria de alguma coisa.

Entretanto, o animal não a atacou.

Ele deu um passo para trás, outro passo, levantou o corpo... e *ficou de pé* nas patas traseiras, sem muito esforço, como um cachorro executando um número de circo, mas com naturalidade, como se estivesse acostumado a ficar naquela posição. Sally notou que ele usava um cinto, do qual pendiam vários objetos, entre eles uma arma de metal que parecia uma arma de raios de Buck Rogers. Quando o lobo estendeu as patas dianteiras para ela, percebeu que os dedos eram longos, flexíveis, as patas eram como se fossem mãos sem polegares, envolvidas por uma luva de couro. Surpresa atrás de surpresa.

Então, o animal falou:

— Sally Linsay. — A voz era um rosnado, um som gutural, um sussurro primitivo, mas compreensível, e as palavras humanas eram acompanhadas por mudanças sutis de postura: um levantar de cabeça, uma contração de focinho. — Vindo parrra cá, nós sabíamos. Kobolds falarrram. Bem-vinda.

Ele inclinou a cabeça e uivou.

# 40

Nas semanas seguintes à partida das Chinas Baixas, os dirigíveis *Zheng He* e *Liu Yang* viajaram para leste, aumentando gradualmente a frequência dos saltos, embora, como informaram a Roberta, ainda estivessem longe da frequência máxima. Mundos desfilavam abaixo dos twains, frios e amenos, úmidos e secos, a geografia no sentido leste parecida com a que tinha sido registrada por exploradores americanos no sentido oeste, interrompida por Curingas de diversos tipos, como flashes aleatórios.

Faziam paradas periódicas, e tripulantes desciam até a superfície, adequadamente protegidos, para observar, medir e colher amostras do solo, da flora, da fauna e da atmosfera. Seguiam a mesma estratégia de exploração da Terra Longa de Joshua Valienté na década anterior, com pioneiros na superfície supervisionados por controladores a bordo dos dirigíveis. Observando de cima, Roberta tomava notas.

Passaram o marco de dois milhões de saltos de distância da Terra Padrão.

Agora se aproximavam de um mundo no qual, conforme planejado, Roberta desceria até a superfície, acompanhada pela tenente Wu Yue-Sai.

Os chineses já tinham visitado aquele mundo e realizado estudos preliminares. Disseram a Roberta que a primeira descida faria parte de seu treinamento, e ela concordou. Já havia passado muito tempo em um simulador com a tenente Wu Yue-Sai, que lhe mostrara como vestir o traje de proteção e usar a caixa do Saltador e as pequenas câmeras que levaria nos ombros, como o capitão falaria com elas por meio de fones de ouvido, como usar o estojo de medicamentos, a comida racionada de emergência e os cobertores prateados se alguma coisa desse errado e, por fim, como manusear a pistola de cerâmica e bronze. Roberta examinou cada peça do equipamento, fez perguntas inteligentes e praticou exaustivamente os passos.

Yue-Sai tentou tornar o processo menos penoso. Fez piadas com seu inglês imperfeito e inventou jogos e competições para distrair Roberta. A menina se limitava a esperar que esses momentos passassem e voltava, paciente, aos exercícios de treinamento.

Com o tempo, percebeu que Yue-Sai ficava cada vez mais distante. Roberta já havia passado por isso outras vezes. Não que Roberta Golding não compreendesse as pessoas. Pelo contrário, ela as compreendia bem demais. As tentativas de Yue-Sai de tornar divertido o processo de treinamento tinham sido exercícios transparentes de motivação, que Roberta logo notou. Mas a verdade era que estava tão envolvida naquela empreitada que não precisava de motivação adicional. Sua atitude, porém, deixava Yue-Sai um pouco frustrada, e Roberta podia ver isso também.

Aos quinze anos, Roberta era uma pessoa que *entendia* as coisas com mais facilidade. Ela tinha consciência das próprias limitações, como naquele instante, por exemplo, em que se preparava para explorar um mundo desconhecido pela primeira vez. Em um piscar de olhos, podia ser vitimada pela inexperiência ou por algum evento fortuito. Sabia disso e aceitava o risco com uma calma que surpreendia os outros. Mas qual era a vantagem de se iludir?

Ela às vezes pensava no fato de que a carreira que pretendia seguir envolvia um esforço permanente para pôr de lado qualquer forma de ilusão. Qual era a natureza do universo em que nascera? Por que o universo existia? Se havia um propósito, qual era? Essas pareciam as únicas questões que valia a pena investigar, e a única técnica válida criada pelos humanos para investigá-las era o método científico, uma busca robusta e autocorrigida pela verdade. Porém, lá pelos seus doze anos, aprendera que a ciência até o momento — a física, a química, a biologia e o restante — estava apenas engatinhando em termos dessas questões, das questões fundamentais. *Essas* questões tinham sido investigadas a fundo apenas por teólogos e filósofos. Infelizmente, as respostas que os teólogos e filósofos apresentavam eram um misto de dúvidas, ilusões e disparates que provavelmente faziam mais mal do que bem. No entanto, era tudo que existia.

Por enquanto, Roberta dedicava-se à teologia e à filosofia, além de incursões nas ciências naturais, como aquela expedição. Ela havia recebido auxílios financeiros do Vaticano, de mórmons, de muçulmanos e de várias fundações filosóficas para participar daquela missão para as Terras a leste. Lidando com essas organizações, aprendera a *não* divulgar sua ideia de que a religião organizada era uma ilusão coletiva.

Roberta tinha de se virar com o que estava disponível. Às vezes, se via como os estudiosos da Idade Média na Europa, reféns da Igreja Católica, pois era a única instituição, na época, dedicada ao conhecimento organizado. Ou, talvez, voltando ainda mais no passado, como se tentasse usar facas de pedra e tabletes de barro para construir um radiotelescópio. Mesmo assim, prosseguia. Não tinha escolha.

Apesar do desejo de estudar em um lugar melhor, Roberta Golding entendia o mundo e as pessoas com clareza. A humanidade, afirmou na resposta de um teste de filosofia que fizera aos onze anos, era apenas o resíduo que restava quando você subtraía o chimpanzé perplexo. Respostas como aquela a haviam tornado uma estudante promissora. Em Boa Viagem, onde havia muitas crianças brilhantes como ela, era sempre escolhida para o time de netball. Ali, porém, a falta de reação, o hábito de falar na forma de breves preleções e o fato de corrigir erros simples a afastavam da tripulação e até da prestativa Yue-Sai.

Os dirigíveis pararam em um local adequado e, de forma metódica, enviaram foguetes de sondagem e balões meteorológicos para obter uma visão mais abrangente daquele mundo. Em seguida, Yue-Sai levou Roberta até o elevador do convés. As duas conferiram o equipamento mais uma vez e desceram até a superfície da Terra Leste 2.201.749.

*\*\*\**

Estavam na margem de uma floresta, perto do estuário de um rio. De onde estava, Roberta podia ver o estuário, o manguezal que o cercava e, mais além, o oceano. Sua atenção se voltou para um bando de criaturas que executavam voos rasantes sobre o oceano, com as asas membranosas estendidas. Eram os maiores animais voadores que ela havia visto na vida. Seriam parentes dos pterossauros? Seriam parentes dos morcegos? Seriam o fruto da evolução de outra espécie qualquer? Silhuetados pelos reflexos cintilantes da luz do sol no oceano, mergulhavam de cabeça na água e subiam com grandes peixes, ou criaturas parecidas com peixes, em seus longos bicos.

Aquele era um mundo quente e úmido, um mundo com grandes oceanos margeados por manguezais. Um mundo que oferecia vistas fantásticas. Era também um mundo, como Roberta descobriu em seus estudos, com perigos inexistentes em mundos mais secos, como a Terra Padrão. Na cópia local do Oceano Pacífico, por exemplo, os hipercanos eram frequentes.

Algo se moveu no meio da floresta.

Yue-Sai acenou para ela. Roberta desligou o alto-falante em seu ombro e se escondeu atrás de uma árvore.

Formas imensas atravessavam a floresta, rumando para a água doce do estuário. Roberta viu corpos compactos e musculosos caminhando sobre quatro patas, sendo as traseiras muito mais desenvolvidas. Pareciam cangurus grandes, pensou. As orelhas pareciam cristas multicoloridas, reforçadas com cartilagem. Havia muitos desses animais, os adultos mais altos que Roberta, os filhotes vindo logo atrás, e um bebê sendo carregado em uma bolsa na barriga da mãe.

Silenciosa como um gato, Yue-Sai se embrenhou na floresta, acompanhando a manada.

Roberta a seguiu. Não era tão ágil quanto Yue-Sai, mas reparou que as lentes que giravam para manter o foco da câmera eram mais ruidosas que suas passadas e ficou orgulhosa.

Chegaram à margem da floresta. Na planície do estuário, bandos de pássaros, ou animais parecidos com pássaros, andavam empertigados, brigavam e comiam. Com flores do manguezal em abundância, era um festival de cores, sob um céu azul-escuro. Roberta julgou ver as costas onduladas de criaturas parecidas com crocodilos deslizando na água do mar.

Criaturas da floresta chegavam para beber água na beira do rio.

Os mais vistosos, mais espetaculares, eram aqueles cangurus enormes com cristas coloridas. Os animais eram grandes e pesados, movimentavam-se tão devagar que pareciam estátuas vivas. As patas traseiras eram tão musculosas que pareciam ter sido feitas para chutar e não para saltar, como as dos cangurus da Terra Padrão. Por outro lado, as orelhas-cristas eram frágeis, quase transparentes quando iluminadas pelo sol. O padrão das cores mudava a todo instante.

— Estão vendo isso, capitão Chen, Sr. Montecute? — perguntou Yue-Sai.

— Estamos — respondeu o capitão em seu fone de ouvido. — Tentem manter as câmeras voltadas para essas cristas. Para que tanto exibicionismo? Vou pedir aos técnicos que submetam as imagens a um programa analisador de padrões.

Yue-Sai tocou no braço de Roberta e apontou para outro local na margem do rio.

Mais animais estranhos. Pareciam grandes pássaros sem penas, pensou Roberta. Caminhavam de forma elegante, equilibrados nas grandes patas traseiras, mantendo levantadas as pequenas patas dianteiras. A cabeça era comprida, como a das cobras, mas com bico parecido com o dos patos. Quando se curvavam para beber água, sugando ruidosamente, uma cauda longa e musculosa balançava atrás deles.

— São pássaros ou dinossauros? — perguntou Roberta.

Yue-Sai deu de ombros.

— São todos da mesma família. Não crie expectativas, Roberta. Não se surpreenda com qualquer coisa.

Roberta assentiu. As histórias dos mundos paralelos da Terra Longa eram forjadas por processos semelhantes, mas que difeririam nos detalhes.

Você tinha de imaginar que navegava por uma árvore de probabilidades, na qual algum evento no passado remoto tinha ocorrido de forma diferente naquele mundo em particular, mudando a história subsequente daquele lugar e fornecendo um material diferente para a seleção natural.

— Por exemplo — disse Yue-Sai —, o bico é um atributo dos pássaros e dos dinossauros na Terra Padrão, mas esses animais de cristas coloridas são mamíferos marsupiais. Por outro lado, *aqueles* animais divergem em tudo das espécies da Terra Padrão.

Ela apontou.

Elfos.

Humanoides Saltadores. Havia um bando deles, talvez vinte, incluindo crianças e bebês. Tinham encontrado um local afastado dos grandes herbívoros e longe o suficiente do oceano para não serem ameaçados pelos crocodilos. Estavam bebendo água com a ajuda das mãos e revolvendo a lama em busca de raízes, vermes e moluscos. Alguns machos jovens brigavam e se desafiavam, sumindo e voltando, viajando entre mundos, de modo que observá-los era como tentar acompanhar um filme mal editado.

— Existem outras espécies estranhas nesse mundo — disse Yue-Sai. — Avistei algumas na floresta.

A conversa foi interrompida por um som parecido com o de um trovão.

\*\*\*

Yue-Sai e Roberta voltaram para a floresta. Alguns dos bicos de pato continuavam bebendo água, mas os adultos levantaram a cabeça, desconfiados. Os cangurus de crista recuaram e formaram um círculo.

Houve um estrondo, madeira se estilhaçando, um gemido, quando uma árvore jovem tombou e a floresta tremeu como um palco frágil no momento em que um animal gigantesco irrompeu em campo aberto. Com mais de quinze metros de comprimento, o corpo era sustentado por duas pernas. Comparados a elas, os braços eram pequenos, mas mais compridos e musculosos que as pernas de Roberta, e havia uma espécie de trepadeira enrolada em seu braço direito. A pele do animal era coberta de penas de cores vibrantes, como a vestimenta de um sacerdote asteca. A cabeça era um caso chocante de dentes e sangue. Quando abriu a boca para rugir, Roberta sentiu cheiro de carne.

Ele avançou, enorme, decidido. Parecia mais mecânico que animal, um robô assassino, um autômato. No entanto, respirava e dava patadas no chão. Os herbívoros já estavam fugindo, seguindo a margem do oceano, galopando e berrando.

Os elfos, porém, não fugiram. Eles se espalharam para formar um arco, enfrentando a criatura, os adultos na frente, com facas de pedra em mãos, e os jovens atrás, mas também rosnando em afronta. Parecia um filme, pensou Roberta. Homens-macacos com armas de pedra contra um dinossauro.

Yue-Sai arregalou os olhos, como se não quisesse perder um segundo do espetáculo.

— É um dinossauro. Ou melhor, um descendente de dinossauros depois de 65 milhões de anos. Um tiranossauro, ou um animal semelhante que evoluiu para ocupar o mesmo nicho.

— A China também possui belas linhagens de dinossauros — protestou o capitão Chen. — Poderia usar outras comparações, tenente.

— Sim, senhor — concordou Yue-Sai, distraída. — Pode ser até um pássaro incapaz de voar. Se for um tiranossauro, é provável que se trate de uma fêmea. Elas ocupavam territórios de alguns quilômetros de diâmetro. Os machos eram mais esparsos, seus domínios tinham algumas dezenas de quilômetros de diâmetro. O que é aquilo no braço dela?

Os rugidos da predadora e os rosnados e gestos dos humanoides atingiam um clímax. De repente, a predadora investiu contra o grupo de elfos.

Os elfos mais jovens se espalharam, enquanto os adultos apareciam e desapareciam tão rápido que a predadora não conseguia pegá-los, embora ela virasse a cabeça de um lado para o outro, abrisse e fechasse a boca cheia de dentes e varresse o espaço vazio com os braços e a cauda. Um elfo se materializou ao lado da cabeça da predadora, tentou golpeá-la no olho direito com uma faca de pedra e desapareceu mais uma vez antes de chegar ao chão. A precisão tinha sido notável, e o olho da predadora foi salvo só porque ela baixou a cabeça no último instante.

Enfurecida e ensanguentada, a predadora ficou no centro do bando de humanoides, incapaz de atingi-los com um golpe mortal. Ela rugiu de novo, balançando a enorme cauda e rangendo os dentes.

Mas os humanoides estavam ficando entediados. Resolveram saltar pela última vez, as mães carregando os filhos, sem deixar nenhum deles para trás.

— Esses carinhas não são fáceis — disse Jacques nos fones de ouvido.
— Eles enfrentaram Grendel de igual para igual.

Yue-Sai deu de ombros.

— Com o tempo, ela vai aprender a não se meter com humanoides, principalmente com os que sabem saltar. Acontece que, na verdade, eles não eram o alvo. Vejam.

Agora a predadora cruzava a praia na direção dos cangurus de crista. Eles não tinham perdido tempo. Assustados, toneladas de carne e osso em movimento, os cangurus eram como uma divisão de tanques de guerra batendo em retirada. Entretanto, uma mãe ficou para trás para ajudar o filhote.

— Eles já pegaram uma distância boa — disse Jacques.
— Tem certeza? — murmurou o capitão Chen. — Vejam o que ela está fazendo com o braço.

Roberta viu que a predadora estava usando uma das mãos para desenrolar a trepadeira do braço. Ela devia ter uns dois metros de comprimento e tinha um peso em cada extremidade que parecia ser um coco. Enquanto corria, as patas abrindo buracos na areia da praia, a espinha e a cauda quase na horizontal, a predadora rodou a trepadeira e a arremessou. Ela voou no ar e se enroscou nas patas traseiras da canguru retardatária. A trepadeira arrebentou no mesmo instante, mas a canguru perdeu o equilíbrio e se esparramou na areia. O filhote ficou parado ao lado dela, chorando baixinho, claramente apavorado.

E com razão, pois a predadora não perdeu tempo. Aproximou-se e baixou a cabeça para arrancar um grande pedaço da pata traseira direita da canguru. Em seguida, sem muito esforço, golpeou com a cabeça uma das cristas da canguru, esmagando a cartilagem e fazendo a crista tombar como uma pipa sem vento. A canguru gritou de dor.

Embora o sangue jorrasse da ferida profunda, ela conseguiu se levantar. Empurrou o filhote, e os dois se arrastaram pela praia na direção seguida pelo rebanho, que já havia desaparecido na floresta.

A predadora ficou parada olhando para eles, respirando fundo. A boca estava manchada com o sangue da canguru. Ela foi até a água, bebeu com vontade, balançou a cabeça e saiu trotando atrás da mãe e do filhote. Essa perseguição só poderia ter um desfecho.

— A predadora usou uma boleadeira — comentou Roberta.

— Sim — disse Yue-Sai. — Podia ser um objeto natural, uma trepadeira com frutos, mas não havia nada de "natural" no modo como foi usada. — Yue-Sai parecia encantada, do seu jeito discreto, por ter feito aquela surpreendente descoberta. — Não disse, Roberta? Estamos muito longe de casa. Não devemos preconceber nada.

— Assino embaixo — disse o capitão Chen. — E devo informar a vocês que nossos especialistas em processamento de sinais me informaram que havia informações nas cores das cristas daqueles cangurus. *Eles estavam conversando.* Usavam as cores das cristas para se comunicar! Inteligência! Nossos especialistas vão deixar isso claro quando escreverem um artigo intitulado "Uma combinação mamífero-réptil de inteligências capazes de fabricar ferramentas em um mundo situado além da Terra Leste Dois Milhões". Que maravilha! Que grande descoberta para a China!

As duas começaram a andar em direção ao lugar onde seriam recolhidas.

Evidentemente entusiasmado, Chen prosseguiu:

— Nós, chineses, você sabe, Roberta, temos lendas diferentes das do Ocidente. Existe uma história que data do século V após o nascimento do Cristo de vocês, segundo a qual um pescador encontrou uma passagem por uma caverna estreita para a Terra da Flor de Pêssego, onde os descendentes de soldados perdidos a partir da época da dinastia Qin viviam em uma terra protegida por montanhas, em paz uns com os outros e com a natureza. Quando, porém, o pescador tentou visitar o local pela segunda vez, não conseguiu encontrar o caminho. Assim são todas as utopias, cujas histórias proliferam em todo o mundo. Até nos Estados Unidos, onde o sonho dos nativos do Happy Hunting Ground foi substituído pelas histórias dos colonos europeus a respeito da Big Rock Candy Mountain. Você acha que essas terras existem em algum lugar distante, Roberta? Será que as lendas são um resquício de um conhecimento milenar da Terra Longa?

— Essa discussão não vai levar a nada — murmurou Roberta. — Quanto aos artigos que seus especialistas pretendem escrever, não vão ter utilidade prática.

Yue-Sai olhou para ela.

— Como assim? — perguntou Jacques.

Roberta fez um gesto para o mundo ao seu redor.

— Tudo isso será destruído por um hipercano. Tenho estudado a história climática desses mundos e de seus oceanos rasos. Estão sujeitos a grandes furacões, por causa da evaporação rápida da água. Tempestades que podem atingir continentes inteiros, com ventos de mil quilômetros por hora; o vapor da água chega à estratosfera, destruindo a camada de ozônio. Também estudei os registros dos balões meteorológicos que foram lançados dos twains. Uma dessas tempestades está se formando neste exato momento. Perguntem aos meteorologistas. É inevitável. Vai levar algumas semanas para atingir a intensidade máxima. Quando isso acontecer, essa pequena comunidade vai ser atingida em cheio. Foi um experimento interessante, uma mistura de espécies diferentes. Mas esse experimento vai terminar em breve.

Houve um silêncio momentâneo.

— Terminar? — disse o capitão Chen.

Roberta estava acostumada com aquele tipo de reação a sua escolha de palavras, e considerava irritante. Era como se uma criança estivesse tapando os ouvidos para não ouvir más notícias.

— Todas as vidas terminam um dia. Estou apenas dizendo a verdade. É trivialmente óbvio.

Mais uma vez, todos ficaram calados por alguns instantes.

Yue-Sai foi a primeira a falar:

— Capitão, acho que é hora de voltarmos.

— Concordo.

# 41

O *Zheng He* e o *Liu Yang* permaneceram por alguns dias nas vizinhanças da Terra Leste 2.201.749. Os cientistas catalogaram observações e espécimes, enquanto os engenheiros faziam uma vistoria dos dirigíveis, testando os sistemas e executando uma manutenção de rotina.

Em seguida, partiram para uma região da Terra Longa a leste da Terra Padrão que ainda não havia sido explorada por naves chinesas ou de qualquer outra nacionalidade. Uma jornada para o desconhecido.

Pouco depois, as naves fizeram uma parada nas proximidades da Terra Leste 2.217.643. Tinham encontrado um Vazio: uma quebra na cadeia de mundos que formava a Terra Longa, ou seja, um local onde não havia uma Terra. Roberta comentou com Jacques que o primeiro Vazio a oeste da Terra Padrão, descoberto por Joshua Valienté, ficava nas proximidades da Terra Oeste 2.000.000. A semelhança entre esses números mostrava, sem dúvida, que havia uma conclusão a ser tirada a respeito da natureza da grande árvore de probabilidades que era a Terra Longa.

O dirigível de Valienté sofrera muitos danos ao saltar para o vácuo do Vazio. As naves chinesas estavam mais preparadas. As tripulações fizeram as naves saltarem para a frente e para trás passando pelo Vazio, onde lançaram sondas automáticas reforçadas, que, por causa do momento angular das Terras vizinhas, adquiriam altas velocidades no céu escuro. Jacques examinou sem muito interesse as imagens colhidas pelas sondas: estrelas que se pareciam muito com as vistas de qualquer planeta e planetas que pareciam circular nas órbitas de costume, sem se importar com a ausência da Terra. A tripulação, porém, estava fascinada, o que não acontecera no caso dos humanoides e descendentes de dinossauros. Jacques se lembrou de que aquela missão tinha sido montada por uma agência espacial; era natural que a tripulação se interessasse mais pela constatação de como o universo era amplo e vasto.

Roberta também parecia interessada. Ela pediu que as sondas estudassem os planetas mais próximos, Marte e Vênus, para conferir se havia diferenças significativas nas atmosferas e nas superfícies em relação aos planetas correspondentes.

Uma vez concluída a primeira investigação do novo Vazio, o capitão Chen, com um sorriso de orelha a orelha, reuniu os passageiros e os convidou para estarem no convés de observação na manhã seguinte.

— Vai ser lá que nossa viagem vai começar de verdade.

\*\*\*

Pela manhã, Jacques e Roberta se juntaram à tenente Wu diante das grandes janelas da proa; Jacques segurando uma caneca de café, e Roberta, um copo com água. Os dirigíveis pairavam no céu daquele último mundo, dois peixes voadores acima de uma imensa floresta. Havia um rio a alguns metros, uma faixa cintilante e, mais além, o mar raso típico daqueles mundos úmidos, uma imensidão azul.

Os saltos começaram sem aviso e, com eles, o desfile de mundos, vagaroso a princípio e, então, cada vez mais rápido. Em pouco tempo, viajavam a um salto por segundo, uma velocidade à qual todos já estavam acostumados. Os climas iam e vinham no ritmo dos batimentos cardíacos de Jacques: Sol, nuvens, chuva, tempestades, neve. Os detalhes das florestas variavam — a certa altura, uma enorme cratera, evidentemente recente, apareceu sob a proa do *Zheng He* para logo ficar para trás como um adereço de palco —, e de vez em quando um mundo explodia em chamas ou ficava escuro, e Jacques sabia que os sistemas da nave haviam registrado mais um Curinga.

Chen se juntou a eles e se segurou no corrimão de madeira envernizada embaixo da janela.

— Acho melhor vocês também se segurarem.

Atrás deles, os trolls começaram a cantar "Eight Miles High".

A frequência dos saltos aumentou. Para Jacques, a passagem dos mundos se tornou visualmente desconfortável, como se uma luz estroboscópica estivesse piscando diante de seus olhos cada vez mais rápido. Ele tentou se concentrar na posição do Sol da manhã, que era a mesma em todos os céus, mas a das nuvens divergia, o céu alternava entre branco, cinza e azul. Todos eles, incluindo Roberta, seguravam-se no corrimão. Jacques ouviu o ruído dos motores e percebeu que o dirigível se deslocava ao mesmo tempo que saltava. Ele podia ver o casco prateado do *Liu Yang*, um grande peixe de plástico nadando à luz piscante da progressão de mundos.

Atrás deles, um membro da tripulação vomitou.

— Vai passar — disse Yue-Sai. — Fomos testados para ver se éramos suscetíveis à epilepsia e recebemos um remédio para combater a náusea. O desconforto é temporário.

Os saltos ficavam cada vez mais frequentes, e os mundos passavam cada vez mais depressa. Jacques fez um esforço para continuar olhando, mas focou a atenção na madeira em suas mãos, que vibrava em sincronia com os motores da nave.

Pouco a pouco, o piscar dos mundos foi desaparecendo, substituído por uma mancha contínua. Mais fraco que de costume, o Sol continuava no mesmo lugar, cercado por um céu aparentemente sem nuvens que assumiu um tom azul-escuro, como o do crepúsculo. O panorama abaixo era enevoado, com montanhas cinzentas e trechos de florestas que pareciam aumentar, tremer e desaparecer. O rio que serpenteava por entre as montanhas se espalhou, inundando as terras próximas, e a costa oceânica se tornou uma mancha larga, deixando incerta a divisão entre terra e mar.

— As imagens dos mundos estão se fundindo — murmurou Roberta.

— Sim! — exclamou Chen. — Agora estamos saltando na frequência máxima, uma velocidade chocante de *cinquenta mundos por segundo*. Os mundos passam mais depressa que a taxa de atualização dos monitores, mais depressa que seus olhos podem acompanhar. Nesse ritmo, poderíamos refazer as grandes viagens dos pioneiros da Terra Longa em pouco mais de meia hora. Se mantivermos esse ritmo, poderemos atravessar mais de quatro milhões de mundos *por dia*.

Jacques perguntou:

— Estamos nos movendo lateralmente também, certo? Com que objetivo?

— Para acompanhar o movimento das placas tectônicas — explicou Roberta, sem pestanejar.

Chen assentiu.

— Isso mesmo. Na Terra Padrão, os continentes se deslocam a uma velocidade da ordem de dois centímetros e meio por ano. Existe um deslocamento também quando saltamos de um mundo para o outro. O objetivo do movimento lateral é manter a nave no centro da placa tectônica em que está o sul da China. Não queremos perder a China de vista. — Ele piscou para Jacques. — Por falar nisso, os dirigíveis chineses são os mais rápidos. — Ele consultou o relógio. — Agora, se me dão licença, preciso cumprimentar os engenheiros, acalmá-los ou as duas coisas. O dever me chama.

Jacques notou que os algarismos menores do contador de Terras pendurado na parede haviam se tornado um borrão, assim como os mundos pelos quais passavam, enquanto os algarismos maiores indicavam os passos gigantescos que davam rumo ao desconhecido.

Enquanto isso, os trolls cantavam sem parar.

# 42

Notícias a respeito da missão da capitã Maggie Kauffman, enquanto sua nave passava o verão na Terra Longa:

A viagem do USS *Benjamin Franklin* prosseguiu de forma desordenada, ziguezagueando entre mundos. Os colonos da Terra Longa não se organizavam geograficamente ou em número de saltos. Mesmo assim, Maggie observou que uma organização começava a surgir, com várias colônias sendo criadas em mundos vizinhos. Gerry Hemingway, o cientista, formulava um modelo matemático para o fenômeno, uma penetração da humanidade na Terra Longa que resultava em uma distribuição descrita por ele como "à beira do caos". Maggie, que já estava cansada de tantas viagens, achava que era um bom resumo do que estava acontecendo.

Certa vez, na costa do Atlântico de um mundo ameno do Cinturão do Milho, eles se encontraram com um dirigível inglês chamado *Sir George Cayley*, que voltava de uma missão na Islândia. Saltadores da Islândia exploravam mundos em busca de um clima favorável. Se você tinha escolha, é claro que ia preferir morar em um lugar mais quente. No caso da Islândia, você procurava um clima relativamente benigno análogo ao do país descoberto e colonizado pelos vikings no início da Idade Média. (Usar os trajes da época era opcional.)

Uma delegação da nave americana visitou a nave inglesa e vice-versa. Na experiência de Maggie, as naves inglesas tinham as melhores bebidas, entre elas o gim-tônica, que usavam para brindar à Sua Majestade.

Curiosamente, as tripulações das naves inglesas permaneciam sentadas na hora de brindar à lealdade, uma tradição que remontava ao tempo de Nelson, quando não havia espaço para todos ficarem de pé nas caravelas de madeira superlotadas.

Entretanto, encontros agradáveis como aquele não eram comuns para a tripulação do *Franklin*.

Era mais típico um chamado para um mundo a setecentos mil saltos da Terra Padrão no qual um garimpeiro, que aparentemente conhecia técnicas de escavação usadas apenas em filmes, havia transformado uma possível mina de prata em uma armadilha mortal. Resgatá-lo com vida foi um baita desafio, mas felizmente um dos tripulantes, o aspirante Jason Santorini, tinha passado alguns anos trabalhando em escavações; ele *amava* mexer na terra.

Quando a operação de salvamento terminou, Maggie deu à tripulação dois dias de folga em terra firme antes de seguirem viagem.

No segundo dia, enquanto Maggie almoçava com os oficiais superiores à sombra do *Franklin* — entre eles o aspirante Jason Santorini, que foi convidado para a mesa da capitã como recompensa pelo seu trabalho —, outro twain, uma pequena nave comercial, surgiu no céu. Uma escada foi baixada perto do grupo, e duas pessoas saltaram: uma mulher idosa e um homem de meia-idade.

E um gato, que desceu atrás deles.

Maggie e os oficiais se levantaram para cumprimentar o casal. Joe Mackenzie olhou para o gato, desconfiado.

— Capitã Maggie Kauffman? — perguntou o homem. — Prazer em conhecê-la. Já ouvi falar tanto da senhora! Não foi fácil te achar, como deve imaginar.

— O senhor é...?

— Meu nome é George Abrahams. Essa é minha esposa, Agnes. Meu título é doutor, embora isso não venha ao caso.

O sotaque do homem parecia bostoniano, e seu nome soava familiar para Maggie. Ele era alto, magro, um pouco curvado, e usava um grosso casaco preto e um chapéu homburg que escondia o cabelo grisalho. O rosto era estranhamente neutro, sem expressão. Muito comum, pensou Maggie.

O gato, magro e branco, olhou em volta, farejou o local e andou em direção ao *Franklin*.

Mac cutucou Santorini.

— Fique de olho nesse depósito de pulgas.

— Sim, senhor.

Com toda cortesia, Maggie os convidou para se sentar. Mac, inspirado pela atitude da capitã, serviu uma xícara de café a eles.

— Gostaria de saber como nos encontrou, Dr. Abrahams — comentou Maggie, em um tom mais sério. — Essa é uma nave militar, afinal de contas. E o que deseja de mim?

Como ele a havia seguido era fácil de explicar: a partir de relatos postados por civis na outernet a respeito das intervenções do *Franklin*. Era tudo público. Quanto ao motivo da visita, tinha a ver com o canto dos trolls.

Maggie estalou os dedos.

— Me lembrei! Seu nome está no manual do trollfone.

— *Eu* inventei o aparelho — disse Abrahams, sem falsa modéstia, fazendo a esposa revirar os olhos. — Ouvi dizer que a senhora aprendeu a usá-lo, o que é surpreendente, se me permite a franqueza. Estou aqui para entregar presentes. Trouxe mais quinze tradutores para a senhora e sua tripulação. Ainda são protótipos, mesmo sendo versões aperfeiçoadas. Os dois lados estão aprendendo a usar os aparelhos. Trolls e humanos, digo. Como a senhora já deve ter notado, os trolls são pacientes e aprendem tão rápido quanto os humanos. Além disso, têm uma excelente memória.

— Muito obrigada — disse Maggie, sem muita efusão. — Vamos começar a usar os aparelhos assim que passarem pelos testes de segurança. O senhor conhece Sally Linsay, não conhece? E, perdoa minha curiosidade, o senhor trabalha para a Black Corporation?

— Caramba, duas perguntas de uma vez. É claro que conheço Sally, uma excelente juíza de pessoas, e das mais severas! Quanto à Black

Corporation... — Ele suspirou. — É evidente que estão envolvidos. Capitã, eu sou independente, tenho minha oficina e trabalho em parceria com a Black Corporation, mas eles não mandam em mim. Eles patrocinam meu trabalho e estão de acordo com a entrega desse presente.

— Douglas Black está distribuindo tesouros tecnológicos de graça de novo?

— A meu ver, Douglas Black acredita que, a longo prazo, essa tecnologia contribuirá positivamente para a ocupação da Terra Longa pela humanidade. Além disso, a curto prazo, ajudará a aprimorar nossa relação com os trolls, que anda bastante abalada. É claro que trabalhei ao lado dos trolls durante meus estudos. São criaturas incríveis! A senhora não acha? E tão espirituais! Quem já teve um animal de estimação *sabe* que os animais parecem ter uma alma.

A esposa o cutucou.

— Você está pregando, George. E para convertidos! Já fizemos nossa parte. Agora está na hora de dar tchau e deixar essa gente bacana continuar trabalhando.

Levemente surpresos, Maggie e os oficiais mandaram alguém buscar os trollfones e se levantaram para se despedir do casal. A mulher, que parecia muito mais velha que o marido, comentou, quando estavam indo para a nave:

— Vamos logo, querido. Lembre-se de sua próstata!

— Não exagere, Agnes...

Só depois que foram embora que Mac olhou em volta e disse:

— Cadê a droga do gato?

\*\*\*

A próxima parada foi uma cópia de Nebraska, no caminho de volta para o Cinturão do Milho, onde caçadores-coletores de mundos vizinhos se reuniam periodicamente para o que chamavam de "hootenanny". Uma mistura de feira de casamento arranjado, leilão de fazendas, show de rock e um encontro do clube Hell's Angels; esses eventos atraíam confusão. Do ponto de vista do *Franklin*, porém, tratava-se de um trabalho de rotina, já que a simples presença da nave desencorajaria os arruaceiros.

Maggie aproveitou a oportunidade para pedir ao engenheiro-chefe, Harry Ryan, que realizasse uma vistoria completa dos sistemas da nave. Fazia um tempo que ela não passava por uma revisão. Entre outras pequenas falhas, ele relatou problemas nos dois aviões que ainda funcionavam, pequenas aeronaves que podiam ser lançadas do dirigível em caso de emergência; o terceiro tinha sido canibalizado para reporem peças.

Enquanto lia o relatório de Harry em seu camarote, Maggie percebeu que estava sendo observada.

Era um gato. O gato de George Abrahams, parado no tapete, olhando fixamente para ela. Magro, branco e de aspecto saudável, de uma raça que Maggie era incapaz de identificar. Os olhos tinham um estranho brilho esverdeado. Pareciam LEDs, pensou Maggie, olhando mais de perto.

O animal pronunciou uma série de sílabas totalmente incompreensível em uma voz feminina, revelando ser uma fêmea.

— O quê? *O quê?*

— Desculpe — disse a gata. — George e Agnes Abrahams me usaram para praticar a língua suaíli. Tornou-se minha configuração padrão. Soube que os sistemas da nave estão passando por uma vistoria.

Enquanto se recuperava do susto, Maggie se lembrou de uma coisa.

— Joshua Valienté. Ele tinha uma gata que falava, não tinha? Pelo menos, era o que diziam.

Foi então que se deu conta de que não só a gata estava falando, como ela também estava *conversando com ela.*

— Estou perfeitamente equipada para ajudá-la na presente tarefa. Refiro-me à revisão do sistema. A turbina número dois começou a apresentar sinais de fadiga metálica. A descarga da privada do banheiro da popa está com defeito. A infestação de roedores é desprezível, mas não nula.

Maggie arregalou os olhos. Depois, levantou-se, pegou a gata e a colocou em cima da mesa. O animal era mais pesado do que ela esperava, mas agradavelmente quente.

Ela pensou no que a gata tinha dito e apertou um botão do painel de comunicação.

— Oi, Harry.

— Pois não, capitã — respondeu prontamente o engenheiro.

— Como está o banheiro da parte traseira?

— O quê? Humm, deixa eu ver aqui nas minhas anotações... Parece que a descarga está com defeito. Qual é o motivo da pergunta?

— Como está a turbina número dois?

— Nenhum problema.

— Quer dar outra conferida? Me ligue de volta. — Ela olhou para a gata. — O *que* você é?

— Uma forma de vida artificial. Obviamente. Que inclui uma inteligência artificial top de linha. A vantagem da inteligência artificial é que ela é melhor que a burrice artificial. Concorda? — Ela riu da própria piada. A voz era totalmente humana, mas fraca, como se estivesse saindo de um alto-falante pequeno.

Maggie continuou séria.

— Aquele casal te abandonou?

— Estou mais para um presente, capitã. Perdoe o subterfúgio. Achamos que recusaria a oferta. No entanto, sou capaz de ajudá-la, de várias formas, a cumprir sua missão. Uma missão à qual estou totalmente dedicada.

— Você tem um nome?

— Shi-mi. Significa "gato" em tibetano. Sou uma atualização de modelos mais antigos.

O comunicador de Maggie tocou. Era Harry Ryan.

— Não sei como a senhora ficou sabendo, mas há uma falha na turbina número dois. Fadiga metálica nos rolamentos. Vamos ter que desmontá-la dentro de no máximo sete semanas. É melhor fazer isso em um estaleiro. Por enquanto, o desequilíbrio é muito pequeno, mas tende a se agravar. Estou com vergonha por não ter notado o defeito.

— Deixe isso pra lá, Harry. Peça a Nathan que planeje uma rota de volta para casa.

— Sim, senhora.

— O ruído da turbina não parecia anormal, mas era apenas a opinião de uma gata — disse Shi-mi, de forma modesta.

— Mas você não é apenas uma gata.

— Tem razão, capitã. Fui construída de acordo com as melhores especificações técnicas das divisões de robótica, prótese e inteligência artificial da Black Corporation. Ao contrário da turbina, que foi construída para o governo por uma empresa que ofereceu o menor preço em uma concorrência pública. Muito obrigada, e espero ter passado no teste. Por falar nisso, a senhora ficaria ofendida se de vez em quando eu caçasse um rato? É um suposto hábito.

— Não.

— Obrigada, senhora.

— E fique longe do caminho de Joe Mackenzie.

— Sim, senhora. Isso quer dizer que eu posso permanecer a bordo?

— Sim, mas não aqui, em meu camarote.

— Sim, senhora.

# 43

Lobsang mexeu os pauzinhos na Black Corporation e conseguiu um dirigível para Joshua e Bill, a fim de que eles pudessem procurar Sally Linsay e os trolls. Era uma nave pequena, ágil, com uma envoltória translúcida de trinta metros de comprimento, capaz de captar energia solar, e uma gôndola do tamanho de um trailer. Com paredes de tijolos de cerâmica e janelas panorâmicas, era usada principalmente para escoltar os grandes comboios na rota de Valhalla. A nave não tinha nome, apenas um número de registro. Bill prontamente escolheu o nome *Shillelagh* para ela.

Por razões que ainda não havia revelado a Joshua, Bill disse que preferia partir da área de Seattle, no noroeste dos Estados Unidos, em vez dos portos habituais do Rio Mississippi. A maneira mais rápida de transferir um dirigível de sua base em Hannibal para Seattle era desmontando-o, transportando-o de trem e montando-o de novo em um pátio do aeroporto SeaTac. O processo levou uma semana. Os viajantes aproveitaram o tempo para planejar a viagem e coletar os suprimentos e equipamentos necessários.

Quanto aos trolls, Lobsang forneceu a eles o que chamava de "kit de tradução do trollês", baixado em um tablet preto que cabia na mochila.

No caso de Sally, Joshua fez algumas investigações, como Bill havia sugerido, visitando os hotéis onde ela se hospedara e a casa de Jansson, procurando sem sucesso alguma pista de seu paradeiro.

Joshua também tinha de pensar na família que estava deixando para trás ao desaparecer em outra viagem para Terras distantes, mais uma vez a pedido de Lobsang, mais uma vez envolvido com Sally, a enigmática rival de Helen. O pequeno Dan estava com inveja do pai. O menino também queria explorar a Terra Longa. Helen, que tentava conseguir uma autorização para visitar o irmão na cadeia, depois que ele foi condenado por participar do atentado em Madison, permanecia em um silêncio nefasto. Não era uma família feliz que Joshua deixava para trás, e não era a primeira vez que isso acontecia, o que o deixava com o coração partido.

Mesmo assim, seguiu em frente.

Movido por um impulso, pegou o anel de ouro cravejado de safiras, a única lembrança de sua primeira viagem à Terra Longa, fazia uma década. Tirou-o do lugar onde estava, na casa de Jansson, e o pendurou na parede da gôndola. Achou que Sally gostaria que ele fizesse isso.

\*\*\*

Em uma manhã ensolarada de junho, no aeroporto SeaTec da Terra Padrão, Joshua se viu sentado no interior daquela gôndola compacta, cujo interior se parecia com o de um trailer, com uma pequena cozinha, uma sala, camas e mesas dobráveis — na verdade, ele descobriu que ela tinha sido planejada pela Airstream —, enquanto Bill assumia seu lugar na pequena ponte de comando na proa da gôndola.

O *Shillelagh* levantou voo sem problemas. Logo Joshua tinha uma visão panorâmica das populosas cidades de Seattle e Tacoma e do Estreito de Puget.

A vista mudou quando começaram a saltar e foi substituída pelas construções esparsas de SeaTac Oeste 1, 2 e 3, com estradas e ferrovias, e pequenas colônias na floresta, cada mundo entrevisto por apenas alguns segundos. Alguns mundos depois, não havia mais sinal de civilização, apenas a floresta, o estreito e a Cordilheira das Cascatas no horizonte. A nave subiu gradualmente enquanto saltava, e Bill a pilotou lateralmente pelas montanhas, que persistiram mais ou menos inalteradas enquanto eles passavam pelos mundos. O céu, porém, mudava constantemente. O clima nunca era o mesmo de Terra para Terra, e naquele dia de junho passaram por mundos ensolarados, nublados e chuvosos.

Não havia muito o que ver além da copa das árvores nos primeiros mundos. Joshua sabia que existiam ursos, castores e lobos naquelas florestas. Pessoas, também, embora as colônias fossem pequenas e escassas além das Terras Baixas. Mais ratos do que homens, provavelmente, agora que os twains de carga, com seus enormes porões, levavam alimentos a grandes distâncias. O que mais existia lá embaixo era mera especulação. Havia um programa para mapear as Terras Baixas usando pequenas frotas de satélites em órbita polar. A ideia era aproveitar a rotação das Terras para fazer um levantamento dos mares e continentes usando câmeras, radares de penetração no solo, sensores de infravermelho e outros equipamentos. Mesmo essas imagens panorâmicas, pouco detalhadas, só mapeavam uns cem mundos. No caso de mundos mais distantes, a não ser que fosse um mundo que tivesse sido escolhido para um estudo mais minucioso, não havia praticamente nenhuma informação.

Estavam se aproximando do Monte Rainier quando saltaram para um mundo que estava na Era do Gelo. Por alguns segundos, sobrevoaram placas brancas que cobriam o solo; logo, porém, as florestas estavam de volta.

Joshua encostou em seu assento, olhando para o nada. Já estava com saudade da família. Não sabia o que ia fazer para passar o tempo.

— Bill?
— Oi.
— Só pra saber, como vão as coisas?
— Vão bem.
— Que bom...
— Só preciso me concentrar na pilotagem. Não é minha ocupação habitual, mas a Black Corporation me deu um treinamento decente. É simples até, embora não seja nada como dirigir um carro. Ou andar a cavalo. Afinal, algumas decisões ficam por conta da nave, que é mais

inteligente do que qualquer cavalo. É como se a nave e eu mantivéssemos um diálogo permanente. Uma vez andei de elefante em uma reserva ecológica na África. O elefante-africano não é domesticado como o indiano; é um animal forte e inteligente, que sabe para onde vai. A você cabe torcer que seja o mesmo lugar que deseja ir. Se não for, azar o seu. Aqui é a mesma coisa. Parece loucura, não é? Mas vamos chegar lá. Onde quer que seja esse "lá".

— Justo.

E foi isso. Era como a Viagem do *Mark Twain*, tantos anos atrás. Pelo menos, desta vez Joshua estava se dando melhor com o companheiro de viagem.

No fim da tarde, tinham saído do Cinturão do Gelo, como era chamada a região em torno da Terra Padrão que continha mundos sujeitos a glaciações, e passavam pelos mundos áridos do Cinturão de Minas. A vista se tornou ainda mais monótona. Joshua preparou uma refeição — comida enlatada aquecida em um simples fogareiro a gás, já que a nave não dispunha de uma cozinha sofisticada — e levou um prato para Bill, que não saía da ponte de comando.

Depois, voltou para a sala, olhando pela janela da gôndola enquanto os últimos raios de sol refletiam no balão da nave.

\*\*\*

A madrugada não trouxe nada de novo.

No meio da manhã do segundo dia, entraram no Cinturão do Milho, que começava a uma distância de cem mil saltos da Terra Padrão, uma larga faixa de mundos quentes com florestas e savanas, que agora também abrigava comunidades agrícolas, entre elas Reinício, na Terra Oeste 101.754, fundada por Helen e sua família de pioneiros, onde Joshua e ela se casaram.

No fim da tarde, Joshua percebeu que a velocidade da nave estava diminuindo. As mudanças do céu e as paisagens abaixo ficaram mais lentas, e, então, tudo parou.

Um zumbido preencheu o ar. De repente, a gôndola ficou escura, a luz foi bloqueada por uma nuvem de insetos grandes que se chocavam nas janelas, os corpos quitinosos fazendo um barulho ensurdecedor. Joshua olhou para o medidor de Terras da nave: estavam em Oeste 110.719.

Ele teve de gritar para se fazer ouvir.

— Bill!

— Oi!

— Estou reconhecendo esse lugar.

— Claro que está. Um Curinga clássico. Você o descobriu na Viagem com Lobsang.

— É verdade, mas passamos direto. O que estamos fazendo aqui, Bill? Esses insetos vão nos trazer problemas se entrarem pelos dutos de ar.

— Vou dar um jeito nisso.

Joshua sentiu que a nave estava subindo, embora o mundo permanecesse escondido pelos corpos dos insetos voadores. Eles pareciam gafanhotos enormes, a mesma impressão que tivera na primeira visita.

De repente, a luz do sol penetrou o *Shillelagh*. Joshua viu que ainda estavam perto da encosta do Monte Rainier, ou melhor, da cópia do Monte Rainier. Aquele mundo era mais quente que a média, porque a floresta chegava quase até o alto da montanha; um bosque de carvalho, árvores maduras emergindo de um alvoroço de troncos caídos e moitas. Ele avistou um regato cheio de bolhas montanha abaixo. Enquanto olhava, alguma coisa se moveu para leste no meio da vegetação, assustando poucas criaturas, que alçaram voo — não eram pássaros, pareciam libélulas grandes e gordas.

Quando Joshua desviou o olhar do alto da montanha, viu a paisagem coberta de insetos, um tapete pulsante que parecia se estender até a borda do oceano, visível à distância. A terra rastejava com eles, como rios escuros correndo entre manchas esparsas de verde, e nuvens de insetos brotavam de todos os lugares. Nenhuma, porém, chegava até o alto do Monte Rainier ou de outras montanhas próximas, cujos picos emergiam dos enxames como ilhas verdes em um mar de insetos.

— Os insetos só vão até certa altitude — comentou Joshua.

— É verdade. Pelo menos os maiores. O que torna os picos habitáveis.
— Habitáveis por quem?
— Por nós, Joshua. Mais especificamente... por você.
— Vamos parar aqui?
— Vamos. Não por muito tempo. Talvez até amanhã.
— Para quê?
— Temos um compromisso aqui. Foi por isso que quis começar a viagem pela Cordilheira das Cascatas. Vou lançar uma âncora, baixar a escada. A clareira ao lado daquele regato parece um bom lugar para acampar. Leve a fita cassete.

Com certa relutância, Joshua começou a pegar o que ia precisar: um saco de dormir, potes de comida, fósforos. Repelente!

— Vou descer sozinho?

Bill parecia constrangido.

— Escute, Joshua, não quero soar como um *fanboy*, mas aquela viagem o tornou famoso e conheço a história melhor que ninguém. A ideia de você descer sozinho em todos aqueles mundos desconhecidos, enquanto Lobsang permanecia na nave... Comédia pura.

— Minhas cicatrizes ficam felizes por terem te feito rir.

— Mas a estratégia faz sentido. Você desce, explora o lugar, faz contato.

Contato com quem? Joshua se perguntou.

— Enquanto isso, permaneço a bordo, pronto para ajudá-lo quando as coisas saírem de controle.

— *Quando?*

— *Se*, amigo. *Se*. Modo de falar.

Não pela primeira vez em suas aventuras na Terra Longa, e contrariando o bom senso, Joshua decidiu seguir em frente.

***

Bill insistiu que Joshua levasse um radiocomunicador e uma câmera de ombro. Apesar de memórias desagradáveis dos papagaios de Lobsang,

Joshua concordou e decidiu, por conta própria, levar uma pistola também.

A descida até a clareira foi tranquila. Assim que ele pisou no chão, o dirigível subiu, levando a escada.

Sozinho, Joshua olhou em volta. No espaço que o regato abrira entre as árvores, parecia estar em segurança. O ar cheirava a madeira molhada e a mofo milenar, e ele ouviu o zumbido longe do mar de insetos abaixo do cume. No alto, revoadas de insetos que pareciam morcegos perseguiam os insetos menores que pareciam moscas.

Não podia fazer nada a não ser esperar. Começou a acomodar-se, desenrolando o cobertor e o saco de dormir. Pensou em acender uma fogueira, mas o ar já estava quente e úmido o bastante. Com os enlatados que levara, não precisaria cozinhar.

Começou a relaxar. Era quase como se estivesse de férias. Flertou com a ideia de pescar, para passar o tempo, caso houvesse peixes naquele regato.

O rádio chamou.

— Josh, consegue me ouvir, amigo?

— Não.

— Rá-rá. Como estão as coisas aí embaixo?

— Estou pensando em fazer uma reserva num restaurante.

— Engraçado dizer isso. Se precisar de algo a mais, há um depósito mais ou menos dois quilômetros rio abaixo.

— Que tipo de depósito?

— Suprimentos de emergência. Uma tenda, comida, facas, ferramentas. Cadarços de bota. Deixados por vagabundos para vagabundos.

Joshua se sentou no saco de dormir.

— Bill, que lugar é esse? Por que paramos aqui? Logo em um *Curinga*? Quem para em Curingas?

— Vagabundos. Aí é que está. Quer conhecer a história desse mundo? Como a Terra Oeste 110.719 ficou cheia de gafanhotos? Acreditamos que seja porque esse mundo nunca teve pterossauros.

— Pterossauros?

— E outros dinossauros voadores. Na Terra Padrão, antes dos pterossauros, os céus eram dominados por insetos. Eles não paravam de crescer, aproveitando a alta concentração de oxigênio no ar. Então, os pterossauros entraram em cena, caçando os insetos até a extinção. Apenas os insetos menores sobreviveram, e nunca mais cresceram. Depois disso, os céus passaram a pertencer aos pterossauros e, depois, aos pássaros. Aqui, por algum motivo, nunca houve pterossauros. Mais tarde, os pássaros também não aumentaram de tamanho. É por isso que aqui não vemos andorinhas caçando moscas. Em vez disso, libélulas gigantes se alimentam de pássaros do tamanho de mariposas.

— Não é um mundo para humanos então.

— Tem razão.

— Mas é frequentado por vagabundos.

— É claro. Como outros Curingas. Joshua, um Curinga é um mundo como todos os outros, existem lugares seguros, refúgios como esse. Basta achá-los.

— Como?

— Por meio de outros vagabundos. Existe toda uma subcultura que pessoas como você, e até Lobsang, não conhecem. E gostamos que seja assim.

— Vocês acham que a história da Terra Longa se limita a colônias como Onde-o-Vento-Faz-a-Curva e Reinício, cidades como Valhalla, guerras de independência... Toda a malfadada história da Terra Padrão reproduzida nos novos mundos. Pois isso *não é verdade*, Joshua. Existe uma nova forma de viver, ou melhor, uma forma mais antiga de viver. Os vagabundos não *colonizaram* a Terra Longa, Joshua. Nem a *adaptaram* a suas necessidades. Apenas a aceitam como um lugar para viver.

Aquele discurso surpreendeu Joshua, que era amigo de infância de Bill, vivia na mesma cidade que ele e achava que o conhecia.

— Como sabe disso?

— Ah, você nunca tira férias? De tempos em tempos, saio de casa para fugir da rotina. Sempre voltei. Gosto dos confortos do lar, esse é meu problema. E da bebida. Mas sempre volto renovado. Enfim, sei como aqueles sujeitos pensam.

Joshua tentou assimilar o que o amigo estava dizendo.

— Por que acha que os vagabundos podem nos ajudar a encontrar os trolls?

— Porque os trolls também vivem na Terra Longa sem tentar modificá-la. Eles conhecem os lugares secretos, os esconderijos, como os vagabundos estão aprendendo... Está ficando escuro.

— Percebi.

— Joshua, se importa de passar a noite aí? Pode ser que tenha monstros horríveis à espreita.

— Mas você dispõe de sensores de infravermelho, sensores ultrassônicos de movimento. Pode detectar qualquer animal perigoso, de sangue quente ou de sangue frio, certo? Pode me acordar se for preciso.

— Não se preocupe. Durma bem, companheiro.

— Você também.

*** 

Joshua acordou em uma manhã úmida e cinzenta.

Antes de abrir os olhos, sentiu um formigamento estranho na nuca, o produto de um milhão de anos de sensibilidade animal tentando passar pelos portões do cérebro.

Estava sendo observado.

Ouviu palavras:

— Homem sem caminhosss...

Ele se sentou, ainda no saco de dormir.

O elfo estava encostado em um tronco de árvore, a poucos metros, tão camuflado que Joshua não o teria visto se ele não tivesse virado a cabeça e começado a sorrir. O Sol nascente iluminou duas filas de dentes perfeitamente triangulares.

Em seguida, o elfo caminhou até o centro da clareira, chegando ao saco de dormir em poucos passos.

Ele tinha pouco mais de um metro de altura, era parrudo, com feições babuínas e os cabelos parecidos com as penas da cabeça de uma cacatua. Usava uma tanga de couro e levava na cintura uma pochete também de couro. Estava descalço, mostrando pés que podiam se passar por humanos se não fosse pelas unhas, que estavam mais para garras. Joshua procurou outras armas, mas não avistou nenhuma.

Ele se lembrou de uma toupeira e de suas patas apropriadas para cavar. Aquele animal não passava de uma toupeira gigante, de forma vagamente humana, ereta e vestida. Uma toupeira ereta *usando óculos de sol*. As lentes estavam rachadas e arranhadas, e as orelhas da criatura eram muito pequenas e coladas ao crânio, não podiam sustentar os óculos, de modo que ficavam presos à cabeça por um elástico.

O elfo sorriu de novo. Joshua podia sentir seu bafo.

A pistola estava dentro do saco de dormir. Joshua tinha a nítida impressão de que tentar pegá-la era a coisa mais idiota que poderia fazer.

Nessas horas, pensou Joshua, tinha de haver uma apresentação melhor que "uma estrela brilha na hora de nosso encontro", mas foi isso que saiu do radiocomunicador que estava no chão ao lado do saco de dormir. Bill devia estar observando.

O elfo sorriu de novo e disse:

— Desssejo a você uma morte tranquila.

Ele falava sua língua! E *era* um elfo, obviamente, um membro de uma das inúmeras espécies de humanoides pequenos que existiam na Terra Longa. Embora Joshua nunca tivesse visto um na vida, soube imediatamente a que subespécie pertencia.

— É um kobold.

— Sim — murmurou Bill pelo radiocomunicador. — Alguns os chamam de "rabos anelados". Para os ingleses, são "raposas urbanas".

— Pensei que fossem uma lenda contada pelos vagabundos.

— Não conte isso a ele. Vai ficar ofendido. Posso vê-lo no infravermelho — disse Bill. — Estou vendo suas armas. Ele não vai te machucar. Quer dizer, é provável que não. Como o descreveria?

— Sabe uma mistura de Gandhi com Peter Pan?

— Não...

O kobold sorriu, mostrando os dentes afiados.

— Não ssse preocupar, homem pequeno, eu proteger. Estar ssseguro. Ssser amigo.

— Ótimo. Meu nome é Joshua.

Ele assentiu.

— Eu sssei. Lobsssang mandou você.

— Lobsang? Sabe quem é Lobsang? Por que não estou surpreso?

— Está famoso entre os kobolds, Joshua — disse Bill. — Principalmente depois que comecei a perguntar a respeito de Sally em seu nome.

— O sssenhor trouxe a pedra que canta?

— A pedra que canta?

— Pedra que come a alma do homem, canta. A músssica sssagrada. Homem que canta depoisss da morte. — O kobold fez uma pausa, moveu os lábios enquanto pensava e acrescentou: — Como Buddy Holly.

— Diga que sim — disse Bill.

— Sim.

— Joshua, não fique parado aí! Dê logo a fita cassete a ele!

— Ah... a "pedra que canta". Entendi.

Joshua pegou o casaco, que usava como travesseiro, tirou a fita cassete do bolso e a entregou ao kobold.

O kobold segurou a fita como se fosse um devoto manipulando uma relíquia. Cheirou-a, levou-a ao ouvido e a sacudiu levemente.

— Bill esssteve aqui antes. Nós conversssamos. Ele me dar música. Ele me dar café. Ele me dar máquina que bebe luz do sssol e toca músssica sssagrada.

— Um toca-fitas?

O kobold virou a fita de um lado para o outro, nos longos dedos.

— Kinksss?

— É o álbum que você queria — disse Bill no radiocomunicador. — "The Kinks Are the Village Green Preservation Society".

— Bom...

O kobold tirou um walkman da pochete, voltou a célula solar para o Sol, pendurou fones de ouvido no pescoço e introduziu a fita no aparelho.

— Extrasss?

— Você tem aí a versão mono de doze faixas lançada na Europa, a edição inglesa de quinze faixas em estéreo e mono e algumas raridades. Um mix alternativo de "Animal Farm", uma faixa inédita chamada "Mick Avory's Underpants"...

Mas o kobold não escutou. Ele já estava encostado em uma árvore, com os fones nos ouvidos.

— Missão cumprida — disse Bill. — Ele vai ficar incomunicável durante algumas horas, enquanto confere o conteúdo da fita. Joshua, se está com fome, acho que é hora de comer alguma coisa.

— Kinks, Bill?

— Um grupo inglês da década de sessenta, que fez muito sucesso nos Estados Unidos com...

— Não ligo, sem querer ofender os Kinks. Qual é o objetivo da fita?

— Uma troca de interesses, Joshua. Os kobolds adoram a cultura humana. Alguns se interessam pela música. Esse aí ficou viciado quando ouviu "Waterloo Sunset". Ele é tipo um dedo-duro. Um informante. Arranjo músicas para ele e, em troca, ele me dá... informações.

— Tá, mas quem usa fita cassete hoje em dia?

— Ele é mais velho do que parece, Joshua. Vem fazendo trocas como essa há anos. É um humanoide de um ramo evolutivo que divergiu da humanidade há milhões de anos. Como esperar que ele se adapte às tecnologias modernas?

Joshua saiu do saco de dormir.

— Preciso de um café.

# 44

Os primeiros Saltadores a explorar a Terra Longa não encontraram sinais do homem moderno em nenhum mundo fora da Terra Padrão.

Encontraram algumas ferramentas de pedra, restos de fogueiras no fundo de cavernas. Chegaram a encontrar uns ossos, mas nada notório. Nada de pinturas rupestres, adornos em sepulturas, cidades, tecnologia. (Enfim, nada que fosse humano.) A faísca do alto intelecto deve ter sido acesa por dentro da testa protuberante de pré-humanos em um milhão de mundos, como aconteceu na Terra Padrão, mas o fogo não pegou em nenhum desses mundos. Fosse qual fosse a razão, os universos alternativos visitados pelos pioneiros eram, em sua maioria, calmos e escuros. Mundos de árvores, mundos que não passavam de grandes florestas. A Terra Padrão era como uma clareira nessas florestas, uma fagulha de civilização, um círculo luminoso além do qual a escuridão se estendia até o infinito. Havia humanoides nesses mundos, descendentes dos últimos primos da humanidade, mas as pessoas sabiam que jamais encontrariam um humanoide tão inteligente quanto um ser humano. Um humanoide capaz de falar as línguas humanas, por exemplo.

A única falha dessa visão popularmente aceita era que ela estava errada.

O professor Wotan Ulm, da Universidade de Oxford, autor do best--seller, embora muito contestado, *Primos do* Moon-Watcher: *a dispersão dos humanoides na Terra Longa*, descreveu uma espécie conhecida como "kobolds" em uma entrevista para a BBC.

"Naturalmente, nossa exploração da Terra Longa é tão limitada que podemos chegar apenas a conclusões provisórias. As provas da existência dos kobolds se limitam a pouco mais que lendas e relatos esparsos. Por outro lado, análises de DNA em amostras colhidas pelos primeiros exploradores, entre elas um dente encravado na bota de Joshua Valienté, confirmam que os humanoides da Terra Longa divergiram das espécies da Terra Padrão há milhões de anos, provavelmente na época do surgimento do *Homo habilis*, o primeiro hominídeo a fabricar ferramentas. Esse fato está de acordo com minha hipótese de que a capacidade cognitiva avançada do *H. habilis* permitiu que alguns membros dessa espécie saltassem para outras Terras. A capacidade de imaginar uma ferramenta em uma pedra talvez esteja relacionada à capacidade de imaginar outro mundo e tentar visitá-lo...

"Depois dessa divergência — a partida dos Saltadores, com a Terra Padrão habitada pelos descendentes dos que não eram capazes de saltar —, os humanoides se espalharam pela Terra Longa, evoluindo em uma grande variedade de nichos. Durante os quatro milhões de anos que se seguiram, a seleção natural se revelou extremamente inventiva.

"Uma diferença fundamental entre as espécies humanoides está no fato de conservarem ou não a habilidade de saltar. Algumas evidentemente a conservaram, como os humanoides que chamamos de trolls. Outras, não. Depois de encontrarem uma Terra habitável, essas espécies *perderam* a habilidade de saltar e, em alguns casos, perderam também a inteligência que originara a habilidade de saltar, e passaram a viver exclusivamente naquela Terra. E isso não devia ser uma surpresa para nós. Na juventude, a ascídia consegue se movimentar, possui um sistema nervoso central e um cérebro. Quando encontra uma rocha apropriada, adere a ela, abre a boca para começar uma vida de alimentação sedentária, *absorve o próprio cérebro* e liga a TV. De forma análoga, pássaros que colonizaram uma ilha livre de predadores perderam a habilidade de voar, que, assim como a inteligência, gasta muita energia e pode atrofiar se não for usada, se não for mais necessária para a sobrevivência. A mesma coisa acontece com a habilidade de saltar.

"Uma diferença entre as espécies que não perderam a habilidade de saltar está no fato de terem ou não mantido contato com a humanidade antes do Dia do Salto. As que *não* tiveram contato provavelmente desenvolveram habilidades diferentes das existentes na Terra Padrão, como é o caso dos trolls.

"Se algumas dessas espécies *tiveram* contato com a humanidade, alguém pode perguntar por que contatos desse tipo nunca foram relatados. De certa forma, eles foram. É notável o número de histórias do folclore humano que podem ser explicadas pela existência de raças humanoides capazes de saltar para nosso mundo.

"Quanto às relações entre a humanidade e os humanoides após o Dia do Salto, a evolução dos humanoides certamente foi afetada. Os humanoides podem ficar mais parecidos conosco para se protegerem. Pelo mesmo motivo, podem se tornar mais agressivos ou mais complacentes. Ou, o que é ainda mais interessante, podem desenvolver um aparelho fonador que lhes permita uma comunicação verbal com nossa espécie. Pode ser até que a competição conosco resulte em um aumento de sua inteligência.

"O que nos leva ao caso dos kobolds. Essas criaturas podem ser os 'kobolds' lendários, a fonte das histórias dos alemães sobre os espíritos das minas, também conhecidos como gnomos, anões ou *Bergmännlein*, 'pequenos mineiros'. Segundo a lenda, eles infestavam as minas de metais e eram mais ouvidos que vistos. Podiam ser úteis: suas batidas guiavam os mineiros para os veios mais ricos ou os avisavam sobre o perigo de desabamentos. Em Cornualha, na Inglaterra, eram conhecidos como 'tommyknockers'. Às vezes, roubavam artefatos humanos baratos, como espelhos e pentes; eram apaixonados pela cultura material humana, embora não pudessem imitá-la.

"É preciso salientar que a anatomia robusta dos kobolds, a aversão a luzes fortes, os pés e as mãos adaptados para cavar, tudo isso aponta para uma origem subterrânea. Talvez tenham evoluído nos subterrâneos da Terra Padrão ou, pelo menos, se adaptado a eles, depois que os antepassados estiveram na Terra Padrão e voltaram para os mundos de origem. Pode ser que o aumento da população humana em séculos recentes os tenha feito abandonar a Terra Padrão, deixando-os separados da humanidade até que ela começasse a saltar. A propósito, a palavra 'cobalto' vem de 'kobold'.

"Uma curiosidade é que, embora esses seres sejam, sob muitos aspectos, a espécie de humanoide mais parecida com os humanos e a mais inteligente, estão entre os mais reservados. Talvez seja por causa dos nomes depreciativos que arranjamos para eles. Ou talvez seja simplesmente porque eles sabem como os humanos são.

"Pode ser surpreendente para um leigo o fato de alguns humanoides *sedentários* da Terra Longa terem sido influenciados em sua evolução pelo contato com humanos. Isso só pode ter acontecido, é claro, se essa espécie esteve na Terra Padrão e *depois* perdeu a habilidade de saltar. Existe uma espécie na Terra que talvez pertença a essa categoria, embora as evidências genéticas ainda sejam objeto de controvérsia: os bonobos. Pensando bem, quem poderia imaginar que essas criaturas bondosas se originaram no mesmo planeta que gerou a espécie humana? Sem falar que seus primos, os chimpanzés comuns, são tão detestáveis quanto os humanos. Não admira os ancestrais dos bonobos terem dado o fora daqui sem pensar duas vezes. O azar dos atuais bonobos foi que seus ancestrais mais recentes voltaram à Terra Mãe e perderam a habilidade de saltar.

"Está bom, Jocasta? Então talvez você possa dizer àquele cabeludinho ali, na sala de produção, que parece um kobold, que comer um hambúrguer durante minha entrevista foi extremamente deselegante."

## 45

— Você tem mais Kinksss?
— Tenho — respondeu Bill no radiocomunicador.
— Me dá.
— Não.
— Como você se chama? — perguntou Joshua, afinal.
O kobold sorriu, ou, pelo menos, mostrou os dentes.
— Meu nome para os homensss é Finn McCool.
— Eu que dei a ideia — disse Bill. — Achei que combinava com ele.
— Não digo *meu* nome para os homensss.
— Finn McCool serve — disse Joshua.
— Pessoas do mundo sssem caminhosss mais estranhasss que trollsss — disse Finn McCool, observando os pertences de Joshua. — Como viver sssem arma?
— Ah, mas eu tenho uma arma.
— Uma sssó. Você não tem caminhosss. Nós sssomos muitosss.
— Muitos? Onde? Onde estão os outros?
O kobold estendeu o braço.
— Você dá. É o combinado. Você dá, eu falo.
— Ignore-o — disse Bill. — Já demos o que ele pediu. Ele está querendo mais.
Joshua olhou para o kobold.
— Você faz negócios, certo? Negocia com outros humanos também?
— Outros humanosss. E com outros, não humanosss, não koboldsss...

— Outros tipos de humanoides? Outras raças?
— E *eles* negociam com outrosss. Outrosss, de mundosss distantesss.
— Muito distantes?
— Mundosss sem lua. O sssol tem uma cor diferente...
— É mentira — disse Bill. — Não existem mundos assim. Ele está tentando bancar o esperto. Você não me engana, seu merdinha. Joshua, precisa entender com quem está lidando. Eles não são confiáveis. Não param quietos, sabem usar as passagens secretas, falam o tempo todo e negociam entre si e com a gente. Mas *não são humanos*. Não fazem negócios do jeito que fazemos, acumulando riquezas, tirando o máximo possível de lucro de cada transação. Eles se comportam mais como...
— Colecionadores?
— Algo assim. Como nerds que colecionam histórias em quadrinhos. Ou como pega-rabudas, fascinadas por coisas humanas, bugigangas que podem roubar, mas não sabem o que é. Não há lógica nisso, Joshua. São coisas que querem e ponto final. Depois que você entende isso, são fáceis de lidar. Pega-rabudas grandes e feias, que usam calças. Você é assim, Finn McCool.

O kobold se limitou a sorrir.

— Muito bem, acho que você sabe por que estamos aqui, Finn McCool — disse Joshua. — Sabe o que queremos. *Onde estão os trolls?*
— Me dá...
— Diga logo, seu merdinha! — exclamou Bill.

Relutantemente, Finn McCool respondeu:
— Trollsss estarem *aqui*. Mas não *aqui*.

Joshua suspirou.

— O que é isso? Uma charada? Vou precisar de sua ajuda, Bill.
— Finn McCool, está querendo dizer que os trolls estão escondidos em um Curinga?
— Não *aqui*.
— Um Curinga, mas não este Curinga. Como eu imaginava. Mas qual deles?

Para Joshua, Finn McCool não tinha a menor intenção de responder.

— É só isso? — perguntou. — É só isso que vai dizer em troca dessa maravilhosa... Hummm, fita velha?

De repente, McCool ajeitou a postura. Farejou o ar com o focinho chato de macaco e começou a rir.

— Joshua — disse Bill, em tom aflito. — Estou detectando nove, digo, dez... Não, onze estranhos indo em sua direção. Agora tenho confirmação visual. Humm...

Joshua olhou em volta. Uma neblina matinal ocultava as árvores mais distantes, e não era possível ver o regato. Água pingava das folhas.

— O que quis dizer com "hummm"? Eles parecem o quê?

— Decididos.

Finn McCool mostrou os dentes e, então, sumiu. Joshua podia estar enganado, mas jurou que o sorriso de McCool foi a última coisa a desaparecer em meio à névoa.

*** 

O Sol nascente fazia raios avermelhados cruzarem a campina, e, naquela altitude, a brisa era fria. Alguns restos de névoa pairavam por entre as árvores que margeavam o rio.

Havia vultos entre as árvores.

Eles começaram como meras sugestões de movimento, depois se tornaram mais sólidos. O efeito geral era o de uma roda girando até parar. Quando pararam...

Não eram muito mais altos que um homem, mas a magreza extrema os fazia parecer maiores. A pele era cinzenta, e os cabelos, afro, loiro--acinzentados, um corte popular nas discotecas mal-iluminadas de Madison que Joshua fora pouquíssimas vezes na juventude.

Já as orelhas, que eram grandes, pontudas e se moviam o tempo todo para a frente e para trás, como se estivessem tentando captar os mínimos sons, não eram tão comuns assim. A íris dos olhos reluzia um tom de verde claro. Carregavam longas armas de madeira de lâmina dupla — espadas, por falta de uma palavra melhor. Não gritavam nem brandiam as armas. Pareciam apenas decididos.

Qualquer criança os reconheceria. Elfos. Não eram elfos loquazes, relativamente amistosos, amantes da música como Finn McCool, e sim os elfos dos pesadelos.

Estavam se aproximando de Joshua, vindos de todas as direções.

Ele não tinha para onde fugir. Já havia encontrado várias espécies de elfos. Sabia que não adiantava saltar, diante de um inimigo que saltava *melhor*. A pistola tinha ficado no saco de dormir. Apenas o radiotransmissor estava a seu alcance, um bloco de plástico do tamanho de um punho. Não era uma boa arma...

O primeiro elfo a chegar levantou a espada para cortar a cabeça dele. Mas, então, hesitou, como se estivesse querendo aproveitar o momento.

Joshua o encarou. De perto, o elfo parecia ter saído de um livro sobre a pré-história. Ao mesmo tempo, um Neandertal o teria considerado feio. O rosto estava cheio de rugas. Usava uma túnica curta de pele e carregava um saco que fazia de mochila. Talvez estivesse hesitando para tentar prever para que lado ele fugiria.

Tudo isso em poucos segundos. Depois, os reflexos de Joshua entraram em ação.

Ele se abaixou, pegou o radiocomunicador e tentou atacá-lo com um movimento que foi interrompido pela mandíbula do elfo. Pedaços de vidro e plástico irromperam em uma chuva de faíscas douradas. Quando o elfo cambaleou para trás, a perna de Joshua subiu para o golpe clássico recomendado por todos os cursos de defesa pessoal para mulheres, e um grito agudo de agonia foi acrescentado aos parcos conhecimentos da humanidade a respeito da anatomia dos humanoides da Terra Longa.

De repente, muita ação acontecia ao redor de Joshua.

McCool estava de volta, havia trazido outros kobolds, e eles já estavam brigando. Salvo pela cavalaria, pensou Joshua, sentindo-se grato. Aquela era uma cavalaria que *saltava*, como os adversários. Vultos das duas subespécies passavam pelos olhos de Joshua, como flashes de um pesadelo.

Estava na hora de se retirar. Correu de cabeça baixa até a escada por onde chegou, balançando, do dirigível. Teve de derrubar alguém para abrir caminho; ficou sem saber se era do bem ou do mal.

Foi só quando chegou à escada e teve certeza de que estava sendo içado que ele olhou para trás.

Os elfos usavam espadas, enquanto os kobolds costumavam lutar corpo a corpo — o que, na opinião de Joshua, era mais inteligente. Afinal, agarrado a um adversário, ele não podia saltar sem levá-lo com ele. Além disso, os kobolds eram tão bem treinados em lutas marciais que uma arma os atrapalharia. Ele viu um kobold desaparecer momentaneamente quando um elfo estava prestes a decapitá-lo, reaparecer, segurar o braço da espada e, com um movimento tão gracioso quanto um passo de balé, dar um chute no peito do elfo. Aquele golpe provavelmente o matou na hora. Como era comum nas brigas de humanoides, em vez de uma batalha, o que acontecia era uma série de duelos particulares. Se um dos lutadores vencia, partia em busca de um novo adversário, mas era incapaz de socorrer um companheiro em apuros.

Foi então que Joshua viu Finn McCool receber um golpe de espada no braço. Talvez tivesse tentado saltar, mas estava atordoado e confuso. O adversário se esquivou de um pontapé de McCool e se preparou para desferir outro golpe com a espada.

Aquele elfo também hesitou antes de desferir o golpe fatal. Ele estava de costas para Joshua.

Joshua viu uma brecha para interferir.

— Droga...

Ele pulou da escada que o levaria à segurança, pegou um galho no chão e correu na direção dos combatentes. Não que morresse de amores por Finn McCool, mas, se tivesse de escolher um lado, escolheria o de alguém que não havia tentado matá-lo. Mas, sendo bem sincero, tinha voltado para ajudá-lo.

Correu em sua direção e golpeou o elfo no pescoço com todas as suas forças. Joshua esperava um estalo satisfatório de madeira na carne. Em vez disso, o que ouviu foi um som abafado quando o tronco apodrecido se desfez em uma explosão de fungos e besouros furiosos. Totalmente ileso, o elfo se virou com uma expressão de surpresa no rosto.

Com o braço bom, Finn McCool o socou uma, duas vezes, produzindo ruídos de ossos quebrados. O elfo se encolheu e saltou antes de morrer.

O outro braço de McCool sangrava, mas ele não parecia preocupado. Olhou para Joshua, e Joshua se deu conta de que algo muito errado estava acontecendo.

— Homem sem caminhosss! Você vai morrer!

A guerra ao redor deles havia parado. Elfos e kobolds deixaram de lutar para observá-los.

— Peraí...

Finn McCool gritou. A voadora que o kobold desferiu teria matado Joshua em um piscar de olhos, se ele não estivesse correndo na direção da escada. Joshua deu um salto, agarrou-se a um degrau, e Bill teve a sensatez de fazer a nave subir imediatamente. Ao olhar para baixo, viu Finn McCool esparramado embaixo de uma árvore, ainda sangrando.

Logo, porém, a nave se afastou o suficiente para que ele perdesse de vista o campo de batalha.

***

Joshua subiu o restante dos degraus, entrou na gôndola e bateu a cabeça no teto ao ficar de pé. Começou a recolher a escada.

— É você, Joshua? — perguntou Bill, preocupado. — A transmissão caiu quando usou o radiocomunicador para arrebentar o queixo daquele elfo...

— Só vai. Vai!

Só depois de recolher a escada ele se jogou no sofá, respirando com dificuldade. Não havia barulho naquela altitude a não ser os rangidos do balão ao se aquecer com o sol da manhã. Abaixo dele, a sombra do *Shillelagh* passeava tranquilamente na copa da floresta, como se todo tipo de atrocidade não estivesse acontecendo lá embaixo.

Ainda podia ver o rosto de Finn McCool, uma máscara Noh contorcida de fúria e ódio.

— Eu salvei a vida de McCool, e, de alguma forma, isso me tornou um inimigo mortal. Qual é a lógica?

— É a lógica dos kobolds, Joshua — disse Bill. — Como o código de honra dos homens, mas com certos exageros. Você o humilhou salvando a vida dele, quando era ele que devia ter salvado *você*. Quer voltar lá e conversar com ele?

— Não. Vamos embora.

A floresta abaixo sumiu de vez.

# 46

A PRIMEIRA PARADA DE NELSON NO Wyoming, aonde ele chegara graças ao Winnebago alugado para continuar a investigação do Projeto Lobsang, foi na cidade de Dubois, terra dos caubóis.

Ultimamente, porém, os caubóis estavam em falta. A população do Wyoming tinha sido uma das primeiras a migrar em massa para os outros mundos, onde a terra era gratuita e o governo raramente interferia. Foi um tanto reconfortante para Nelson ler um adesivo no para-choque de um caminhão com os seguintes dizeres: "Nesta vizinhança, fazemos mais que vigiar."

Ele parou em um LongHorn e pediu uma cerveja e um hambúrguer. Em uma prateleira do canto, ignorada pelos fregueses, a TV mostrava imagens de uma série de problemas geológicos no Yellowstone. Sucessão de pequenos terremotos, evacuação de uma pequena comunidade, quedas de barreiras, imperfeições nas estradas. Peixes mortos no lago Yellowstone. Bolhas brotando de uma poça de lama fervente. Aos poucos, Nelson começou a perceber que muitos desses eventos não estavam acontecendo na Terra Padrão, e sim em mundos próximos. Dispersos em uma série de mundos, com instrumentos emprestados por estações tradicionais da Terra Padrão, geólogos estavam aprendendo muita coisa a partir de estudos comparativos das caldeiras vulcânicas de diferentes mundos. Os repórteres foram infelizes ao demonstrar certo alívio com o fato de a Terra Padrão, ainda superpopulosa, não parecer muito afetada, e fizeram piadas que não caíram muito bem.

Nelson desviou o olhar da tela, tentando ficar a sós com os próprios pensamentos. Tinha levado um mês para ir de Chicago até ali, uma viagem sem pressa e muito agradável. Precisava de um tempo para pôr de lado o passado, a experiência muito intensa dos seus anos de sacerdócio em São João na Água. Ele era como um mergulhador em descompressão, pensou. Enquanto isso, os mistérios do mundo podiam esperar.

Para sua irritação, perto da janela havia um outdoor preso a uma barra de ferro. Nele, passavam mensagens que Nelson tentou ignorar. Distrações por toda parte: o mundo moderno era assim, pelo menos na Terra Padrão. E, então, uma frase saltou aos seus olhos: "Consegue enxergar a graça nesta barra de ferro?"

Quase deixou o hambúrguer cair no chão, o que seria um desperdício.

— Uma citação de G. K. Chesterton? *Aqui?* Boa tarde, Lobsang. Quer dizer então que estou no caminho certo.

***

O Winnebago não era o veículo mais rápido da estrada, mas, ao deixar Dubois, Nelson pisou fundo no acelerador.

Ele disse em voz alta, para quem quisesse ouvir:

— Estou fazendo uma coisa muito burra. Posso estar lidando com um maluco. Tudo bem que já lidei com pessoas assim, mas nenhuma delas citou uma frase de um dos maiores escritores ingleses de todos os tempos.

Olhando para a estrada vazia, Nelson se perguntou quando será que foi a última vez que uma pessoa fora do mundo acadêmico leu os escritos de G. K. Chesterton. Ele mesmo não lia muita coisa desde a adolescência, quando devorara seus livros mais famosos sempre que os achava casualmente em uma biblioteca pública de Joburg.

A Torre do Diabo estava visível no horizonte no momento em que um guarda de moto pediu que ele encostasse o veículo.

O guarda usava óculos de sol, levava uma pistola na cintura e tinha um ar prepotente quando chegou mais perto.

— Sr. Nelson A-zi-ki-we? — Ele pronunciou o nome separando bem as sílabas. — Estava te esperando. Identidade, por favor.

Nelson respirou fundo e disse:

— Não, senhor. Me mostre você sua identidade. Aqui estamos, dois estranhos em uma estrada vazia, tentando descobrir se estamos falando com a pessoa certa. Uma situação bem chestertoniana, não acha?

Não dava para olhá-lo nos olhos por causa dos óculos de sol, mas ele sorriu e disse:

— Na queda de pontes...

Mais Chesterton. A continuação lhe veio automaticamente à mente, das leituras obsessivas da adolescência:

— Está o fim do mundo — disse Nelson.

— Isso basta, amigo. Não preciso de documentos. Infelizmente, um guarda de verdade está vindo aí, então preciso ir. As coordenadas vão aparecer em seu GPS.

Trinta segundos depois, a moto desapareceu no horizonte.

Quando o guarda de verdade chegou, fazendo uma porção de perguntas, Nelson ativou o modo "turista inocente e meio desorientado" e conseguiu ganhar tempo até *três* Winnebagos, todos com placa da *Califórnia*, passarem por ali a mais de 130 quilômetros por hora, uma tentação que nenhum policial do Wyoming poderia ignorar.

Nelson seguiu viagem.

\*\*\*

Na tarde seguinte, Nelson entrou com o Winnebago no pátio externo de uma fábrica de produtos eletrônicos e encontrou portões fechados com o logotipo do transEarth Institute. Um voz saiu de um pequeno alto-falante em um poste ao lado da porta do motorista:

— Identifique-se, por favor.

Nelson pensou um pouco. Inclinou-se para fora e disse:
— Eu sou quinta-feira.
— Claro que é. Pode entrar.
O portão se abriu silenciosamente, Nelson levou alguns segundos pesquisando o nome "transEarth" na internet. Então, seguiu em frente.

# 47

Ele encontrou uma porta, que revelou um corredor curto, que levava a um elevador.

— Entre no elevador — disse a voz (de Lobsang?). — Ele vai funcionar automaticamente.

Nelson entrou no elevador. A porta do elevador se fechou, e ele começou a descer.

A voz incorpórea continuou falando:

— Esta instalação pertencia ao governo dos Estados Unidos. Desde que foi comprada pelo transEarth, alguém a apagou do mapa. Os governos são tão atrapalhados...

A porta do elevador abriu, revelando um escritório com decoração britânica, uma lareira e chamas trêmulas — obviamente artificiais, mas produzindo sons muito realistas. Sentiu-se em uma das melhores casas paroquiais de São João na Água.

Ao lado de uma mesa baixa, uma cadeira se mexeu. Um homem de idade indefinida se levantou para recebê-lo. Usando uma túnica laranja de monge, cabeça raspada, sorrindo — e segurando um cachimbo. Ele parecia tão artificial quanto o fogo da lareira.

— Bem-vindo, Nelson Azikiwe!

Nelson se aproximou.

— Lobsang?

— Eu mesmo. — O homem apontou para outra cadeira com o cachimbo. — Sente-se, por favor.

Eles se sentaram. Nelson ficou de frente para Lobsang.

— Vamos começar pelo que julgo o mais importante — disse Lobsang. — Estamos seguros neste lugar, uma das bases que tenho em vários lugares do mundo, ou melhor, em vários lugares de vários mundos. Nelson, está livre para ir embora quando quiser, mas gostaria que não comentasse com ninguém a respeito deste encontro. Acredito que um chestertoniano como eu será discreto. Permita-me a liberdade de confirmar que seu romance favorito é *O Napoleão de Notting Hill*. Acertei?

— De onde saiu a citação da barra de ferro.

— Exatamente. Prefiro *O homem que era quinta-feira*, é muito atual e serviu de inspiração, ao longo dos anos, para muitos romances de espionagem. Chesterton era um homem curioso. Abraçou o catolicismo como um porto seguro, não acha?

— Conheci Chesterton na adolescência, quando procurava algo para ler na biblioteca de Joburg. Uma pilha de livros antigos, uma relíquia dos dias da presença britânica. Provavelmente não foi lido desde o apartheid...

Nelson não sabia mais o que dizer. Ele supunha que a ideia de um *bongani* como ele sentado em uma biblioteca poeirenta absorvendo as aventuras do padre Brown tinha sido surreal, mas a situação em que se encontrava no momento passava de todos os limites. O que devia perguntar? Por onde devia começar? Arriscou:

— Você faz parte do Projeto Lobsang?

— Meu caro, eu *sou* o Projeto Lobsang.

Nelson tentou se lembrar das pesquisas que fez.

— Sabe, ouvi falar de um supercomputador que tentou convencer seus construtores de que era humano, de que uma alma havia reencarnado na máquina no momento em que foi ligada. O consenso na nerdosfera era que se tratava de uma falsa alegação. — Nelson hesitou. — Eles estavam certos?

Lobsang ignorou a pergunta.

— Quer tomar alguma coisa? Ouvi dizer que gosta de cerveja.

Ele se levantou e foi até um armário de nogueira.

Nelson aceitou a bebida, meio copo de uma cerveja forte, saborosa, e continuou o interrogatório:

— Está ligado, de alguma forma, à expedição do *Mark Twain*?

— Agora você me pegou. Foi a segunda vez que fui exposto ao público, depois de meu miraculoso nascimento, e foi muito difícil escapar. O coitado do Joshua acabou recebendo mais atenção do que desejava ou merecia. Enquanto isso, eu me recolhia ao conforto do anonimato.

— O transEarth Institute é uma subsidiária da Black Corporation?

Lobsang sorriu.

— Sim, Black é um dos donos do transEarth.

— Diga-me por que estou aqui.

— Não se esqueça de que foi você que me procurou. Está aqui porque resolveu o enigma. Seguiu as pistas.

— A ligação entre você e o *Mark Twain*?

— Sim. Mas você também tem uma ligação com Black, da época de sua bolsa de estudos. Não deve ficar surpreso ao saber que a Black Corporation vem observando você. Na verdade, você é um dos investimentos a longo prazo de Douglas Black.

Lobsang se curvou e tamborilou o tampo da mesa, o que fez uma tela subir. Surpreso, Nelson viu imagens de si mesmo, da família, de sua vida, desfilarem uma a uma, começando por seu rosto sorridente aos dois anos de idade.

— Nascido em um bairro pobre de Joanesburgo. Você chamou nossa atenção quando sua mãe o inscreveu no programa "Procurando o futuro" de Black. Bolsas e outros contratos se seguiram, embora nunca tenha sido um funcionário de Black. Em seguida, ficou bem conhecido como paleontologista da Terra Longa. Estudando o passado dos outros mundos, não foi? Ficamos surpresos quando entrou para a Igreja da Inglaterra, mas Douglas Black é a favor de deixar que cada um siga sua vocação. Agora, aqui está você, recomendado por um dos melhores amigos de Douglas, o arcebispo de Canterbury, mas buscando novos caminhos. — Ele sorriu. — Deixei algo importante de fora?

Nelson se sentiu incomodado com a ideia de que estava sendo manipulado.

— E o que é *você*? Apenas mais um "investimento a longo prazo" de um homem rico e poderoso?

Lobsang demorou um pouco para responder, o que fez Nelson se lembrar, surpreendentemente, de alguns paroquianos de pouca fé.

— De certa forma, sim. Na verdade, literalmente, *sim*. Do ponto de vista tecnológico, sou um produto das empresas de Black, começando pelo gel que abriga minha consciência. Do ponto de vista legal, sou um parceiro de negócios, coproprietário de uma empresa subsidiária da Black Corporation. Entretanto, Douglas me dá muita liberdade, ou melhor, liberdade total. O que eu *sou*? Eu *acredito* que sou a reencarnação de um mecânico de motos tibetano. Tenho memórias nítidas, embora erráticas, da minha outra vida. Alguns me consideram um supercomputador perturbado, embora muito inteligente. Mas *sei* que tenho uma alma. É a parte que está conversando com você, certo? E você acreditaria se eu lhe dissesse que tenho sonhos?

— Isso tudo é muito confuso. Está precisando de um conselheiro?

Lobsang deu um sorriso forçado.

— Mais ou menos. Sendo mais específico, estou precisando de companheiros em minha missão.

— Que missão?

— Em termos bem simples, estou pesquisando o fenômeno da Terra Longa e todas as suas implicações para a humanidade, e cheguei à conclusão de que não posso fazer isso sozinho. Preciso de perspectivas diferentes... Como a sua, reverendo Azikiwe. Sua mistura incomum da razão com o misticismo. Não pode ocultar o fato de que também sempre esteve em busca da verdade. Basta conferir suas atividades on-line para chegar a essa conclusão.

Nelson bufou.

— Acho que discutir a invasão da minha privacidade seria perda de tempo.

— Tenho uma missão para você. Uma busca, uma jornada na Terra Longa. Vamos viajar para a Nova Zelândia, na Terra Oeste número... Bem, o número não importa, não é mesmo?

— *Nova Zelândia?* O que vamos procurar na Nova Zelândia?

— Acredito eu que tenha visto os registros da expedição do *Mark Twain*. Pelo menos, a parte que foi divulgada pela mídia.

— Vi.

— Você se lembra de uma entidade chamada Primeira Pessoa do Singular?

Nelson ficou em silêncio, mas sua curiosidade havia sido despertada. Lobsang se mexeu na cadeira.

— O que me diz?

— É tudo muito novo para mim, entende? Preciso de um tempo para pensar.

— O twain vai estar aqui amanhã.

— Ótimo. — Nelson se levantou. — Vou dormir em meu veículo. Assim, terei tempo para refletir.

Lobsang se levantou também, sorrindo.

— A gente se vê amanhã.

***

Naquela noite caiu uma tempestade, um toró vindo do oeste, e a chuva fez o Winnebago parecer o alvo de um clube de tiro.

Nelson ficou na cama ouvindo o bombardeio e pensando no mundo em geral e em sua situação em particular, incluindo uma reflexão sobre a natureza das almas. Era estranho muitas pessoas que ele conhecia não serem religiosas, mas acreditarem que tinham uma alma.

Era ainda mais estranho pensar que talvez fosse possível *criar* uma alma, ou, pelo menos, criar um corpo que pudesse abrigar uma alma. De repente, ele se sentiu ansioso por iniciar a viagem com Lobsang — nem que fosse para conhecer melhor o próprio Lobsang.

Por outro lado, ainda lhe restava uma suspeita. Lembrou-se do que Lobsang disse, enigmaticamente: "Não se esqueça de que foi você que me

procurou. Você está aqui porque resolveu o enigma. Seguiu as pistas."
Era verdade, mas quem tinha criado as pistas?

***

Na manhã seguinte, ele pediu para alguém buscar o Winnebago alugado.

Ao meio-dia, o twain prometido apareceu no céu. Nelson tinha viajado muitas vezes em twains, mas aquele parecia espartano, um balão de sessenta metros de comprimento e uma gôndola compacta, muito simples.

O twain deixou cair um arnês de segurança. Ele foi içado a bordo e depositado em uma área próxima da popa.

Depois de se desfazer do arnês, foi até uma sala que também era uma cozinha e um convés de observação. Sentiu mais do que ouviu os motores começarem a funcionar.

Olhando pelas grandes janelas panorâmicas, viu que já estava no meio de nuvens de tempestade, com a chuva castigando as janelas — e, logo depois, um sol quente que fez o casco fumegar. Os saltos já haviam começado. Nelson tinha tomado o remédio para enjoo que Lobsang recomendou e, apesar da aversão habitual pelos saltos, não sentiu tanto desconforto assim.

Uma escada curta o levou a uma porta para a ponte de comando abaixo da sala — uma porta que parecia estar trancada. Quando testou a maçaneta, uma tela se acendeu na parede, mostrando um rosto sorridente, de cabelo raspado.

— Que bom tê-lo a bordo, Nelson!

— É bom estar aqui, Lobsang.

— Sou, como pode ver, o piloto desta nave.

— Com *qual* Lobsang estou falando?

— Quero que entenda que Lobsang não é uma única presença. Chamar-me de ubíquo não seria correto. Você se lembra do filme *Spartacus*? Pois todas as minhas manifestações são Spartacus. Levamos certo tempo para nos sincronizar. Você está sozinho nesta nave, mas, caso necessite de uma presença material, por razões médicas, por exemplo, posso ativar uma unidade ambulante. Vamos viajar para a Nova Zelândia saltando com algumas paradas, para aproveitar os ventos mais favoráveis, mundo após mundo. Acredite ou não, prefiro viagens tranquilas, mesmo que sejam mais demoradas.

— Vou tentar relaxar e aproveitar o passeio.

— Faça isso. Relaxar era uma coisa que Joshua Valienté não conseguia fazer.

— Valienté parecia bem relaxado naquele vídeo que mostra sua volta a Madison. Um vídeo que me trouxe até aqui, na verdade. Um vídeo que provavelmente foi você que me enviou, certo? Ele tinha se dedicado, mas seu ressentimento com a ideia de que havia sido controlado, atraído para esta situação, começou a se transformar em raiva. Até onde se estende sua influência? Tem alguma coisa a ver com o grupo Quizmasters? Estava por trás de toda a trilha de pistas que me levou a você?

Lobsang sorriu.

— De agora em diante, nada de truques.

— Espero que não. Ninguém gosta de ser manipulado, Lobsang.

— Não pense nisso como manipulação. Estou oferecendo uma oportunidade. Cabe a você decidir se aceita ou não.

— Ontem você me chamou de investimento.

— Quem usa esse termo não sou eu, é Douglas Black. Nelson, como eu já disse, foi *você* que *me* procurou. Escute, quer venha a trabalhar comigo ou não, seja bem-vindo a bordo e aproveite a viagem. Pode encará-la como umas férias, se quiser.

— Ou como uma auditoria.

— Se preferir.

Nelson sorriu.

— Mas, Lobsang, quem está auditando quem?

# 48

O BEAGLE E O KOBOLD SAÍRAM de uma nuvem de fumaça.
    No acampamento improvisado, Jansson e Sally esperavam, cautelosas. Quando as criaturas se aproximaram, Jansson deu falta do Saltador que costumava ficar em seu cinto. O beagle, o cachorro-homem, o havia confiscado no dia em que chegaram. Por isso, sem a ajuda de Sally, ela ficaria presa para sempre naquele mundo peculiar, com seus habitantes estranhos.
    Estavam ali há uma semana, e era a primeira vez que recebiam visita. O beagle as encontrara no mundo chamado Retângulos e as levara para aquela Terra, algumas dezenas de saltos para oeste — um mundo cheio de trolls, como Sally disse que podia sentir e ouvir no momento em que chegaram. Os beagles explicaram a elas que estavam à espera de um governante que vinha de... outro lugar. Esse governante seria responsável pela negociação com os humanos.
    Jansson lhes dera tempo para decidir o que fariam a seguir e aproveitara a oportunidade para descansar um pouco da viagem. O trajeto de Retângulos até aquela Terra havia sido bizarro, porque o beagle que as encontrara não sabia saltar. Ele tinha de ser carregado nas costas do humanoide feio e parrudo que Sally chamava de "kobold".
    Tinha sido uma experiência nova para as duas. Mesmo Sally, a grande exploradora da Terra Longa, não conhecia aquele lugar. Para Sally, aquele mundo era apenas mais um Curinga, mais um mundo desértico entre uma série de mundos que, aparentemente, haviam perdido a maior

parte da água por causa de uma calamidade ocorrida durante a época turbulenta da formação dos planetas. Naqueles mundos a atividade geológica era reduzida, e as chances de vida, muito pequenas. Pelo menos na teoria. Na verdade, como Jansson estava descobrindo, em muitos Curingas havia refúgios habitáveis.

Naquele mundo havia uma ilha verde, com água. A partir da descrição do kobold, Sally concluíra que ela podia ser do tamanho da Europa. Tinha sido ignorada pelos exploradores, entre eles Joshua e Sally, que haviam passado por aquele mundo sem um estudo detalhado. Ignorada também pelos grupos de pesquisadores que se dedicaram à exploração de Retângulos: eles eram cientistas da Terra Padrão, com expectativas guiadas pelas normas da Terra Padrão, segundo as quais era preciso concentrar a atenção no mundo que estava sendo investigado, ignorando os mundos vizinhos.

Resumindo, ali estavam elas, em um mundo habitado por cachorros inteligentes e um grande número de trolls.

Por um bom tempo, ninguém disse nada. Aparentemente, os cachorros gostavam de observar, examinar, pensar antes de falar. E a gramática de suas conversas não era humana. Jansson e Sally permaneceram no mesmo lugar, esperando. Jansson notou que o kobold estava com um braço ferido, enfaixado precariamente com um trapo sujo. Em certo momento, ele gargalhou, curtindo o momento.

Os trolls que haviam viajado com elas pareciam muito à vontade. Mary estava sentada em um monte de terra, cantarolando baixinho uma letra que soava familiar para Jansson, enquanto Ham remexia, feliz da vida, o solo com seus dedos fortes, vira e mexe colocando uma larva na boca. Como se ser abordado por um cachorro bípede com uma arma de raios fosse a coisa mais normal do mundo, pensou Jansson.

O beagle ficou parado diante delas, sem piscar, o nariz úmido tremendo enquanto as *cheirava*. Ele devia ter quase dois metros de altura, ou seja, era bem mais alto que Jansson e Sally. Isso e a arma de raios não eram as únicas razões pelas quais era tão assustador, pensou Jansson. Havia algo *animalesco* em sua postura, um senso de perfeição refinado ao longo do tempo, até no modo como o pelo fino cobria sua pele em camadas regulares. Além disso, havia inteligência em seus olhos, uma inteligência objetiva.

Os dentes, os olhos, as orelhas, o focinho e o nariz eram muito parecidos com os de um cachorro, pensou Jansson, mas o formato do crânio, com uma testa saliente, lembrava mais um humanoide. O rosto parecia ora humano ora lupino, como um holograma visto de vários ângulos. As orelhas eram muito pontudas, os olhos, muito separados, o sorriso, muito largo, o nariz, muito achatado, com aquela ponta preta... E os olhos, sim, eram olhos de lobo. Ele fazia Jansson se sentir inferior, incompleta. Mas também havia algo irreal em sua figura, como um efeito especial. Ele não se encaixava na vivência simples, limitada, de alguém que tinha sido criado na Terra Padrão.

Ele não sabia saltar. Aparentemente, ninguém de sua espécie sabia. Jansson se agarrou àquela ideia, de que podia fazer pelo menos uma coisa que ele não podia.

Ela tossiu, começou a tremer e sentiu uma fraqueza.

O beagle se voltou para ela:

— Seu nome?

Sua fala era distorcida, uma mistura de rosnados e gemidos. *See-uu no-mmhh?* Mesmo assim, dava para entender. Outro salto conceitual surpreendente para uma ex-policial como Jansson absorver.

Jansson tentou manter a compostura.

— Monica Jansson, ex-tenente do Departamento de Polícia de Madison.

O beagle inclinou a cabeça, evidentemente surpreso. Dirigiu-se a Sally:

— Você?

— Sally Linsay.

O beagle levantou a pata dianteira e apontou para o peito. Jansson viu que a mão tinha quatro dedos, nenhum deles parecido com um polegar, e ele usava uma luva de couro. Proteção para quando andasse com as quatro patas, talvez.

— Meu nome é Brrranquelo — disse ele.

Sally tentou se conter, mas caiu na gargalhada. Jansson se voltou para o kobold:

— *Branquelo?*

O kobold deu um sorriso sem graça.

— Outro sem caminhosss veio antesss... Deu essse nome.

— Eu sei qual é seu nome — disse Sally. — Finn McCool, não é? — Ela se voltou para Jansson. — Um dos mais inteligentes da espécie. Ele se dá bem com humanos. Devia ter desconfiado de que você estava envolvido nessa história, tentando ganhar alguma coisa.

O kobold continuou sorrindo.

— Jossshua.

Sally fechou a cara.

— O que tem Joshua?

O kobold não respondeu. Branquelo olhou para elas.

— Você — disse para Sally — tem cheirrro de humana na virrrilha.

— Obrigada.

— Cheira como os outrros de sua espécie. Mas *você*...

Ele se aproximou de Jansson. Ela tentou não se encolher quando Branquelo, de olhos fechados, começou a farejá-la. Ele cheirava a pelo molhado e a almíscar.

— Estrrranho. Doente. Você tem cheirrro doente.

— Você é muito observador — murmurou Jansson.

Ele recuou, levantou a cabeça e uivou, produzindo um som tão alto que fez Jansson estremecer e Sally tapar os ouvidos. Foi respondido imediatamente por outro uivo que vinha do leste.

Branquelo apontou naquela direção.

— Minha Toca. Cheirrro de minha ninhada. Nome, Olho da Caçadorrra. Carrroça vem, carrrega você. Neta da Toca, nome Petrrra. Ela vê você. Neta volta da Toca da Mãe, longe daqui.

— Essa tal Neta sabe que estamos aqui? — perguntou Sally.

— Ainda não. Surrrpresa de Branquelo. — Ele repuxou os lábios para mostrar os dentes caninos, em uma espécie de sorriso. — Recompensa para Brrranquelo, por prrresente.

Ele estava ofegante, agitado.

Sally murmurou para Jansson:

— Não olhe para baixo.

— Por quê?

— Se olhar, vai ver que ele já está antecipando a recompensa que vai receber dessa tal Neta, seja ela quem for.

Branquelo se afastou, para alívio de Jansson, um grande animal excitado procurando a carroça.

O kobold ainda estava ali, sorrindo para elas.

— Posso fazer algumas perguntas? — perguntou Jansson, meio cansada.

Sally riu.

— Se souber por onde começar...

Jansson apontou um dedo para McCool.

— Sei quem você é. As polícias das Terras Baixas têm sua ficha. Fotos fora de foco, relatos incompletos, imagens de baixa qualidade de câmeras de segurança... O que está fazendo aqui?

McCool deu de ombros.

— Ajuda vocêsss. Por um preço.

— Claro, por um preço — disse Sally. — Sabia que os kobolds iam descobrir onde os trolls estavam escondidos, Monica.

— Por isso você os procurou e propôs...

— Eles se conhecem. Trocam informações. Os trolls têm o canto longo. No caso dos kobolds, está mais para uma "dica longa". Tudo que sabem é colocado em leilão e vendido a quem pagar mais. Por isso, segui a trilha de dicas, de kobold em kobold. Até que encontrei um que me disse para levar Mary a Retângulos. O resto você já sabe. De Retângulos fomos trazidas para cá, para esse mundo árido, esse Curinga, cheio de cachorros inteligentes.

— Beaglesss — corrigiu McCool. — Eles são beaglesss.

— Quem deu esse nome a eles? Por quê? — perguntou Jansson.

— Quem? Outros sem caminhosss que estiveram aqui antes.

— Alguém com senso de humor — disse Sally. — Acho que podemos pôr a culpa em Charles Darwin.

Finn McCool deu de ombros. Era um movimento pouco natural, pensou Jansson, parecia menos um gesto humano e mais um macaco executando um número de circo.

— E como foi que esse beagle passou a ser chamado de Branquelo?

— Nome humano — respondeu McCool, dando de ombros mais uma vez. — Não nome de verdade. Beaglesss não contam nome de verdade para humanosss. Kobolds não contam nome de verdade para sssem caminhosss.

— Como falam nossa língua? Aprenderam com humanos?

— Não. Koboldsss chegaram aqui primeiro. Koboldsss vendem coisasss para beaglesss.

Jansson assentiu.

— Vocês já falavam nossa língua. Então os beagles aprenderam a língua de vocês em vez de vocês aprenderem a língua deles.

— Então os beagles são mais espertos que os kobolds — disse Sally, com um sorrisinho.

McCool desviou o olhar, nervoso.

Uma nuvem de fumaça surgiu, vinda do leste. Branquelo a avistou, farejou o ar e uivou novamente. Alguém respondeu com um uivo, e ouviram o que soava para Jansson como um ganido gutural, como se fosse o grito de uma ave gigantesca. Jansson estremeceu de novo, sem fazer ideia do que estava acontecendo.

Ela se voltou para McCool:

— Aquele beagle, Branquelo, carregava uma lança com ponta de pedra e uma arma de raios.

Sally interveio:

— Aquilo parecia um laser portátil.

— Desde que chegamos aqui — disse Jansson —, não vimos cidades nem aviões no céu. Onde foi que um guerreiro da Idade da Pedra arranjou uma arma a laser?

— Só pode ter sido um presente dos kobolds — disse Sally, voltando-se para McCool. — Não é? Foram vocês?

O kobold sorriu de novo.

— Beaglesss não sssaltam. Sssão inteligentesss, mas não têm ferramentasss boas. Sssó de pedra. Compram de nós ferramentasss e outrasss coisasss.

— Como armas — disse Sally. — Só que essa arma parece ter sido produzida por uma sociedade mais avançada que a da Terra Padrão. Como a conseguiram?

— Escavando — respondeu Finn McCool, sorrindo, e não disse mais nada.

Ao se aproximar, a nuvem de fumaça revelou uma carroça de madeira com quatro rodas também de madeira, revestidas com aros de ferro. Outro beagle, um pouco mais baixo que Branquelo, guiava-a com rédeas nas patas. Mais altas que Jansson e Branquelo, as aves que puxavam a carroça tinham o corpo coberto de penas, asas atrofiadas, pernas musculosas, pés com garras que pareciam foices, pescoços compridos e cabeças que pareciam ser só bicos. Entretanto, as aves estavam arreadas e pareciam obedientes.

— Mesmo que não fosse puxada por duas aves enormes, essa cena seria surpreendente — murmurou Jansson. — Um cachorro dirigindo uma carroça. Se filmassem isso e colocassem na outernet, certeza que ia viralizar.

Sally tocou de leve o braço de Jansson, surpreendentemente atenciosa.

— Apenas aceite que é estranho, tenente Jansson. Vamos...

Às pressas, elas começaram a juntar a pouca bagagem que tinham para levar.

\*\*\*

A carroça parou. A beagle que a guiava saltou e cumprimentou Branquelo. Estava nua, exceto por um cinto com bolsos. Era fácil ver que se tratava de uma fêmea. Os dois circularam um ao outro por um instante, e Branquelo chegou a ficar de quatro e abanar o toco do rabo.

— As fêmeas são dominantes — murmurou Sally.

— O quê?

— Olhe para os dois. Ele ficou mais satisfeito ao vê-la do que o contrário. Algo que vale a pena notar.

— Hummm. Talvez você esteja tirando conclusões precipitadas.

Sally bufou.

— É possível aprender quase tudo a respeito dos machos *humanos* observando apenas um espécime. Por que nesse caso seria diferente? Precisamos colher o máximo possível de informações.

— Viemos aqui para ajudar Mary. Viemos por causa dos trolls.

— É verdade, mas não estávamos esperando tantas complicações. Precisamos ganhar tempo... e permanecer vivas. Lembre que, se tudo der errado, sempre podemos saltar. Posso carregar você. Agora sabemos que os cachorros não vão nos seguir.

Terminados os cumprimentos, a fêmea se aproximou de Sally e Jansson. Ela apontou para o próprio peito.

— Li-Li. Podem me chamar de Li-Li. — Ela se voltou para a carroça. — Vamos parrra Olho da Caçadorrra.

Sally assentiu.

— Obrigada. Vamos levar os trolls que vieram conosco.

Mas Li-Li já tinha dado as costas e saudava os trolls, cantando uma música cheia de gorjeios. Sem discutir, Mary se levantou, colocou Ham no ombro e subiu na carroça.

As humanas fizeram o mesmo, acompanhadas por Finn McCool. Branquelo sacudiu as rédeas, as aves grasnaram como pombos anabolizados e a carroça deu uma arrancada, quase derrubando Jansson. Não havia assentos. Jansson se segurou na lateral da carroça, se perguntando a que distância estavam da cidade e se conseguiria chegar lá antes de perder os sentidos.

Li-Li se aproximou de Jansson. Mais uma vez, Jansson teve de aturar um nariz úmido cheirando sua boca, axilas e virilha.

— Doente — declarou Li-Li, sem rodeios.

Jansson forçou um sorriso.

— Não me sinto muito bem e tomei muitos remédios. É por isso que meu cheiro está estranho.

Li-Li tomou as mãos de Jansson. Ao contrário de Branquelo, Li-Li não usava luvas. Os dedos eram longos, parecidos como os dos humanos, mas as palmas tinham almofadas coriáceas como as dos cachorros.

— Meu trrrabalho. Cuidarrr de doentes e ferrridos. Vocês têm sorrrte.

— Sorte? — perguntou Sally. — Por quê?

— Brrranquelo encontrrrou vocês. — Ela olhou para o beagle que guiava a carroça. — Não muito inteligente, mas muito bondoso. Sempre diz verrrdade. Valente. Bom caçadorrr. Leva vocês para cidade para verrr Neta Petrrra. Alguns caçadorrres só levam cabeça. Ou orelhas.

Sally e Jansson se entreolharam.

— Parece que tivemos sorte de encontrar um beagle que não nos matou assim que nos viu — disse Jansson.

— Quanta moralidade... — concordou Sally. — A propósito, pesquei outra coisa.

— Qual?

— Ela afirmou que Branquelo sempre diz a verdade. Isso significa que *nem todos* os beagles são assim. Esses supercachorros sabem mentir.

Jansson assentiu.

— Anotado.

# 49

Eles logo avistaram uma nuvem de fumaça no horizonte a leste.

A trilha que seguiam se tornou lama pura, marcada por sulcos de rodas. A terra parecia mais verde também, longe do matagal no qual haviam saltado. Passaram até por pequenos bosques. Para Jansson, que não era uma especialista, muitas daquelas árvores pareciam fetos, com troncos atarracados e folhas grandes.

A certa altura, ela avistou um lago por entre as árvores, em cuja margem alguns animais bebiam água. Eles lembravam pequenos veados, pensou Jansson, mas os corpos eram mais arredondados e as pernas, mais curtas. Um cruzamento de veados com porcos, talvez?

Li-Li ficou alerta quando a carroça se aproximou do lago. De seu posto, Branquelo olhava para os animais com as orelhas em pé. Li-Li repetiu algo várias vezes para ele.

Finn McCool deu um sorriso nervoso para Sally e Jansson.

— Ela dissse: "Branquelo, não é hora de caçar." Esses beaglesss não podem ver uma presssa. Deviam usssar uma coleira.

— Isso não me surpreenderia. Aliás, nada mais vai me surpreender — disse Jansson, quando a carroça se afastou do lago.

— Não devemos esquecer que nossos anfitriões podem parecer cachorros, mas *não* são — disse Sally. — Seus ancestrais não eram cachorros, porque nunca houve cachorros neste mundo. Eles são seres inteligentes que descendem de animais parecidos com cachorros, assim como somos seres inteligentes que descendem de macacos.

Jansson se pegou sentindo saudade do concreto e vidro da Terra Mãe, dos crimes da humanidade contra a natureza. Talvez tudo aquilo, a seleção natural agindo arbitrariamente sobre os seres vivos, fosse algo corriqueiro na Terra Longa. Mas para ela não era. Ainda não.

— A plasticidade das formas de vida.
— O que disse?
— Nada. Uma frase que li em um livro.

A reação de Jansson deixou Sally intrigada.

Agora estavam passando por fazendas que cercavam a cidade dos beagles. Muros de pedra seca, sendo nenhum perfeitamente reto, dividiam a terra em campos cheios de animais pastando. Alguns pareciam versões mais gordas, mais indolentes, dos veados que Jansson viu na beira do lago. Outros eram mais parecidos com bois, cabras, porcos e até rinocerontes sem chifre, além de poucas aves como as que puxavam a carroça. Beagles patrulhavam as manadas. Em um dos campos, animais parecidos com veados eram conduzidos a um curral, provavelmente para serem ordenhados.

Foi então que, pela primeira vez desde que chegara àquele mundo, Jansson viu outros trolls além de Mary e Ham. Uns doze trolls caminhavam ao longo de um muro de pedra, fazendo reparos. Cantavam enquanto trabalhavam, a costumeira harmonia de várias partes aplicada a uma melodia alegre, saltitante. Ham, que estava cochilando no colo de Mary, acordou e subiu no ombro da mãe para ver. Repetiu, com sua voz jovem, as frases da canção.

Sally prestou atenção.

— Poderia jurar que estão cantando "Johnny B Goode". Meu pai ia gostar.

— Essas são fazendas de carnívoros inteligentes, não são? — disse Jansson. — Nada de plantas. Nada, só gado à vista.

— Isso mesmo. Se passarmos muito tempo comendo aqui, nossas artérias vão ficar entupidas, Monica.

— Os trolls parecem felizes, a julgar por esse grupo.

— É verdade. — Sally parecia aborrecida com o comentário. — Os beagles são inteligentes. Acho que é por isso que os trolls vieram se refugiar aqui. Inteligentes, mas não humanos. Por isso, eles se sentem bem aqui.

— Você está com ciúme!

— Não estou.

— Não adianta disfarçar. Sally Linsay, todo mundo sabe que você gosta dos trolls. Você os defendia antes mesmo dessa última confusão, antes de fugirmos do Vazio com Mary.

— E daí?

— Agora está descobrindo que os trolls são especiais para você, mas os humanos não são especiais para os trolls.

Sally se limitou a olhar séria para ela.

De repente, Branquelo se empertigou e ficou olhando para o norte, com as orelhas em pé, os pelos da nuca arrepiados. Li-Li voltou a murmurar algumas palavras, e Branquelo se aquietou.

— É fácil entender por que ele ficou tão animado — disse Sally. — Olha lá.

Quando Jansson virou a cabeça, viu pequenos animais de pelo castanho correndo pelo campo, com os rabos brancos balançando.

— Parecem coelhos — disse.

— Acho que *são* coelhos. Coelhos autênticos, da Terra Padrão. Não sei como vieram parar aqui — disse Sally, voltando-se para Finn McCool.

Ele sorriu, mostrando os dentes triangulares.

— Osss beaglesss adoram esses animaisss. Bonsss para caçar. Bonsss para comer.

— O que mais vendeu para os beagles?

— Além dosss coelhosss?

— Além dos coelhos.

Ele deu de ombros.

— Não fui sssó eu. As rodasss. O ferro...

— Vocês ensinaram *metalurgia* a eles?

— Trouxemosss ferreiro. Humano.
— E o que vão receber em troca?
— Osss filhosss dosss filhosss delesss vão pagar em prestaçõesss.

Eles vão pagar caro pelo "presente" dos coelhos, pensou Jansson. Pergunte só aos australianos...

O kobold tinha se inclinado na direção delas, disposto a participar da conversa. Distraídas, as mulheres pararam de falar, e ele se recolheu. Jansson se perguntou se Finn McCool achou que estava sendo inconveniente. Ele tirou o walkman da pochete, colocou os fones nos ouvidos e começou a balançar o corpo ao ritmo da música, que Jansson podia ouvir bem baixinho. Ele sorriu, observando as expressões de Sally e Jansson para ter certeza de que estava sendo notado. O kobold era como uma imitação barata de um ser humano, pensou Jansson: carente, a dignidade animal dos ancestrais distantes perdida pelo contato corrosivo com a humanidade.

Jansson virou a cabeça e viu, horrorizada, que Sally tinha pegado a arma de raios da cintura de Branquelo enquanto ele e Li-Li estavam distraídos. Ela examinou a arma por alguns segundos e a colocou de volta no coldre dele.

— Não funciona — sussurrou para Jansson. — Já imaginava. Outra informação importante, Monica.

# 50

A TRILHA FICOU MAIS LARGA QUANDO se aproximaram da cidade. Havia mais tráfego agora, carroças carregadas de carne, couro e ossos. Animais vivos, como ursos e pequenos macacos, também eram conduzidos pela trilha em pequenos bandos por pastores-beagles que usavam varas e chicotes. Havia até um grupo de trolls liderado por um beagle, mas sem nenhum sinal de opressão, cantando o que, para Jansson, parecia rockabilly.

Havia também pedestres: beagles, tanto adultos quanto filhotes, todos escassamente vestidos, com cintos ou casacos cheios de bolsos. Jansson não viu sinal de adornos, nada como joias, chapéus ou roupas vistosas. No entanto, quando o número de transeuntes aumentou, Jansson começou a sentir *cheiros*, como os de pelo molhado, urina e fezes, e se perguntou se seria assim que aquelas criaturas se enfeitavam: não com adereços visuais, mas com odores.

Todos os adultos caminhavam eretos. Talvez ficar de quatro fosse malvisto na cidade, algo que se fazia apenas no campo ou entre quatro paredes. Por outro lado, os filhotes engatinhavam felizes da vida em volta das pernas dos pais. Jansson não entendia muito de anatomia, mas observou os beagles atentamente, tentando entender como um plano corporal destinado a quadrúpedes tinha sido adaptado à postura bípede, e como era fácil para eles reverter à postura quadrúpede. Aquela era uma diferença em relação aos humanos; mesmo na infância, ela não conseguiria usar a nodopedalia dos chimpanzés e dos gorilas por mais de cinco minutos. Mas não conseguiu chegar a nenhuma conclusão.

Jansson se agarrou à lateral da carroça e ficou assimilando as cenas e os odores. A multidão podia até parecer humana quando observada com olhos semicerrados. Ereto, o corpo de um beagle era mais alto que o dos humanos, com a pelve estranhamente baixa, de modo que o tronco era muito longo e as pernas, muito curtas. Nada impossivelmente distante da forma humana. Mas, quando via as orelhas ficarem em pé e olhos frios parecidos com os de um lobo a encararem, quando sentia o cheiro forte dos beagles, ela percebia que aquelas criaturas eram muito diferentes dos seres humanos.

Finn McCool a observava.

— Você é esssstranha para elesss, mas não muito. Eles acham que você é uma kobold. — Ele riu. — Nósss, humanosss e humanoidesss, sssomos parecidosss para elesss.

— Você e eu — disse Sally, irritada — *não* somos da mesma espécie.

Foi um alívio quando a carroça chegou à cidade. O Olho da Caçadora era um conjunto de construções de madeira em uma planície lamacenta, sob uma nuvem de fumaça. Em volta havia um fosso largo, coberto por pontes de madeira e pedra. O fosso era evidentemente para defesa, mas Jansson não viu nenhuma muralha protegendo a cidade, apenas um muro de pedra, baixo e irregular, que parecia ser mais para evitar que os animais escapassem para o campo do que para conter invasores.

Pouco antes de chegarem ao fosso, passaram por paliçadas em que animais estavam sendo abatidos. Com um passar de olhos, Jansson viu beagles usando facas de pedra, sangue jorrando, animais caindo um a um. Morte e sangue: presentes em todos os mundos, aparentemente, por mais longe que viajasse. O estômago de Jansson embrulhou.

Na cidade, as construções, nenhuma com mais de dois andares, eram robustas, mas sem acabamento, com paredes de pedra ou barro e teto de madeira ou uma espécie de palha: formas irregulares, nada parecido com as formas retas ou curvilíneas de uma cidade humana. Existiam apenas duas vias principais, longas avenidas, uma no sentido norte-sul, outra no sentido leste-oeste, que se cruzavam no centro da cidade. As vias secundárias eram tortuosas, irregulares. O que quer que fossem esses cachorros, não eram especialistas em geometria — pelo menos, não na geometria humana. Agora os odores dominantes eram os de madeira queimando e carne crua, superando o cheiro forte dos beagles. Além de fedorento, aquele lugar era barulhento; um coro interminável de latidos, ganidos e uivos.

Não foram muito longe até serem abordados por um pequeno grupo de beagles mal-encarados. Eles cercaram a carroça e começaram a interrogar Branquelo e Li-Li com uma série de latidos e rosnados.

— Devem ser da polícia — disse Sally. — Ou da guarda real. Acho que estamos indo para o palácio, mas não sei que tipo de palácio. Não estamos exatamente em Paris, França, não é?

— Não estamos nem em Paris, Texas.

— Mas não foi construído para *nos* impressionar.

Li-Li lhes dirigiu um sorriso lupino e fungou.

— Aprrrendi uma coisa com os kobolds. Os humanos não sentem cheiro. Mas a cidade está cheia de palavrrras. Um cheirrro aqui perrrto. "Estive aqui, de manhã, procurando você." E um uivo distante, estão ouvindo? "Eu tenho carrrrne fresca do campo, compre, compre..."

Sally sorriu.

— Pense nisso, Jansson. Imagine como seria se tivesse o nariz de um cão policial. A cidade está cheia de informações. Existem cheiros por toda parte, assim como existem cartazes e pichações nas paredes. Os uivos devem ser para comunicações a longa distância, tipo uma internet.

Por fim, chegaram a um prédio maior que a maioria, mais largo, mas da mesma altura, e tão mal-acabado quanto os outros. Os humanos receberam ordem para esperar com Branquelo, enquanto Li-Li entrava no prédio.

Ali, o cheiro mais forte era o de fumaça.

— Cachorros descobrem o fogo — murmurou Jansson.

— Talvez tenha sido assim que começou — disse Sally. — Os cães são animais inteligentes, sociáveis, adaptáveis, fáceis de treinar. Aqui, pode ser que nós, macacos inteligentes, não evoluímos o suficiente para mantê-los sob nossas ordens. E, um dia, em uma alcateia faminta

vagando na pradaria, uma fêmea jovem e inteligente volta para casa com um galho pegando fogo entre os dentes, colhido em uma floresta atingida por relâmpagos...
— Ou um macho jovem e inteligente.
Sally riu.
— Fala sério.
Li-Li voltou e comunicou que seriam levados à presença da Neta.

# 51

Eles foram conduzidos por corredores estreitos, tortuosos, confusos — confusos para quem não sentia cheiros, provavelmente —, até um salão com paredes irregulares de pedra e barro, pé-direito alto e uma lareira apagada.

Talvez a planta do salão tenha sido feita por um humano, pensou Jansson, o detalhe da lareira embaixo da chaminé. Certas coisas eram universais. Mas o salão, embora bem-construído, era muito modesto para olhos humanos; não havia tinta, papel, tapeçarias nem quadros. O que havia era uma rica mistura de odores, que mesmo o velho nariz de ex-policial de Jansson conseguia detectar.

A princesa dos beagles não tinha trono. Sentava-se no chão, no que parecia um trecho de relva natural crescendo no meio do salão. A princesa estava cercada por guardas armados com lanças de ponta de pedra e armas de raios. Jansson ficou se perguntando como a grama recebia luz suficiente para crescer.

O título da Neta não era "Neta", e seu nome não era "Petra". O conselheiro a seu lado, um macho idoso de ar taciturno, não se chamava "Brian". Entretanto, esses eram os nomes que os kobolds e os beagles usavam ao se comunicarem com os humanos. Neta usava apenas um cinto com bolsos — e um pingente em uma tira de couro pendurada no pescoço, que parecia um anel de ouro cravejado de pedras azuis. Um adorno que chamou a atenção de Jansson; parecia estranhamente familiar.

Havia um cachorro ao lado da princesa. Um cachorro *de verdade*, um cachorro autêntico, um cachorro da Terra Padrão, um grande pastor-alemão, se Jansson não estava enganada. Estava sentado, observando os recém-chegados, com a língua para fora. Parecia saudável, bem-alimentado, bem-cuidado. De certa forma, sua presença parecia muito natural, ali naquele salão cheio de cachorros-homens, e a mais estranha.

Todos os beagles observaram passivamente quando Jansson e Sally, instruídas às pressas por Finn McCool, mostraram submissão à Neta deitando de costas no chão e levantando braços e pernas.

— Nossa, que humilhação... — murmurou Sally.

— Vou precisar de ajuda para me levantar — disse Jansson.

Quando a apresentação terminou, a bondosa enfermeira Li-Li apareceu para ajudá-las. Então, Sally, Jansson e McCool se sentaram da melhor forma que puderam no chão de terra, enquanto a Neta conversava com seu conselheiro.

— Esse cachorro é da Terra Padrão — murmurou Sally. — Você tem alguma coisa a ver com isso, McCool?

— Não. Outro vendedor kobold. Elesss sssão popularesss aqui. Osss beaglesss gossstam de machos grandes. Brinquedos sexuaisss.

Sally segurou o riso.

— Sally, viu o pingente que ela está usando? — sussurrou Jansson.

— Vi. Não diga mais nada.

— Mas ele parece...

— Eu sei o que parece. Cale a boca.

Por fim, a Neta teve a bondade de ouvi-las.

— Você. É o que chamam de humana. Do mundo que chamam de Terrra Padrrrão.

— Isso mesmo — disse Sally. — Hummm... madame.

— O que querrrem?

Sally e Jansson deram uma longa explicação do motivo de sua vinda: os problemas com os trolls em todas as Terras colonizadas por humanos, o fato de que Sally tinha ouvido dos kobolds que muitos trolls haviam se refugiado naquele mundo, a esperança de que Mary e Ham, os trolls que estavam com elas, pudessem ser acolhidos...

A Neta disse:

— Trrrolls felizes aqui. Trrrolls gostam de beagles, beagles gostam de trrrrolls. Música de trrrolls bonita. Música dos humanos feia. — Ela levantou as orelhas. — Ouvidos de beagles melhorrres que humanos. Música dos humanos não prrresta.

— É o que meu pai sempre me dizia — concordou Sally. — Para ele, não apareceu nada que prestasse depois que Simon & Garfunkel se separaram.

Petra a encarou.

— Não sei quem são Simon e Garrr...

— Deixe pra lá.

— Beagles detestam música humana. Beagles detestam humanos.

A afirmação deixou Jansson chocada.

— Por quê?

A Neta se levantou e caminhou até o lugar onde elas estavam sentadas. Jansson tentou não se deixar intimidar e retribuiu o olhar gélido.

— Por quê? Vocês cheirrrram mal. *Você*, principalmente.

Jansson achava o cheiro de Neta estranho, pouco natural, disfarçado talvez por algum tipo de perfume. Talvez, para uma espécie que dava tanta importância aos odores, mascarar seu cheiro era mascarar seus pensamentos.

— E seus cachorrros. — Petra apontou para o paciente pastor-alemão.

— Já foi lobo. Agora gosta de brrrinquedo, como pedaço de osso na boca. *Não pensa*. Humanos fizerrram isso.

Jansson concordou. Ela tinha razão: cachorros eram lobos convertidos em submissos animais de estimação. Estava pensando que também ficaria revoltada se visse um humanoide de cérebro pequeno usando uma coleira. Mesmo assim, protestou:

— Nós gostamos dos nossos cachorros.

— Na verdade, evoluímos com eles — disse Sally.

— Eles não têm dirrreitos. Aqui, andamos com duas perrrnas, não quatro. A não serrr os filhotes. A não serrr quando caçamos. Temos crrriminosos. Aqueles que fazem coisas errradas. Nós expulsamos da cidade. Depois, caçamos.

Jansson a encarou.

— De quatro? Usam as quatro patas para caçar criminosos?

Brian, o conselheiro, falou pela primeira vez:

— Temos muitos filhotes. Grrrandes ninhadas. Vida fácil. Gosto de caçar.

Petra sorriu. Jansson sentiu cheiro de carne na boca da princesa.

— Gosto de caçarrr. Bom para o lobo dentrrro de mim.

— Então você despreza os humanos porque domesticamos seus primos em nosso mundo — disse Sally. — Mas não fizemos nada contra *vocês*. Nem sabíamos que vocês existiam até Branquelo aparecer em Retângulos.

— Você me ofende. Elfos estão errrrados. Vocês não têm dirrreitos aqui. Por que não devo deixarrr que caçem vocês?

Sally olhou para Jansson e disse, desesperada:

— Porque podemos arranjar mais armas de raios para vocês. — Ela apontou para o guarda mais próximo. — Como essa.

Jansson olhou para ela, surpresa. Sally desviou o olhar.

— Essas armas são velhas. Não funcionam mais, não é? *Posso conseguir armas novas.*

Petra olhou para o kobold, que parecia... zangado? Assustado? Se era ele que vinha fornecendo as armas, estava perdendo o negócio, pensou Jansson. Mas não conseguia decifrar sua expressão, se é que tinha uma.

Petra se inclinou para a frente, a cabeça grande muito perto do rosto de Sally. Torceu o nariz, desconfiada.

— É mentirrra.

— Quer apostar?

A dúvida pairou no ar. Jansson estava muito quieta, sentindo dores no corpo castigado pela doença. Sally não tirou os olhos de Petra.

Por fim, Petra se retirou do salão com um rosnado de frustração, seguida de perto pelo cão-escravo sexual.

Sally suspirou.

— Mais um dia de vida pra gente.

Enquanto os guardas circulavam, trocando rosnados e ganidos, Jansson se voltou para Sally:

— Qual é seu plano? — Enquanto fazia a pergunta, porém, teve uma ideia. Ela era uma ex-policial. Havia pistas a serem consideradas. Ligações se formaram em sua cabeça. — Isso tem algo a ver com o pingente que ela estava usando, que era muito parecido com o anel que Joshua encontrou em Retângulos...

Sally levou o dedo indicador aos lábios de Jansson e sorriu.

***

Elas foram levadas a um dormitório em uma extremidade do palácio, com uma área comum, onde havia uma lareira, e outros pequenos quartos que podiam ser separados com cortinas de couro.

Finn McCool foi deixado ali com as mulheres, mas Sally o empurrou para um dos quartos e o proibiu de sair. O kobold obedeceu, como tendia a fazer quando era confrontado. Jansson imaginou que tipo de ressentimento abrigava aquela estranha alma, ressentimento pelo tratamento que recebia daquelas criaturas superiores que o fascinavam e o repugnavam ao mesmo tempo.

Jansson escolheu um quarto ao acaso. Havia um colchão de palha no chão, forrado com cobertores. Não havia privada nem pia. Em vez disso, um poço no chão continha água que parecia ser filtrada. Jansson tirou a mochila das costas e apalpou os cobertores. Aparentemente, eram feitos de casca de árvore. Ela imaginou os beagles colhendo e tecendo cascas de árvore com as mãos e os dentes.

Ela foi até a área comum, onde beagles colocavam tigelas de comida no chão perto da lareira.

Sally se sentou no chão, em uma posição confortável, e examinou a comida. Ela olhou para Jansson.

— O que achou do seu quarto?

— Já vi piores. No momento, dormiria até em um chão de concreto.

Sally se aproximou e baixou o tom de voz.

— Jansson, já que temos um minuto a sós, precisamos de um plano para sair dessa enrascada.

— Podíamos simplesmente saltar. Como você disse, pode me carregar...

— Sim. Eles foram descuidados, não acha? Eles se limitaram a confiscar seu Saltador. Talvez pensem que somos como os trolls, que se recusam a saltar sem os filhotes. Mas desconfio que o motivo seja outro. *Eles não usam prisões*, não fazem parte de sua cultura. Eles gostam que os criminosos fujam, certo? Preferem caçá-los do que mantê-los confinados. Por isso, não se preocuparam com a possibilidade de saltarmos. Acho que pensam que, se saltarmos, eles poderão nos caçar em outros mundos, carregados nas costas de kobolds. Mas não vamos saltar. Nossa missão ainda não chegou ao fim. Precisamos normalizar as relações entre a humanidade e esses cachorros inteligentes. Não podemos deixar que os kobolds interfiram nas negociações.

Jansson olhou para o cubículo de McCool.

— Concordo — disse, com convicção.

— E ainda temos que pensar na questão dos trolls. Se estão todos se reunindo aqui, tudo está... — Ela custou a achar a palavra certa, o que não era comum. — Tudo está fora de equilíbrio, em toda a Terra Longa. Temos que consertar isso. Antes, porém, precisamos tirar aquele kobold do acordo. Precisamos ter uma vantagem também.

— Você está falando dos anéis. Aquele que a Neta estava usando e aquele que Joshua trouxe de Retângulos.

— Sim. Tem que haver uma ligação. Um anel de um mundo próximo, um mundo que o kobold pode visitar, mas os beagles não. Armas de alta tecnologia evidentemente trazidas de outro mundo...

Jansson raciocinava.

— Conhecemos apenas um mundo de alta tecnologia nessa região da Terra Longa. O Retângulos, onde existiu um reator nuclear. Certo? Foi lá que vocês encontraram um anel muito parecido com o da Neta. Tudo parece indicar que as armas de raios também vieram de lá.

— Exatamente — disse Sally. — Navalha de Occam.

— E a intuição de uma ex-policial. Acontece que, por algum motivo, o kobold não pode conseguir mais armas. Se pudesse, já as teria vendido aos beagles, não acha?

— Deve ter algo a ver com os anéis. Por que a Neta usaria um anel pendurado no pescoço? Talvez McCool precise de um anel para ter acesso a Retângulos. Ele não pode mais usar o da Neta.

Jansson sorriu.

— Já sei o que está pensando. Talvez o anel de Joshua funcione para ele.

— É tudo especulação, mas faz sentido. O kobold que me deu a pista do destino dos trolls não me mandou para cá. Ele me mandou para Retângulos. Sempre achei que devia haver outros produtos de alta tecnologia naquele mundo. Precisamos daquele anel. Vou ter que pegá-lo na parede da sala de Valienté.

— Como? Ah, pretende saltar até lá.

— Vou ter que te deixar sozinha aqui por um tempo. Você está doente, só me faria perder tempo. Desculpe a sinceridade. Além disso, uma de nós precisa ficar aqui, para provar que não fugimos.

Jansson fez uma careta, tentando esconder o medo que estava sentindo por ter de ficar sozinha.

— Deixa comigo. Não vão nem perceber que você não está aqui.

— Ok. E eu espero que Valienté não dê falta do maldito anel. A última coisa que quero é que ele apareça aqui.

— Ele vai aparecer aqui, mais cedo ou mais tarde — disse Jansson.

Sally considerou a possibilidade.

— Se aparecer, talvez possa nos ajudar.

Mas não havia mais tempo para conversarem, porque Brian, o conselheiro da Neta, entrou na área comum.

— Porrr favorrr — disse Brian, levantando a pata direita em um gesto muito humano de boas-vindas. — Jantem comigo. Tenho comida que kobolds gostam.

— Não somos kobolds — disse Sally.

Jansson foi buscar um cobertor, dobrou-o e sentou-se em cima dele, gemendo de dor. Ela olhou para as tigelas. Pareciam ser de madeira. Eles não usavam cerâmica?

— Nada que não seja carne — disse Sally, examinando o conteúdo das tigelas. — Não pergunte que cortes são esses. Pelo menos está tudo cozido, provavelmente mais cozido do que os beagles gostam.

— Queimados — queixou-se Brian. — Sem gosto.

— Todos, menos esse — disse Sally, apontando para a tigela do meio, cheia de pedaços de carne rosados e gordurosos.

— Esses não podem ser cozidos — disse Brian.

Jansson canalizou toda a sua paciência para lidar com mais coisas estranhas.

— Obrigada pela hospitalidade — disse.

— Obrigado *vocês* — disse Brian.

— Por quê?

— Porrr estarrrem aqui. Tenho um carrrgo estrrranho. Combina com minha mente estrrranha. Meu narrriz sente... cheirrros estrrranhos. Neta Petrrra me tolerrra porrr causa de meu nariz. E sou um escrrravo de seu cheirrro. Eu e o burro do Brrranquelo. As fêmeas mandam nos machos. Com os humanos também é assim?

— É — disse Sally. — Alguns machos humanos também são escravizados.

— Sou estrrranho para um beagle. Sempre entediado com os mesmos cheirrros de semprrre. A mesma converrrsa de semprrre. Gosto de estrrranhos. Outrrros, outrrros... — Ele procurou a palavra certa. — Outrrros *pontos de vista*. Beagles e kobolds são muito diferrrentes.

— Não somos kobolds — protestou Sally.

— Desculpe, palavrrra errrada. Que pena que não nos conhecemos antes. Dois tipos de mente, duas maneirrras de cheirrrar o mundo. Muito mais rrrico. Porrr exemplo, essa cidade tem o nome de nossa deusa, que é Caçadorrra. Acrrreditamos que ela é Mãe das Mães. Seu bando é o Bando dos Bandos. Assim como Petrrra é a Neta, existem Filhas e existe a Mãe. A Mãe vive longe daqui, tem muitas Tocas. A Caçadorrra,

Mãe das Mães, crrriou mundo, manda em todos, até nas Mães. Quando morrremos, nossos espírrritos saem do corrrpo. São caçados pela Mãe das Mães e trrrazidos de volta. Quais são os deuses de vocês?

— Temos muitos deuses — respondeu Jansson. — Mas alguns humanos não têm nenhum.

— Vocês acham que somos bárrrbaros. Pouco mais que lobos. Acham nossa rrreligião prrrimitiva?

— Não tenho uma opinião formada sobre isso — disse Sally.

— Alguns de nós desprrrezam nosso lado lobo. Como talvez vocês desprrrezem seus ancestrrrais. Nós caçamos. Matamos. Temos grrrandes ninhadas. Vida barrrata, guerrra comum. Muitas morrrtes. Cidades vazias. Tocas destrrruídas. Depois mais ninhadas, mais soldados pequenos.

— Um ciclo — disse Sally a Jansson, fascinada.

Altos e baixos. Eles têm grandes ninhadas, muitos filhotes que desde cedo são transformados em guerreiros, muitas Filhas e Netas competindo para se tornarem a Mãe, a chefe da nação. Lutam, guerreiam, a maioria morre, e os poucos que sobram começam tudo de novo.

— Como as gangues — disse Jansson.

— Talvez. Nesse tipo de mundo, o progresso, tecnológico e social, é impossível. Não admira que tenham estagnado na Idade da Pedra. E que sejam presas fáceis para traficantes de armas, como os kobolds.

— Vejam. — Brian se inclinou para a frente e pegou um pedaço de carne na tigela do meio. — Feto de coelho. Tirrrado da barrriga da mãe. Deli... *Delícia.* — Ele colocou o embrião entre os dentes, mordeu e sugou o sangue, como um sommelier degustando um vinho caro. — Alguns de nós desprrrezam nosso lado lobo. Mas o gosto! Ah, o gosto...

De repente, o cheiro de carne deixou Jansson enjoada. Ela se levantou.

— Preciso descansar.

— Você doente. Sinto o cheirrro.

— Desculpe. Boa noite, Brian. Boa noite, Sally.

— Posso examinarrr você depois — comentou Brian.

— Não precisa.

Os poucos passos até o quarto pareceram uma eternidade. Jansson teve a impressão de que Finn McCool ficou observando-a.

***

Jansson dormiu muito mal.

A cabeça doía. A barriga doía. Os ossos doíam. Tomou uma dose extra de analgésico, mas não adiantou.

Ela cochilou.

Acordou com um rosto de lobo perto do seu, em uma escuridão quebrada apenas pela luz das estrelas que entrava pela janela acima do colchão. Estranhamente, não se assustou.

— Sou Li-Li — disse a beagle, levando um dedo aos lábios. — Você está doente. Eu sei. Sente dorrr?

Jansson assentiu.

— Vamos darrr um jeito nisso.

Li-Li envolveu o corpo de Jansson em panos quentes e aplicou emplastros do que parecia musgo e líquen mascados na barriga, nas costas e na cabeça. Ela também lambeu o rosto, o pescoço e a testa com sua língua áspera.

Depois de um tempo, a dor cedeu e Jansson caiu num sono profundo.

# 52

UMA SEMANA DEPOIS DO ENCONTRO DE Maggie com George e Agnes Abrahams, o *Benjamin Franklin* chegou às Terras Baixas, a caminho da Terra Padrão.

Maggie percebeu que a tripulação do *Franklin* estava satisfeita com o fato de, por causa da turbina avariada, estarem antecipando a volta para casa. A viagem para a parte oeste da Terra Longa tinha sido extenuante. Dia após dia, saltavam de um mundo sem graça para outro mundo sem graça — pelo menos para os meninos da cidade grande, que constituíam a maior parte da tripulação —, parando apenas para resolver problemas ridículos.

Além disso, *os trolls tinham ido embora*. Era estranho vivenciar, mesmo de dentro das paredes de uma nave militar, uma mudança tão grande, que lançava uma sombra sobre todos os mundos que visitavam.

Enquanto o *Franklin* percorria os céus cada vez mais poluídos das Terras Baixas em processo de industrialização, a cada dia que passava Maggie — que sempre fora uma garota do interior — se sentia melhor e reconhecia que a vida na cidade tinha seus méritos. As novidades no caminho eram extraordinárias. Havia um caso de desequilíbrio geológico nas versões do Yellowstone em praticamente todas as Américas Baixas. Maggie tinha visto as imagens de Leste 2, onde um rebanho de gado fora sufocado por emissões de dióxido de carbono, e de Oeste 3, onde pessoas estavam sendo evacuadas de cidades em perigo por meio de twains. Enquanto estavam isolados nos confins da Terra Longa, Maggie e sua tripulação tinham recebido pela outernet vagas notícias do que acontecia.

Tempos estranhos, pensou, tempos de desequilíbrio da natureza e da espécie humana, na Terra Padrão e nas outras Terras.

\*\*\*

Na doca do serviço de dirigíveis da marinha, em Detroit da Terra Padrão, os técnicos se reuniram em torno do *Franklin*, levando com eles plataformas de diagnóstico com braços robóticos que lembravam um louva-a-deus. O imediato Nathan Boss e o engenheiro-chefe Harry Ryan observavam a cena com Carl. O jovem troll não tinha saído da nave. A presença de trolls na Terra Padrão não era bem-vista, e os próprios trolls não se sentiam à vontade em um mundo com tantos humanos, mas Carl estava interessado em cada chave inglesa, em cada alicate de pressão, em cada instrumento de medida.

Mesmo agora, olhando para Carl, era difícil para Maggie se lembrar de que ele não era um chimpanzé ou gorila. Era muito mais inteligente que qualquer macaco, mesmo deixando de lado o canto longo e a peculiar inteligência coletiva dos trolls. Sua forma de se comunicar era mais sofisticada que a de um chimpanzé, e ele conseguia fazer e manusear ferramentas que estariam além da imaginação de Cheetah. Mac havia apontado que era mais interessante pensar nos trolls como ancestrais dos humanos. Alguma coisa entre chimpanzé e humano. Entretanto, esses seres não eram fósseis vivos. Haviam passado por milhões de anos de seleção natural desde que divergiram da linhagem que levara aos humanos. Não eram humanos primitivos; eram trolls evoluídos. Maggie estava satisfeita com o fato de que *seus* trolls, por enquanto, tinham escolhido ficar.

A gata, Shi-mi, também começou a rondar a carcaça parcialmente desmontada do dirigível com um ar superior. Maggie nunca *via* Shi-mi se comunicando com um operário, ou até com um dos robôs. Ela não sabia se a presença da gata a tranquilizava ou a preocupava.

O que a incomodava um pouco era a onipresença da Black Corporation. Todas aquelas chaves inglesas e alicates de pressão que fascinavam Carl ostentavam o logotipo da empresa ou de uma subsidiária.

Black parecia ter aumentado sua participação na frota de dirigíveis e na infraestrutura militar dos Estados Unidos nos últimos meses. Ou, talvez, o fato de assumir o comando de uma nave a fizesse prestar mais atenção na relação entre Black e os militares. Afinal de contas, ele havia doado a tecnologia dos twains e tinha vários contratos em vigor com as Forças Armadas. Depois das tentativas frustradas de desapropriar suas empresas, há alguns anos, sua relação com o alto-comando militar e com os responsáveis pelas verbas do governo tinha se tornado não só inabalável, mas também institucionalizada.

Mesmo assim, agora que pensava no assunto e estava tão envolvida, a situação a deixava pouco à vontade.

A sensação piorou quando o trabalho terminou e o chefe dos operários procurou Maggie para contar que a turbina dois tinha sido substituída, gratuitamente, por um modelo mais moderno da Black Corporation. Ela protestou, mas não foi apoiada pela cadeia de comando.

Maggie continuou apreensiva quando o *Franklin* foi liberado da doca e executou voos de teste no céu poluído da Terra Padrão. A nave agora funcionava melhor que antes. Mesmo assim, ela pediu a Nathan Boss e Harry Ryan que fizessem uma conferência geral dos sistemas. De proa a popa, para ter certeza de que os operários de Black não tinham deixado pequenas surpresas a bordo, como escutas ou dispositivos de rastreamento. Nada suspeito foi encontrado.

Nada. A não ser a gata, pensou Maggie. O maldito animal deu para dormir, ou fingir que dormia, em uma cesta no camarote de Maggie, e ela não tinha coragem de expulsá-la.

\*\*\*

Naquela noite, a última noite do *Franklin* na Terra Padrão antes de retomar a missão, Maggie foi acordada às três horas da madrugada por uma mensagem urgente. De acordo com relatos fragmentados da outernet provenientes das Terra Altas, o *Neil Armstrong* estava desaparecido.

# 53

Era manhã na Terra Leste 8.616.289.
   Seguindo Yue-Sai com o monitor no ombro, Roberta caminhou com cautela pelo solo coberto de musgo verde. Atravessaram uma planície sob um céu nublado, com os dirigíveis chineses pairando silenciosamente acima. Não havia árvores altas; a única vegetação digna de nota era uma samambaia, que batia mais ou menos na altura da cintura, com folhas muito longas que quase tocavam o solo. Fazia muito frio. Roberta usava um macacão quentinho e botas forradas de lã, mas o frio congelava as partes expostas do corpo, a face, a testa. Yue-Sai já tinha quase torcido o tornozelo ao pisar na entrada da toca de um animal subterrâneo. Os animais pareciam esquilos, mas Roberta achou que se tratavam de primatas primitivos, e não esquilos de verdade. Primatas, esquilos ou o que fossem, a verdade era que estavam por toda parte e era preciso tomar cuidado para não pisar em um deles. Aquele mundo não era muito acolhedor. Os navegadores disseram que naquela Terra a placa tectônica que sustentava o sul da China estava em uma latitude elevada, a meio caminho do polo norte. Os geógrafos, que tinham enviado sondas para outras partes daquele mundo, desconfiavam que havia um supercontinente no equador: a América do Sul, a América do Norte e a África unidas, o interior ressecado, o clima global distorcido.
   Roberta achou a preparação e o treinamento para aquele passeio muito entediantes e não tinha muita fé na exploração que aconteceria. Ela sabia que era importante conhecer aqueles mundos. Os primeiros

engenheiros espaciais, cujas biografias havia estudado em busca de exemplos para a própria carreira, falavam da necessidade de "pesquisas de campo", um estudo da superfície de um planeta ou uma lua para confirmar ou refutar hipóteses baseadas nos dados colhidos por meio de satélites em órbita ou observações astronômicas. Ela reconhecia que pesquisas de campo eram, sim, importantes. E aquele era um mundo muito remoto, exótico, ainda não estavam muito familiarizados com ele. Tinham passado por seis milhões de mundos, depois de partirem do planeta dos cangurus com cristas, em menos de uma semana, com os motores potentes dos dirigíveis funcionando a todo vapor.

Mesmo assim, Roberta preferia estar na nave, no camarote, com livros e tablets. Segura. Mas não estava lá, estava ali. Procurou se concentrar no mundo real, no mundo físico ao seu redor. Chegaram a um morro, além do qual, de acordo com um levantamento aéreo, havia um vale e o espetáculo que pretendiam observar. A subida não era muito íngreme, mas o esforço a deixou ofegante.

Acompanhando o progresso da dupla a bordo do *Zheng He*, Jacques reparou.

— Espero que não tenha deixado de fazer seus exercícios.

Roberta respirou fundo.

— Estou desconfiada de que o teor de oxigênio nesse mundo é muito baixo.

Ela podia ouvir os trolls cantando ao fundo, um murmúrio em seu fone de ouvido.

— A nave dispõe de cientistas atmosféricos que monitoram a qualidade do ar antes que a escotilha seja aberta — disse Jacques. — Eles têm observado que o teor de oxigênio varia muito de mundo para mundo. Neste mundo aqui, o teor de oxigênio está dentro dos limites toleráveis.

— Mas não levaram em conta os efeitos do exercício físico — disse Wu Yue-Sai. — Isso, infelizmente, é comum. Excesso de especialização e falta de diálogo entre os departamentos.

— Essa ocorrência será comunicada ao capitão — disse Jacques, secamente. — Se quiserem voltar...

— Não, já estamos quase lá — disse Yue-Sai.

Ela olhou para Roberta, que assentiu.

Quando estava quase chegando ao topo do morro, Roberta ouviu uma orquestra de sons dissonantes: um ruído alto de tráfego, parecido com o de tanques, misturado com um coro de gaitas de fole e uma seção de percussão de sons metálicos e abafados. O entusiasmo de Roberta voltou, e ela sorriu para Yue-Sai. As duas correram até o cume e deitaram-se no chão coberto de musgo para observar o vale.

Onde as tartarugas desfilavam.

Foi por causa desse desfile que haviam descido da nave. Um movimento dos animais nos dois sentidos, os que estavam à direita rumando para o norte, os que estavam à esquerda se dirigindo para o sul. Algumas tartarugas eram *enormes*, do tamanho de tanques, ou até maiores, com cascos surrados — alguns tinham ninhos de pássaros em suas ondulações e rachaduras —, e Roberta se perguntou se aqueles passageiros teriam alguma relação simbiótica com os hospedeiros. Ela se deu conta de que havia tartarugas de diversos tamanhos, desde as monstruosas até miniaturas que cabiam na palma da mão, passando por tartarugas "gigantes" que passariam despercebidas nas Ilhas Galápagos e por tartarugas comuns como as que as pessoas criavam em casa. As menores corriam em torno das pernas, grossas como troncos de árvores, das monstruosas. O ruído era uma cacofonia, dos gritinhos das tartarugas pequenas até os estrondos dos titãs, que lembravam as sirenes de nevoeiro dos superpetroleiros.

Yue-Sai apontou para os filhotes e riu.

— Os bebês são uma gracinha.

Roberta balançou a cabeça.

— Elas podem não ser crianças. Provavelmente temos aqui um cruzamento de espécies.

— Pode ser que você tenha razão. Jamais saberemos. — Ela suspirou. — São muitos mundos e poucos cientistas para estudá-los. Se ao menos tivéssemos laboratórios para produzir cientistas em massa... Ah, mas nós temos! Eles são chamados de universidades.

Roberta deu um sorriso forçado.

— Não entendeu a piada? — disse Yue-Sai. — Acho que foi um pouco rebuscada, mas eu falo tão mal assim sua língua?

— Não é isso. Jacques e outras pessoas me disseram que sou muito inteligente para achar graça da maioria das piadas.

— É mesmo? — disse Yue-Sai, muito séria.

— Existe um elemento de reversão de expectativa em muitas piadas. Você dá a impressão de que as coisas vão tomar um rumo e guarda uma surpresa para o final. Tendo a sacar muito antes o que está por vir. É por isso que, em termos de comédia, minha preferência vai para...

— Pastelão. Humor anárquico. Aqueles filmes de Buster Keaton que você costuma ver. Agora eu entendi. Enfim, todos esses mundos...

— E todas essas tartarugas!

Tinham descoberto muitos mundos como aquele que mereciam ser estudados. Quanto mais se afastavam da Terra Padrão, mais estranhos os mundos ficavam, mais estranho era o ecossistema. De certa forma, os mundos de tartarugas podiam ter sido previstos. Na Terra Padrão, as tartarugas eram uma espécie antiga, ubíqua e bem-sucedida. Por que não haveria mundos em que elas haviam se tornado a espécie dominante?

— Em muitos mundos — disse Yue-Sai —, e até na Terra Padrão, as tartarugas têm esse tipo de comportamento. Formam filas para chegar aos lugares onde existe água, como o lago na outra extremidade desse vale. E aí bebem o suficiente para sobreviver por vários meses.

— Mas não filas com duzentos quilômetros de comprimento.

— Não — disse Yue-Sai. — Não como essas filas de estrada pavimentada de mão dupla. — Não que tivessem tido a oportunidade de analisar e confirmar a hipótese. — Nem uma polícia rodoviária.

Estes eram indivíduos do tamanho das tartarugas gigantes de Galápagos. Elas ficavam em ilhas elevadas, no meio do fluxo de dois sentidos, ou em docas acopladas nas paredes do vale. Algumas usavam cintos em volta dos cascos, com bolsos, tipo pochetes. Tinham também ferramentas, como chicotes, que de vez em quando faziam estalar, e objetos que pareciam megafones. A função daqueles seres era óbvia:

manter as filas andando. Entravam em cena quando uma tartaruga tropeçava, as duas filas se misturavam ou quando uma tartaruga pequena era pisada por uma maior. Após um caótico bater de cascos, conseguiam sempre restabelecer a ordem.

— Encontrar tartarugas inteligentes não me surpreende — disse Yue-Sai. — Fiz uma pesquisa na outernet. Na Terra Mãe, os cientistas descobriram que as tartarugas conseguiam sair de labirintos. Isso quando as pessoas davam às tartarugas a *chance* de sair de labirintos em vez de comê-las ou guardá-las em "caixas de hibernação". Talvez existam grandes cidades nesse mundo. Exércitos de tartarugas. Universidades para tartarugas... Quando penso nisso, tenho vontade de rir, não sei por quê.

— Acho que não vamos encontrar nada tão avançado aqui — disse Roberta.

— Por que não?

— Repare só nas ferramentas das guardas. Elas têm funções semelhantes, obviamente, mas diferem nos detalhes. Está vendo? *Esta* pedra é diferente *daquela*. O cabo deste chicote...

— E daí?

— A cultura das tartarugas tem que ser diferente da nossa — disse Roberta. — Elas não se reproduzem como nós. Se você é uma tartaruga, nasceu de um entre centenas de ovos. Não sabe quem são seus pais, não recebe uma atenção especial na infância. Os jovens não herdam tradições familiares nem recebem educação formal. Talvez tenham que competir pelo direito de viver e isso as estimule a fazer ferramentas, mas isso significa que cada geração precisa inventar de novo a cultura a partir do zero.

— Hummm. Isso limitaria muito o progresso. Pode ser. Mas são muitas hipóteses baseadas em poucos dados.

Roberta tinha aprendido a não dizer coisas como: "É uma teoria muito boa para ser mentira." Certa vez, Jacques Montecute, irritado, lhe dissera que devia tatuar na testa a frase "ninguém gosta de uma sabe--tudo" escrita ao contrário e invertida, para que ela se lembrasse disso toda manhã quando se olhasse no espelho. Ela se limitou a comentar:

— Essa teoria está de acordo com o modo de reprodução das tartarugas e com a diversidade das ferramentas, mas concordo que precisa ser testada. Seria interessante saber o que está acontecendo perto do equador deste mundo.

Yoe-Sai parecia intrigada.

— Por quê?

— Porque as tartarugas que foram testadas em labirintos na Terra Padrão se saíam melhor quando fazia calor. As tartarugas são animais de sangue frio, elas ficam mais lentas no inverno.

— Ah. Então o comportamento que estamos observando aqui, na zona temperada, é...?

— Limitado pela temperatura. Elas podem estar se saindo muito melhor em baixas latitudes. Acha que o capitão Chen aprovaria uma viagem para o sul, na direção do equador?

— E correr o risco de sermos abatidos por uma supertartaruga? Acho que não. — Yue-Sai guardou os equipamentos. — Está na hora de voltar para a nave.

Antes de partirem, Roberta olhou para o outro lado do vale, para uma encosta na qual a erosão tinha exposto várias camadas de sedimentos. Ela podia ver claramente um depósito marinho, uma camada de calcário com pedras incrustadas, acima da qual havia uma camada de cascalho e, depois, alguns metros de turfa até a superfície coberta de musgo. A geologia era clara. Agora elevada, aquela região tinha sido o fundo de um mar. Mais tarde, havia se tornado uma geleira, que dera origem à camada de cascalho. Por fim, milênios de climas temperados produziram a camada de turfa. Aquele mundo, como todos os outros, tinha uma história própria. Uma história que, provavelmente, nunca seria desvendada. Tudo que ela levaria daquele lugar eram algumas fotos de tartarugas.

Era lamentável.

\*\*\*

A bordo do dirigível, o capitão Chen estava muito agitado, mas não era por causa das tartarugas.

— Finalmente! Temos os dados das sondas que enviamos ao Vazio Leste. Você se lembra? A mais de seis milhões de mundos de onde estamos no momento.

— É claro que me lembro.

— Você nos pediu que investigasse os planetas mais próximos, Vênus e Marte. Pois os cientistas encontraram...

— Vida.

Ele pareceu desapontado.

— Você já sabia? É lógico que já.

No planeta Marte do Vazio, onde devia estar a Terra Leste 2.217.643, havia oxigênio e metano no ar, gases quimicamente instáveis que deviam ter sido produzidos por organismos vivos. Parecia haver uma espécie de cobertura vegetal nos terrenos mais baixos do hemisfério norte. Nas nuvens daquela cópia de Vênus, altas, frias, carregadas de água, encontraram clorofila. Plantas parecidas com as da Terra, pairando no céu venusiano.

Não, Roberta não tinha ficado surpresa. Qualquer Vazio que pudesse ser alcançado por um animal capaz de saltar, mesmo o mais burro dos humanoides, era um lugar no qual bactérias e outros organismos vivos seriam frequentemente introduzidos. Os pioneiros não sobreviveriam por muito tempo, a menos que saltassem imediatamente de volta, mas alguns esporos, depois de pegarem carona nos humanoides, poderiam sobreviver à radiação e ao vácuo. Desses esporos, alguns poderiam alcançar outros planetas e semeá-los. Seria um caso de panspermia, a transferência da vida, por processos naturais, de um planeta para o outro. Esse processo, considerado possível no universo da Terra Padrão, seria muito mais fácil no cosmos de um Vazio, porque, na falta da gravidade da Terra, a vida poderia chegar ao espaço sem a necessidade do impacto de um asteroide.

Não, Roberta não estava surpresa. Ela guardou em sua mente a confirmação de que um modelo da Terra Longa, com todas as suas facetas, estava sendo montado, fato por fato, dedução por dedução.

# 54

Sob a proa do dirigível *Shillelagh*, enquanto rumava para oeste, os mundos desfilavam, um por segundo, com uma regularidade hipnótica. Bill interrompia a viagem em todos os Curingas conhecidos: mundos anômalos, falhas da Terra Longa que os viajantes convencionais evitavam a todo custo.

Havia Curingas até entre os mundos habitados do Cinturão do Milho, onde ficava Reinício, a colônia onde morava a família de Helen. No início da viagem, Bill fez uma parada rápida na Terra Oeste 141.759, onde o receptor de rádio multicanal que ele mantinha ligado captou uma advertência em várias línguas e formatos. *Quarentena*, ouviu Joshua repetidas vezes. Por causa da presença de um patógeno especialmente virulento, aquele mundo estava sob uma quarentena supervisionada pela ONU, em parceria com uma equipe do Animal Disease Center de Plum Island, nos Estados Unidos. Os viajantes deviam ficar longe daquele mundo. Se insistissem, seriam presos, seus pertences, confiscados ou destruídos, e teriam de passar por um processo de descontaminação. Foi um alívio ir embora dali.

— Eles estão falando sério, Bill? É possível controlar uma quarentena num mundo inteiro?

— Eles podem tentar, mas, se vão conseguir, já é outra história. Encontramos alguns vírus perigosos na Terra Longa. As populações de aves e porcos, ou criaturas semelhantes, são reservatórios naturais de micro-organismos capazes de infectar seres humanos, como já aconteceu várias vezes na Terra Padrão. É provável que os humanos não sejam imunes a doenças provenientes de outros mundos. Os mundos mais vulneráveis são, é claro, a Terra Padrão e as Terras Baixas, por causa do intenso comércio e da alta densidade populacional. Mas Cowley e sua gangue de idiotas usam esse tipo de perigo para hostilizar os vagabundos e os trolls, como se cada um de nós fosse uma Maria Tifoide. Eles autorizam a viagem de médicos voluntários para esses mundos com o intuito de ajudar os locais, mas depois confiscam seus Saltadores e não permitem que voltem para casa.

Continuaram a viagem, parando apenas nos Curingas.

Não eram visitas agradáveis. Muitos Curingas eram mundos devastados por fenômenos naturais: terras sem vida sob um céu escurecido por cinzas ou poeira, ou isento de nuvens e ozônio, e iluminado por um sol causticante. Bill conhecia muitas histórias a respeito desses mundos condenados, contadas por viajantes perdidos ou por cientistas corajosos.

Joshua descobriu que a causa mais frequente desses colapsos era o impacto de um asteroide. Em uma escala de tempo suficientemente longa, era como se a Terra estivesse em uma gigantesca máquina de fliperama. Bill fez uma parada em um desses mundos, Oeste 191.248. O impacto, ocorrido fazia apenas alguns anos, tinha sido na Ásia central, longe, portanto, do lugar onde se encontravam. O mundo inteiro, porém, passava por um inverno interminável, por causa da poeira levantada pelo asteroide.

Havia outros casos de calamidade. A Terra Oeste 485.671 era um mundo sujeito a uma Era do Gelo duradoura, talvez causada pela passagem do sistema solar por uma densa nuvem interestelar que bloqueava os raios solares. Os oceanos estavam congelados, e o céu, carente de nuvens, a não ser por fiapos que Bill acreditava serem feitos de cristais de dióxido de carbono. Entretanto, o fundo dos oceanos, aquecido pelo calor interno da Terra, estava líquido e a vida continuaria em refúgios submarinos até os vulcões voltarem a aquecer o mundo.

Quando chegaram à Terra Oeste 831.264, Joshua se deparou com uma paisagem parecida com a de Marte: um mundo cor de ferrugem, estéril, a não ser pelas poucas manchas de lodo. Até o céu era avermelhado por causa das tempestades de areia.

— O que aconteceu aqui?

— Um bombardeio de raios gama. Pelo menos, é o que parece. Provavelmente causado por uma supernova, o colapso de uma estrela gigante para formar um buraco negro. Pode ter ocorrido em qualquer lugar a menos de alguns milhares de anos-luz do sistema solar. Os raios gama destruíram a camada de ozônio e fritaram os seres vivos.

— "Ilimitadas e nuas, as areias solitárias e rasas se estendem ao horizonte."

— Oi?

— Uma lembrança do que irmã Georgina disse uma vez.

— A longo prazo, a vida sempre volta, de uma forma ou de outra. Mas existe sempre a possibilidade de saltarmos para um mundo no exato momento em que ele é atingido por um asteroide — disse Bill, com um humor macabro. — O que é aquilo no céu? Um pássaro? Um avião? Ahhhh!

Deprimido pelas visitas àqueles mundos desolados, Joshua não achou graça.

— Ainda estamos tentando encontrar Sally, certo?

— É claro — respondeu Bill. — Aquele kobold disse que os trolls estavam escondidos em um Curinga. A má notícia é que existem *muitos* Curingas. A boa notícia é que existem *muitos* vagabundos nesses Curingas.

— Escondidos do governo, como Sally.

— Isso mesmo. Antes de partirmos, enviei uma mensagem para os radioamadores contando da nossa busca. Ainda tenho esperança de que alguém tenha visto Sally e nos informe. Existem muitos radioamadores espalhados pela Terra Longa. É uma boa forma de manter contato sem chamar a atenção das autoridades. Receberíamos a mensagem assim que saltássemos para o Curinga certo. A não ser, lógico, que fosse um Curinga tão castigado que tivesse perdido a ionosfera. Não temos certeza de nada quando se trata de vagabundos. Isso tem a ver com seu estilo de vida. Vagabundos! Alguns os chamam de malandros, ociosos, desocupados. Em alguns lugares, são conhecidos como andantes. Você já foi *o* andante, mas isso são águas passadas. Amigo, manchou sua reputação quando foi morar em uma comunidade com uma mulher.

O comentário deixou Joshua irritado. Ele nunca tinha pensado em zelar uma reputação. Tudo que queria era viver sua vida, do jeito que bem entendesse. Era obrigado a agradar seus fãs? Teve vontade de protestar, mas resistiu à tentação.

— Entendi. Sei que está fazendo o que pode.

— O jeito é continuar procurando. A não ser, é claro, que você se lembre de alguma coisa que nos ajude. Agora chega de conversa fiada! Estou com a boca seca. Que tal uma cerveja? Vá buscar duas latas, e eu te conto a história de mais uns Curingas. A menos que queira ver um filme. Como nos velhos tempos com seu amigo Lobsang! Ah, está bem, vamos ver um filme.

***

Joshua não acreditava em algumas histórias de Bill.

Como na do Curinga que ele chamava de Bola Branca. Joshua conhecia aquele mundo; ele o visitara na viagem com Lobsang, aninhado no Cinturão do Milho. Um mundo como uma bola de bilhar, totalmente liso, sob um céu imaculadamente azul.

— Conheci um cara que conheceu um cara...

— Não me diga!

— Que acampou em Bola Branca para ganhar uma aposta. Só por uma noite. Sozinho. Como você faria. Totalmente pelado, fazia parte da aposta.

— Claro.

— Na manhã seguinte, acordou com uma ressaca das brabas. Nunca é bom beber sozinho. Acontece que o sujeito era um Saltador natural. Ele juntou suas coisas e saltou, mas tropeçou na hora de saltar.

— Tropeçou?

— Ele percebeu que não tinha saltado na direção certa.
— O quê? Como assim?
— Você pode saltar para leste ou para oeste, certo? E tem as passagens secretas, se souber onde ficam, mas é só isso. Esse cara percebeu que havia saltado de uma forma diferente. Perpendicular. Como se tivesse saltado para o *norte*.
— E aí?
— E aí que ele foi parar em outro tipo de mundo. Não era noite nem dia. Não havia estrelas no céu. Bem, não as que conhecemos. Em vez disso...
— Seu jeito de contar histórias é meio arrastado, Bill.
Bill sorriu.
— Mas te prendi, não prendi?
— Ande logo. O que foi que ele viu?
— Ele viu todas as estrelas. Todas. Ele viu a galáxia inteira, meu amigo, a Via Láctea. *De fora*... e pelado ainda por cima.
Aquele era o problema dos vagabundos, pensou Joshua. Eles gostavam de inventar histórias. Talvez passassem muito tempo sozinhos.
A busca dos trolls, de Jansson e de Sally continuou.
*Sally*. Uma vez, quando estavam se preparando para dormir em um mundo comum, ele achou que tinha sentido o *cheiro* de Sally. Como se ela tivesse entrado e saído enquanto ele estava deitado. Quando amanheceu, fez uma busca na gôndola e na região em torno do twain, mas não encontrou nenhum sinal da presença dela. Tinha sido apenas um sonho, pensou. Era melhor não contar a Helen.

# 55

—UMA DESSAS CRIATURAS QUE VOCÊS chamam de troll mexeu com dois rapazes e a turma não gostou, mas sabe de uma coisa? Quando me viu, o infeliz correu em minha direção e ficou dançando na minha frente, como se fosse meu amigo!

O *Benjamin Franklin* tinha recebido mais um chamado, para outro incidente envolvendo os trolls. Mac comentou:

— Nem sabia que tinha tanto troll no mundo para causar tanto problema assim.

O nome do lugar era Pedra Quebrada. De acordo com o relatório, a cidade tinha um prefeito, mas ele morava em um mundo vizinho e deixava o xerife local no comando. O xerife, que tinha o infeliz nome Charles Kafka, era um novato na Terra Longa que decidira fugir da cidade grande e esperar pela aposentadoria em uma pequena comunidade como as do Velho Oeste. Agora as coisas tinham saído do controle, e ele estava assustado.

Pedra Quebrada era um pontinho em um mundo inexpressivo, alguns saltos além do Cinturão do Milho. O *Franklin* não precisara de muitos saltos para chegar até lá a partir da posição em que estava ao receber o chamado, mas os tripulantes tinham levado uma eternidade para cruzar uma cópia estéril dos Estados Unidos e avistar as luzes da cidade, na margem de um rio, quando começava a anoitecer. Maggie olhou para baixo e viu uma cidade de tendas — o que não era nada vergonhoso, muitas cidades importantes começaram assim —, com uma igreja inacabada e estradas de terra que compunham a paisagem de arbustos escassos. O escritório do xerife ficava no prédio melhorzinho da cidade.

Quando o twain desceu, o xerife se aproximou, acompanhado por um rapaz com ar arrogante e um jovem troll acorrentado. Maggie se perguntou se tinham feito alguma coisa para impedir que o troll saltasse para outro lugar. Alguns moradores observavam de longe.

Com Nathan Boss e dois aspirantes a seu lado, Maggie dispensou as apresentações e pediu ao xerife Kafka que contasse o que acontecera.

— Capitã, alguns trolls passaram pela cidade. Eles sabem que não devem chegar muito perto, mas foram abordados por alguns rapazes, entre eles o Wayne aqui. Estavam apenas querendo se divertir, mas, quando tentaram brincar com um filhote, os trolls se aborreceram e *esse aqui* deu um soco no irmão de Wayne que o desacordou. Então...

Maggie tinha ouvido a mesma história vinte vezes naquela missão. Impaciente, irritada, ela ergueu o braço.

— Sabe de uma coisa? Já chega. Aspirante Santorini.

— Capitã?

— Vá buscar Carl na nave.

— Sim, capitã.

Enquanto a noite caía, esperaram em silêncio os cinco minutos que Santorini levou para cumprir a ordem. Quando Carl chegou, acompanhado por Santorini, guinchou baixinho para o jovem troll acorrentado.

Maggie olhou para o filhote.

— Carl, eu o convoco para a tripulação do *Benjamin Franklin*. Santorini, registre isso. Imediato, quando voltarmos a bordo, tome as devidas providências.

— Sim, capitã.

— Nathan... me dê seu emblema.

O emblema da Operação Filho Pródigo tinha um formato de escudo e um estilo astronauta, com o desenho do dirigível acima de uma série de mundos estilizados. Nathan arrancou o emblema do uniforme, e Maggie usou a coleira de identificação para prendê-lo no braço do troll. Carl vibrou, aparentemente de felicidade.

— Nathan, tente explicar a ele o que eu fiz. Se bem que, pelo visto, ele já sabe.

Nathan pegou o trollfone — os colonos olharam para o instrumento com curiosidade — e disse ao troll que agora ele fazia parte da família do *Franklin*.

Maggie olhou para os demais com uma expressão de desprezo no rosto.

— Isso serve para mostrar a vocês o que *nós* pensamos a respeito dos trolls.

O xerife Kafka parecia confuso.

— O que fazemos agora? A senhora quer ouvir o depoimento de Wayne?

— Não, xerife. Quero ouvir o depoimento do troll.

\*\*\*

Os colonos arregalaram os olhos quando Nathan usou o trollfone para conversar com o prisioneiro.

— Ele se lembra do incidente. É claro que se lembra. Os trolls sabem que devem evitar campos cultivados. Não estavam nos campos, mas alguns filhotes ficaram para trás e o bando se dispersou. Foi então que os colonos chegaram. Jogaram pedras nos trolls, tentaram dar rasteiras nos filhotes. Os trolls não reagiram... É difícil obter uma narrativa linear de um troll. São mais impressões, fragmentos de emoção. Estou tendo que interpolar...

— Sim, Nathan. Está dando para entender.

Wayne protestou:

— O que é isso? Só pode ser brincadeira. Vão acreditar na versão de um animal?

As palavras de Wayne foram traduzidas pelo trollfone. A rapidez da reação de Carl, ao agarrar Wayne por uma das pernas e colocá-lo de cabeça para baixo, foi assombrosa.

Maggie sorriu.

— Acho que seu protesto foi recusado. Seu depoimento também. Xerife, não são os colonos que devem ser respeitados pelos trolls, e sim o contrário. — Ela virou a cabeça para olhar para Wayne. — Quanto a você, vou deixá-lo com seus pais, na esperança de um futuro melhor.

O rapaz estava se debatendo nas mãos do troll, quase arrastando a cabeça no chão.

— Vá para o inferno. Todo mundo já ouviu falar de você e de sua maldita nave. Está por toda a outernet. Capitã Amiga dos Trolls.

Ela sentiu o sangue ferver de raiva, mas disse calmamente:

— Pode largá-lo, Carl.

Ela se virou para voltar para a nave antes que o rapaz caísse no chão e soltasse um grito de dor.

# 56

O Benjamin Franklin passou a noite pairando acima da cidade de Pedra Quebrada.

Ainda furiosa com o comentário do rapaz — como um idiota como ele em mundo remoto podia saber tanta coisa a seu respeito? —, Maggie ligou para o engenheiro-chefe.

— Harry, quem é o maior nerd que temos a bordo? Você deve saber.

— O segundo-tenente Fox — respondeu Ryan, sem hesitar.

— Fox. Toby, não é? Diga a ele para vir aqui imediatamente.

Enquanto esperava por Fox, ela examinou a ficha do rapaz. Era realmente um nerd: um marinheiro com um QI de um zilhão. Justo o que ela precisava.

Quando Fox chegou, Maggie foi logo dizendo:

— Segundo-tenente Fox, com que frequência vocês fazem uma limpeza geral no sistema? Uma verificação de vírus, cavalos de Troia, essas coisas que os hackers usam?

Fox parecia perturbado pela presença de Shi-mi, que os observava de uma cesta no chão, e a pergunta o ofendeu um pouco.

— Capitã, fazemos uma limpeza praticamente o tempo todo. Estamos rodando o software da Black Corporation, ele é autopoliciado, mas temos alguns firewalls independentes que...

— Software da Black Corporation. Devemos ter baixado várias coisas em Detroit, não é? Atualizações do sistema, novos aplicativos.

— Sim, capitã. É rotina.

— Sei que Harry fez uma limpeza da nave de proa a popa depois da revisão. Mas mesmo assim... Fox, qual é o grau de controle do software da Black Corporation sobre essa nave? Quero uma resposta que não seja técnica.

Fox pensou por um minuto, com o cenho franzido.

— Capitã, essa nave foi construída pela Black Corporation. O software da empresa está presente na nave inteira.

— O fantasma na máquina. Acho que estamos vazando mais que uma peneira, Fox, e não há nada que possamos fazer.

Ele não pareceu incomodado com a conclusão de Maggie, como se fosse um fato conhecido e aceito.

— Sim, capitã.

— Obrigada, Fox. A propósito, como vai o recenseamento da égide?

Fox pensou em uma resposta concisa. Maggie imaginou Harry Ryan tentando enfiar aquele tipo de habilidade verbal na cabeça de um jovem que devia sofrer da verborragia típica dos nerds. Por fim, ele apenas respondeu:

— Mais devagar do que gostaríamos, capitã.

— Continuem trabalhando. Dispensado, Fox.

— Obrigado, capitã.

Depois que ele se retirou, ela foi até a cesta, pegou a gata e a colocou em cima da mesa.

— Esse George Abrahams e seus malditos trollfones.

— Capitã?

— Essa devia ser uma missão militar, *comigo no comando*. Aposto que todas as nossas conversas com os trolls são repassadas para ele.

— Não sei...

— Você também está carregada de escutas, não é? Escute, gatinha, quero que marque outro encontro com Abrahams. Ouviu? Sei que pode fazer isso.

A gata se limitou a miar.

\*\*\*

No dia seguinte, Maggie procurou resolver a questão da colônia o mais depressa possível. O prefeito que servia a vários mundos finalmente apareceu, revelou-se submisso, prometeu fazer o possível para aproveitar as lições daquele caso e propôs que os tripulantes do *Benjamin Franklin* recebessem o título de cidadãos honorários de cidades da região, honraria que Maggie recusou educadamente.

Ela teve mais um encontro com o xerife Kafka fora de sua sala. Quando ele tentou se desculpar pelo ocorrido, Maggie lhe deu um tapinha nas costas.

— Você fez o que pôde na noite passada. Tem muito a aprender. Mas quem não tem, não é mesmo?

Ele assentiu, agradecido.

— Boa viagem, capitã.

Estava na hora de George Abrahams.

Maggie não podia esconder dos oficiais superiores por muito tempo sua intenção de se encontrar com Abrahams. Não foi uma grande surpresa quando Joe Mackenzie apareceu em seu camarote com duas canecas de café e sentou-se, olhando fixamente para ela, como se estivesse tentando enxergar sua alma.

— Prometo não contar a ninguém.

— Você sabe qual é o problema, Mac. Confia na Black Corporation?

— Por que a pergunta?

— Acho que estão tramando alguma coisa.

Mac sorriu.

— *Todo mundo* está sempre tramando *alguma coisa*. Há muitos anos que os militares dividem a cama com Black. Não se esqueça de que ele estava no palco com Cowley no dia em que nossa missão foi anunciada.

— Sim, mas isso dá a Black o direito de nos espionar o tempo todo? Essa é uma expedição militar, Mac. Tenho a impressão de que todo mundo, do Pentágono para baixo, está fazendo vista grossa.

Max deu de ombros.

— Black tem muito poder, como todos os empreiteiros que trabalharam para os militares, desde a Segunda Guerra. É assim que as coisas funcionam. Não temos evidência de más intenções por parte de Black, temos? Ou de falta de patriotismo?

— Não, mas... É uma questão pessoal, Mac. Essa é minha nave, minha missão. Pode ser só uma impressão, mas sinto que estou sendo vigiada o tempo todo. Acha que estou exagerando?

— Não. Acho que está seguindo sua intuição, e ela nunca te decepcionou.

— Até quando deixei a gata ficar?

— Tirando isso — disse Mac.

# 57

Os DIRIGÍVEIS *Zheng He* e *Liu Yang* continuaram a jornada rumo ao alvo de vinte milhões de mundos a leste da Terra Padrão.

Eles bateram recorde após recorde: dez, quinze milhões de saltos. Agora atravessavam uma parte muito especial da Terra Longa, daquela grande árvore de probabilidades cujos galhos e folhas eram conjuntos de mundos; chegavam a galhos dessa árvore muito diferentes dos que levavam a uma Terra parecida com a Terra Padrão. Tornara-se impossível para a tripulação dos dirigíveis *Zheng He* e *Liu Yang* confiar até no ar dos planetas que visitavam. Os níveis de oxigênio variavam. Em alguns mundos, as concentrações de oxigênio eram tão altas que a combustão espontânea da vegetação, mesmo molhada, podia ser um risco para visitantes desavisados. Em outros, a concentração de oxigênio era insignificante e a terra dos continentes era muito menos verde. Um perigo mais sutil, descobriu Roberta, era uma alta concentração de dióxido de carbono, letal para os seres humanos.

A vida tinha dificuldade de se sustentar em muitas dessas Terras. Havia séries de mundos em que os continentes eram estéreis, em que sua colonização por plantas vindas do mar jamais acontecera, muito menos sua "conquista" por peixes pulmonados. Parecidos e desinteressantes, todos esses mundos passavam, dia após dia, sem mudar quase nada, mesmo depois de um grande número de saltos.

Estéreis ou não, Roberta observava, fascinada, os panoramas de terra, mar e céu dos mundos que avistava pelas janelas do convés de observação, e se deixava cativar por um detalhe ou outro dos mundos em que paravam para um estudo mais detalhado — não que a deixassem descer até a superfície. Entretanto, uma parte de seu ser, uma parte fraca e desprezível, recuava diante daquele bombardeio de exotismo. Afinal de contas, visto dali de cima, até o Cinturão do Gelo, a faixa de mundos sujeitos a glaciações dos quais a Terra Padrão parecia ser um representante razoavelmente típico, parecia muito pequeno, estreito e distante, ocupando muito menos de um por cento da distância monumental que já haviam percorrido.

Ela passava muito tempo sozinha no camarote, tentando integrar a enorme quantidade de dados que eram colhidos sem cessar. Às vezes, ficava com os trolls no convés de observação, ouvindo seus cantos, embora isso a afastasse do restante da tripulação, inclusive da tenente Wu Yue-Sai, mas não do leal Jacques Montecute.

Jacques observava Roberta com certa apreensão. Chegava a sentir uma pontada de culpa; a expedição talvez fosse demais para ela. Roberta tinha apenas quinze anos. Por mais inteligente que fosse, a escala da Terra Longa poderia ser muita informação para alguém tão jovem.

***

Em 6 de julho de 2040, as naves chinesas chegaram ao seu objetivo, a Terra Leste 20.000.000 — um mundo que revelou não ter nenhum atrativo, era estéril e comum. Instalaram uma placa em cima de um monte de pedras, tiraram umas fotos e começaram a se preparar para voltar.

O capitão Chen reuniu os oficiais superiores e convidados no convés de observação do *Zheng He* para comemorar a conquista com uma festa. Os trolls cantaram uma nova canção, ensinada por Jacques: "China Girl". Chen até liberou o álcool pela primeira vez, mas Jacques disse a Roberta que ela não tinha idade para beber champanhe. A jovem ficou só no suco de laranja sem reclamar.

A tenente Wu Yue-Sai, em uniforme de gala, deu o braço a Roberta.

— Estou muito feliz por ter conquistado tanta coisa com você, minha parceira de descobertas.

O capitão Chen foi falar com elas.

— Vamos aprender ainda mais na viagem de volta à Terra Padrão. Tantos mundos para revisitar e explorar. Vinte milhões!

Roberta pensou um pouco e disse:

— Acho que eu otimizaria melhor meu tempo analisando os dados que já temos.

— Isso é tudo que pretende fazer?

O capitão Chen se aproximou de Roberta e a encarou. Jacques o achava um homem impulsivo, infantil, que ficava irritado com a falta de humor de Roberta, com o fato de ela não rir de suas piadas, pois ela antecipava seus momentos de glória.

— Que espertinha, que espertinha... Mas que criatura pretensiosa você é! É muito inteligente, sim, mas acredita que é melhor que nós, meros mortais? *Homo superior*... É isso que você se considera? Devemos reverenciá-la?

Ela não respondeu.

Chen estendeu o braço e passou o dedo no rosto da jovem, que o molhou.

— Se pensa assim, por que está chorando?

Roberta saiu correndo.

\*\*\*

Roberta não foi ao convés de observação no dia seguinte.

Pouco antes da meia-noite, antes de dormir, Jacques foi até o camarote dela e bateu à porta.

— Roberta?

Nenhuma resposta. Ele ficou escutando por alguns instantes e ouviu soluços. O capitão Chen lhe dera uma chave mestra para usar em caso de emergência. Ele passou o cartão e abriu a porta.

O quarto estava arrumado como sempre, a única lâmpada acesa na estação de trabalho, a pequena pilha de tablets, alguns livros, seu caderno de anotações. Mapas na parede, mostrando o progresso das naves na Terra Longa. Nenhuma foto, pinturas, brinquedos ou lembranças, a não ser amostras científicas — Roberta Golding era assim.

Descalça, usando uma camiseta e uma calça de moletom, Roberta estava deitada na cama com o rosto virado para a parede.

— Roberta?

Jacques entrou no quarto. Cercada de lenços usados, era evidente que estivera chorando. Sua têmpora estava machucada. Jacques já tinha reparado nisso; ela feria a si mesma, como se estivesse tentando arrancar a parte que chorava à noite. Porém, ele achava que essa fase já tinha passado.

— O que houve? Foi o que o capitão Chen disse?

— Aquele bobo? Não.

— Então o que foi? No que andou pensando?

— Nos cangurus de crista.

— O quê?

— Aqueles animais, uma mistura de réptil com mamífero, que encontramos na Terra Dois Milhões e Duzentos...

— Eu me lembro.

— Condenados à extinção por causa de um hipercano, um fenômeno meteorológico. Provavelmente não existem mais. Removidos como se fossem uma sujeira.

Ele imaginou aquele quadro trágico ocupando a mente da jovem durante toda a viagem. Sentou-se na cama e colocou a mão em seu ombro. Pelo menos ela não se encolheu.

— Você se lembra das aulas de inglês de Bob Johansen?

Ela fungou, mas, pelo menos, tinha parado de chorar.

— Sei a que citação quer se referir.

— Então diga.

— "Oh, Deus, eu poderia viver recluso numa casca de noz..."

— "E me considerar rei do espaço infinito" — completou Jacques.

— "Se não estivesse tendo pesadelos" — murmurou Roberta.

Ele entendia o que ela estava sentindo. Ele também se sentia assim às vezes, quando acordava de madrugada, às três da manhã, uma hora em que o mundo parecia vazio, desprovido de ilusões reconfortantes. Uma hora em que você *entendia* que era uma partícula de pó, transitória e frágil em um vasto universo, uma chama de vela em uma sala vazia. Felizmente, amanhã era sempre um novo dia, as pessoas se levantavam, e você começava a fazer tarefas que o distraíam da realidade.

O problema de Roberta Golding era que ela era muito inteligente para se distrair. Para ela, eram três da manhã o tempo todo.

— Quer ver um filme de Buster Keaton?
— Não.
— Que tal visitar os trolls? Ninguém fica triste perto de um troll. Quer ir lá?

Não houve resposta.

— Vamos.

Ele a tirou da cama, colocou um cobertor em seu ombro e a conduziu ao convés de observação.

Havia apenas um tripulante de vigia no convés de observação, lendo um livro. Ele cumprimentou Jacques com um aceno de cabeça e continuou a ler. Os trolls tinham formado um grande monte perto da proa. Os filhotes e a maioria dos adultos dormiam. Três ou quatro estavam no meio de uma música que falava em não usar vermelho à noite, porque vermelho era a cor que minha garota usava... Tola, mas com uma harmonia para várias vozes simples e agradável. A tripulação chinesa costumava manter distância dos trolls. Ou, talvez, os trolls tivessem meios sutis de mantê-los à distância. Fosse como fosse, Jacques e Roberta foram bem recebidos.

Jacques se sentou no chão acarpetado com Roberta, e eles se aconchegaram no calor dos ventres peludos das grandes criaturas. Imersos no forte odor dos trolls, se sentiam em casa, em Boa Viagem, se não fosse pelos estranhos céus que desfilavam do outro lado das janelas.

— Isso não é consolo — murmurou Roberta, escondendo o rosto. — Apenas calor animal.

— Eu sei — disse Jacques. — Mas é tudo que temos. Tente dormir um pouco.

# 58

A capitã Maggie Kauffman conseguiu falar com George Abrahams apenas uns dias depois de pedir à gata que fizesse esse encontro acontecer, o que não a surpreendeu. Eles se encontrariam em uma comunidade mais a oeste, situada em uma cópia do Texas, uma cidade chamada Redenção — um local convenientemente situado no caminho do *Franklin* até Valhalla, onde todos os dirigíveis da Operação Filho Pródigo se reuniriam com os "rebeldes" da Declaração de Independência.

Redenção era uma colônia relativamente grande e uma das mais organizadas — do tipo em que havia um cartaz na serraria anunciando que não tinha acontecido nenhum acidente fatal até aquele dia. Maggie tinha certeza de que os moradores já haviam registrado a cidade nos devidos órgãos e provavelmente não trariam problemas para o *Benjamin Franklin*. Por isso, resolveu dar uma folga à tripulação, mas se certificou de que os policiais militares de Nathan Boss estariam de plantão para qualquer eventualidade.

Em seguida, ficou esperando. Depois de um tempo, perguntou à gata:
— Onde está Abrahams?
— Você não encontra George Abrahams. O Dr. Abrahams encontra você — respondeu a gata.

Algumas horas mais tarde, Maggie recebeu uma ligação do oficial que estava de plantão. Havia um carro à sua espera perto da rampa de acesso.

O carro parecia um Rolls-Royce. Uma nuvem de vapor saía do motor. Um homem de preto estava de pé ao lado da porta aberta, com uma postura de motorista de gente importante.

Quando ela entrou no carro, deparou-se com George Abrahams. Ele parecia maior do que ela se lembrava, mais vistoso... Não, mais *jovem*.

Ele sorriu quando o carro andou.

— O carro é do restaurante.

— Que restaurante?

— Você vai ver. Classudo, não acha? Mesmo para uma limusine tecnavapor... Está tudo bem, capitã?

— Desculpe. É que você parece... mais jovem.

Abrahams sorriu e sussurrou:

— É tudo fachada, como nós dois sabemos muito bem.

O comentário, que Maggie achou vagamente sinistro, deixou-a ainda mais paranoica. Antes de desembarcar, ela colocou um localizador no bolso do uniforme e agora agradecia a si mesma por ter feito isso.

— Não acredito que vá tentar um sequestro. Fique sabendo que minha nave...

— Não seja melodramática, Maggie. Estamos quase chegando. É uma cidade grande, não acha? A maioria das cidades da Terra Longa ainda não chegou a esse estágio. Às vezes, nos esquecemos de que não faz muito tempo que a colonização da Terra Longa começou. O Dia do Salto aconteceu há apenas uma geração.

Ela ficou aliviada ao ver que o carro estava realmente parando em um restaurante. Quando entraram, ficou impressionada com a decoração: muitas pedras e madeiras de lei, no estilo das colônias, mas com mais elegância. Obviamente, algum empresário visionário percebeu que, mesmo nos confins da Terra Longa, as pessoas às vezes ansiavam por um toque de classe.

Além disso, o Chardonnay era excelente.

Quando se sentaram a uma mesa para dois, ela ergueu a taça, ironicamente.

— A quem devemos brindar? Quem é você, Abrahams? Estou jantando com a Black Corporation?

— Capitã Kauffman, a resposta é *não*, embora eu trabalhe com a empresa e por meio da empresa. Já disse isso. Gosto de pensar que estou trabalhando pelo bem da humanidade, e pelo bem dos trolls, duas espécies que têm tudo para conviver pacificamente. É por isso, Maggie, que você chamou a minha atenção, a minha e a de outras pessoas.

Ela se sentiu exposta.

— Que outras pessoas? Douglas Black?

— Douglas Black é uma delas. Capitã, deve pensar em si mesma como um investimento valioso a longo prazo. Um entre vários, na verdade.

Furiosa, ela não respondeu.

— Você certamente correspondeu às expectativas que depositei em você.

— Como assim?

— Fiquei esperançoso quando lhe deram o comando do *Benjamin Franklin*, apesar da carreira militar inconstante. Por favor, não fique ofendida quando descobrir que mexi uns pauzinhos a seu favor. Posso revelar agora que um dos membros da comissão não aprovava sua defesa do ateísmo, enquanto outro concordava com a visão antiquada de que as mulheres não deviam ocupar postos de comando.

— Não acredito que teve influência sobre o almirante Davidson.

— E não tive mesmo. Mas ele precisou do apoio da comissão. Tudo que posso dizer é que, mesmo nas profundezas do Pentágono, há espaço para o jogo de influências. Mais um drinque?

— Então eu fui manipulada.

— Quanto à forma que tem lidado com os trolls, sabia que seu nome começou a aparecer no canto longo? "A mulher que deixa os trolls voarem..."

— Manipulada — repetiu. — Durante toda minha vida, toda minha carreira, pelo visto. Como espera que eu me sinta? Grata?

— Ah, você não foi manipulada. Só foi... guiada ao caminho certo. Cabe a você aproveitar ou não a oportunidade. Afinal de contas, mesmo dentro dos parâmetros de sua missão militar, você tem muita autonomia como capitã de um twain. A decisão é sua. Você é quem você é. Black, o almirante Davidson e eu lhe daríamos total liberdade para comandar. Qualquer outro método seria traição.

"É claro que está sendo *observada*. Somos todos observados nessa era da informação. Mas manipulação? Todos nós, toda a humanidade, enfrentamos grandes desafios, um futuro desconhecido e imprevisível. Não é melhor que nós, pessoas do bem, trabalhemos juntos? Maggie, minhas revelações não devem afetar o modo como fará seu trabalho depois que essa conversa terminar e você voltar à sua nave. Pelo menos, é o que eu espero."

— Não posso desistir, posso?

— Você desistiria, se pudesse?

Ela deixou a resposta no ar.

— Não vai me dizer quem você é?

Ele pensou antes de responder:

— Minha querida, essa pergunta não faz o menor sentido. Vamos pedir?

\*\*\*

Quando a limusine a levou de volta, deixando-a perto do *Benjamin Franklin*, ela avistou Carl ao lado da rampa de acesso. Quando se aproximou, o troll bateu continência de modo muito profissional. Ela retribuiu o gesto.

Como era tarde e não havia nada de anormal, ela foi para o camarote após uma breve passagem pela ponte de comando. A gata estava deitada ao lado da cama. Ela ronronava durante o sono — se é que estava dormindo.

*George Abrahams* — não que Maggie acreditasse que aquela fosse sua verdadeira identidade. *Douglas Black*. Pauzinhos sendo mexidos.

Não, cordas sendo puxadas, e Maggie Kauffman era a marionete. Bem, não havia nada a fazer a não ser aceitar. Era isso ou descobrir um meio de usar os novos "parceiros" a seu favor.

Ela foi para a cama sem incomodar a gata.

# 59

LOBSANG ADORAVA FALAR — E ESCUTAR, quando alguém conseguia interrompê-lo. Nas semanas que passaram saltando cópias do Oceano Pacífico, a caminho da Nova Zelândia, Nelson compreendeu que alguém na posição de Lobsang conhecia *tudo* que valia a pena conhecer. Ele tentou imaginar como deviam ser as sincronizações periódicas das diferentes iterações de Lobsang — como se elas se encontrassem em um salão onde, todas falando ao mesmo tempo, comunicassem suas experiências com urgência frenética.

Uma das consequências dessas revelações foi que a viagem de twain para uma cópia da Nova Zelândia foi muito agradável para Nelson. Ele conseguiu não pensar por um tempo na ideia de que Lobsang, e as entidades obscuras que o apoiavam, o consideravam um "investimento valioso a longo prazo" — ele e muitos outros, supunha, uma comunidade de possíveis aliados, cujos nomes provavelmente jamais viria a conhecer.

Entretanto, como todas as viagens, aquela terminou, dezesseis dias após partirem do Wyoming.

***

Nelson já estivera várias vezes na Nova Zelândia da Terra Padrão. Naquele mundo remoto, cerca de setecentos mil saltos a oeste da Terra Padrão, a Terra da Longa Nuvem Branca era precariamente habitada, e suas montanhas verdes e céus cristalinos, livres de poluição, formavam uma vista incrível.

Rumando para oeste, o twain se afastou da costa, adentrando o mar. Finalmente, chegou a uma pequena ilha verde e amarela naquela cópia do Mar da Tasmânia.

— E agora? — perguntou Nelson. — O que há para ver?
— Olhe para baixo — disse a voz incorpórea de Lobsang.
— Algo naquela ilha?
— Não é uma ilha...

Usando os excelentes telescópios da nave, Nelson avistou florestas, uma faixa amarela que parecia ser uma praia e animais em movimento. Pareciam cavalos, *elefantes* e... uma girafa anã? Uma mistura eclética. Além disso, e ainda mais interessante, seres humanos, naquela praia estranha. A água do mar nas proximidades era turva, levemente turbulenta e movimentada.

E aquela "ilha" parecia desperta.

— Não é uma ilha — disse Nelson. — A coisa parece *viva*.
— Acertou. Um organismo complexo, composto, cooperativo, uma criatura multiplex viajando para noroeste, como se estivesse disposta a atravessar o Oceano Pacífico.
— Uma ilha viva! — exclamou Nelson, empolgado. — Uma lenda antiga. Sabe o São Brandão? Quando estava atravessando o Oceano Atlântico, supostamente celebrou a Páscoa nas costas de uma baleia. Se não me falha a memória, isso aconteceu no século VI. Existem histórias parecidas em um bestiário grego do século II e, mais tarde, em *As mil e uma noites*...
— E agora voltando à realidade, Nelson, lhe apresento a Segunda Pessoa do Singular.

O nome fez Nelson estremecer, embora reconhecesse a semelhança com a famosa descoberta do *Mark Twain*.

— O que pretende fazer?
— Nós vamos visitá-la.
— Nós?

A porta da sala da gôndola se abriu e Lobsang entrou, de cabeça raspada, com sua túnica laranja — à primeira vista, o mesmo Lobsang que Nelson conhecera no Wyoming.

— Essa é sua "unidade ambulante"? — perguntou Nelson.

— E é à prova d'água. Vamos.

Os dois foram até a popa da nave e chegaram à escotilha pela qual Nelson tinha sido içado a bordo no início da viagem.

— Estaremos seguros lá embaixo — disse Lobsang. — Mesmo que decida mergulhar no mar.

— Está doido? Conheço essas águas. Estão cheias de tubarão, água-viva...

— Você não correria perigo. — Lobsang apertou um botão e um bote saiu de um compartimento, inflou-se e ficou pendurado em um guincho do lado de fora da escotilha. — Visitei esse organismo várias vezes e posso lhe garantir que não vai correr perigo. Agora venha fazer novos amigos.

\*\*\*

Cinco minutos depois, estavam saindo do bote e pisando na carapaça da Segunda Pessoa do Singular.

Não que a sensação fosse essa. A sensação era de estarem caminhando na areia da praia. O "chão" sob os pés de Nelson parecia firme, ancorado no fundo do mar, como estaria em uma ilha de verdade.

Ele olhou em volta. Além de areia, havia fragmentos de conchas. Soprava uma brisa. O hemisfério estava saindo do inverno. Nelson sentiu cheiro de sal, de areia, de algas e de um odor mais quente, mais úmido, da vegetação do interior. Os cheiros, as cores, o azul do céu e do mar, o verde das árvores, tudo era muito intenso, vívido.

— Parece a ilha de Crusoé.

— Exatamente. Só que móvel. E... olhe ali.

Um trecho da praia, areia sustentada por uma espécie de casca — sim, parte da gigantesca carapaça —, se abriu aos poucos, como uma escotilha bocejando, e uma dúzia de humanos apareceu, sorrindo, subindo por uma escada. De todas as idades, estavam nus e queimados de sol como atletas. Um casal de crianças ficou olhando para Nelson.

Uma mulher com uma flor vermelha no cabelo se aproximou, também sorrindo, e disse, com um sotaque diferente:

— Sejam bem-vindos. Quais são as novidades de casa? Por favor, moço, se tiver um fumo, por favor, por favor...

Lobsang sorria de forma exagerada.

— Quem são essas pessoas? — perguntou Nelson.

— Meu amigo — disse Lobsang —, como esse animal também frequentou os oceanos da Terra Padrão, pelo menos alguns deles devem ser descendentes da tripulação do *Mary Celeste*.

Quer essa afirmação fosse para ser levada a sério ou não, Nelson entendeu o recado.

Logo ele se viu sentado, pouco à vontade, em um círculo de pessoas muito interessadas, muito nuas, ansiosas por saber o que acontecia na Terra Padrão. Estavam perto de uma lareira improvisada — o fogo estava aceso nas placas de pedra, total respeito às costas do anfitrião, e Nelson lembrou a Lobsang que São Brandão tinha feito a baleia-ilha submergir quando acendera inadvertidamente uma fogueira.

O idioma oficial dos habitantes parecia uma mistura de línguas europeias, mas dominado pelo inglês. Não era difícil de entender. Nelson contou a eles muita coisa sobre os últimos acontecimentos na Terra Padrão. Eles sorriram e ouviram, calmos, de barba feita, barriga cheia e nus.

Em um intervalo, serviram leite em cocos partidos.

Lobsang disse a Nelson que em visitas anteriores tinha conseguido se comunicar com o animal-ilha e descobrira que, em muitos aspectos, era semelhante à Primeira Pessoa do Singular. Não explicou *como* fizera esse contato. O animal carregava cerca de cem passageiros humanos. Alguns chegavam por causa de um naufrágio ou outro tipo de acidente e partiam quando morriam, ou esperavam até o fim do "ciclo" do animal, conforme Lobsang dizia, o tempo que aquele monstro aparentemente benévolo levava para fazer seus passeios, após os quais as pessoas desembarcavam em alguma praia remota que passavam a chamar de lar.

Mas é claro que, como Nelson pôde perceber pelas crianças que se sentavam perto dele sem disfarçar a curiosidade, aquela pequena comunidade tinha vida própria. Pessoas nasciam ali e, presumivelmente, passavam a vida inteira ali, sem jamais deixar o dorso daquela paciente criatura. Não consideravam estranhos seu lar itinerante ou seu modo de viver. Foi apenas em conversas com Lobsang que Nelson compreendeu aquela singular convivência.

— As pessoas são bem-cuidadas aqui — disse Lobsang. — São queridas. Todas as criaturas nas vizinhanças da Segunda Pessoa do Singular são extremamente dóceis. É como se essa criatura fosse cercada por uma nuvem de confiança mútua. Ah, é hora de comer, um peixe ou outro pode ser confiscado, mas a Segunda Pessoa do Singular não faz mal nem permite que se faça mal a nenhuma criatura consciente e, principalmente, a nenhum ser humano.

— Se alguma coisa desse tamanho se meter em uma rota comercial, especialmente na Terra Padrão, haverá problemas.

— Ah, é verdade. Esses seres, que eu chamo de *Atravessadores*, são ajuizados e ficam longe da Terra Padrão. Acredito que esse espécime em específico tenha se perdido. Ele se aproximou demais da Terra Padrão, talvez tenha passado pela própria Terra Padrão. No momento, está tentando chegar a um local que eu traduziria como "santuário", que, curiosamente, fica nas proximidades do Estreito de Puget. Quando eu partir, pretendo deixar com ela uma iteração minha, que a conduzirá a um local seguro. A maior parte dos indivíduos dessa espécie, como os da Primeira Pessoa do Singular, vive muito longe da Terra Padrão. Talvez exista um... centro... dessas espécies nos confins da Terra Longa.

— Nos relatos que circularam a respeito da criatura que os exploradores do *Mark Twain* chamaram de Primeira Pessoa do Singular, vocês sugeriram que ela viaja pela Terra Longa fazendo um tipo de auditoria. Um inventário?

— É uma possibilidade. Parece que existem várias subespécies, embora nenhuma seja tão grande e perigosa quanto a Primeira Pessoa do Singular original. Nem todas têm, por exemplo, uma carapaça em forma de concha. Todas são colônias como a caravela-portuguesa, do grupo dos cnidários, só que muito maiores. A diferença é que elas *crescem*, aumentam de tamanho recolhendo outros seres na terra e no mar. Alguns se tornam passageiros, como vemos aqui, e outros são incorporados ao organismo maior, como no caso da Primeira Pessoa do Singular. E elas são sapientes, em certo grau. E seres sapientes têm um objetivo.

— Qual é o objetivo deles?

Lobsang deu de ombros, de um jeito um pouco artificial.

— Talvez sejam colecionadores. Darwins modernos, ou seus agentes, buscando criaturas interessantes para... Para a ciência? Para popular um zoológico enorme? Simplesmente por razões estéticas? Deve ter reparado que os animais aqui têm mais ou menos o mesmo tamanho. Não há baleias-azuis, por exemplo, e vemos pouquíssimos ratos e camundongos. Como se a coleta fosse seletiva. Mas talvez essa visão seja demasiado restritiva. Pode ser que os únicos objetivos da Primeira Pessoa do Singular sejam aprender e crescer, que são os principais objetivos dos seres inteligentes. Por outro lado, pode ser que *ela* seja um caso especial.

Fosse qual fosse o propósito de tudo aquilo, a população humana parecia razoavelmente satisfeita, pensou Nelson. De acordo com Lobsang, o lar com vida própria cuidava deles, mesmo quando tinha necessidade de submergir: recolhia os passageiros animais e humanos em câmaras cheias de ar no interior de sua carapaça.

— Não que ela submerja com muita frequência — disse Lobsang. — Não é bom para a vegetação nas suas costas, sem falar na camada de solo que acumulou... É um cruzeiro que não tem data para terminar, você não acha?

— Hummm. Um *Titanic* sem o iceberg.

— Boa companhia, muitos peixes e outros animais marinhos, como ostras e focas, mas nunca golfinhos, Nelson. Ah, e muito sexo.

Nelson já havia desconfiado por causa dos olhares tímidos que estava recebendo de várias moças.

— Isso é vida?

— Nelson, existem bilhões de pessoas que se considerariam abençoadas se pudessem morar nessa praia viva.

Nelson bufou.

Lobsang o inspecionou.

— Ah, você não concorda, não é? Meu caro Nelson, posso ver nos seus olhos e no seu rosto. Você, meu amigo, é um puritano horrorizado com essa situação. Está pensando que a humanidade não devia viver desse jeito. Existe uma falta de empenho que lhe desagrada, não é? Desconfio que seja por isso que não se sente à vontade na Terra Longa. Ela torna as coisas fáceis demais. Em sua opinião, a humanidade devia estar sempre olhando para as estrelas, lutando, aprendendo, crescendo, se *aperfeiçoando*, desafiando o infinito.

Nelson olhou para o rosto de Lobsang, que permanecia inexpressivo, com apenas um leve toque, um resquício, de humor. Onde estava o humano e onde estava o computador?

— Você é irritantemente observador.

— Vou levar isso como um elogio.

# 60

Eles permaneceram a bordo da Segunda Pessoa do Singular durante alguns dias.

Foram dias agradáveis, mas Nelson não se sentia bem sem algo para fazer — talvez Lobsang tivesse razão ao dizer que ele tinha a alma de um puritano. A inocência dos passageiros humanos despertou o lado professor, ou pastor, que havia dentro dele.

Os ilhéus eram carentes de matéria-prima; tinham um pequeno estoque de pedras afiadas, fragmentos de obsidiana, metais, evidentemente herdados de náufragos ancestrais, mas tratavam esses objetos apenas como brinquedos e enfeites. Por isso, usando sobras do twain, Nelson decidiu ministrar um curso de introdução à metalurgia. Como trefilar metais, por exemplo, o que os ajudou a aumentar a magra reserva de iscas. Ele chegou a ensiná-los a montar rádios de galena. Quem sabe um dia pudessem usar essa tecnologia para se comunicar com o restante da humanidade, ou, pelo menos, com a fração da humanidade que passasse por aquele mundo.

Os ilhéus sorriam e aplaudiam quando ele montava algum dispositivo complicado, e usavam os arames que os ensinara a moldar para enfeitar o cabelo.

Nelson passou um tempo também explorando o que chamava de selva, o bosque que crescia na carapaça. Apesar dos eventuais mergulhos no mar, prosperava e florescia muito bem. Mas era um misto eclético de espécies que lembrava mais um jardim botânico que uma vegetação natural. Havia de samambaias a eucaliptos, além de muitas espécies que Nelson não conhecia. Quanto aos animais, Lobsang tinha razão ao afirmar que havia uma seletividade em termos de tamanho. Os animais elefantinos pareciam uma espécie de mamutes, com presas torcidas e pelo castanho-alaranjado, mas eram pequenos, não maiores que um pônei de São João na Água, e muito ariscos.

Outra questão que ocorreu a Nelson foi a idade dos animais. Há quanto tempo navegavam nos mares da Terra Longa? Se explorasse a selva ou os espaços escuros no interior da carapaça, encontraria os ossos de animais pré-históricos, como o esqueleto de um estegossauro?

Lobsang não sabia responder a essa pergunta.

***

Foi na selva, no quarto dia, com Nelson imerso em pensamentos, que Cassie o encurralou. Ela era a mulher que costumava usar uma flor vermelha no cabelo e tinha pedido fumo quando pousaram.

Nelson sabia o que ela queria. Tentou evitá-la, mas não conseguiu.

— Lobsang disse que você está triste e precisa de carinho.

O comentário ficou no ar, e Nelson podia ouvir dois sistemas de valores colidindo em sua cabeça. Ok, ele *era* um puritano. Qualquer menino criado pela mãe de Nelson e pela sua crença em Deus não podia escapar desse destino. Ele teve seus relacionamentos, inclusive uma namorada de muito tempo, com quem se "entendeu" muito bem, um termo meio ultrapassado, mas...

Ali estavam os ilhéus. Ele tinha visto evidências de relacionamentos sólidos, como casamentos. No entanto, as coisas eram menos sérias entre os jovens. Afinal de contas, todo mundo conhecia todo mundo. Sob esse aspecto, era como em São João na Água, havia uma tolerância em comum como forma de proteção.

Além disso, como Lobsang dissera, fazia bem aos ilhéus ter seu pool genético reabastecido por viajantes. Nelson tinha praticamente a obrigação de aceitar aquele convite.

— Só um pouquinho, Sr. Nelson!

Ela sorriu e se aproximou.

De repente, ele se viu entregue ao momento, a parte analítica de seu cérebro pareceu se dissolver, e seus quarenta e oito anos sumiram. O mundo ficou vivo com luzes e cores, o azul e o verde; ele podia sentir o cheiro do mar, da vegetação e dos animais daquele lugar, podia sentir o cheiro de maresia na pele da mulher, e, quando ela tocou seus lábios com o dedo, pôde sentir seu *gosto*.

Ninguém os viu. Isto é, a não ser Lobsang, provavelmente.

Depois disso, ele evitou entrar na selva e *nunca mais* ficou sozinho com Cassie.

\*\*\*

No quinto dia, voltaram ao twain para tomar banho e trocar de roupa. A nave fazia sombra na Segunda Pessoa do Singular.

Ficaram sentados juntos na gôndola, usando roupas formais que não pareciam tão confortáveis quanto antes. A ilha viva se movia abaixo deles, complexa, bela e fecunda. Parecia ter sido projetada para ser vista de cima.

— Ainda não me explicou por que me convocou para essa viagem, Lobsang.

— Convoquei?

— Aquela trilha que deixou de propósito foi praticamente uma convocação. Agora me mostra esse Atravessador e...

— Um exemplo da notável fertilidade, ou criatividade, da vida na Terra Longa.

— Por quê? Por que me trazer aqui, por que me mostrar isso?

— Porque acredito que tenha uma mentalidade capaz de contemplar uma teoria à qual me dedico desde a abertura da Terra Longa.

— Que teoria?

— Uma teoria sobre o universo, a humanidade, o propósito da Terra Longa... É tudo muito especulativo, mas importante. Quer ouvir?

— E eu tenho escolha?

— Reverendo Azikiwe, sou imune a sarcasmo. Me autoprogramei assim. Cheguei à seguinte conclusão: *a Terra Longa vai salvar a humanidade*. Agora que populamos muitos mundos, nem a destruição de um planeta inteiro, a criação de um novo Vazio, acabaria com a espécie humana. Na verdade, ao que parece, a Terra Longa foi aberta na hora certa, para evitar que nos destruíssemos. Muito em breve vagaríamos como chimpanzés nas ruínas de nossa civilização, brigando pelos últimos recursos. Em vez disso, de repente temos acesso a uma infinidade de mundos, que estamos explorando o mais rápido que podemos.

— Nem todos. Os ilhéus do Atravessador levam a vida numa boa, sem incomodar ninguém. Por toda a Terra Longa parece haver muitos desocupados, conhecidos como "vagabundos", que também são inofensivos.

— Mas veja a situação em que os trolls se encontram, criaturas dóceis, prestativas e confiantes. Mas o ser humano *tem* que dominá-los, escravizá-los, matá-los. Veja a tensão entre Valhalla e a oposição de lá. Não existe deixar que vivam suas vidas, mesmo a milhões de saltos de distância. É preciso taxá-los, controlá-los.

— Lobsang, pretende fazer alguma coisa para mudar essa situação? De todas as entidades que conheço nos mundos humanos, você é a única que tem esse poder.

— É... Na verdade, talvez você tenha dificuldade de entender até onde vão meus talentos. Minha alma é a de um homem, mas tenho uma capacidade material quase ilimitada... e distribuída. Sou praticamente onipresente. No momento, uma de minhas iterações está se aproximando dos cometas, nos limites do sistema solar. Nelson, estou entrando na nuvem de Oort!

— Ai, meu Deus...

— Agnes riu dessa. Talvez seja o tipo de piada que você precisava estar lá na hora para achar graça. Escute, Nelson, estou em toda parte, mas não sou Deus e *não interfiro*. Não acredito em *seu* Deus, acho que você também não. Mas também acho que você precisa sentir que existe algum tipo de plano no universo, algo que faça sentido, que tenha um significado.

— Que tipo de plano?

— Posso não ser Deus, mas talvez tenha uma perspectiva divina. A Terra Longa tornou a humanidade imune a catástrofes, mas não a tornou imune à passagem do tempo. Penso a longo prazo, Nelson. Imagino eras futuras, em que nosso Sol, e todos os Sóis da Terra Longa, terão desaparecido e restará a expansão da energia escura, o Big Rip, no qual até os átomos irão se desintegrar, criando um novo Ginnungagap...

— Ah, o vazio primordial de antes da criação. "Não havia areia nem mar, nem ondas tranquilas. Não havia Terra nem céu..."

— "Havia o Ginnungagap, mas não havia grama..." — Lobsang assentiu. — *Völuspá*: bem lembrado.

— Mitologia nórdica e metafísica tibetana: uma combinação inebriante!

Lobsang ignorou o comentário.

— A humanidade *precisa* progredir. Essa é a lógica de nosso cosmos finito: devemos enfrentar seus desafios para não expirar com ele. Isso é fácil de entender. Entretanto, apesar da Terra Longa, *não estamos* progredindo: neste berço confortável, estamos nos tornando apenas mais numerosos. Principalmente porque não temos ideia do que fazer com todo esse espaço. Talvez surjam outros que *saibam* o que fazer.

— "Outros"?

— Isso. Pense bem. Nós nos consideramos inteligentes, mas como seria um verdadeiro *Homo sapiens*? O que ele faria? Antes de qualquer coisa, valorizaria seu mundo, ou seus mundos. Procuraria nos céus outras formas de vida inteligente. Veria o universo como um todo e consideraria seu crescimento.

Nelson refletiu.

— Então você acredita que a lógica do universo é que *devemos* evoluir além de nosso estado atual, a fim de sermos capazes de realizar planos grandiosos. É sério? Acha mesmo que uma admirável nova espécie pode surgir em breve?

— Não acha possível? Ou lógico? Nelson, temos tanta coisa para aprender, tanta coisa para descobrir, tanta coisa para fazer. Já discutimos tudo isso. Você deixou sua paróquia. Está procurando um novo rumo, um novo foco. Sei que está buscando as mesmas respostas que eu. O que seria melhor do que trabalhar comigo? Preciso de apoio, Nelson. Consigo ver o mundo todo girar. Mas não consigo enxergar a essência da alma humana. O que acha? Já viu o que queria ver aqui?

Nelson sorriu.

— Vamos esperar mais um pouco. A gente sempre deve dizer adeus com calma.

# 61

Enquanto a viagem de Joshua e Bill prosseguia sem resultados, Bill de vez em quando parava para descansar em mundos que a comunidade de vagabundos chamava de "Diamantes", o oposto dos Curingas, mundos com atrativos únicos.

Terra Oeste 1.176.865: passaram por esse mundo antes de chegarem ao Cinturão de Valhalla, composto pelos mundos do Mar Americano, mas ali um rio estava submergindo o Grand Canyon, uma cena espetacular que atraía muitos turistas.

Terra Oeste 1.349.877: um mundo dominado por uma ecologia estranha e até sobrenatural, no qual criaturas terrestres familiares conviviam com seres vivos verdes, que se retorciam e rastejavam. Inclassificáveis, nem animais nem plantas. Como grandes fungos, em inúmeras formas. Nenhum biólogo tinha estudado esse mundo. Os vagabundos falavam de um Grande Deus, um monstro alienígena cuja espaçonave tinha caído ali fazia centenas de milênios, deixando carne, ossos e gordura a partir dos quais surgiram esses organismos, descendentes de parasitas ou algo equivalente às bactérias intestinais. Joshua achava a variedade de formas estranhas de vida nesse mundo assustadora e fascinante ao mesmo tempo. Era como se algo estivesse faltando e ele nunca houvesse reparado.

Foi esse raciocínio que o levou à resposta.

\*\*\*

A ideia lhe ocorreu quando estava sonolento. Ele se sentou na cama, no escuro, em seu camarote na gôndola.

Depois, correu até o compartimento que era um misto de cozinha, sala e convés de observação, e ficou olhando para uma parede vazia.

— Já sei. — Quando não houve resposta, ele bateu na parede fina que separava aquele aposento do camarote de Bill. — Disse que já sei!

— Já sabe o quê, seu maluco?

— Sei onde Sally está. Ela me deu uma pista, não sei se foi de propósito. Não foi o que Sally deixou para trás, e sim o que levou com ela.

Ele ouviu o bocejo abafado de Bill.

— O que ela levou?

— *O anel*, Bill. O anel de ouro, cravejado de safiras. Aquele que eu trouxe comigo e pendurei na parede. Ele sumiu, Bill. Quando e como ela subiu a bordo para pegá-lo, eu não sei. Nem há quanto tempo isso aconteceu... Sally deve estar morrendo de rir da gente.

— Um anel. Só levou três semanas para descobrir, Joshua. Para onde vamos então?

— Para Terra Oeste 1.617.498. Para Retângulos.

— Ótimo. Partimos amanhã de manhã. Chegamos lá em três dias. Agora posso voltar a dormir?

# 62

Preparando-se para pousar em Valhalla, os dirigíveis da Operação Filho Pródigo se reuniram cem mundos a leste do destino, pairando como nuvens baixas acima do litoral daquela versão do Mar Americano, a quase um milhão e meio de saltos da Terra Padrão.

Quando o *Benjamin Franklin* ocupou seu lugar, Maggie foi imediatamente cumprimentada pelo *Abraham Lincoln*, visível no horizonte. O capitão do *Lincoln* lhe contou que o almirante Davidson, comandante do USLONGCOM, estava a bordo e queria vê-la. As duas naves se aproximaram e se acoplaram. Maggie mudou de uniforme e esperou pelo general na sala de reuniões.

Entretanto, Nathan a chamou.

— É melhor vir até a rampa de acesso, capitã. Estamos com um problema.

Quando chegou lá, Maggie descobriu que o alferes interino Carl, o troll, usando a braçadeira que era seu "uniforme", tinha sido incluído no grupo que receberia o almirante. Ou talvez ele tivesse incluído a si mesmo. Era algo que Carl faria, sempre interessado e disposto a fazer novos amigos. Só que agora o capitão Edward Cutler, ajudante de ordens do almirante, estava apontando uma arma para sua cabeça.

O próprio almirante, um senhor elegante de sessenta anos, parecia surpreso.

Maggie se aproximou de Cutler e sussurrou em seu ouvido:

— O que está fazendo, capitão?

— Contendo um animal perigoso, não está vendo?

— Capitão Cutler, esse troll não é um animal perigoso. Na verdade... — Diante daquele homem empertigado, muito sério, ela se sentiu inibida. — Carl é um dos tripulantes.

Cutler arregalou os olhos.

— A senhora está falando sério?

— Estou, capitão. — Maggie apontou para a divisa no braço de Carl. — Já enviei todos os documentos necessários para os órgãos competentes. — Era verdade, embora ela tivesse feito o possível para evitar que os burocratas reparassem no fato de que o novo integrante da tripulação era um troll. — Trata-se de um experimento de cooperação entre duas espécies sapientes.

O almirante Davidson abriu um sorriso.

— É um ato simbólico, Ed.

Cutler olhou para Davidson, para Maggie e para o troll. Então, chamou:

— Adkins!

Um tenente respondeu:

— Capitão?

— Mande uma mensagem à Casa Branca, pelo meio mais rápido possível. Informe ao presidente Cowley que acabamos de nos render aos desclassificados que infestam a Terra Longa e, no processo, estamos entregando o controle de nossas naves a trolls, texugos, cães-da-pradaria e outros animais que encontramos pela frente.

— Sim, senhor.

— Mas, antes de renunciar, acho que vou colocar uma bala na cabeça desse...

Maggie o interrompeu:

— Cutler, você tem filhos?

— O quê? Não, ainda não.

— Capitão Cutler, o alferes interino Carl não vai reagir, faça você o que fizer. Mas, se não baixar essa arma, vou te dar um chute tão forte em um lugar que sua chance de *um dia* ter um filho será bem pequena.

\*\*\*

Para Maggie, foi um alívio estar com o almirante na relativa sanidade da sala de reuniões. Um alferes interino — que não era Carl — serviu café e fechou a porta, deixando-os a sós.

Davidson se inclinou para a frente.

— Então, capitã Kauffman.

— General.

— A senhora sabe que não gosto de perder tempo.

— Sim, senhor.

— Vamos direto ao ponto. No curto período em que comandou o *Benjamin Franklin*, a senhora tratou a nave como se fosse sua propriedade, indo muito além dos parâmetros, já frouxos, de suas ordens. Para ser mais explícito, interpretou as regras de combate de forma conveniente. E, para fechar, recebeu a bordo criaturas possivelmente perigosas.

— Sim, senhor.

— O que resultou em incidentes como a humilhação do pobre Ed Cutler diante de um troll.

— Sim, senhor.

Ele sorriu.

— Bom trabalho, Maggie.

— Obrigada, general.

— Gostei particularmente do modo como lidou com a situação em Nova Pureza. Aconselhá-los a enterrar os trolls no mesmo cemitério que aqueles pobres pioneiros repercutiu positivamente em muitos lugares. Você ajudou a promover os ideais que eu e outros militares, até aqueles envolvidos no governo do presidente Cowley, julgamos apropriados para nosso comportamento na Terra Longa. Queria que você e todos os outros capitães recebessem de braços abertos as novas culturas que estão nascendo, em vez de brandir um punho de ferro. Nossa missão não é policiar nossos cidadãos nem lhes impor lições de moral, e sim protegê-los de perigos externos. Para isso, porém, precisamos saber quem estamos protegendo e quais são esses perigos, nesse estranho contexto em que nos encontramos. Para atingir nossos objetivos, devemos ser acessíveis; precisamos escutar, aprender. É isso que você tem feito.

Nunca ordenei que fizesse essas coisas, Maggie. Você teve que aprender sozinha, o que fez muito bem.

— Obrigada de novo, general.

— Quanto ao futuro, uma pessoa com sua experiência e capacidade não deve ser usada apenas para servir de babá dos colonos que não sabem seguir o manual. Capitã, depois que essa questão envolvendo Valhalla estiver resolvida, gostaria que considerasse a possibilidade de assumir um novo comando, o do USS *Neil Armstrong II*.

Maggie ficou sem ar. O segundo Armstrong era um novo modelo de dirigível, semissecreto, projetado para explorar a Terra Longa muito além dos limites atingidos até o momento, incluindo a Viagem de Valienté e a suposta expedição chinesa.

— Sua missão principal, como deve imaginar, será descobrir o que aconteceu com o *Armstrong I* e sua tripulação. Não podíamos enviar uma nave de busca, mas agora podemos. Depois disso... *o céu é o limite*. Pode escolher sua tripulação.

Ela pensou em Mac, em Nathan, em Harry... até em Toby Fox.

— Isso não vai ser um problema, general.

— Já imaginava. — Ele consultou o relógio. — Vamos ter dias difíceis quando chegarmos a Valhalla. Não tenho mais nada a tratar no momento. — Ele se levantou. — Mas, enquanto estou a bordo, gostaria de me encontrar com o alferes interino Carl em uma situação menos estressante.

***

Naquela noite, Maggie ficou deitada na cama, semiadormecida, embalada pelos microssons da nave. Todos aqueles estalos e rangidos, familiares depois de tanto tempo de viagem. Todo marinheiro sabia que os navios tinham vida própria, uma identidade, idiossincrasias... até caprichos.

Ela sentiu a presença de patas na cama. Virou o corpo. O focinho da gata estava bem próximo, os olhos verdes bem abertos.

— Você não está dormindo — disse Shi-mi.

— Você é muito observadora.

— No que está pensando, capitã?

— Que vou sentir falta dessa banheira velha.

— Sei. Ouvi dizer que vai ser promovida.

— Ouviu o que ele disse, não é? E, se ouviu, toda a Black Corporation também ouviu. A verdade é que ainda não sei se aceito ou não. Está ouvindo, Abrahams, onde quer que esteja?

— Você vai precisar de uma gata.

— Vou, é?

— Eu preferia ficar no *Benjamin Franklin*, mas não me importo de enfrentar novos desafios com você. Pense com carinho.

— Vou fazer isso. Prometo. Agora vamos dormir.

— Está bem, capitã.

# 63

Três dias depois da descoberta de que o anel havia desaparecido, quando chegaram ao mundo informalmente chamado Retângulos, só havia um lugar onde Joshua devia procurar.

Ele ficou sentado em silêncio enquanto Bill guiava o dirigível em uma região árida e acidentada até chegarem a um vale com as paredes semeadas de cavernas e o solo marcado com formações retangulares, como se fossem as fundações de edifícios desaparecidos, e uma enorme estrutura em forma de paralelepípedo.

Mesmo lá de cima, o lugar deixava Joshua deprimido. Ali, há dez anos, com Lobsang e Sally, ele havia encontrado vida inteligente, um tipo de réptil. Como sabiam que era inteligente? Só porque, em uma caverna cheia de esqueletos, restos de uma antiga tragédia, Joshua tinha encontrado um osso de dedo com um anel de ouro cravejado de safiras. Isso queria dizer que as criaturas eram inteligentes e que, evidentemente, estavam mortas há muito tempo. Joshua ainda sentia a tristeza da perda, como se fosse um náufrago em uma ilha vendo um navio passar, alheio à sua presença.

Aquela estranha experiência parecia estar ecoando nesta nova época, a Terra Longa sem os trolls. Mais mundos com algo faltando.

— É aqui — disse a Bill. — Eu esperava que estivesse cheio de trolls.

Ele podia sentir o dar de ombros de Bill.

— Pois eu não achava que seria tão fácil.

— Você estava certo.

— Esse mundo é um típico Curinga árido — disse Bill. — É o que revelam meus instrumentos. Mais seco que minha garganta na quaresma.

— Vamos pousar longe daquela pedra. Ela é radioativa.

— Eu pretendia pousar perto daquela pessoa que está acenando para nós.

Quando Joshua desviou o olhar da pedra preta, viu que alguém havia estendido cobertores prateados no alto de uma colina, para que fossem vistos do alto, mas não do solo. Alguém estava ali, com um macacão verde-oliva, acenando com os dois braços.

\*\*\*

O *Shillelagh* desceu suavemente. Desta vez, os dois desembarcaram com mochilas nas costas, Bill levando um Saltador e Joshua, o tradutor do trollês, preparados para o que der e vier.

Joshua não ficou muito surpreso com a identidade da pessoa que havia acenado para eles.

— Tenente Jansson.

— Joshua.

Jansson estava magra, pálida e suada, evidentemente em um estado de saúde muito pior que da última vez que a vira. Enquanto caminhavam até lá, ela se sentou em uma pedra, claramente exausta de tanto acenar.

— Quer dizer que viemos ao mundo certo. Nossa interpretação foi correta.

— Sobre a Srta. Linsay ser a responsável pelo desaparecimento do anel? De isso ser uma pista para o lugar onde estávamos? Sim. Ela se queixou de que estava sendo difícil encontrar o anel. "Só aquele idiota para levar o anel com ele pra tudo que é canto." Foi o que ela disse. Ela *esperava* que não desse falta do anel. E, mesmo que isso acontecesse, estava torcendo para que não viesse até aqui. Mesmo assim, achou melhor ter um plano caso você aparecesse. Demorou, hein, Joshua.

Joshua balançou a cabeça.

— Aposentada ou não, você ainda é uma policial. Só uma policial chamaria Sally de "Srta. Linsay". Tínhamos que vir, Monica. Lobsang nos incumbiu de uma missão. Tem a ver com os trolls.

Jansson sorriu.

— Acho que Sally previu que isso aconteceria. "Aposto que Lobsang está envolvido nisso."

— Eu sei, eu sei.

— Acho que ela planejou que você viesse, Joshua. É por isso que estou aqui. Ela me trouxe para esperar por você e explicar todo o plano. Ela fez um acordo complicado com os beagles.

Joshua arregalou os olhos.

— *Beagles*?

— Eu sei. É uma história complicada. Na verdade, acho que eles ficaram felizes quando fui embora. Eles não gostam do meu cheiro. Sabia que faz um mês que estou aqui, esperando algo acontecer? Sally é paciente. Tem o instinto de uma caçadora. Para mim, é mais difícil.

Joshua olhou para ela com um ar crítico.

— Acho que você andou se automedicando.

— É verdade, e está funcionando, então é melhor não se meter. Agora escute, Joshua...

Jansson explicou a eles rapidamente que Sally estava a vinte e seis mundos de distância e revelou a participação do kobold e dos caninos inteligentes.

— Finn McCool — resmungou Bill. — Trabalhando para os dois lados, tenho certeza. Ele não presta.

Joshua estava tendo dificuldade de entender a situação.

— É complicado.

— Concordo — disse Jansson.

— É o que acontece quando Sally Linsay entra em sua vida. Mas, como eu disse, temos uma missão a cumprir. Vamos deixar o dirigível aqui e saltar.

— Ok. Tem uma hora do dia em que eles esperam por mim naquele mundo, para me receber quando eu estiver pronta para voltar. Escutem, vocês têm um café aí para a gente tomar enquanto espera? Faz uns dias que o meu acabou.

***

O salto final para a Terra Oeste 1.617.524 trouxe uma surpresa para Joshua. Embora Jansson lhe tivesse avisado, ele esperava outro Curinga árido, como Retângulos. Mas não era árido, pelo menos não no lugar onde estavam. Joshua teve um vislumbre imediato de verde, de umidade, de frescor. Não resistiu à vontade de respirar fundo.

Ele observou que o verde não estava associado a florestas ou pradarias, e sim a *pastos*, usados para alimentar animais que pareciam ser bois, mas não eram, cuidados por bípedes que pareciam ser humanos, mas não eram.

Foi então que se deu conta da característica mais importante daquele lugar: as criaturas mais próximas, que pareciam ser cachorros, mas não eram.

Havia uns dez cachorros de pé nas patas traseiras, dispostos em duas filas. Os dois da frente pareciam ser os mais importantes, a julgar pela qualidade dos cintos (cachorros usando cintos!), dos quais pendiam ferramentas. Armas, também. Algo que lembrava uma besta.

E uma arma de raios! Um objeto extravagante, como se tivesse saído de um filme antigo de ficção científica. Exatamente como Jansson havia descrito.

O gênero de cada um era óbvio. Da dupla da frente, uma era fêmea e o outro era macho. O macho era mais alto, mais imponente, um *animal* magnífico. Só que não era apenas um animal. Mesmo enquanto avaliava o perigo que enfrentava, Joshua estava feliz. Seres inteligentes de uma espécie nova que *não estavam* extintos há milênios, como os antigos ocupantes de Retângulos.

Bill estava perplexo.

— Estou sonhando. Sei que nos avisou, tenente Jansson. — Ele balançou a cabeça. — Mas isso é loucura.

O macho se voltou para Bill, repuxou os lábios de seu rosto lupino, e Joshua ficou novamente surpreso quando ele começou a falar.

— Não, rrrapaz. Você não está sonhando.

Rosnava com um cachorro. Mesmo assim, as palavras eram claras.

— Joshua, Bill — disse Jansson —, quero apresentá-los a Li-Li e a Branquelo.

Apesar de todas as explicações prévias de Jansson, Joshua também achou que estava sonhando.

— *Branquelo*?

Jansson apontou para os humanos.

— Joshua Valienté. Bill Chambers, seu companheiro. Joshua é aquele que Sally prometeu.

— "Prometeu"?

— Uma de suas estratégias. Como você estava vindo de qualquer maneira, ela tentou tirar proveito da situação. Anunciou você como embaixador de uma grande potência.

— É muita gentileza.

Branquelo estudou Joshua.

— Você é emissárrrio de Neta humana.

— Neta?

— Ele quer dizer "governante" — explicou Jansson.

— Certo. Acontece que não temos uma Neta... Hummm, Branquelo. Não do jeito que pensa. Mas... um emissário, acho que pode me chamar assim. Estou aqui para tratar da questão dos trolls.

Antes que pudesse continuar, Branquelo, sem mover um músculo, emitiu um rosnado, e dois cachorros atrás dele se adiantaram e o seguraram pelos braços.

Joshua reagiu ao impulso de saltar para longe.

— Ei, o que estão fazendo?

Branquelo assentiu.

Joshua foi jogado de bruços no chão, o rosto colado no solo de terra.

Sentiu uma dor intensa no ombro machucado. Manteve a decisão de *não saltar*, pelo menos por enquanto.

Tentou levantar a cabeça e deparou-se com a fêmea. Li-Li? Ela estava abrindo um saco que continha pequenos potes de madeira, lâminas de pedra e de ferro, agulhas, linhas. Como um kit de primeiros socorros. Os olhos da fêmea pareciam olhos de lobo, mas curiosamente empáticos.

Ele perguntou:

— Por quê? O que...?

— Desculpe.

Ela esticou a pata dianteira e rasgou sua camisa.

Mesmo assim, ele não saltou. Ouviu a voz de Jansson, evidentemente consternada.

— Joshua? Desculpe. Sally realmente falou de você como um emissário. Eles devem ter planejado isso. Não imaginávamos que seria tratado assim.

Ele não ouviu mais nada, pois um punho muito forte o golpeou na nuca, esmagando mais ainda seu rosto no chão, e a opção de saltar sumiu de vez.

A dor foi tão grande que ele apagou.

# 64

Quando Joshua acordou, estava sentado em uma cadeira dura, inclinado para a frente. Sentia uma dor estranha, parecia ser nas costas.

Um rosto pairou à sua frente. Um cachorro, um lobo... Demonstrava bondade.

Era a fêmea chamada Li-Li. Ela olhou para Joshua, levantou a pálpebra dele com a pata dianteira, e rosnou:

— Desculpe.

Recuou, dando passagem a Sally.

Atrás de Sally, ele podia ver uma sala ampla, com chão e paredes de pedra, bem-construída, mas sem decoração alguma. O ar cheirava a cachorro. Havia outras pessoas ali, além de cachorros. Sua consciência voltava aos poucos.

Então, percebeu que tinha sido drogado.

— Joshua, não salte.

Com dificuldade, ele tentou focar na dona daquela voz.

— Sally?

— Não salte. Haja o que houver, *não salte*. Até que enfim está aqui. Você e aquele irlandês levaram um tempo para achar a pista que deixei.

— O anel...

— Sim, o anel.

— Por que ele é tão importante?

— Logo, logo você vai saber. Desculpe.

— Desculpe? Por quê? E por que não devo saltar?

Ele percebeu que estava balbuciando.

Sally segurou seu rosto com as duas mãos, obrigando-o a encará-la. Ele tentou se lembrar da última vez que ela o tocara, sem contar as vezes em que o salvara de alguma calamidade, como o desastre do *Pennsylvania*.

— Porque, se saltar, você vai morrer.

Ele tentou adivinhar como.

— Minhas costas?

— É tipo uma armela, Joshua.

Era a voz de Jansson. Ele olhou em volta e viu Jansson sentada no chão perto da parede, vigiada por um cachorro corpulento.

— Uma armela? Como fazem os norte-coreanos? Uma armela de ferro passando pelo coração dos prisioneiros. Se eles tentarem fugir...

— Isso mesmo. No seu caso, é uma versão primitiva, de um tipo usado por alguns chefes militares da Ásia central. Joshua, não encoste na cadeira. Tem uma besta nas suas costas. Ela é feita de madeira, pedra e tendão, mas tem um pino de ferro. Você pode andar à vontade, entende? Mas se saltar...

— O pino vai para trás e *bum*. A besta é disparada, e o dardo atravessa meu coração, não é? Entendi. — Ele começou a repetir a ordem mentalmente. *Não salte, não salte*. Ele apalpou o peito. Por baixo da camisa rasgada, encontrou uma tira de couro. — O que me impede de cortar essa tira?

— Em primeiro lugar, isso faria a besta disparar — disse Sally. — Em segundo lugar, eles costuraram a arma na sua pele. Ela é sustentada pela tira de couro, mas...

— Eles *costuraram*?

— Desculpe, desculpe — disse Li-Li. — Orrrdens... beba isso.

Ela entregou a Joshua uma caneca de madeira que continha um líquido morno. Ele bebeu com vontade. Deu-se conta de que estava com fome e com sede. Não devia estar tão machucado assim...

— Ordens, né?

— Não é culpa dela — disse Jansson. — Ela é tipo uma enfermeira. Tentou fazer o trabalho sem machucá-lo e lhe deu um analgésico. Se fosse outro... Joshua, sinto muito. Não sabia que fariam isso com você.

— Imagino que não havia nada que pudesse fazer, tenente Jansson.

— Temos um plano. Ou melhor, tínhamos, até você aparecer. Agora vamos ter que reformulá-lo.

— Ainda estamos tentando entender a motivação das espécies inteligentes não humanas. Não esperávamos que tivesse esse tipo de recepção. Talvez esse seja o conceito de diplomacia para os beagles. Atacar o embaixador assim que ele aparecer. Por outro lado, fomos nós que criamos a besta. Ela foi inventada por humanos para controlar outros humanos.

— Pode ser — disse Joshua —, mas alguém a trouxe até aqui, certo? E alguém deve ter ensinado os cachorros...

— Beagles — corrigiu Sally.

— A fabricar os componentes de ferro.

— Fui eu. Olá, homem sssem caminhosss...

Joshua olhou em volta com mais atenção, de forma sistemática. Havia uma fila de cachorros — beagles? —, como se estivessem protegendo um deles, que estava deitado em um tipo de gramado baixo, parecido com um carpete. Sally estava em pé de frente para ele, Jansson e Bill estavam sentados no chão, perto da parede. Em outro canto, vigiado por um beagle, estava...

— Finn McCool. Já te vi em situações melhores.

O kobold evidentemente tinha sido espancado. Mal conseguia ficar sentado. Não usava mais óculos de sol. Um olho estava fechado, um lado do torso nu estava coberto de hematomas e uma das orelhas havia sido *arrancada*; Joshua podia ver as marcas de dente. Apesar de tudo, McCool sorria.

— Foi tudo um negócio. Falamosss aos beaglesss a ressspeito de vocês, sssem caminhosss. Suasss navesss passaram algumasss vezes por essste mundo sssem parar, mas logo notariam os beaglesss. Estejam preparados, disssemos a elesss. Ensssinamos como evitar que vocêsss saltasssem. Elesss prometeram pagar muito bem.

— Foi você que fez isso comigo?

O kobold riu.

— Não. Mas teria feito, sem caminhosss.

Bill Chambers bufou.

— *Pogue mahone*, seu filho da mãe.

— O que aconteceu com você, McCool? Divergências na hora do pagamento?

— Orrrdens de novo — disse outra voz, canina, mas com o tom mais suave que as outras. Feminina. — Minhas orrrdens. Sempre minhas orrrdens.

Joshua se voltou para o grupo de cachorros. Ele reconheceu o guerreiro alto. Branquelo. Ainda estava com a arma de raios pendurada no cinto estilo Batman, junto a facas de metal e pedra. Estava em posição de descansar, mas com ar de competente prontidão.

Era como se fosse o chefe da segurança da fêmea que estava no gramado. Tinha sido ela que falara a respeito das ordens.

Sally olhava para Joshua com empatia, reforçada por sua evidente confusão.

— Uma situação clássica da Terra Longa, não é, Joshua? Três espécies inteligentes, ou quatro, se contarmos os construtores de Retângulos, ainda que de modo indireto, nascidas em mundos diferentes, e agora misturadas. — Ela apontou com a cabeça para a fêmea que estava deitada.

— Joshua, essa é Petra. Neta, governante dessa cidade, dessa Toca, que se chama Olho da Caçadora.

— Neta?

— Terceira na hierarquia que começa com a Mãe, eu acho. A poderosa chefona dessa nação canina é a Mãe, depois vêm as Filhas, as Netas...

— *Petra?*

— Um apelido humano. Você provavelmente machucaria sua glote se tentasse pronunciar o nome verdadeiro. Não que eles o revelem para nós, meros humanos.

— Então não somos os primeiros a passar por aqui.
— Claro que não. Esses malditos vagabundos estão por toda parte, não é mesmo? Agora preste atenção. Petra está no comando e sabe disso.
Joshua se dirigiu a Petra:
— Foi você que deu ordens para impedir que eu saltasse?
— Vamos deixarrr as coisas bem claras, Joshua. O que é que todos nós querrremos? Eu, você, os trrrolls? Queremos paz.
— Foi para isso que vim aqui.
— Eu também — disse Sally.
— Muito bem. Mas não me imporrrto com vocês, nem com os trrrolls. Mesmo que eu goste da música dos trrrolls, é com *isso* que me imporrrto.

Ela tirou a arma de raios do cinto de Branquelo, sopesou-a nos dedos delicados, apontou-a para a cabeça de Joshua e apertou o gatilho.

Joshua não se intimidou, embora tivesse visto, com o canto do olho, Jansson e Bill se encolherem. É claro que nada aconteceu. Ainda não estava na hora de morrer, embora suspeitasse que o dia estivesse chegando.

— Arrrmas. Foi *ele* que trrrouxe — disse a Neta. Ela apontou para o servil e sorridente kobold. — De onde vieram? De mundos sem cheirrro.

— Ela está se referindo a outros mundos — murmurou Sally. — Esses caninos não podem saltar. Foi por isso que o impediram de saltar.

— Arrrmas fazem Olho da Caçadorrra Toca poderrrosa. Mais forrrte que outrrras tocas.

*Neta*, pensou Joshua. Os cachorros tinham grandes ninhadas. Aquela neta da rainha devia ter muitas rivais.

— Joshua, precisa entender uma coisa — disse Sally. — Tudo indica que esses caninos não se importam conosco nem com mundos paralelos. Tudo que interessa a eles são suas guerras, seus conflitos. Somos apenas um meio para que atinjam seus objetivos.

— Provavelmente faríamos o mesmo.

— Isso. Tudo que querem agora são armas para lutarem suas guerras.

— As armas de raios?

— Mas as arrrmas morrrem — disse a Neta, atirando a arma no chão, com ar de desdém. Joshua viu que se tratava de uma arma a laser. — Ele sabe onde estão as arrrrmas — disse, apontando para o kobold. — Como conseguirrr? Pago uma forrrrtuna e logo elas morrrrem. Chega! Nós o convencemos a colaborarrrr. — Ela mostrou alguma coisa em seu pescoço, um pedaço de carne pendurado em uma tira de couro. Joshua viu que era uma orelha. Uma orelha de kobold. Olhando com mais atenção, viu que havia uma segunda tira, na qual estava pendurado um anel parecido com o dele, um anel de Retângulos. — Mas o kobold não tem arrrrmas parrra nós.

— Um problema para mim — lamentou-se o kobold, o sorriso nervoso mostrando dentes ensanguentados, o olhar percorrendo os rostos humanos.

— Imagino — disse Joshua.

Joshua ainda não sabia direito o que estava acontecendo, mas aqueles anéis, que vinham de um mundo a alguns saltos de distância, eram evidentemente importantes. Como Sally havia descoberto. Ao pegar seu anel, estava atrás de uma vantagem.

— O negócio é o seguinte — explicou Sally rapidamente. — Os beagles querem mais armas de raios. Elas estão guardadas em depósitos, lá em Retângulos.

— Elas estão *onde*? Em *quê*?

Sally cerrou os dentes.

— Acha mesmo que está na hora de uma aula de arqueologia, Valienté? Não me interrompa. — Ela falava muito rápido, e Joshua se deu conta de que Sally não queria que os beagles e o kobold entendessem o que dizia. — Os depósitos de onde os kobolds retiravam armas estão vazios. Para ter acesso a outro depósito, ele precisaria de outra chave.

Mais ágil que o normal, talvez por causa da dor, Joshua ligou os pontos.

— *A chave é o anel que encontramos na caverna de ossos*. O anel que eu guardei, que você pegou na nave...

— O anel que está comigo — murmurou Sally. — Mas eles não sabem.

— Estou começando a entender. O anel que Neta está usando...
— É a chave de um depósito vazio.
— Ele precisa de uma chave nova. Ele e os companheiros devem ter vasculhado Retângulos em busca de chaves. Como não encontraram a chave que a gente encontrou?
— Talvez porque estava no dedo de um cadáver? Talvez haja um tabu ligado a isso. Ou uma repulsa instintiva. Eles não são humanos, Joshua. Seus métodos de busca são diferentes dos nossos.
— Ok. O que vamos fazer?
— Antes vou explicar o trato que fizemos. Os beagles não conseguem saltar, certo? Por isso, a ideia era Jansson, o kobold e eu irmos a Retângulos. Ele nos mostra onde está o depósito, nós o abrimos com o anel e voltamos com as armas de raios carregadas. Esse *era* o plano. Mas eu estava ganhando tempo, Joshua. Vai fazer um mês. Não queria abrir mão de nosso único trunfo. Não queria fornecer armas perigosas a essa espécie que tinha acabado de conhecer. Esperava que algo acontecesse, que surgissem oportunidades. *Você* era minha esperança, Joshua. Quando chegasse aqui, *se* chegasse aqui, poderia, de alguma forma, dar um jeito na situação, para que pudéssemos sair daqui e fazer as pazes com os trolls. Mas em vez disso...
— Estou com uma besta costurada nas costas. Desculpe decepcioná-la, Sally.
— Não precisa pedir desculpas — disse Sally, com sinceridade. — Você não tem culpa. Mais uma vez, não soube avaliar direito as intenções de não humanos. — Ela suspirou. — Escute. Enquanto estava desacordado, conversamos e fizemos outro acordo. Acho que vamos ter que entregar as malditas armas. *Se* elas existirem, *se* conseguirmos trazê-las. Se entregarmos as armas, vão permitir que você converse com os trolls. Mas te fizeram de refém para garantir que não vamos simplesmente saltar para longe daqui.
— Acho que é isso que você deve fazer. Saltar. Leve Jansson e Bill com você.
Sally suspirou, irritada.

— Você sempre foi um idiota, Valienté. Não me importo de deixar você aqui, mas Helen me mataria. Além disso, precisamos lidar com o problema dos trolls e melhorar a relação dos humanos com os beagles. Vamos *voltar*, e quando os beagles receberem o que querem...

Joshua, sentindo dor nas costas toda vez que se mexia, voltou-se para Neta:

— O que vai fazer, Neta, quando receber as armas? Estaremos livres para seguir nossas vidas?

Ela *sorriu*. Seus lábios revelaram dentes brilhantes. Era uma expressão quase humana, mas de gelar a espinha.

— Vocês ainda vão estarrr vivos. E talvez continuem assim, se você tiverrr honrrrra.

Joshua não estava entendendo. Bill tentou ajudá-lo.

— Lembre-se, Joshua, de que eles não são humanos. "Honra" tem um significado diferente para aquele kobold filho da mãe, não é? Imagino o que "honra" pode significar para uma espécie inteligente cujos ancestrais eram carnívoros que caçavam em bando.

— Acho que descobriremos em breve — disse Joshua, em tom resignado —, mas não vamos nos precipitar. — Ele se levantou com cuidado, mas as costas doeram e ele cambaleou até Sally para se apoiar. — Onde estão os trolls?

# 65

Cumprindo sua parte do trato, Jansson, Sally e o kobold saltaram de volta para Retângulos.

Apesar da dose reforçada de remédios para enjoo, os saltos tiveram o mesmo efeito de sempre no estômago de Jansson. Quando chegaram a Retângulos, ela dobrou o corpo para a frente e começou a gemer de dor.

Sally massageou suas costas.

— Está tudo bem?

— É sempre a mesma coisa, desde a primeira vez que saltei.

— No Dia do Salto. Eu sei. Você estava na sala do meu pai e usou um Saltador que ele deixou.

Jansson ainda com o corpo dobrado, deu um soco no chão, frustrada.

— Não são só os saltos. Essa droga dessa doença está atrapalhando minha vida, sabe?

— Imagino.

Os demais aguardaram poucos minutos enquanto ela se recuperava. Sally estava séria, paciente. O kobold ficou ao lado de Sally, inquieto, sofrendo também com os próprios ferimentos. Mas ele imitou a atitude de Sally, balançando a cabeça em uma falsa demonstração de simpatia e olhando alternadamente para Jansson e Sally, buscando aprovação. Jansson desviou o olhar, irritada.

Ela levantou a cabeça. Havia um dirigível pairando no céu, o *Shillelagh* de Joshua, uma presença sólida e tranquilizadora. Jansson respirou fundo. Aquele mundo cheirava à secura e à ferrugem. Mas não tinha cheiro de cachorro, o que era um grande alívio.

Sally colocou a mão em seu ombro.

— Escute. Tenho que voltar com as armas de raios dos répteis para que libertem Joshua. Supondo, é claro, que a gente consiga encontrar as armas. Mas você não precisa voltar, Jansson. Entre naquele dirigível e...

Jansson deu um sorriso cansado.

— Acha que vou abandonar Joshua? Sally, eu o conheço desde que era criança. Ele é determinado, está *onde* está, em parte, porque estou em sua vida desde o começo, sabe? Estimulando-o. Assim como você, não vou abandoná-lo agora. — Ela olhou para o kobold. — Embora tenha que admitir que não sei por que esse cara ainda não deu o fora daqui. Por que deixou que batessem em você, em vez de saltar para longe?

— Drogasss — explicou o kobold. — Elesss drogaram o pobre do Finn McCool. Ele não pode sssaltar.

— Mas você acabou de saltar com a gente — argumentou Jansson. — O efeito das drogas já passou. Mesmo assim, você continua aqui.

Sally sorriu, uma expressão que fez Jansson se lembrar dos beagles.

— Ah, ele sabe que não adianta tentar fugir de mim. Não é verdade, seu merdinha? Aonde quer que você vá, vou te encontrar e vou te matar.

O kobold se encolheu. Ele parecia levar a sério a ameaça.

— Pobre Finn McCool — repetiu.

O calor e o tempo seco estavam sugando a energia de Jansson.

— Vamos? — propôs ela.

— Boa ideia. — Sally olhou na direção do vale, para a massa de pedra iminente que era o edifício. — Não é muito seguro pra gente, ficarmos por ali. — De repente, ela estava com o anel na mão. — É disso que precisa, Finn McCool?

\*\*\*

No mundo dos beagles, os trolls estavam reunidos na margem de um rio. Joshua e Bill se aproximaram. Bill levava o kit de tradução fornecido por Lobsang na mochila.

Cada passo era uma tortura para Joshua. Suas costas estavam quentes e suadas, e ele se perguntou se os pontos estavam abrindo por causa do peso da besta. Se fosse esse o caso, poderia escolher entre morrer aos poucos de hemorragia ou saltar para acabar de vez com o sofrimento. Seu ombro também doía, uma nota a mais na sinfonia de dor que vinha das costas.

Ele tentou se concentrar no que acontecia à sua volta. O rio era largo, plácido, e as margens eram dominadas por pastagens e florestas. Os estranhos animais de tração dos beagles tinham chegado para beber água, baixando as cabeças disformes.

Os trolls também estavam ali, perto da água. Um bando deles tinha se juntado no ponto do rio mais próximo do Olho da Caçadora, onde canais de irrigação e esgotos a céu aberto ligavam o rio à cidade. Embora sedentários naquele mundo, movimentavam-se pela Terra Longa; na orla do grupo, batedores e caçadores saltavam e voltavam constantemente, como fantasmas.

Havia centenas de trolls naquele bando. Joshua podia ver que estavam ali há um tempo; o solo estava revolvido e lamacento, e havia um inconfundível cheiro de troll no ar. Havia outros grupos como aquele ao longo do rio, nas duas margens e no campo. O canto longo, interminável, pairava acima deles, como uma nuvem de memórias elusivas.

Sem dúvida, ainda havia trolls em outros mundos da Terra Longa, apesar de ninguém saber ao certo quantos existiam no total. Ali, porém, realmente parecia ser o lugar onde a maioria se concentrava. O centro de gravidade da população de trolls.

Para Joshua, aquele bando era o mais importante de todos, porque ali estavam Mary, a fugitiva do Vazio, e o filhote Ham, inconfundível nos trapos do traje espacial prateado que os nerds do Vazio o obrigaram a usar.

Quando Joshua e Bill se aproximaram, os trolls não pararam de cantar, mas diminuíram o volume. Ham chupava o dedo enquanto os observava, de olhos arregalados, curioso, como todos os jovens mamíferos.

Bill tirou a mochila das costas e sacou dela um tablet com a tela preta e uma base dobrável. Ele montou o aparelho com a tela voltada para os trolls.

Joshua olhou para baixo.

— É isso? Nenhum botão para ligar, nenhum programa para carregar?

Bill deu de ombros.

— Coisas da Black Corporation. Não é como os tradutores que Sally descreveu, que parecem ocarinas. É um modelo *novo*. Já sabe o que vai dizer? Como vai convencê-los de que são amados pelos humanos?

Joshua tinha decidido não ensaiar seu discurso. Não gostava de falar em público e ficava nervoso até quando se preparava para as reuniões do conselho de Onde-o-Vento-Faz-a-Curva.

— Vou improvisar.

Bill deu um tapinha no ombro dele.

— Boa sorte — disse, recuando.

Joshua encarou os trolls, aprumando o corpo, tentando ignorar a dor nas costas. Sabia que estava sendo observado por centenas de pares daqueles olhos escuros, indecifráveis — acompanhados por centenas de pares de braços cabeludos e punhos que pareciam marretas. Ele representava uma humanidade que provavelmente ainda tratava os trolls como animais irracionais em um milhão de mundos. O que poderia dizer?

Ele abriu os braços.

— Boa tarde.

— Ainda é de manhã — murmurou Bill.

— Devem estar se perguntando por que os reuni aqui.

— Isso. Comece com uma piada.

Os trolls estavam imóveis.

— Essa plateia vai ser difícil.

— Cale a boca, Bill.

— Eu não disse nada, Joshua.

Joshua virou a cabeça. Havia alguém a seu lado, alto, empertigado, de cabeça raspada, usando uma túnica laranja, com uma vassoura na mão direita.

— Lobsang.

— Não queria roubar a cena, Joshua, mas achei que podia precisar de um backup.

— É sempre bom fazer backup.

Lobsang sorriu, e, por um instante, sua figura se transformou em uma nuvem de pixels quadrados. Joshua podia ver a planície verde através dele, antes de ele se recompor. Um holograma, projetado pelo tradutor. Lobsang deu um passo à frente e se voltou para o tradutor.

— Mandem ver, rapazes.

O som de um coral saiu do tradutor e preencheu o ar, um canto ritmado, repetitivo, envolvendo centenas de vozes. Aos ouvidos de Joshua, não soava como música dos homens nem dos trolls, e sim uma mistura das duas.

Os trolls pareciam perplexos. Eles pararam de se coçar, se levantaram, e todos os olhares se voltaram para Lobsang. Joshua notou que o canto dos trolls já estava sincronizado com a batida do tradutor.

Lobsang levantou os braços, brandindo sua vassoura.

— Meus amigos! Vocês sabem quem eu sou. Lobsang, conhecido também como O Sábio. Este é Joshua, que muitos chamam de Viajante. Sim, O Viajante! Viemos de longe para falar com vocês.

Lobsang falava nas duas línguas ao mesmo tempo: na dele e na de sinais. Sua voz se sobrepunha à do coro no alto-falante do tradutor, clara, sonora, como um trompete de Bach.

— Logo quando achei que minha vida não poderia ficar mais estranha... — murmurou Joshua.

— Acho que ele pode dar essa palestra em outros lugares desse mundo — comentou Bill. — Falar com todos os trolls que puder. Um holograma nunca se cansa. Tour mundial de Lobsang 2040. O bom é que não precisamos assistir a todas as apresentações.

\*\*\*

Sally passou o anel a Finn McCool.

— Agora é com você.

— Moleza — disse o kobold.

Ele segurou o anel entre o polegar e o indicador, colocou-o na palma da mão e o girou. O anel alçou voo, ainda girando, passou na frente de Jansson, como uma vespa azul, e foi direto ao grande edifício de pedra. Ele se enterrou na frente do prédio, zumbindo como uma broca e levantando areia até desaparecer.

E, então, nada. Silêncio.

Sally parecia irritada. Ela olhou para o kobold.

— E agora?

— Essspere.

Jansson sorriu para Sally.

— Você está bem?

Sally balançou a cabeça.

— Essas coisas me irritam. Um anel mágico? É pura encenação. Posso até imaginar como é esse truque: pequenos acelerômetros para detectar que o anel está girando, algo equivalente a um GPS para determinar o rumo que ele deve tomar, algum tipo de propulsão... magnética? Microfoguetes? Tudo para impressionar os crédulos.

O chão começou a tremer.

Enjoada, Jansson deu um passo para trás. Uma nuvem de areia se formou ao lado do edifício. O que parecia ser uma espécie de lagarto saiu correndo pelo chão do deserto e procurou abrigo em um monte de pedras. Lá no alto, criaturas semelhantes a urubus bateram as asas, assustadas, grasnando.

Houve um som de trovão e, para surpresa de Jansson, uma parte do solo do vale afundou, revelando...

Uma escada. Degraus cavados em uma parede de pedra.

— Ah! — exclamou Sally, batendo palmas. — Eu sabia! Concentração natural de urânio uma ova!

O kobold se voltou para Jansson.

— Passse para mim.

— O quê?

Ele mostrou, com um gesto, o próprio pulso.

— Ssseu relógio.

Ela lhe passou, intrigada, o antigo relógio de polícia. O kobold virou o relógio para o Sol, tentando ler o visor.

— Oito minutosss.

— *Eu sabia*! — repetiu Sally, olhando para o buraco no chão. — Falei isso na primeira vez em que estive aqui! Tem um reator nuclear naquele edifício. É *antigo*, fruto de uma tecnologia abandonada há muito tempo, mas continua radioativo. É tão antigo que membros de novas gerações, que há muito tempo haviam esquecido as realizações dos ancestrais, foram atraídos pelos fenômenos estranhos causados pelos rejeitos radioativos, que os mataram lentamente. Bem, isso é o que eu *imagino* que tenha acontecido. Todas as civilizações antigas deixam depósitos subterrâneos de armas secretas. Pelo visto, cada chave funciona apenas uma vez.

A intuição policial de Jansson lhe dizia que essa história estava mal contada. Tudo aquilo teria acontecido há milhões de anos. Que tecnologia poderia durar tanto tempo? A única explicação possível era que os depósitos estavam sendo *reabastecidos*. Mas por quem? Como? Com que propósito?

O kobold ainda olhava para o relógio, uma caricatura de um cronometrista, e não era o momento para especulações.

Jansson se voltou para o kobold.

— Oito minutos para *quê*, amiguinho?

— Para o depósssito fechar de novo. — Ele olhou para o visor do relógio, mas os números eram um mistério para ele. — Menosss agora...

— Vou lá — disse Sally.

— Não. — Jansson agarrou seu braço com força. — Você disse que o lugar está radioativo.

— É verdade, mas...

— Já estou com um pé na cova, Sally. Deixe que eu vou.

— Monica...

— Estou falando sério. Devo isso a Joshua. — Seu rosto assumiu uma expressão decidida. — O que preciso fazer? Mostrar meu distintivo?

— Vá então! Vá, vá! — disse Sally, praticamente empurrando Jansson.

\*\*\*

Jansson ficou exausta só de atravessar o leito seco do rio para chegar ao buraco no chão. Seria capaz de completar a tarefa? E, se ficasse presa ali, ao expirarem os oito minutos do kobold? Era melhor não pensar naquilo.

Para seu alívio, a escada cavada na pedra era fácil de descer, com apoios para as mãos e para os pés. Voltar poderia ser mais difícil.

— Sally, quanto tempo falta?

— Sete minutos. Menos. Não sei... Ande logo, Jansson.

— Estou fazendo o que posso.

Na base da escada, um facho de luz vindo de cima iluminava o caminho. O corredor era baixo demais para que ela conseguisse ficar em pé, e a escuridão não a deixava ver onde ele dava. Era o único caminho para se seguir.

Ela levava uma lanterninha no bolso, sem peças de ferro para poder funcionar quando saltasse. Jansson era uma ex-policial; sempre andava com uma lanterna. Ela a ligou e começou a andar pelo corredor. Joshua também sempre andava com uma lanterna. Mesmo quando tinha treze anos, no Dia do Salto. Joshua era assim. Isso é por você, Joshua, disse a si mesma. Os trolls e beagles que se danem. É por você.

As paredes pareciam ser de pedra, sem pintura, marcas nem sinais. Entretanto, não eram lisas. Tinham ranhuras, que formavam padrões irregulares. Ela passou a mão nas ranhuras enquanto seguia pelo corredor. Teve a impressão de que tinham algum significado, como se fossem o equivalente a braille. Seria a linguagem escrita dos répteis que haviam construído aquele edifício? Uma linguagem tátil, em vez de visual?

— Jansson! Ande logo!

Ela chegou a uma bifurcação. Inacreditável. Talvez as ranhuras fornecessem indicações: ESTE É O CAMINHO PARA AS ARMAS DE RAIOS. Mas, para ela, não serviam de nada.

Ela pegou o caminho da esquerda ao acaso, agachando-se para não bater com a cabeça no teto. Outra bifurcação! Escolheu mais uma vez a passagem da esquerda. Teria de se lembrar disso depois, para poder voltar. As paredes agora tinham prateleiras. Ela viu panelas, caixas, pilhas do que parecia ser tabletes de argila, com marcas gravadas. Mais registros? Outros objetos, equipamentos que era incapaz de reconhecer.

— Jansson! — A voz de Sally agora estava bem mais fraca.

Outra bifurcação. Ela escolheu a passagem da direita, novamente ao acaso. De repente, a lanterna revelou um brilho vermelho.

Prateleiras e mais prateleiras com armas de raios.

\*\*\*

Lobsang se desculpou pela forma como os humanos, alguns humanos, tinham tratado os trolls. Mencionou lobistas pressionando o governo dos Estados Unidos para conceder direitos humanos aos trolls, pelo menos dentro da égide, a solução dos Estados Unidos para a Terra Longa. Era apenas um começo, não havia como garantir que todos os humanos, em todos os lugares, se comportariam. Mas *era* um começo.

— Talvez seja o máximo que possamos oferecer a eles — disse Bill a Joshua, levantando a voz para ser ouvido. — É meio simbólico, mas é real. Como a abolição da escravatura pelo Império Britânico no início do século XIX. Não acabou imediatamente com a escravidão, mas foi uma grande mudança.

— Está falando como Martin Luther King com um coro celestial. Típico de Lobsang.

— Não sei se os trolls conseguem entender esses conceitos abstratos — disse Bill.

Joshua deu de ombros.

— A inteligência coletiva deles é diferente da nossa. Se entenderem a mensagem, *se nos concederem outra chance*, me darei por satisfeito.

— E essa história de dar armas de raios aos beagles? Você acha certo?

— Para começar, essas armas não são nossas — disse Joshua. — E não fomos os primeiros a fornecê-las. Se sobrevivermos a essa empreitada, haverá outros contatos com os beagles. Poderemos falar sobre coisas como paz, amor e compreensão com eles.

— Com certeza. Depois de nos vacinarmos contra a raiva. Então acha que vai funcionar? Toda essa encenação de Lobsang? O que vamos fazer em seguida?

Para Joshua, em toda a sua vida, o futuro sempre tinha sido uma constante surpresa.

— Ninguém sabe o dia de amanhã.

Alguém tocou de leve em seu ombro. Ele se virou e deparou-se com os olhos frios de Branquelo.

— Converrrsa com os trrrolls foi bem?

— Acho que sim.

— Ótimo. Acabou?

— Acho que sim.

— Joshua?

— Oi.

— Corrrra.

***

O buraco estava tampado. A não ser pelo pouco de terra revolvida, não havia sinal da passagem para o subterrâneo.

Apenas uma pilha de armas de raios removida do depósito. Isso e o anel, que, de alguma forma, tinha sido devolvido e estava no chão, ao lado da pilha.

Jansson estava sentada perto das armas, tremendo, apesar do calor.

— Temosss as armasss — disse Finn McCool. — Agora vamosss voltar para o mundo dos beaglesss e dar adeusss a Joshua.

Sally pegou o anel e o interrogou:

— O que quer dizer com isso, seu pedaço de lixo?

Ele recuou, com as mãos levantadas.

— Trato quassse terminado — disse ele. — Armasss de raiosss. Trollsss. Agora receber pagamento. Neta reconhece honra de Joshua. Damosss adeusss a ele.

Sally olhou para Jansson.

— Sabe do que ele está falando? Não me parece nada bom.

— Cultura das gangues — murmurou Jansson, exausta. — A honra do guerreiro. Ela vai proporcionar a Joshua uma morte digna. Acho que foi isso que ele quis dizer.

— Droga. Então vamos ter que ajudá-lo. — Sally olhou em volta. — Pense, pense. — Ela guardou o anel em um dos bolsos e colocou uma arma de raios por baixo do colete. — O que mais? Você. McCool.

O kobold se encolheu.

— O quê?

— Você está com o walkman?

— Pedra que canta?

— Passe para cá.

— Masss é meu! — protestou, como uma criança.

Sally o segurou pelo pulso para que não saltasse sem ela.

— É isso ou a sua bola esquerda. Muito bem! Agora vamos voltar. Prepare-se para saltar, Jansson.

# 66

Joshua se afastou de Branquelo e de Bill, que recolhia o equipamento de tradução. A intuição de Joshua o guiou até a margem do rio.

Como ia lidar com a situação? Mal estava consciente. A besta nas costas agora parecia um grande caranguejo malévolo, que cravava as garras mais fundo em sua carne a cada passo. Talvez o efeito dos analgésicos estivesse passando.

Estava sendo seguido por Branquelo. Como o beagle não era tão rápido quanto Joshua, a distância entre eles estava aumentando, mas havia uma constância, uma firmeza, uma decisão em seu jeito de andar. Ele passou a mover-se com as quatro patas, ficando ainda mais parecido com um lobo. Um lobo enorme, inteligente e armado.

Joshua percebeu que os trolls observavam a cena, curiosos, mas nenhum interveio. Outros beagles também olhavam: Li-Li, o sarcástico Brian. Apareceram mais guerreiros, aparentemente para assistir ao espetáculo.

De repente, todos os beagles uivaram, uma alcateia em ação.

— Corrra, Joshua — rosnou Branquelo. — Isto é diverrrrtido.

— Vá para o inferno, Krypto.

— É honrrrra para você. Presente da Neta. Vida aqui barrrata.

— Grandes ninhadas?

— Muitos nascem. Todos morrrem. Morrrrer bem é ter vivido bem.

— Isso na sua cultura, não na minha.

— Cabeça no alto da parede. Grande honrrra.
— Cabeça de quem?
— Sua.
— Obrigado. — Rendendo-se ao inevitável, Joshua começou a trotar paralelamente ao rio. — Como posso vencer?
— Morrra bem...
— Tenho outra opção?
— *Minha* cabeça na parrrede. Jogo limpo.
— O quê?
— Eu jogo limpo. — O beagle parou e fechou os olhos. — Corrrra, humano.

Joshua não hesitou. Saiu correndo. Tentou pensar como um lobo, como um cachorro. Ou melhor, as cenas de todos os filmes de lobo mau perseguindo um homem passaram por sua cabeça.

Que merda... Ele mergulhou no rio.

\*\*\*

Para um mundo quente e árido como aquele, a água era surpreendentemente fria, e ele foi arrastado pela correnteza. Por causa do peso das roupas molhadas, teve de fazer um grande esforço para não afundar. Pensou em se desfazer das botas, mas depois teria de correr descalço no chão irregular e decidiu continuar com elas.

Contanto que não se afogasse, aquele era um bom plano, não era? Como nos filmes, não deixaria uma trilha de cheiro para o cachorro seguir. Entretanto, a dor causada pela besta ficou ainda pior na água fria. Era como se suas costas estivessem falando com ele: "Você pode saltar. Acabar com tudo isso em um segundo. Um dardo no coração. Melhor que ter sua garganta dilacerada pelo Deputy Dawg." Mas ele ainda não estava morto.

O rio logo o levou para longe da área cultivada, dos pastos, para um terreno pouco explorado. Ele foi levado inconsciente para aquela cidade e não conhecia o caminho. Evidentemente, o Olho da Caçadora, a Toca da Neta chamada Petra, não era muito grande. Precisava encontrar um lugar para se esconder antes que Branquelo o alcançasse.

— Cuidado.

A voz vinha rio abaixo. Ele esticou o pescoço. Lá estava Branquelo, sentado em uma pedra, como se estivesse esperando para ser alimentado pelo dono, vendo Joshua ser levado pela correnteza com toda a calma do mundo.

Ele gritou de volta.

— Cuidado com o quê?

Branquelo apontou sentido rio abaixo.

— Com as corrredeiras.

Em um piscar de olhos, Joshua passou pela pedra de Branquelo, por uma pequena queda-d'água e em direção à corredeira. Ele foi jogado de uma pedra para a outra, uma pancada nos rins aqui, um golpe no peito ali, enquanto rolava na água como um toco de madeira. Forçou-se a não opor resistência, a manter os membros relaxados, a proteger a cabeça, mas toda vez que a besta nas suas costas batia em uma pedra a dor era lancinante.

Por fim, ele passou pela corredeira, expelido como uma semente de laranja dos lábios de uma criança. Quando olhou para trás, não viu sinal de Branquelo. Pelo menos, tinha ganhado certa dianteira.

Havia uma árvore caída no meio do rio. Com certo esforço, Joshua nadou até ela, segurou-se no tronco, saiu da água e sentou-se, ofegante, num banco de cascalho para proteger suas costas.

Não havia ninguém por perto, nada de Branquelo. Agora que estava parado, a dor estava mais dilacerante. Sentiu um líquido viscoso escorrer pelas suas costas e viu o cascalho manchado de sangue.

Joshua Valienté viajava sozinho na Terra Longa desde seus treze anos. Tinha enfrentado com sucesso muitas situações difíceis. Não havia razão para que não pudesse sair de mais essa enrascada. *E você pode saltar e acabar com tudo em um segundo.*

Ainda não. *Pense.* Cachorros e odores, certo?

Ele resolveu se desfazer da roupa. A camisa já estava um trapo; foi fácil de tirar. Ele a jogou no rio e deixou que fosse levada pela correnteza. Em seguida, pendurou a parte de baixo na árvore que salvara sua vida. Levantou-se, olhou em volta e começou a caminhar à margem, com os pés na água.

— Boa tentativa — disse Branquelo, a poucos metros de distância.

Joshua deu um pulo para a esquerda, para longe do rio, e saiu correndo no chão cheio de turfa. A árvore caída que o salvara fazia parte de um bosque que parecia ter sido atingido por um raio. Ele correu naquela direção e rolou para baixo de outro grande tronco caído.

A grande sombra do beagle se aproximou silenciosamente.

De repente, Joshua ouviu uma voz humana muito distante, uma voz masculina cantando uma canção chorosa, algo a ver com lembrar-se de Walter. O som causou uma reação em Branquelo, que se afastou.

Joshua sabia que havia ganhado apenas alguns segundos. Não adiantava correr. Ele saiu de baixo da árvore e sentiu o sangue escorrendo pela perna. Ele circulou a clareira, procurando e testando galhos caídos. Achou um grosso e forte, só que muito comprido. Ele o partiu ao meio em um tronco coberto de líquen. Agora tinha uma arma.

Ouviu um rosnado.

Voltou-se. Branquelo tinha na boca os restos mastigados do walkman de Finn McCool. Ele cuspiu os pedaços no chão.

Sem hesitar, Joshua golpeou o crânio do beagle com toda a força que tinha. Foi como se tivesse tentado quebrar a cabeça de uma estátua de mármore. O impacto fez seus braços tremerem, e seu ombro e suas costas doerem.

Mas o beagle cambaleou e quase caiu.

Joshua avistou facas de pedra e de ferro na cintura de Branquelo. Tinha uma chance. Aproximou-se e tentou pegar uma.

Mas Branquelo aprumou o corpo, delicadamente, e jogou Joshua no chão com uma ombrada só.

Agora Joshua estava deitado de costas no chão, com a besta espetando sua coluna. O homem-lobo estava em cima dele, muito confortável na posição de quadrúpede, com as patas dianteiras prendendo seus braços, a cabeça enorme acima da sua, olhando para baixo.

Sentiu cheiro de carne em seu bafo. Vislumbrou um rabo balançando no ar. Branquelo lambeu seu rosto.

— Não vai doerrr.

Não, é claro que não vai. Joshua se preparou para saltar e acabar com todo aquele sofrimento.

Mas não tinha sido a voz de Branquelo. Ele olhou para o lado, com uma pontinha de esperança.

Não era um humano. Era outro cachorro. Li-Li. Ela disse:

— Neta querrr trrroféu, você querrr vida. Todos podem ganharrr.

Branquelo argumentou:

— Eu digo a Neta que mastiguei o rrrosto dele. Cabeça não serrrve para trrroféu.

— Ela não vai gostar — disse Joshua.

— Então damos a ela outrrro trrroféu — disse Li-Li.

— Qual?

— Fique parrrado — disse Li-Li, curvando-se e encaixando a boca aberta no pulso esquerdo de Joshua.

Quando as grandes mandíbulas se fecharam, cortando pele, tendões, músculos e ossos, Joshua gritou de dor.

Mas não saltou.

# 67

Geograficamente, Valhalla ficava perto da costa do oceano interno daquela América distante, na Terra Oeste 1.400.013 (depois de feita a correção do erro cometido pelos fundadores embriagados, como o segundo-tenente Toby Fox contara a Maggie). Os dirigíveis da Operação Filho Pródigo chegaram àquele mundo por volta do meio-dia de uma manhã ensolarada de fim de julho e pairaram em um céu azul tão limpo quanto um efeito especial de um jogo de computador.

O almirante Davidson deu instruções aos capitães das naves. Estavam ali para afirmar a autoridade dos Estados Unidos sobre aqueles rebeldes, mas ele queria uma demonstração de boa vontade, e não uma troca de tiro. Sua estratégia era que um destacamento de fuzileiros navais acompanhasse um grupo de oficiais superiores, a serem nomeados pelos respectivos capitães, em uma marcha até o palácio da cidade. Era para ser um evento agradável. Entretanto, acrescentou, os fuzileiros estariam armados.

Quando Maggie soube que o capitão Cutler, do *Lincoln*, o idiota que havia ameaçado Carl com uma arma, seria o organizador deste desfile bizarro, decidiu nomear a si mesma para a marcha.

\*\*\*

Cinquenta oficiais se reuniram no ponto de encontro e caminharam pelas ruas de Valhalla — a cidade que ficava em Terra Oeste um milhão e uns quebrados, um baluarte simbólico dos rebeldes da Terra Longa. Por ordem do almirante Davidson, os fuzileiros deixaram as armas à vista, mas travadas. Enquanto isso, os silenciosos dirigíveis pairavam no céu, cheios de olhos atentos, uma presença ameaçadora, pronta para exercer o papel de C2, como polos de comando e controle — mas não como plataformas de armas, se tudo corresse bem.

Acontece que, naquele dia quente e úmido, Valhalla estava vazia.

Isso foi o que descobriram durante a caminhada. Os fuzileiros se mantiveram no centro de avenidas largas e vazias, seguidos pelos oficiais. Os únicos sons eram os passos dos militares e o canto dos pássaros. Havia alguns veículos abandonados nas ruas vazias, além de pequenas carroças de tração manual. Dois cavalos estavam amarrados em uma cerca do lado de fora de um bar estilo Velho Oeste. Havia também dois carros movidos a vapor estacionados. Nenhum sinal de pessoas, em lugar algum.

As tripulações dos dirigíveis comunicaram que a situação era a mesma vista do alto. Não havia ninguém em casa.

Maggie caminhava ao lado de Joe Mackenzie.

— Sou só eu, Mac, ou você também se sente meio ridículo?

— Bem, somos militares — respondeu o médico. — Você mesma disse que o objetivo dessa missão não era só tirar gatinhos do alto de árvores. De vez em quando, devemos fazer algo para lembrar que somos soldados.

— É verdade.

Pelo menos, Maggie se sentia um pouco ambientada naquele lugar que, ao contrário da maioria das comunidades da Terra Longa, parecia uma cidade americana, com seu tamanho, seus sinais de trânsito, os poucos elementos de controle do tráfego, até cartazes anunciando shows, danças, conferências e eventos do tipo, embora fossem, na maioria, escritos à mão, como nas cidades pequenas da Terra Padrão. Era uma colônia da Terra Longa, com edifícios de madeira, arenito e concreto, estradas de piche e calçadas de cascalho.

Foi então que ouviram os cantos.

Tinham chegado a uma praça. Na verdade, era uma interseção de duas avenidas. Ali, à sombra do toldo de uma loja, tinha uma porção de trolls, cantando uma música que, pelo que Maggie podia reconhecer, falava de mohawks, chá e impostos. Os fuzileiros, que estavam na vanguarda, pararam e ficaram olhando.

O almirante Davidson e o capitão Cutler trocaram rápidas palavras.

Em seguida, Cutler anunciou que fariam uma pausa. Era uma decisão razoável do ponto de vista da segurança. Estavam em um espaço ao ar livre, não havia edifícios altos nas vizinhanças e tinham uma visão desobstruída nas quatro direções por causa das ruas vazias. Enquanto os outros tiravam a mochila das costas e pegavam cantis, Cutler colocou sentinelas nos quatro cantos da praça e marinheiros com Saltadores foram enviados a um ou dois mundos de cada lado. Era um exercício clássico de segurança na Terra Longa.

Maggie ficou na praça com Nathan e Mac. Nathan tirou da mochila uma torta de carne e a devorou.

Mac olhou para ele, um pouco chocado.

— Não sei como consegue comer em um momento como esse, cara.

Depois de engolir um pedaço da torta, Nathan respondeu:

— Isso aqui são anos de treinamento, doutor. Por acaso tem um sal aí?

— Não, não tenho. — Mac tirou um computador portátil da mochila e apontou o microfone para os trolls. — Estou tentando identificar a música que estão cantando. Consegui! "Tragam seus machados e digam ao rei George que não vamos pagar impostos pelo seu chá estrangeiro." É uma balada da Guerra da Independência dos Estados Unidos. A Festa do Chá de Boston. Quem ensinou essa música aos trolls está dando um recado e tem senso de humor.

— Mas onde estão os outros? — perguntou Nathan, terminando a torta.

— Em outras partes da cidade, imagino — respondeu Mac.

— *Que* outras partes? Ah...

Mac apontava ao acaso.

— Partes situadas em outros mundos — disse Maggie. — Todos eles saltaram?

— É o que parece. Já estive aqui uma vez. De certa forma, a cidade se estende a vários mundos. Não é como nas Terras Baixas, onde existem cópias de cidades da Terra Padrão, como Nova York Oeste 1 ou Leste 5, por exemplo. Os outros mundos estão relativamente inexplorados aqui e, logo, cheios de animais e vegetais para serem caçados e coletados. Os habitantes de Valhalla passam boa parte do tempo nesses mundos, mas ajudam a sustentar a cidade. Hoje está muito deserto aqui, não acha? É claro que, mesmo que as coisas sejam como acabei de explicar, deve haver uma parcela da população que fique sempre *aqui*.

— Mas que hoje não está.

— É. Quer saber? Acho que eles foram informados de que uma força de invasão estava chegando. Quem quer problemas? Mas, se ninguém quer lutar, como vamos ter uma guerra? Não seria *tão* divertido.

O capitão Cutler ouviu e se voltou para ele, sério.

— Divertido, doutor?

— É claro, capitão — disse Mac, sorrindo. — As guerras são divertidas. Esse é o segredo terrível, essa é a razão pela qual elas existem desde a Idade do Bronze, até antes. Agora que temos a Terra Longa, todo mundo pode ter o que quiser e, em caso de conflito, pode se retirar para outro mundo. As guerras perderam o sentido, certo? Acho que é uma fase que precisamos superar.

Nathan ergueu as sobrancelhas.

— Boa sorte tendo esses ideais como guia para suas promoções na marinha, doutor.

Um apito soou. Estava na hora de continuar a marcha. Os fuzileiros começaram a arrumar suas coisas e as sentinelas saltaram para buscar os companheiros que estavam em outros mundos.

\*\*\*

De acordo com os mapas, o palácio do governo ficava a apenas alguns quarteirões ao norte do lugar onde estavam.

Logo Maggie pôde avistá-lo, por cima dos ombros de seus oficiais. Era uma construção baixa, no estilo colonial, situada em uma ladeira, com uma praça à frente. Havia duas grandes bandeiras na fachada do prédio. Uma era a bandeira americana; a outra, um campo azul-escuro coberto por uma série de discos azul-claros.

— Estava mesmo me perguntando quando veríamos a nova bandeira — disse Mac. — Existem muitas colônias rebeldes espalhadas pela Terra Longa, começando pelo Novo Condado de Scarsdale, perto de Oeste 100.000, e chegando até Valhalla. Foram elas que apoiaram o Congresso Ecológico aqui em Valhalla, onde foi escrita a Declaração de Independência. Lá está a bandeira! Vários mundos, está vendo?

Maggie ouviu uma série de estalos, como bolhas estourando: pessoas saltando. Finalmente tinham companhia.

Cutler começou a dar ordens, retransmitidas pelos comandantes dos fuzileiros. A formação de marcha se transformou em uma fila. Maggie assumiu sua posição.

Ela viu pessoas, homens, mulheres, crianças, praticamente todo mundo vestido como fazendeiros, vagabundos ou uma combinação dos dois, saltando para aquele mundo na praça em frente ao palácio. Chegavam sentados, e, quando um saltava no colo do outro, o que estava por cima rolava para o chão, rindo e pedindo desculpas. Várias conversas paralelas começaram, como numa feira.

As pessoas ocupavam o espaço entre os fuzileiros e o palácio do governo. Os dirigíveis patrulhavam lá de cima, observando, impotentes, com as turbinas ligadas.

O capitão Cutler observava a cena com o rosto vermelho.

— Calar baionetas — ordenou.

— Não — disse o almirante Davidson com calma, mas alto o suficiente para que todos ouvissem. — Estamos aqui para *conquistar* corações, capitão, não para perfurá-los. Não haverá um disparo sequer sem minha ordem. Fui claro?

As pessoas continuavam chegando, enchendo a praça, como gotas de chuva humanas. Algumas seguravam cestas de piquenique, observou Maggie, surpresa. Bolo, cerveja, limonada para as crianças. Outras levavam presentes: cestas de maçãs e peixes deliciosos que tentaram entregar aos fuzileiros e deixaram a seus pés quando eles recusaram.

O capitão Cutler se queixou com o almirante Davidson:

— Almirante, nossa missão é tomar o palácio do governo e hastear a bandeira americana.

— Acontece que a bandeira americana já está hasteada.

— Mas é sobre o simbolismo do ato. Deixe-me pelo menos abrir passagem para nossos homens na praça, almirante.

— Hummm... Está bem, Cutler. Mas sem violência!

Sob as ordens de Carter, os fuzileiros adentraram a multidão. Enquanto isso, os dirigíveis começaram a circular em torno da praça, com os alto-falantes berrando ordens:

— Abram caminho! Abram caminho!

Maggie avistou Jennifer Wang, da guarnição que tinha viajado no *Franklin*, entrar na praça com os colegas. Cercada de pessoas à paisana, usando um colete à prova de balas e um capacete camuflado, parecia uma invasora alienígena.

Wang escolheu uma pessoa ao acaso.

— Saia da frente, por favor, senhora — disse a uma mulher de uns quarenta anos com um bando de filhos.

— Não quero — retrucou a mulher, com todas as letras.

Os filhos fizeram coro, achando que era uma brincadeira:

— Eu não quero! Eu não quero!

Wang ficou parada, perplexa.

Os fuzileiros tentaram tirar as pessoas da praça, segurando-as pelos pulsos e tornozelos, mas outros, principalmente crianças, se sentavam na pessoa que estava sendo carregada. Mesmo quando isso não acontecia, a pessoa relaxava o corpo inteiro, como um manequim de borracha, o que a tornava muito difícil de carregar. Sem consultar Davidson, Cutler mandou os fuzileiros algemarem alguns manifestantes, mas as pessoas envolvidas apenas saltavam para outros mundos e voltavam para outro lugar onde não podiam ser alcançadas. Maggie estava impressionada com a organização da multidão que ocupava a praça, com o treinamento de técnicas de resistência passiva que haviam recebido, com sua determinação e disciplina, quase militar, embora com diferentes técnicas e objetivos.

O coro se espalhou pela praça:

— *Eu não quero! Eu não quero!*

Frustrado e furioso, Cutler foi falar com Davidson. Maggie achou que sua mão direita estava perigosamente próxima da pistola. Ele disse a Davidson:

— Se pudéssemos identificar os líderes, general...

— Uma multidão como essa provavelmente não precisa de líderes, capitão.

— Alguns tiros para o alto então, para dispersá-los?

Em vez de responder, o almirante tirou o quepe, fechou os olhos e levantou o rosto marcado em direção ao Sol de fim de verão.

— *Não?* — exclamou Cutler. — Então como vamos cumprir nossa missão, almirante? — Maggie achou que ele estava a ponto de ter um colapso nervoso. — Não podemos deixar essas pessoas zombarem de nós. Elas não nos compreendem.

— Não nos compreendem, capitão?

— Almirante, elas nunca conheceram pessoas como nós. O senhor e eu servimos na linha de frente. Enfrentamos fogo inimigo, cumprimos ordens, jamais esmorecemos. Graças a nós, essas pessoas puderam criar os filhos, saltar para esses mundos primitivos e brincar de ser pioneiras.

O almirante Davidson suspirou.

— Meu filho, o mundo está muito mudado, mas, em minha opinião, o melhor tipo de guerra continua sendo a que é resolvida sem nenhum disparo. Mantenha sua arma no coldre.

— Almirante...

— Eu disse para deixar a arma no coldre.

Um homem saiu do meio da multidão e caminhou na direção dos militares. Devia ter uns sessenta anos, era corpulento e, como a maioria, usava roupas de fazendeiro.

— Conheço esse cara — murmurou Nathan.

Maggie também. Ele era o homem dos favores, de uma comunidade chamada Reinício. Talvez não fosse hora de acenar para ele e dar um "oi", pensou.

O homem foi falar com Davidson.

— Cumprir uma missão depende de qual é a missão, não acha, almirante Davidson? Se está aqui para conversar, tudo bem. Duvido muito que consiga algo diferente.

Davidson olhou para ele, desconfiado.

— Como se chama?

— Green. Jack Green. Ajudei a fundar uma cidade chamada Reinício. Agora trabalho para Benjamin Keyes, prefeito de Valhalla. — Ele estendeu o braço. Davidson apertou sua mão e foi saudado pela multidão com vivas irônicos. — Se quer conversar, por que o senhor e seus assessores não vão até a sala do prefeito? Tenho certeza de que seus fuzileiros serão bem recebidos. Pode ver que nossos cidadãos trouxeram comida para todo mundo.

Ele entrou no prédio com Davidson. Lívido, o capitão Cutler se dirigiu a uma rua lateral, batendo o pé.

Nathan olhou para Maggie.

— Com sua permissão, capitã, vou dar uma olhada no capitão Cutler. Tenho medo de que ele faça alguma bobagem.

— Boa ideia.

Nathan se afastou. Mac ficou ao lado de Maggie.

— Ed Cutler precisa de terapia.

Maggie pensou um pouco e respondeu:

— Muitos de nós vamos precisar também, se você estiver certo quanto as guerras terem se tornado obsoletas.

— Mas eu estou certo, não estou?

— Você geralmente está, Mac.

A sombra de um dirigível militar passou pela multidão. As pessoas olharam para cima, protegendo os olhos do sol.

— Ooh — disseram elas, como se estivessem vendo um dirigível de propaganda em um jogo de futebol. — Aah.

Foi nesse momento que Maggie percebeu que a missão do *Benjamin Franklin* chegou ao fim. Que seu futuro era comandar o *Neil Armstrong II* em uma viagem para mundos desconhecidos.

Que, de uma forma ou de outra, sem que um tiro fosse disparado, a Guerra Longa havia terminado.

# 68

No início de setembro de 2040, quando a missão militar contra Valhalla foi formalmente encerrada e os trolls começaram a reaparecer na Terra Longa, Lobsang e Agnes anunciaram que dariam uma festa nas instalações do transEarth. Ele havia transformado o instituto em uma reserva para estudar os trolls: um parque que se estendia a vários mundos em torno de Madison.

A princípio, Monica Jansson se mostrou relutante, mas Agnes foi vê-la pessoalmente na casa de convalescentes de Oeste 5.

— Você precisa ir — disse Agnes. — Não vai ser a mesma coisa sem você. Esteve envolvida na grande aventura com os homens-cachorros, não esteve? Além disso, é a amiga de mais tempo de Joshua fora da Casa.

Jansson achou graça.

— É mesmo? Naquela época, eu era uma policial recém-formada que só fazia escolhas erradas. Pobre menino, se eu fosse tudo que ele tinha... Escute, irmã, com todos aqueles saltos e remédios, a viagem acabou comigo.

— E a dose de radiação que recebeu naquele templo dos dinossauros, ou o que quer que fosse, para poupar Sally Linsay — disse Agnes, muito séria. — Ela me contou tudo. Escute, Monica, você não vai ter que saltar mais. Não depois que chegar a Oeste 11. Pedi a Lobsang que construísse uma bela casa de campo que poderá usar sempre que quiser.

Ela se inclinou para a frente, como quem quisesse lhe contar algo confidencial, e Jansson percebeu que sua pele, supostamente de uma mulher de trinta anos, era muito lisa, muito isenta de imperfeições. Os jovens engenheiros que criavam esses receptáculos não eram capazes de reproduzir com realismo as marcas da idade, pensou. Agnes prosseguiu:

— Sabia que a ideia de saltar nunca me cativou? Saltei uma vez. Com o famoso Joshua Valienté circulando pela Casa, eu não podia deixar de tentar, não é? Tudo que vi foi um monte de árvores e meus sapatos, nos quais eu tentava não vomitar. Mas não vi ninguém, então qual é a graça? Agora, quando salto, não sinto nada. O idiota do Lobsang me projetou assim. Seja como for, saltar não é minha praia. Prefiro minha Harley e uma boa estrada. Tenente Jansson, você precisa ir. Será a convidada de honra. Isso é uma ordem.

***

Finalmente, chegou o dia: sábado, 8 de setembro de 2040.

Por volta das duas da tarde, e felizmente em um dia ensolarado no começo do outono em Madison Oeste 11, Jansson saiu timidamente da casa de campo prometida por Agnes, que se revelou ser uma cabana decente com todo o conforto moderno. Ficava em uma ladeira, e Agnes tinha uma bela vista de campos gramados, bosques e arbustos floridos que iam até a margem do lago. Os convidados para o churrasco estavam espalhados pela propriedade, algumas dezenas de pessoas andando para lá e para cá, crianças e cachorros brincando e um pequeno grupo reunido em torno de uma nuvem de fumaça branca acima da churrasqueira. A música vinha de um coro de trolls à beira da água, cantando uma melodia que ela não conseguia reconhecer.

Jansson ficou em estado de desorientação por um instante. Era como se estivesse vendo as pessoas nuas como os trolls, apenas um bando de humanoides circulando naquele gramado, com a cabeça tão vazia quanto jovens chimpanzés. *Trolls. Elfos. Kobolds.* Ela se lembrou do kobold com nome de gente, Finn McCool. Ele usava roupas humanas e óculos de sol. Ele, que não parava de falar coisas sem sentido enquanto Sally e Jansson tentavam dormir, como tentar imitar a entonação da fala dos humanos. Agora, às vezes, quando escutava um político discursar na TV, ou um pastor pregar a palavra de Deus, tudo que via era um kobold de pé nas patas traseiras falando lé com cré, como McCool costumava fazer.

Elfos degenerados — era assim que Petra chamava os humanos.

Ela balançou a cabeça. Deixe pra lá, disse a si mesma. Seguiu em frente com determinação, a pele exposta lambuzada de protetor, um chapéu cobrindo o cabelo cada vez mais ralo, o andar mais firme possível.

Ela tinha caminhado uns dez metros quando a irmã Agnes a alcançou, seguida por duas outras freiras, uma idosa, outra beirando os quarenta anos.

— Monica! Obrigada por se juntar a nós. Essas são minhas amigas, irmã Georgina, irmã John...

Jansson achou a irmã John vagamente familiar.

— Acho que te conheço.

A freira sorriu.

— Meu nome de batismo é Sarah Ann Coates. Eu estive na Casa como residente. Quando cresci... Bem, decidi voltar.

Sarah Ann Coates: Jansson se lembrou do rosto de uma jovem de doze ou treze anos, assustada, envergonhada, no arquivo que havia montado sobre os incidentes do Dia do Salto em Madison. Sarah, uma das crianças da Casa que Joshua Valienté havia resgatado naquelas horas frenéticas em que as portas da Terra Longa foram abertas pela primeira vez.

— Que bom te ver de novo, irmã.

— Venha comigo.

A irmã Agnes deu o braço a Jansson, e as duas começaram a andar devagar em direção à churrasqueira.

— Você é uma excelente anfitriã, Agnes — disse Jansson, um pouco sarcástica. — Toda essa gente aqui, e você vem falar comigo assim que me vê.

— Posso dizer que é um dom, mas não diga isso a Lobsang. Ele insiste que eu o deixe fazer avatares. Iterações, como as dele. Cópias minhas circulando por aí. Imagine quanta coisa eu poderia fazer, é o que *ele* diz.

Imagine as discussões que eu teria comigo mesma, é o que *eu* digo. Não daria certo. Monica, encarreguei Georgina e John de cuidar de você. Se precisar de qualquer coisa, é só falar com elas. Se tiver vontade de desaparecer, não faça cerimônia.

Jansson disfarçou um suspiro. Por mais que negasse, ela sabia que precisava de ajuda.

— Obrigada. É muita gentileza sua.

O canto dos trolls continuava. Como sempre, era uma música humana harmonizada com simplicidade e transformada em um rondó, com a linha melódica repetida e superposta.

— Que música é essa?

— "The Wearing of the Green" — respondeu Agnes. — Uma velha marcha jacobita. Rebeldes escoceses, sabe? Foi passada aos trolls pela irmã Simplicity. Ela ama suas raízes escocesas. As lutas na TV também. É bom ter os trolls de volta, não acha? É claro que tivemos que limitar a lista de convidados para não assustá-los. O senador Starling ficou de aparecer aqui mais tarde. Ele se tornou um defensor da causa dos trolls e alega que sempre foi assim. Ele me contou que faz parte do coral da igreja e gostaria de cantar com os trolls, se possível. Vai trazer também alguns tripulantes da Operação Filho Pródigo, que pertencem ao coral do USS *Benjamin Franklin*, em um gesto de paz e harmonia. Agora vamos procurar Joshua. Não vai ser difícil encontrá-lo. Ele está sempre perto de Dan, e Dan está sempre perto da comida.

***

Agnes nomeou Lobsang o cozinheiro-chefe. Jansson ficou olhando, espantada, para um monge tibetano com um avental gorduroso por cima da túnica laranja e um chapéu de mestre-cuca na cabeça raspada. Um homem que ela não conhecia estava ao lado dele: alto, na casa dos cinquenta, usando um terno cinza-escuro e um colarinho eclesiástico.

Lobsang levantou uma espátula engordurada.

— Tenente Jansson! Que bom te ver!

Agnes olhou para ele de cara feia.

— O hambúrguer de soja está cru, e a salsicha está queimada. Precisa prestar mais atenção no que faz, Lobsang.

— Sim, querida — disse Lobsang, com ar resignado.

— Não se preocupe, Lobsang — disse o clérigo. — Vou te ajudar. Sou expert em cortar cebola.

— Obrigado, Nelson.

— Tenente Jansson.

Jansson se virou e deu de cara com Joshua Valienté. Ele parecia pouco à vontade com um look casual/chique: uma camisa limpinha, jeans impecáveis, sapatos de couro. Estava com o braço esquerdo colado ao peito, a mão fechada escondida pelo punho da camisa. A seu lado estava Helen, a esposa, forte, bonita, alegre. O pequeno Dan passou correndo, em um uniforme de piloto de twain, envolvido em uma brincadeira com outras crianças, tão alheio aos adultos e a sua sociedade como se não passassem de árvores grandes.

Jansson e Joshua ficaram parados, olhando um para o outro. Jansson sentiu algo estranho, novo: depois de testemunhar os perigos a que Joshua se expusera tão longe de casa, agora o via assim, com a família. Com Helen, da qual parecia nunca ter se separado. Depois de tudo que passara com aquele homem, Jansson não sabia o que dizer.

Joshua sorriu.

— Como vai, tenente?

— Ah, pelo amor de Deus! — exclamou Helen. — Vocês não vão se abraçar?

Os dois deram um abraço apertado.

— Você precisa deles, e eles precisam de você — murmurou Jansson no ouvido dele. — Não fique mais longe deles. Não importa quem te chame.

— Entendido, Jansson.

Entretanto, ela sabia que era uma promessa que Joshua não ia cumprir. Ela sentiu pena dele, o menino solitário que conhecera, o homem solitário que sempre seria.

Ela recuou.

— Chega. Se apertar mais um pouco, vai me esmagar.

— Aqui também.

Ele puxou a manga da camisa para revelar a mão artificial. Era uma prótese malfeita, grande demais, com uma pele rosada pouco realista; fazia ruídos estranhos quando Joshua movia os dedos.

— Bill Chambers a chama de "Coisa". Como a da Família Addams, sabe? Ele é muito engraçado. A propósito, ele também veio. Deve estar por aí, bebendo com Thomas Kyangu.

Jansson teve de se segurar para não rir.

— Joshua, você merecia coisa melhor. As próteses mais modernas...

— Ele insiste em usar essa antiguidade — comentou Helen.

— Antes isso que aquela engenhoca da Black Corporation que Lobsang me ofereceu — protestou Joshua.

— Eu sei — disse Jansson. — Com Lobsang envolvido.

— Entende o xis da questão? Não quero que Lobsang controle nenhuma parte do meu corpo. Prefiro esperar. Apesar de tudo, não incomoda Dan, que é o mais importante para mim.

— É estranho pensar que sua mão está pendurada na parede do palácio daquela princesa dos beagles, a um milhão de mundos daqui.

— É verdade. — Joshua olhou em volta para se certificar de que Dan não estava por perto. — Nunca chegou a ver, não é, Monica? Tem uma parte que você também ainda não ouviu.

— Ele adora se gabar com essa história — disse Helen, meio impaciente.

— Aqueles dois beagles, Branquelo e Li-Li, me encurralaram. Eu percebi que estavam tentando, do jeito deles, salvar minha vida. Mas eu não estava exatamente feliz por ter perdido minha mão. Então, quando Li-Li cravou os dentes no meu pulso, eu fiz esse gesto aqui. — Ele cerrou o punho da mão mecânica e estendeu o dedo médio com um zumbido. — É *assim* que a mão está pendurada na parede de Petra.

Jansson deu uma gargalhada.

— E é esse gesto — disse Helen, em tom queixoso — que eu não consigo fazer com que Dan pare de fazer para os amiguinhos, toda vez que o pai conta essa história.

Joshua piscou para Jansson.

— Uma hora ele vai parar. Não devemos esconder as coisas do menino, certo?

Jansson se limitou a sorrir, sem opinar. Uma policial experiente não se mete em problemas de família.

Foram interrompidos pela chegada de um homem baixo e magro, que aparentava ter uns cinquenta anos. Jansson o reconheceu vagamente. Ele se dirigiu a Joshua com respeito.

— O senhor me desculpe. Seu nome é Joshua Valienté, certo?

— É, sim.

— Desculpe incomodá-lo, não conheço ninguém aqui e o reconheci das fotos. Preciso falar com Sally Linsay. Acredito que o senhor a conheça.

— Conheço. Qual é seu nome?

O homem esticou o braço.

— Wood. Frank Wood, reformado da Força Aérea dos Estados Unidos, trabalhei na Nasa também...

Houve um momento cômico quando Wood ofereceu a mão esquerda para o cumprimento e a recolheu após Joshua estender a mão mecânica pré-histórica.

Jansson estalou os dedos.

— Bem que eu estava reconhecendo o senhor. Nós nos conhecemos no Vazio. Estive lá com Sally.

Ele pareceu surpreso ao vê-la e, então, satisfeito. Era evidente que não a havia reconhecido por causa do abatimento causado pela doença.

— Tenente Jansson? Que bom te ver.

Mais apertos de mão. A mão de Wood era seca, firme. Jansson se lembrou de que havia achado que o pobre sujeito estava a fim dela no Vazio.

— Acho que Sally está por ali, perto daqueles trolls — disse Helen, com certa relutância. — Com alguns moradores de Boa Viagem.

Ela foi até lá, e Jansson a seguiu, acompanhada por Frank Wood. Quando ele percebeu que ela estava andando com dificuldade, lhe ofereceu o braço.

Ela agradeceu com a mesma discrição e disse:

— Frank, quero que saiba...

— Ouvi dizer que está doente.

— Não é isso. Eu sou lésbica, Frank, e estou doente. Lésbica e doente.

Ele deu um sorriso sem graça.

— Então nosso romance está destinado ao fracasso, não é? Meu gaydar não é muito bom. Acho que foi por isso que nunca me casei.

— Sinto muito.

— Estar doente e ser lésbica a impede de aceitar um convite para jantar?

— Será um prazer.

Encontraram Sally perto de um bando de trolls e algumas pessoas com trajes que, para Jansson, pareciam estranhos, mesmo no caso de colonos. Tinha um quê de século XVIII alternativo. Por outro lado, Sally usava o mesmo colete de sempre, como se estivesse preparada para partir a qualquer momento para outra missão urgente em outro mundo.

Outras apresentações se seguiram, e Jansson foi capaz de associar mais nomes a rostos. Os sujeitos em trajes estranhos eram de Boa Viagem. Um homem magro, tímido, relativamente jovem, era Jacques Montecute, diretor de uma escola em Valhalla. Uma adolescente, séria e circunspecta, que estava ao lado de Montecute, era Roberta Golding, uma estudante do ensino médio em Valhalla que aparecera nos noticiários ao participar da expedição chinesa à Terra Leste 20.000.000 com Montecute. Estavam ali como convidados de Joshua. Dan Valienté começaria a estudar na escola de Montecute no ano seguinte. O pessoal de Boa Viagem parecia se manter um pouco afastado dos outros, como se não fizesse parte do grupo.

Havia algo peculiar em Roberta Golding. Uma atenção, um poder de concentração que Jansson não via em uma pessoa tão jovem desde que Joshua tinha aquela idade. Mas ela não via em Roberta a calma de Joshua, nem seu inigualável instinto de sobrevivência. A adolescente tinha um comportamento que Jansson, em seu tempo de policial da ativa, associaria a crianças de famílias problemáticas. Ela tinha *visto* coisas demais, cedo demais. Jansson se preocupava com o que a aguardava no futuro.

Os trolls adotaram a fugitiva Mary e seu filho Ham, que continuava usando os restos do traje espacial. Quando Ham viu Jansson, foi correndo em sua direção com a intenção de abraçar suas pernas. Se Joshua não tivesse intervindo, ele a teria derrubado.

Sally, com o seu jeitinho, foi direto ao ponto com Frank Wood.

— Ora, ora. Buzz Aldrin. O que você quer?

Wood assentiu, cortês.

— Estava esperando um hambúrguer e uma cerveja.

— Não me venha com essa história de *Os eleitos,* que não vai colar. Mais problemas no Vazio, certo?

— Errado. Vim agradecer à Srta. Linsay, e à senhora, tenente Jansson, por lidarem com o problema dos trolls da forma como fizeram. Meus colegas não são pessoas ruins, mas às vezes se deixam levar pelas circunstâncias. Acho que perdemos nossos valores morais. As atitudes de vocês nos ajudaram a encontrá-los de novo. — Ele sorriu. — Agora, rumo às estrelas! Estou falando de sondas para Marte e até uma missão tripulada. Já começamos a produzir algumas imagens interessantes.

Ele começou a falar de algo chamado alinhamento planetário, que estava acontecendo naquele dia e que consistia em vários astros do sistema solar se alinhando em uma parte do céu: Mercúrio, Vênus, Marte, Júpiter, Saturno, até a lua em quarto crescente.

— O fenômeno pode ser visto de todos os mundos da Terra Longa, mas estamos aproveitando a oportunidade para lançar sondas e obter imagens decentes. Isso vai servir para mostrar as possibilidades do Vazio.

— Vocês vão assustar todo mundo — disse Joshua. — Os astrólogos já não estão dizendo que esse alinhamento é um mau sinal?

Helen puxou sua manga.

— Pare de implicar com o homem.

Sally bufou.

— O alinhamento não vai ser completo no Vazio. Vocês não têm uma lua.

— *No caminho* — emendou Frank, de forma bem-humorada. — Não temos uma lua no caminho. O que torna o espetáculo ainda mais bonito.

O barulho e a discussão foram demais para Jansson. As palavras começaram a perder o sentido. Ela baixou a cabeça e colocou as mãos nos ouvidos.

Frank Wood colocou o braço em seus ombros.

— Vamos sair daqui.

Agnes se aproximou imediatamente. Ela sorriu para Jansson, pegou-a pelo braço, fez um gesto para as irmãs Georgina e John e se afastou do tumulto com Jansson e Frank.

— Vamos tomar um ar — disse Agnes. — Depois eu mando buscar um carrinho de golfe para levar você até sua casa, pra você descansar. O que acha?

— Você é muito gentil.

— Eu me lembro como era estar doente. Lobsang não apagou isso da minha memória.

Caminhavam na direção do maior bando de trolls, na margem do rio. Enquanto se divertiam, comendo, nadando, passeando em outros mundos, os trolls cantavam outra música suave.

Apesar do grande número de pessoas, Jansson sentiu uma paz emanando do bando de trolls.

— Outra música bonita.

Agnes apertou seu braço.

— "All My Trials". Depois do cânone de Steinman, é uma das minhas peças favoritas.

— Ah, sim. A letra caiu como uma luva. "Todas as minhas provações logo acabarão."

Agnes apertou seu braço.

— Vamos pensar em coisas mais alegres.

Tinham chegado a uma pequena ladeira, que Jansson galgou com esforço, e fizeram uma pausa. Dali, podiam ver os lagos imaculados daquele mundo, o Sol pendendo calmamente no céu azul, a jovem cidade, ainda pouco populosa, nascendo no istmo — um fantasma da Madison da Terra Padrão.

— Eu vinha aqui quando estava doente — disse Agnes. — Olhar para tudo isso. O mundo maior a que todos pertencemos. O céu, governado pelas próprias leis eternas, que valem para todos os mundos. Como o alinhamento dos planetas de Frank, certo? As coisas simples, o reflexo da luz do sol na água, o mesmo em toda a Terra Longa. Foi isso que me trouxe conforto, Monica.

— Mas, uma vez que esteve *lá*, tudo parece tão frágil — disse Jansson. — Acidental. Poderia não ter sido do jeito que foi. Pode não ser desse jeito amanhã.

— É verdade — disse Agnes, pensativa. — Estando próxima de Lobsang... Bem, vejo o mundo por meio de seus olhos, digamos assim. O modo como ele encara as pessoas, até os parceiros e amigos mais próximos, Joshua, Sally, aquele padre simpático, Nelson Azikiwe, entre outros, certamente, até eu... Ele nos chama de "investimentos valiosos a longo prazo". Às vezes, penso que ele, ou talvez seu patrão, Douglas Black, esteja nos posicionando como peças em um tabuleiro de xadrez, prontas para o início do jogo.

— Mas qual é o jogo?

— Logo vamos saber. Onde está aquele carrinho?

Estava havendo uma comoção atrás deles. Algumas pessoas gritavam. Relutantemente, Jansson, Agnes e Frank olharam naquela direção.

Um dirigível tinha aparecido bem acima de Lobsang. O próprio Lobsang parecia paralisado. Não, pensou Jansson, ele *tinha saído* da unidade ambulante. Não estava mais lá.

Em todo o gramado, os celulares dos convidados tocavam e eram tirados de bolsos e bolsas. Logo as pessoas começaram a saltar, desaparecendo sem se despedir.

Jansson ouviu todo mundo falar duas coisas: a primeira era "Yellowstone", e a segunda era "Terra Padrão".

— Talvez Joshua estivesse certo a respeito do alinhamento dos planetas — disse Frank, em tom sombrio.

# 69

Jansson insistiu em voltar para Madison Oeste 5, não importava quantos remédios tivesse que tomar para náusea. Uma vez de volta, pediu para ser levada não para a casa de convalescentes onde estivera internada, e sim para a nova central de polícia da cidade.

O chefe atual, Mike Christopher, era um oficial do baixo escalão no tempo de Jansson. Ele a reconheceu e lhe disse para entrar e se sentar em um canto de uma das salas.

— Estamos em estado de alerta, Fantasma. Já apareceram refugiados até *aqui*, digo, na Madison da Terra Padrão.

Jansson apertou com força a mão de Frank.

— Refugiados, Mike? Em *Madison*? A que distância de Yellowstone fica Madison?

Mike deu de ombros.

— Uns 1.600 quilômetros.

— Estamos falando de uma erupção. Deve ser uma erupção, certo? As consequências podem chegar tão longe assim?

Mike não soube responder.

Enquanto esperava sentada com a irmã John e Frank buscava um café, Jansson tentou absorver as imagens mostradas nas telas que cobriam as paredes daquela sala. Imagens amadoras ou fornecidas pela polícia e pelo Exército; imagens colhidas no solo e de aviões, twains, helicópteros e satélites... Todas da Terra Padrão, baixadas em cartões de memória, despachadas e retransmitidas com urgência para outros mundos.

Depois de falsos alarmes em vários mundos das Terras Baixas, tinha havido uma grande erupção no Yellowstone — e ela havia acontecido no *Yellowstone da Terra Padrão*.

A erupção começara por volta de uma da tarde, horário de Madison. A evacuação do parque havia começado pouco antes. Uma hora depois, a grande torre de cinza e gás começara a desabar e uma massa de fragmentos, rocha e gases superaquecidos se espalhara pelo Yellowstone mais rápido que um jato comercial, destruindo tudo que encontrava pelo caminho. De acordo com os geólogos, aquela erupção era pior que as de Pinatubo, Krakatoa e Tambora.

O sono parecia estar tomando conta de Jansson, como se fosse seu depósito de magma. Ela não conseguia mais ouvir as palavras e ver as imagens. Além disso, a droga do remédio não estava mais ajudando.

Ela perdeu a noção do tempo.

\*\*\*

A certa altura, Jansson se deu conta de que estava rolando uma discussão entre Mike, as irmãs, Frank Wood e alguém que parecia ser um médico, embora não o conhecesse. Ela concluiu que tinham decidido transportá-la, apesar dos débeis protestos, para um quarto da Casa de Agnes, onde passaria alguns dias.

Mike Christopher providenciou uma cadeira de rodas e uma ambulância. Ele piscou para Jansson.

— Você vai ter um astronauta para segurar sua mão, Fantasma.

Ela mostrou a língua para ele.

As más notícias continuavam chegando. Mesmo antes de ela sair da central de polícia, novas imagens estavam sendo mostradas nas telas da parede, nos tablets, nos smartphones.

Tinha aparecido uma segunda cratera.

Depois, uma terceira.

Quando finalmente saíram dali, o Yellowstone, filmado por corajosos pilotos da Força Aérea em jatos supersônicos, parecia o inferno de Dante.

\*\*\*

Quando Jansson acordou, estava em um quarto confortável, mas desconhecido, assistida pela irmã John. Com muito desvelo, a freira a ajudou a ir ao banheiro e serviu o café da manhã dela na cama. Ela se deu conta de que estava em uma cama de hospital, como a da casa de convalescentes, que havia um suporte para soro ao lado da cama e que seus remédios estavam em uma prateleira perto da porta. Tudo tinha sido transportado da casa de convalescentes para aquele quarto. Ela se sentiu eternamente grata por aquele gesto de gentileza.

A irmã John apareceu com outro médico, que tentou conversar com ela a respeito dos cuidados: apenas paliativos. Ela mudou de assunto e perguntou quais eram as novidades da Terra Padrão.

— Primeiro vamos cuidar da senhora — disse o médico, muito sério.

Só deixaram Frank Wood entrar depois que o médico foi embora. Parecia que ele tinha dormido de terno. Então, eles ligaram a TV.

Àquela altura, a caldeira inteira estava aberta. A nuvem produzida pela erupção era tão alta que podia ser vista de Denver e Salt Lake City, como retratavam as fotos tremidas e amadoras. As imagens eram estranhas, mostravam um tom de luz castanho-amarelado e um sol fraco. Como a luz do dia em Marte, comentou Frank Wood.

A nuvem de cinza, gás e pedra-pomes se espalhava cada vez mais na atmosfera. Como os carros não podiam ir muito longe sem que os filtros entupissem, começaram a aparecer vídeos de estradas cheias de pessoas a pé, cobrindo o rosto e os olhos com pedaços de pano, caminhando com dificuldade pelo chão coberto de cinza, como se fossem camponeses russos andando na neve, todos se afastando de Yellowstone.

Naturalmente, a maioria das pessoas preferia outra solução, que era saltar para os mundos vizinhos. Alguns cliques tirados de cima das Terras Oeste e Leste 1, 2 e 3 mostravam as novas comunidades nas áreas afetadas das cidades ameaçadas sendo invadidas por multidões de Saltadores, pessoas que se aglomeravam em ruas, edifícios, escolas, hospitais, shoppings e igrejas que eram cópias dos lugares de onde tinham saído, um mapa humano das cidades condenadas a apenas um salto ou dois de distância.

Tudo isso era terrivelmente familiar para Jansson. Segurando a mão forte de Frank, ela murmurou:

— Eu me lembro de quando tentei convencer meu chefe.

— Quem, querida?

— O velho Jack Clichy...

"— Temos que fazer as pessoas saltarem. Para leste, para oeste, tanto faz. Contanto que saiam de Madison Zero."

" — Você sabe tão bem quanto eu que nem todo mundo é capaz de saltar. Além dos fóbicos, temos que pensar nos idosos, nas crianças, nos acamados, nos pacientes nos hospitais."

" — Podemos pedir às pessoas que ajudem. Se você é capaz de saltar, salte, mas leve alguém com você, alguém que não possa saltar."

Frank apenas continuou segurando sua mão.

Ela ouviu as irmãs dizendo que Joshua Valienté, Sally Linsay e outros tinham ido à Terra Padrão para atuar na ajuda humanitária. Os nomes atraíram sua atenção antes que ela caísse no sono de novo.

***

Quando despertou de novo, a irmã John chorava baixinho.

— Estão dizendo que é tudo culpa nossa. Da humanidade. Dos cientistas. Todas as versões do Yellowstone têm apresentado sinais de instabilidade, mas a tragédia só aconteceu na Terra Padrão. Humanos interferindo na natureza, como fizemos com o clima. Outros dizem que é um castigo de Deus. Não, não é — disse ela, com veemência. — Não do *meu* Deus. O que vamos fazer?

Àquela altura, Jansson estava fraca demais para conseguir se levantar. Merda de morfina, pensou. A irmã John tinha de ajudá-la com a comadre. Ela era assistida também por um enfermeiro da casa de convalescentes. Jansson não sabia seu nome, mas ele deixava a irmã John tomar as decisões.

Quando acordou um pouco mais lúcida, Frank Wood ainda estava sentado a seu lado.

— Olá — disse ela.
— Olá.
— Que horas são?
Ele consultou o relógio, um Rolex enorme, do tipo que os astronautas usavam.
— Três dias desde a primeira erupção. Está de manhã, Monica.
— Você precisa de uma camisa nova.
Ele sorriu e coçou o queixo.
— Esse é um lugar só para crianças e mulheres. Não me pergunte o que usei hoje para me barbear.
Havia uma TV, com o volume no mínimo, em um canto do quarto. As imagens mudavam rapidamente. Enquanto a gigantesca nuvem de cinza e poeira se espalhava pelos Estados Unidos, até pelo Canadá e o México, milhões de pessoas saltavam. Era a maior migração da História, antes ou depois do Dia do Salto. Os efeitos da nuvem eram globais. A televisão mostrou cenas de crepúsculos fora do normal em Londres e Tóquio.
Era muito estranho assistir a tudo aquilo, pensou Monica, de um mundo a cinco saltos de distância, Oeste 5, onde o Sol brilhava todas as manhãs. A tragédia lhe lembrava um globo de neve recentemente agitado. Um globo de cinzas.
Ela estava se sentindo fraca demais para se mexer. Só conseguia mover a cabeça. Usava um cateter nasal. Havia uma máquina para aplicar remédios do lado da cama. Ela adormeceu de novo.
" — Deve carregá-los nos braços ou nas costas. Depois, voltar e saltar de novo. E de novo e de novo..."
" — Já tinha pensado nisso, não é, Fantasma?"
Ela murmurou:
— Foi por isso que me contratou, Jack...
Frank se inclinou em sua direção.
— O quê, querida?
Mas Monica já tinha adormecido de novo.

***

No sétimo dia, para alívio de todos, a erupção cessou.

Ela terminou em grande estilo, conforme um insone e imundo Frank Wood viu na TV do quarto. Depois de esgotado o magma, a caldeira de oitenta quilômetros de largura simplesmente desabou. Era como se um terreno do tamanho de um pequeno *estado* tivesse afundado trezentos metros.

Algumas das irmãs mais jovens, animadas, saltaram para a Terra Padrão coberta de cinzas para ver as consequências em primeira mão. Depois de apenas cinco minutos, os tremores começaram, um pulso de energia que viajou por todo o planeta, embora, nas ruínas de Madison, houvesse apenas escombros para sacudir. Em seguida, depois de uma hora ou mais, o *som*, como uma salva de artilharia ou a decolagem de um ônibus espacial, pensou Frank Wood, revivendo as memórias de infância.

— Meu Deus — disse Frank, procurando a mão de Jansson. — O que será de nós? Monica... Monica?

A mão de Monica Jansson estava gelada.

# Agradecimentos

Somos muito gratos a Jacqueline Simpson, coautora do inestimável *The Folklore of Discworld*, pelas dicas sobre kobolds, teologia e outras contribuições generosas e pertinentes. Foi Jacqueline que chamou nossa atenção para o poema "Unwelcome" de Mary Elizabeth Coleridge. Gostaríamos de agradecer também a nossos grandes amigos Dr. Christopher Pagel, dono do Companion Animal Hospital, em Madison, e sua esposa Juliet Pagel, pela ajuda deles na pesquisa e pela leitura proveitosa que fizeram do manuscrito deste livro.

Todos os erros e as imprecisões são, obviamente, de nossa total responsabilidade.

T. P.
S. B.
Terra Padrão, dezembro de 2012

Este livro foi composto na tipografia Minion Pro,
em corpo 11,5/15, e impresso em
papel off-white no Sistema Cameron da
Divisão Gráfica da Distribuidora Record.